CANCIÓN DE LA LLUVIA ETERNA

CANCIÓN DE LA LLUVIA ETERNA

E.J. MELLOW

CROSS BOOKS

Obra editada en colaboración con Editorial Planeta – España

Título original: *Song of the Forever Rains*

Bajo el sello editorial CROSSBOOKS M.R.
Avenida Presidente Masarik núm. 111,
Piso 2, Polanco V Sección, Miguel Hidalgo
C.P. 11560, Ciudad de México
www.planetadelibros.com.mx

Primera edición impresa en España: julio de 2025
ISBN: 978-84-08-30568-2

Primera edición impresa en México: septiembre de 2025
ISBN: 978-607-39-3301-8

Impreso en los talleres de Litográfica Ingramex, S.A. de C.V.
Centeno núm. 162-1, colonia Granjas Esmeralda, Ciudad de México
Impreso en México – Printed in Mexico

Para Kelsey,
mi hermana de trino,
cuya sonrisa podría
curar al mundo de sus demonios

Entre hielo, viento y lluvia, llegó al mundo la tercera,
durante su nacimiento se oyó un canto de sirena.
Su magia se puede ver como don o maldición,
no existe nadie en el mundo que resista su canción.

El trino del pajarillo
ya te envuelve con su brillo.

Y de plata delicada es su lengua y su melena,
como la luna en la noche te acompaña en tus penas.
Es serena, delicada, no soporta las cadenas,
su canción es una nana que sin verla te envenena.

El trino del pajarillo
ya te envuelve con su brillo.

Y aunque creas que su voz está llena de atractivos
es capaz de volver loco a quien tenga en su objetivo.
Mejor cubre tus oídos si tú ves que se te acerca,
pues sus notas musicales pueden fluir con violencia.

El trino del pajarillo
ya te envuelve con su brillo.

Estrofas de *La canción de las Mousai de Achak*

Aadilor
Yamanu
Reino de los Ladrones
Esrom
Bahía del Trueque
Shanjaree
Mar de Obasi
Jabari
Isla Sagrada
Lachlan
Valle de los Gigantes
Falsa Niebla

PRÓLOGO

Las niñitas jugaban en un charco de sangre. Por supuesto, no sabían que aquello era sangre, igual que su niñera ignoraba que se habían escapado de sus habitaciones y habían encontrado el camino hacia las celdas situadas bajo el palacio. ¿Cómo iba a saberlo? Esa parte del Reino de los Ladrones estaba tan protegida y vigilada por puertas, hechizos y grandiosos guardianes de piedra que hasta el mismísimo Rey de los Ladrones tendría difícil llegar ahí sin avisar. Y, sin embargo, para los niños curiosos, esquivar todos esos obstáculos resultaba tan sencillo como liberarse de una telaraña: bastaba con ser lo bastante pequeño como para eludirlos de forma directa.

Así que aquellas tres niñitas se adentraron en las entrañas de las pesadillas sin ser conscientes de las amenazas que las acechaban detrás de aquellas paredes y que las observaban por entre las grietas con bocas repletas de dientes y saliva. O, en el caso de que sí fueran conscientes, ninguna de ellas se sintió lo bastante amenazada como para dar media vuelta y volver sobre sus pasos.

—Ahora sí. —Niya deslizó un dedo ensangrentado por el pálido rostro de su hermana y dibujó una espiral en las regordetas mejillas de la niña—. Ya puedes hablar.

Larkyra, que acababa de cumplir tres años, soltó una risita.

—«Hablaaar» —la animó Niya—. ¿Sabes decirlo? «Hablaaar».

—Si supiera, ya lo habría hecho —le respondió Arabessa limpiándose las manos sucias en el camisón color marfil. Sonrió al ver manchada la parte baja de su falda. Con siete años, Arabessa era la mayor de aquel trío. Tenía la piel blanca como la porcelana y la cabellera se le derramaba como tinta por la espalda.

—Oh, ¡qué bonito! —Niya agarró la manita regordeta de Larkyra mientras se acercaban a Arabessa—. Házmelo también a mí.

Encontraron otro charco rojo que se filtraba por debajo de una puerta de acero cerrada. Arabessa se impregnó las manos en el líquido espeso. Su sombra se reflejaba oscilante mientras ella se manchaba los dedos.

—Este color hace juego con tu pelo —dijo Arabessa mientras pintaba unas flores rojas en el camisón de Niya.

—Pintemos a Lark para que ella también vaya a juego conmigo.

Estaban tan ensimismadas en aquella actividad que ninguna de las niñas advirtió la presencia de una criatura singular que las observaba, libre de cadenas, por entre las sombras del pasillo. Aquella criatura era mucho más letal que cualquiera de las bestias recluidas en las celdas malditas que las rodeaban, pero el Rey de los Ladrones le permitía caminar libremente. Y tal vez lo hacía por momentos como aquel: para que velara por quienes aún no podían cuidarse por sí mismos. Porque aunque este ser hubiera sido creado en la oscuridad, su vida siempre tendió hacia la luz.

—«La pequeña es muy regordeta» —le dijo, sin palabras, el hermano a la hermana. Era una tarea bastante sencilla teniendo en cuenta que se trataba de un par de gemelos que compartían un solo cuerpo y que luchaban por llevar la voz cantante en una sola mente.

—«Es un bebé. Los bebés son así» —le contestó la hermana.

—«Nosotros no fuimos así».

—«Es que nosotros nunca fuimos un bebé».

—«Bueno, si hubiéramos tenido la oportunidad de serlo, te garantizo que no habríamos sido regordetes».

Estos gemelos recibían diferentes nombres en cada sitio. Pero en Aadilor se les conocía simplemente como Achak: los antiguos, los seres más ancestrales en este lado del Fundido. Aquí adoptaban una forma humana que cambiaba de hermano a hermana con la velocidad del vaivén de las olas. Achak eran más altos que un mortal medio, tenían la piel tan negra como las tinieblas más profundas del océano y poseían unos ojos color violeta que giraban como galaxias. Su cuerpo era hermoso, pero, como la mayoría de las cosas bellas de Aadilor, escondían un lado peligroso.

Un aullido de placer hizo que Achak volvieran a prestar atención a las hermanas.

Las niñas estaban de pie en el centro del pasillo de una celda, justo donde el camino se dividía en cuatro vertientes que llevaban a un sinfín de túneles más complejos. Era un lugar oscuro y húmedo con pasadizos apenas iluminados por una antorcha. Justo por eso, en aquel lugar una alegre carcajada infantil resultaba más perturbadora que los aullidos de un torturado.

—¡Qué lista, Ara! —Niya dio unos saltitos—. Lark está guapísima con esos puntos pintados. ¿Qué te parece? —le preguntó a su hermana menor, que estaba sentada a sus pies jugueteando con un palo blanco ceniza—. ¿Te gusta parecer feroz como un guepardo?

Bam, bam, bam. Larkyra golpeó el objeto contra el suelo de piedra. Sus rizos rubio platino brillaban a la luz de la antorcha mientras ella se deleitaba con el placer de aquel sonido.

—Precioso —dijo Arabessa terminando de pintar un último círculo tras la oreja de Larkyra—. No pares, Lark. Puede ser la canción de nuestra ceremonia de la pintura.

Larkyra siguió golpeando el palo como en respuesta a la petición de su hermana. El ritmo retumbaba por los serpenteantes pasadizos. Solo Achak parecían ser conscientes de que el instrumento que tocaba Larkyra era, en realidad, una costilla.

—«Estas niñas son tremendamente peculiares» —le comunicó el hermano a la hermana.

—«Son las hijas de Johanna. Definirlas como "peculiares" es quedarse muy corto».

Una oleada de tristeza invadió el pecho de Achak al pensar en la madre de las niñas, su amiga más querida. Pero cuando alguien consigue ser tan viejo como ellos, las emociones cada vez ocupan menos espacio y menos tiempo, por lo que la melancolía se desvaneció con la rapidez de un grano en un reloj de arena.

—«Me caen bien» —pensó el hermano.

—«A mí también» —afirmó la hermana.

—«¿Deberíamos interrumpir su alboroto antes de que despierten al resto de la mazmorra y atraigan a un guardián?».

—«Me temo que ya es demasiado tarde».

Una pestilencia pútrida recorrió el pasadizo añadiendo una capa más espesa al ya repugnante aroma de aquella prisión.

—Qué peste. —Arabessa agitó la mano delante de la nariz—. ¿Qué comiste de postre después de la cena, Niya?

—No soy yo —respondió Niya alzando el rostro ofendida—. Creo que Larkyra ensució el pañal.

Las dos niñas echaron un vistazo a su hermana pequeña,

que seguía golpeando el suelo con la costilla, y entonces volvieron a mirarse.

—¡El canario que no canta tiene rota la garganta! —gritaron al unísono.

—¡Yo lo dije primero! —se apresuró en aclarar Niya—. La cambias tú.

—Lo hemos dicho a la vez.

—Eso será si «a la vez» significa que yo lo hice un poco más rápido que...

Un rugido hizo temblar el interior de la caverna provocando que las dos hermanas perdieran el equilibrio.

—¿Qué fue eso? —preguntó Niya girando sobre sí misma para mirar los múltiples pasadizos oscuros.

—Fuera lo que fuera no parecía muy contento... —Arabessa se inclinó hacia Larkyra y agarró la mano de su hermana pequeña—. Cállate, Lark. Creo que se han acabado los juegos por hoy.

Larkyra miró a sus hermanas con sus grandes ojos azules. La mayoría de los niños ya hablaban a su edad, pero desde el grito que dio en el momento de su nacimiento —algo que cambió las vidas de todos— apenas había emitido más que algún sonido en muy contadas ocasiones. Las niñas habían crecido acostumbradas al silencio de su hermana y sabiendo que, aunque aún no hablara, se enteraba de casi todo.

Otro gruñido, esta vez seguido del sonido sordo de una docena de pisadas que se aproximaban a ellas. De uno de los siniestros pasadizos oscuros, emergió una bestia.

Las hermanas contuvieron el aliento a la vez.

El monstruo era tan grande que su espeso pelaje arañaba las paredes rocosas a su paso y tenía que encogerse conforme se acercaba. A lo que más se parecía era a un gigantesco perro cubierto de un sucio pelaje, pero tenía tantos ojos como una araña y muchas más patas que un can.

Estas patas peludas culminaban en unos tentáculos similares a los de los pulpos. La extraña combinación hacía que sus movimientos parecieran frenéticos: las extremidades hambrientas ondeaban con cada uno de sus pasos, las ventosas succionaban la superficie del pasillo catalogando los sabores y olores que se adherían al pasadizo. Si algo se interponía en el camino del monstruo, este lo atrapaba y lo estrujaba antes de metérselo en una boca llena de dientes afilados como cuchillas para después tragárselo.

El skylos lak representaba una pequeña parte de la multitud de terroríficos guardianes que solo hincaban la rodilla ante un único señor (quien en ese momento ocupaba su trono en un lugar muy remoto de aquel palacio).

—«¿Deberíamos intervenir?» —preguntó el hermano.

Achak estaban ya a solo unos pasos de las niñas: su cuerpo era una nube de humo que flotaba entre la pared de piedra y el pasadizo.

—«Aún no» —contestó la hermana.

El hermano se mostró incómodo y dominó la forma de ambos durante un instante.

—«Puede que después ya no se pueda aplicar ese "aún"» —apuntó.

—«Siempre hay un después».

—«Tal vez sea así para nosotros, pero no para quienes son como ellas...».

Justo entonces la bestia pareció percibir a aquellas tres pequeñas intrusas, así que hizo un sonido a medio camino entre un rugido y un graznido de satisfacción y aceleró el paso. Sus tentáculos adquirieron una velocidad vertiginosa.

—Es espeluznante —dijo Niya mientras Arabessa ponía a Larkyra en pie.

—Sí, y parece enfadado. Rápido, saca la herramienta portal.

—No creo que funcione aquí abajo —dijo Niya sin poder apartar la vista del monstruo, que a cada instante se acercaba más.

—¡Caray! —dijo Arabessa dando media vuelta—. ¡Por aquí!

Las hermanas corrieron por aquel pasillo. Achak las siguieron entre las sombras mientras los prisioneros de las celdas gritaban rogando que les quitaran la vida cuanto antes.

Aunque las niñas corrían con todas sus fuerzas, el skylos lak era mucho más grande que ellas y les iba pisando los talones.

Las pequeñas quizá se sintieron cercadas por la fatalidad, porque una estela anaranjada, que le confirió una nota metálica al ambiente, emanó de Niya mientras corría.

—«Magia» —pensaron Achak.

—¡Ara! —gritó Niya mirando hacia atrás cuando una gota de algo húmedo perteneciente al tentáculo de la bestia le tocó la pierna.

—¡Lo sé, lo sé! —Arabessa le dio un jalón a Larkyra para que avanzara. La más pequeña volvió la vista atrás y obtuvo una visión panorámica de lo que las perseguía, pero no lloró ni gritó. Simplemente se quedó observando con ojos curiosos al monstruo que les pisaba los talones—. ¡Caray! —volvió a exclamar Arabessa justo antes de derrapar y detenerse ante una gran pared de ónix que convertía aquel pasillo en un callejón sin salida—. ¡Pensaba que habíamos llegado por aquí!

—¡Debe de haber cambiado! —exclamó Niya girando sobre sí misma—. ¿Qué pasa con nuestros poderes?

—¡Sí! ¡Vamos, rápido! —gritó Arabessa mientras empezaba a golpear los muros. Aquel sonido provocaba olas de magia morada que brotaban de sus puños.

—¡No consigo activar mis llamaradas! —gruñó Niya haciendo círculos con las manos de forma frenética mientras la bestia se acercaba cada vez más.

—«Aún les queda mucho por aprender» —pensó la hermana.

—«Está claro —replicó el hermano—. Pero tienen que estar vivas para poder seguir aprendiendo. ¿Dirías que "aún" es "ya"?».

—«Así es» —respondió la hermana.

Pero en cuanto Achak se dispusieron a acercarse a la escena, un sonido agudo atravesó el túnel.

Larkyra se había abierto paso entre sus hermanas para interponerse entre la bestia y ellas, y había emitido una sola nota devastadora que al salir de su boca se proyectó directamente hacia el monstruo.

Niya y Arabessa se agacharon a la vez y se taparon los oídos mientras unas ondas de magia de color miel surgían de entre los pequeños labios de Larkyra e impactaban directamente contra el guardián.

El skylos lak aulló de agonía e intentó volver sobre sus pasos mientras se desgarraba los costados contra los muros llenos de rejas.

El espectáculo era inolvidable: una cosita tan pequeña e inocente, vestida con un camisón blanco, de pie en un pasadizo oscuro, obligando a retroceder a un monstruo descomunal. Pero Larkyra no parecía tener ninguna duda de sus habilidades, y aquella nota seguía emergiendo de entre sus labios tan aguda que incluso Achak tuvieron que taparse también los oídos.

Aquel sonido era sencillo, pero su significado superaba en matices al de un libro de cuentos. Estaba compuesto de desesperación, pérdidas e ira. Su esencia era de una energía punzante, impetuosa, incontrolable. Achak no lograban concebir el dolor que aquel sonido podría ocasionar si se dirigiera de forma directa hacia un cuerpo concreto.

Pero su especulación duró poco: tan solo un instante después, aquel vestíbulo se llenó de un calor húmedo cuando el pasillo se estremeció con el último rugido de la bestia. La magia amarilla de Larkyra lo estaba cociendo desde el interior hacia afuera. El skylos lak explotó en un estallido húmedo que cubrió las paredes y los suelos de sangre negra y de vísceras. Un tentáculo desmembrado aterrizó con un sonido acuoso justo delante de Niya y Arabessa. Las niñas dieron un salto hacia atrás y alternaron la mirada entre su hermana pequeña y aquella extremidad.

Larkyra apretó sus manitas en forma de puño y se las pegó al costado. Respiraba de forma rápida y pesada, y tenía la mirada fija hacia donde hasta un momento antes estaba el skylos lak.

—¿Larkyra? —preguntó Arabessa con mucho tiento—. Eso ha sido...

—¡Increíble! —Niya saltó el tentáculo para abrazar a su hermana—. Ay, tenía clarísimo que dentro de ti había magia. Siempre se lo digo a Ara, ¿verdad?

—¿Estás herida, Lark? —preguntó Arabessa ignorando a Niya.

—No —respondió de forma melodiosa.

Arabessa y Niya parpadearon a la vez.

—¿Acabas de hablar? —Niya le dio la vuelta a Larkyra para mirarla de frente.

—Sí —respondió Larkyra.

—¡Oh! —Niya volvió a abrazar a su hermana—. ¡Qué maravilla!

—Sí, maravilloso... —dijo Arabessa observando cómo unos intestinos resbalaban del muro hasta caer al suelo—. ¿Por qué no buscamos el camino de vuelta a casa y lo celebramos allí?

Mientras discutían sobre el mejor procedimiento para llegar a su destino, Larkyra fue emitiendo respuestas de una sola palabra que emocionaron a sus hermanas. Las niñas volvieron a fallar en la tarea de percibir el levísimo cambio de energía que tuvo lugar en el muro opuesto a ellas, donde Achak se acababan de volver invisibles.

—«Las niñas no deberían estar aquí».

Una voz profunda en la que habitaban otras mil voces invadió la mente de los antiguos.

—«Lo sabemos, majestad».

—«Sáquenlas de ahí».

La orden del Rey de los Ladrones no dejaba lugar a dudas, sobre todo desde el momento en el que la negrura empezó a oscurecer la visión de Achak en una angustiosa advertencia. El alma de los gemelos se estremeció.

—«Sí, majestad».

Aunque el rey solo había usado una brizna de su energía, y lo había hecho desde el trono en el que estaba sentado, Achak descubrieron que este usaba su poder para observar a las tres niñas y que le prestaba especial atención a la más pequeña.

—«Su don completa el trío» —dijeron los gemelos.

En respuesta, la energía del rey se estremeció.

—«Esperemos que de esto pueda salir algo bueno».

Entonces, con la misma rapidez con la que su presencia había invadido la mente de Achak, se desvaneció haciendo que los gemelos volvieran a concentrarse en aquella prisión.

Achak respiraron hondo.

—«¿Lo hago yo?» —preguntó el hermano.

—«Déjame a mí» —respondió la hermana haciendo que su cuerpo se mostrara en forma sólida justo al apartarse del muro.

Achak se mostró descalza, con un vestido largo de terciopelo de color morado. Llevaba la cabeza rapada. En sus brazos serpenteaban delicados brazaletes de plata.

—¿Quién eres? —preguntó Niya, que fue la primera en ver a Achak.

—Somos Achak, y estamos aquí para llevarlas a casa.

—¿«Somos»? —preguntó Arabessa.

—Somos —contestó Achak.

El hermano se materializó con rapidez haciendo que las joyas y el vestido de la hermana se expandieran para dejar sitio a sus brazos musculosos. Tenía una barba muy espesa.

Las tres niñas parpadearon.

—¿Eres un ser o dos a la vez? —preguntó Arabessa tras un instante.

—Las dos cosas.

Arabessa hizo una pausa para reflexionar sobre esa respuesta y añadió:

—¿Eres una criatura cautiva que intenta escapar?

—¿Nuestra respuesta haría que confiaras más en nosotros?

—No.

—Entonces no hagas preguntas tontas.

—Pero es que me encantan —dijo Niya.

—Cállate. —Arabessa la fulminó con la mirada—. Estoy intentando decidir si son o no son algo peor que esa cosa que nos estaba persiguiendo.

—Oh, queridas, somos algo muchísimo peor.

Larkyra le soltó la mano a Niya.

—Cuidado —le advirtió Arabessa mientras la niña se aproximaba a Achak.

El hermano la frenó con el pie. Larkyra parecía no darse cuenta de la posible amenaza. Sus ojos azules miraban absortos el vestido brillante de Achak.

—Bonito —dijo la niña acariciando con su manita aquella lujosa tela.

—Tienes buen gusto, pequeñita —le dijeron Achak levantando, impresionados, una ceja.

—¿Mío? —preguntó Larkyra dando un jalón a la tela. Achak las sorprendió con una carcajada que sonaba, a la vez, profunda y ligera.

—Solo si tomas buenas decisiones, querida. —Achak se inclinaron para levantar a la niña—. Algún día tendrás muchas cosas tan bonitas como esta.

—¿Y yo también las tendré? —preguntó Niya dando un paso adelante—. Me encantan las cosas bonitas.

—Y a mí... —murmuró Arabessa.

Achak observaron a las tres niñas, tan diferentes y tan únicas a la vez. Eran un trío extraño. Todas nacieron el mismo día, pero con dos años de diferencia. Achak se preguntaron si aquella extraña coincidencia tendría algo que ver con los dones de cada una. Aquello era un hilo que las unía. Sus poderes prometían grandeza. Pero ¿una grandeza devastadora o salvadora? La pregunta seguía sin respuesta.

—«Causarán problemas» —le transmitió la hermana al hermano.

—«Habrá que darles las gracias por ello a los dioses perdidos» —contestó este sin palabras.

—En este mundo se pueden conseguir la mayoría de las cosas, queridas —dijeron Achak volviendo a posar una mano sobre la pared de ónix que tenían detrás. Larkyra se acomodó sobre su cadera—. Y las que no... solo hay que tratar de conseguirlas atravesando la puerta que te llevará a ellas. —Mientras hablaban, un enorme círculo brillante se fue abriendo en la piedra negra. Esta ardió en un blanco cegador antes de que Achak apartaran la mano y revelaran en ella un nuevo tramo de túnel, al final del cual se intuía un punto de luz—. Y, ahora, ¿podemos acompañarlas a casa?

Las niñas asintieron al unísono fascinadas con los trucos

de su nuevo amigo. Disimulando una sonrisa, Achak las guiaron por un camino que atravesaba los gemidos sordos de los prisioneros. Dejaron atrás aquellos recuerdos de sangre, vísceras y cosas horribles llenándoles a las niñas la mente con cuentos que resplandecían en aventuras y prometían sueños deliciosos y oscuros. Les contaron una historia sobre su futuro, un cuento que empezaba en el momento en el que la más pequeña de ellas abría la boca para cantar por primera vez.

Mucho tiempo después

CAPÍTULO UNO

Larkyra ya sabía que la hoja estaba desafilada antes de que esta se desplomara para cortarle el dedo. Un grito le ascendió por la garganta como una flecha y tuvo que contenerlo con todas sus fuerzas. Su magia y su capacidad de control luchaban en sus venas arañando y dando patadas como un niño mimado.

«¡Permanece en silencio!», se gritó Larkyra sin palabras, apretando los dientes mientras el dedo le ardía con un dolor abrasador que subía en oleadas por el brazo.

La hoja volvió a caer, pero esta vez con un golpe sordo y decidido que atravesó el hueso hasta que el filo se clavó en la superficie de madera.

A Larkyra se le llenó la boca de bilis. Pero también se obligó a detener esa reacción.

A través del sudor y las lágrimas, Larkyra observó la punta de su dedo anular, ya separada del resto de su mano. El titilar de las velas alumbraba el muñón ensangrentado, mutilado a la altura de la segunda falange.

—No hay duda de que eres valiente —dijo el dueño de la casa de empeños al extraer el anillo de esmeraldas de lo que le quedaba de dedo—. Tonta pero valiente. Cualquiera en tu situación estaría ahora mismo sollozando.

Sus secuaces, que habían estado sujetando a Larkyra por los hombros, la soltaron. Mientras se aferraba la mano herida contra el pecho y el líquido le empapaba la falda, Larkyra mantuvo su cuerpo rígido haciendo un importante ejercicio de autocontrol. No se atrevía a hablar, ya que, de hacerlo, temía que no solo fuese su sangre la que salpicara la habitación.

Su magia estaba furiosa, ávida de venganza. La sentía como una tetera hirviendo, como un volcán a punto de entrar en erupción. Quería emanar de su boca, desbordarse e inundar todo lo que viera a su paso. Reclamaba el ojo por ojo.

Pero Larkyra no la iba a dejar salir porque, en este momento, no confiaba en poder controlarse. En su vida, ya había herido a demasiada gente con sus sonidos.

Además, sin ninguna duda, se había ganado ese dolor.

Nadie la había obligado a robar aquel anillo.

Lo bueno es que había aprendido la lección de que, la próxima vez, tendría que viajar más lejos antes de empeñarlo. Los bajos fondos de Jabari constituían una red de negocios muy bien entretejida, y tendría que haber sabido que no podía hacer negocios tan cerca de la escena del crimen. Pero ¿cómo iba a saber Larkyra que la persona a la que le había robado el anillo era la esposa del dueño de la casa de empeños?

Así que Larkyra pagaría las consecuencias, pues suyo fue el error. Estaba claro que los hombres de la habitación no tenían ni la más remota idea de a qué criatura acababan de mutilar, de qué terribles consecuencias podía crear ella en el interior de esa tienda con un simple susurro de sus labios. Estaba claro que aquellas personas eran almas sin ningún don, incapaces de sentir la magia que de ella emanaba.

—¡Ahora sí te puedes ir! —ladró el propietario de la casa de empeños mientras se limpiaba del delantal una gota de la sangre de Larkyra—. Y que esto te sirva como recordatorio de que no deberías ir por ahí robándole a gente como mi mujer y yo.

Agitó el anillo de su esposa frente a Larkyra. La gema verde brillaba con descaro a la luz de las velas.

«Pues tal vez deberías decirle a tu mujer que no lo vaya exhibiendo tan ostentosamente por los bajos fondos», pensó Larkyra mientras se levantaba con la poca dignidad que le quedaba. No le dieron margen: los secuaces la agarraron sin permiso y la empujaron fuera del local.

Larkyra cayó al suelo mojado. El golpe provocó un dolor agónico en su mano herida.

La tarde se había convertido en noche y la gente la esquivaba en lugar de ayudarla. Todo el mundo se apresuraba a llegar a casa antes de que abrieran sus puertas esos negocios que solo interesaban a aquellos que tenían ciertos gustos adquiridos.

Larkyra respiró hondo mientras se incorporaba. Lo único que quería era gritar a pleno pulmón, rendirse a lo que su magia le rogaba. Pero no lo hizo.

No era capaz.

Y no solo porque estaba en mitad de su Lierenfast —su periodo destinado a vivir sin magia—, sino porque no podía arriesgarse a volver a hacer daño a gente inocente. A Larkyra le llevó años de práctica domar su voz para pasar de las meras notas mágicas de dolor y rabia, a la más absoluta destrucción y, más tarde, a ser capaz de domesticarla para hacer los hechizos más complejos. Pero cuando estaba así de alterada, le resultaba mucho más difícil mantener el control de su propio poder.

«Por los dioses perdidos —pensó Larkyra, frustrada, mientras recorría los bajos fondos apretándose la mano contra el pecho—. ¡Ojalá fuera libre para sentir sin ataduras!».

Deseaba poder reír, berrear y gritar el nombre de alguien sin miedo a que su magia se trenzara con sus palabras.

Los ojos le ardían por las lágrimas que derramaba. Pronto sería incapaz de contenerlas.

Necesitaba encontrar un lugar donde estar a solas.

Así que dejó atrás el Mercado de Medianoche y no se detuvo hasta llegar a la calle del Encuentro.

La mezcla de olores —sudor, orina y fogatas— se instaló en la nariz de Larkyra mientras la joven se abría paso entre puestos amontonados como fortalezas infantiles. Ahí se escondía la gente que, además de no tener nada, deseaba ser olvidada. Se aferraban a las sombras igual que ella se apretaba la mano ahora deforme.

—No nos mires —le decían todos.

—¡Palomita! —le graznó una mujer que parecía un simple montón de harapos con un par de ojos azules—. Vas goteando como un barril de vino en el cumpleaños de un miembro del Consejo. Ven aquí y déjame que me ocupe de eso.

Larkyra negó con la cabeza. Estaba dispuesta a irse hasta que la mujer añadió:

—Puede que la pierdas entera si no evitas que se te infecte.

Larkyra dudó.

«Necesito estar sola», pensó.

—Apenas tardaré unos cuantos granos de arena —insistió el montón de harapos—. Ven aquí. Muy bien. Acércala al fuego para que pueda ver cuánto has sufrido.

«No solo sufro por lo que tengo en la mano...», pensó Larkyra mientras la mujer le examinaba el dedo.

—Vas a sentir como si te achicharraras, pero hay que interrumpir el sangrado. —La mujer sacó del fuego una pieza plana de metal. Larkyra contuvo un siseo de dolor cuando lo hundió contra su dedo amputado. El olor a carne quemada le llenó las fosas nasales y, por un momento, sintió que estaba a punto de desmayarse—. Muy bien. La peor parte ya ha pasado, palomita. Te has portado mucho mejor que la mayoría.

«Porque sé lo que es sufrir de verdad», reflexionó Larkyra mientras sentía en sus hombros el peso del cansancio. Aquel no había sido un buen día.

—Espero que haya valido la pena —musitó la mujer volviendo a su tarea—. A mí me sirvió —aseguró sonriendo con sus dientes amarillos mientras le enseñaba a la joven el hueco donde una vez tuvo un meñique. Era una herida vieja, puede que tan vieja como aquella mujer—. Era la perla más grande que había visto nunca. Mi piedra de nacimiento, además —recordó la anciana mientras extendía la mano como si todavía pudiera ver allí la joya.

Larkyra sonrió levemente.

—Era un anillo precioso —aseguró la mujer—, y supongo que entonces mis manos también eran preciosas. Pero las cosas bonitas nunca duran. Será mejor que lo tengas presente, palomita.

Larkyra asintió y logró relajarse un poco al notar cómo la anciana le limpiaba y le vendaba la mano. Trabajaba con esmero, aunque solo tenía a su disposición agua de lluvia y jirones de sus propios harapos.

—¡Lista! ¡Como nueva! —afirmó la mujer cuando Larkyra levantó el dedo recién vendado.

A pesar de cómo se sentía, Larkyra se obligó a reunir fuerzas de cara a lo que iba a hacer justo después. Se aferró a sus recientes frustraciones para recordar lo que había aprendido sobre el control de sus dones. «Contrólate», le ordenó a su magia mientras inspiraba y espiraba. La joven tuvo que hacer todo ese esfuerzo solo para poder decir una palabra:

—Gracias.

La anciana asintió, sentándose. Cerró los ojos y fue como si nunca hubiera estado allí.

Larkyra se encaminó hacia una zona más siniestra de la calle del Encuentro. Allí, la penumbra pasaba de estar salpicada por destellos de hogueras a ser una densa oscuridad. Solo la luna creciente iluminaba con timidez los cuerpos agazapados que confiaban sus pensamientos a las paredes.

Allí fue donde Larkyra encontró un callejón solitario, lleno de basura putrefacta, en el que ni la luz de la luna se atrevía a llegar hasta el final. Se dejó caer al suelo y la frialdad de la piedra le supuso un alivio en la espalda. Larkyra se aferró a su mano herida.

Por fin estaba sola.

Y ser consciente de ello le permitió emitir un ligerísimo ruido.

Un sonido que se convirtió en un sollozo.

Se le escaparon algunas ondas amarillas de magia mientras lloraba. Y no lo hacía por el dedo perdido. Después de todo, aún le quedaban nueve y sabía que había gente pasándola mucho peor que ella.

No, Larkyra lloraba por todas las veces que no había podido hacerlo. Por todos los momentos, y fueron muchos, en los que tuvo que mantenerse en silencio, callada, controlándose, mostrándose contenta cuando estaba triste. Lloró por los diecinueve años que llevaba tratando de ser buena. O, mejor dicho, por haberse visto obligada a tener que intentarlo. Larkyra lloraba porque era más seguro que gritar.

Y no paró de hacerlo hasta que el sueño se apoderó de ella.

Por la mañana, Larkyra encontró un montón de ratas. Aquellas eran las únicas criaturas en las que no había pensado mientras yacía en el callejón. Estaban todas abiertas en canal, como si en vez de lágrimas hubiera llorado cuchillos.

Tres días después, Larkyra estaba de mucho mejor humor.

Nunca había sido demasiado propensa a la melancolía.

Y, además, era un día especial. Tras llevar un mes viviendo de aquella manera, su Lierenfast por fin terminaba. O lo haría tan pronto como llegara a casa.

Además, era su cumpleaños.

Con una sutil melodía en mente, Larkyra recorrió el camino que llevaba de los bajos fondos a los anillos exteriores de la ciudad. Mientras atravesaba aquellas callejuelas abarrotadas, la humedad hacía que el sudor le bajara por el cuello. Los veranos en Jabari eran insoportables, pero a Larkyra le parecía que en aquella zona eran aún peores porque el sol estaba muy alto desde por la mañana temprano y cocía las callecitas de piedra rojiza por donde la brisa apenas se atrevía a pasar.

Al girar en una esquina, el aire se inundó del dulce aroma de los carritos que vendían galletas de arroz, así como de los murmullos y toses de aquellos residentes que vivían apretujados de una manera casi íntima. Larkyra se había acostumbrado a aquella parte de la ciudad; no le había quedado otra. A pesar de las dificultades con las que se había encontrado, se dio cuenta de que extrañaría aquello. Los bajos fondos le recordaban a otras partes de otra ciudad, muy lejos de allí, a la que llamaba hogar.

Se rascó con suavidad la venda del dedo; la acompañaba un dolor punzante que no cedía. Se acomodó bien su ropa desgastada. Lo que había empezado siendo un atuendo sencillo pero impecable de túnica y pantalón acabó convertido en un revoltijo de hilos que se enredaban en un intento desesperado de mantener su recato intacto. Aunque tampoco es que hubiera mucho que mirar. Larkyra siempre había sido la más delgada de las hermanas. Como a Niya le encantaba decir, la más pequeña era «un delicado pajarillo que por mucho que picoteara no engordaba».

Aquel recuerdo de su hermana pelirroja despertó una sonrisa en los labios de Larkyra.

La primera sonrisa desde que perdió el dedo.

«Me muero de ganas de llegar a casa», pensó Larkyra mientras aceleraba el paso.

Pero, de repente, se le metió entre los dedos de los pies una masa tibia y húmeda. Al bajar la vista, Larkyra vio que acababa de pisar un buen montón de excrementos de caballo.

Durante un instante, lo único que hizo fue permanecer allí, de pie, observando sus sandalias que, si ya de por sí tenían un aspecto horrible, ahora, además, estaban cubiertas de estiércol.

Y entonces empezó a reírse.

Como tenía la magia adormecida en el vientre, el sonido de su risa era libre para flotar inofensivo en el viento como el zumbido de los colibrís. Varios de los transeúntes que pasaban a su alrededor se quedaron mirándola como si hubiera perdido la cabeza.

Pero nada iba a opacar la alegría de Larkyra.

—Vuelvo a casa —dijo sin dirigirse a nadie en particular mientras, con un sonido húmedo, movía los pies en aquel montón de estiércol—. Y, en cuanto llegue, voy a ir directo a la habitación de Niya y me voy a acostar en su cama. Y me taparé con sus sábanas. O, aún mejor, me acostaré al revés para poner los pies sobre su almohada.

Aquel pensamiento le provocó a Larkyra otra carcajada mientras retomaba su camino. Su mente burbujeaba con tanta alegría que, por un momento, se olvidó del aspecto y el olor que debía de tener, así como del hecho de que ahora poseía cuatro dedos en vez de cinco.

¡Pero estaba volviendo a casa!

Al cruzar un puentecito que llegaba hasta el último de los

anillos de los bajos fondos, un ruido lo hizo mirar a uno de los callejones laterales.

Un grupo de personas que se parecían mucho a ella estaban rodeando a un hombre que no se parecía a ninguno de ellos. Su elegante ropa mostraba que tenía un alto nivel de vida y sus botas enceradas emitían un brillo que hacía juego con el de la espada que empuñaba.

Estaba armado, pero también en franca minoría. Además, sus oponentes portaban lanzas muy toscas y bolas de hierro con púas.

Quienes se criaban en los bajos fondos aprendían muy rápido a desentenderse de los enfrentamientos como aquel. La supervivencia no estaba solo reservada a los más fuertes, sino también a los que se mantenían alejados de los problemas ajenos. Pero Larkyra no encajaba en esa descripción ni por asomo, por lo que sintió una punzada de empatía en el pecho que la arrastró hasta el callejón.

—No busco pelea —dijo el hombre con un acento muy marcado que mostraba su buena educación.

—Pues no pelees —respondió sonriendo uno de aquellos bribones, que tenía la espalda tan ancha como dos hombres—. Danos todo lo que lleves en la bolsa.

—¡Y la espada! —añadió otro rufián.

—¡Y esa bonita capa! —agregó un tercero.

—¡Y las botas! ¡Me gustan esas botas tan brillantes! —exclamó el cuarto.

—Si haces eso, te dejaremos en paz —aseguró el primero de todos.

—¿Y por qué dejarlo así? ¿Por qué no se llevan toda mi ropa? —los retó el hombre.

—No... No somos tan avariciosos.

El joven levantó una ceja sorprendido.

—Me alegra saber que tienen principios...

El rufián de mayor tamaño se le acercó amenazadoramente enarbolando su arma y dijo:

—Señores, creo que se está riendo de nosotros.

—Y si él no se está riendo de ustedes, yo claro que lo estoy haciendo —comentó Larkyra desde donde lo estaba observando todo apoyada contra el muro.

—¿Quién eres tú? —ladró el líder, haciendo que todos la miraran.

—Solo vengo a decirles que dejen en paz a ese pobre hombre.

—Este hombre no tiene nada de pobre, sabandija —le respondió el más robusto soltando una carcajada—. Ahora sigue tu camino y te prometemos que no serás la siguiente en salir herida.

—No va a ser posible —dijo Larkyra sintiendo que su magia empezaba a bullir en su tripa.

—¿Y eso por qué?

—Bueno, pues porque hoy es mi cumpleaños y me encantaría pasarlo sin ver cómo asaltan o matan a alguien.

—Pues deberías haber pasado el día en la cama, sabandija, o haberte arrancado esos bonitos ojos azules, porque aquí no hay día en el que no pase una de esas cosas.

—Lo sé —afirmó Larkyra—, pero aun así me gustaría intentarlo. Así que se los repito: deberían irse.

De aquel grupo de hombres escaparon más risitas.

—Señorita, por favor, lo tengo todo bajo control —dijo el hombre al que habían acorralado.

—¿Y por cuánto tiempo? —le preguntó Larkyra.

Pareció pensar en ello mientras analizaba a sus oponentes.

Estos lo miraron con desdén y alzaron sus armas.

Larkyra no tenía intenciones de pelear, pero tampoco quería marcharse sin más. De ninguna forma. Aunque también era cierto que con una sola mano...

«Es cosa mía, déjame que lo haga por ti», susurró su magia.

Larkyra le ofreció una caricia interna a sus poderes, que ya bullían inquietos a la altura de sus pulmones. Era como una domadora calmando a un tigre hambriento.

«No te metas», pensó, tratando de persuadir a su magia.

Larkyra ya había percibido que este grupo no poseía los dones de los dioses perdidos, lo que era bastante común en Jabari. Esa fue una de las razones por las que decidió intervenir. Quería ayudar, pero también quería hacerlo rápido y sin llamar la atención. Y aunque se suponía que no debía usarla, que debía pasar el día sin ella porque era la última jornada de su Lierenfast, decidió que un poco de magia no haría daño a nadie. No al menos en el estado en que se encontraba: tranquila, serena y contenida.

Larkyra ya lo había decidido. Sus poderes le hacían cosquillas en la garganta.

—¡Ahora!

Una ráfaga de su magia amarilla estalló contra la cara de los rufianes interrumpiendo de golpe sus risas.

Larkyra se acercó a ellos y, en tono de advertencia, les dijo:

—Sigan su camino o lo pagarán con algo más que sangre.

Si alguno de los transeúntes tuviera la Visión, algo que poseían todos los tocados con los dones de los dioses perdidos, habrían observado cómo cada una de las palabras de Larkyra desprendía una cálida niebla de color miel que se posaba sobre la cabeza de sus víctimas. Pero allí nadie disfrutaba de aquellos dones, así que nadie vio nada.

Aquellos hombres parpadearon con los ojos vidriosos antes de darse la vuelta y marcharse de allí.

El callejón quedó en silencio y la magia se retiró.

—Bueno... —dijo una voz detrás de la joven—. Todo esto ha sido bastante extraño... Pero te doy las gracias.

Larkyra vio cómo aquel señor tan refinado volvía a envainar su espada mientras la observaba con una mirada curiosa.

Cuando se quedaron a solas, la chica tuvo ocasión de observarlo con tranquilidad.

Supo algo de forma instantánea: era muy hermoso.

Insoportablemente hermoso.

Su pelo de un cobrizo intenso desprendía un resplandor que atravesaba el callejón y que contrastaba muy bien con su piel pálida y su atuendo oscuro. Sus rasgos marcados exudaban juventud, pero sus ojos verdes interponían un muro de calculada desconfianza. Larkyra se preguntó si ese joven siempre llevaba aquel atuendo o si solo se lo había puesto para despertar el interés en sus riquezas de cualquier vagabundo de la zona.

—Fue una tontería de tu parte pasear por aquí vestido así —le dijo Larkyra.

—Sí, debí pensarlo mejor —dijo el joven mirando su propia vestimenta—. Pero esta fue la ropa más sencilla que encontré.

—Brillas como una moneda nueva de cobre en un montón de mierda —le espetó Larkyra—. Cualquiera que te vea se querrá quedar contigo.

—¿Eso es lo que estás haciendo ahora mismo? ¿Quedarte conmigo?

—Creí que era obvio que te estaba salvando —le contestó la chica arqueando una ceja.

—Sí... —susurró el hombre—. Ha sido impresionante. ¿Cómo conseguiste que te hicieran caso?

Larkyra disimuló una punzada de fastidio.

—Ahí te quedas con tu bolsita de monedas, tu capa, tu espada y tus botas recién pulidas. ¿Qué importa cómo lo he conseguido? Vuelve ya al sitio del que provienes. No creo que me den ganas de volver a salvarte.

Larkyra se dirigió hacia la calle principal. El joven la siguió.

—Ese es el problema: trataba de volver al sitio del que «provengo», como tú dices. Pero, verás... Parece que... después de todo...

—Que te has perdido —lo interrumpió Larkyra.

—Sí —contestó el joven.

Larkyra dejó escapar un suspiro que llamó la atención de los transeúntes, quienes, sin duda, dieron por hecho que aquella chica intentaba engañar de alguna forma a aquel hombre tan bien educado con el que estaba hablando.

—Sígueme —le dijo Larkyra.

—¿A dónde vamos?

—¿No eres muy listo, verdad?

—¿Me vas a llevar de vuelta a casa?

—Te voy a sacar de aquí. El camino a casa tendrás que localizarlo tú una vez que lleguemos al anillo central.

—Eso sí creo que podré hacerlo.

«Cómo no», pensó Larkyra mientras se internaban entre los quiebros y atajos del laberinto de los bajos fondos.

Larkyra seguía observando al chico que llevaba a su lado. Era alto y delgado sin llegar a ser esquelético. Saltaba a la vista que su poder residía más en su velocidad que en su fuerza bruta.

—¿Y qué haces por aquí? —le preguntó a aquel joven después de un buen rato.

—Estoy en Jabari por una Eumar Journé —le contestó posando en ella sus ojos verdes.

Larkyra sabía que él tenía claro que ella le estaba preguntando qué hacía por los bajos fondos, pero era obvio que no quería hablar sobre el asunto que le había llevado hasta allí. Larkyra era respetuosa con los secretos ajenos, así que no insistió.

—Es una celebración de cumpleaños para una chica que ha alcanzado los diecinueve años, la mayoría de edad —explicó el chico mientras caminaban por un puente abarrotado.

—Ya sé lo que es una Eumar Journé —lo cortó Larkyra—. ¿De qué familia es?

—Estoy seguro de que no los conoces.

—¿Y por qué estás tan seguro?

—Bueno... Pues... Yo...

Larkyra ocultó la sonrisa que le produjo ver el rubor que invadió el rostro del joven. A pesar del retraso que aquello le iba a implicar, la chica decidió que valía la pena disfrutar de aquella extraña compañía.

—Se trata de los Bassette —acabó admitiendo el pelirrojo.

—Ah... —contestó Larkyra sintiendo un pellizco en el estómago al oír ese nombre—. Una familia del Consejo. Seguro que organizan una gran fiesta.

—Sí —dijo el muchacho, examinándola—. ¿Antes dijiste que hoy es también tu cumpleaños?

—Así es.

—Felicidades. Espero que tengas un gran día.

—Lo será en cuanto te deje ir.

El joven sonrió tras la burla. Durante unos instantes, aquella vagabunda y aquel caballero caminaron codo con codo con idéntica expresión en las caras.

—¿Te duele? —preguntó él observando la mano que ella se acercaba al pecho.

Larkyra se sonrojó al darse cuenta de que llevaba tiempo sin cambiarse las vendas. Además, eso le hizo pensar que estaba más que sucia y que, sin duda, teniendo en cuenta el estiércol que le cubría los zapatos, apestaría muchísimo.

—No tanto como me ha dolido en otros momentos —le contestó dejando de lado el pudor.

—¿Qué te pasó?

—Decidí que no me gustaban demasiado algunos de mis dedos, así que me lo arranqué de un mordisco.

—No tienes por qué mentirme —le dijo el chico.

—¿Cómo sabes que te estoy mintiendo? —le contestó Larkyra.

—Porque la mentira y yo somos viejos conocidos.

Larkyra lo miró y vio en sus ojos un destello de frustración; no hacia ella, sino hacia el asunto al que se estuviera refiriendo.

—Ya estamos —dijo Larkyra cambiando de tema—. ¿Sabrías llegar a tu destino desde aquí?

El mozo miró a su alrededor. Estaban en mitad del mercado del anillo. El sonido de los vendedores gritándoles sus precios a los compradores se mezclaba con el aroma salado de la comida callejera que cocinaban al fuego.

—Sí. Podré encontrar mi destino —dijo el caballero.

—Bien.

—Gracias de nuevo —le dijo extendiéndole una mano enguantada—. Te debo una bien grande por lo que has hecho hoy.

Larkyra observó aquella mano que él le ofrecía. La piel del guante estaba reluciente en comparación con la suciedad de su propia piel. Incluso después de haberle salvado la vida, el hombre estaba siendo muy de amable con una criatura como ella: una alimaña callejera, una donnadie en comparación con alguien como él.

Despacio, colocó su mano buena sobre la de él. Le pareció que su apretón era cálido y firme.

—Me llamo Darius, por cierto. Darius Mekenna de Lachlan.

—Ha sido interesante conocerte, Darius Mekenna de Lachlan —dijo Larkyra antes de voltearse.

—¡Espera! —exclamó él. Ella lo miró por encima del hombro—. Puedo devolverte una parte de lo que ahora te debo. ¿Tienes hambre?

Una parte de Larkyra se moría por decir que sí, porque tenía hambre. Además, cada vez sentía más curiosidad por este hombre cuya sonrisa le resultaba tan reconfortante. Pero..., ay, qué pena.

—Me temo que no —le contestó—. Tendrás que devolverme el favor otro día.

—¿Y si no nos volvemos a ver? —preguntó Darius frunciendo el ceño.

—Los dioses perdidos obran de maneras misteriosas —dijo Larkyra con una sonrisa—. Puede que sí nos volvamos a encontrar, ¿quién sabe?

Larkyra caminó, mezclándose con la multitud. Se aseguró de no volver la vista atrás.

Muy pronto llegó a una de las partes más adineradas de la ciudad, el anillo central. Allí su aspecto llamaba la atención como un corte ensangrentado en una piel de ébano. Aunque por todo Jabari se podían encontrar lugares hermosos, este se llevaba la palma. Los edificios, literalmente, resplandecían con oro, marfil y plata.

Larkyra se descubrió admirando extasiada la ciudad en que nació. Era tan alta como ancha y tan profunda como estrecha. El epicentro de Jabari se alzaba desde la costa hasta la cresta de una montaña. La arquitectura, refinada y ascendente, parecía querer tocar las nubes para encontrarse con los dioses perdidos. Larkyra sintió un nudo en la garganta cuando se paró a contemplar el mar de edificios que se extendía bajo sus pies.

A pesar de que los dioses perdidos habían abandonado

Aadilor muchas generaciones atrás, su magia aún perduraba en espacios concretos, islas remotas y ciudades cubiertas por la jungla. Jabari estaba condenada a ser un lugar sin dones mágicos, pero eso no la hacía menos esplendorosa. Todo aquel asunto seguía muy vivo en los cuentos de antes de ir a dormir: los padres susurraban a sus hijos, estupefactos, que aún quedaban entre ellos algunos seres bendecidos que solían esconderse de la mirada ajena. «Seres como yo», pensó Larkyra.

Al aproximarse a la gran hacienda que dominaba el final de aquella calle, Larkyra se detuvo en la puerta. Era enorme, ocupaba tres manzanas y tenía grandes columnas salomónicas que atravesaban varios pisos. El edificio exhibía hermosos ventanales y, aunque no se podía ver desde la calle, Larkyra sabía que una inmensa cúpula de cristal ocupaba el centro del mismo. Exóticas flores de color morado, rojo y azul enmarcaban un camino de piedra que conducía hasta la puerta principal.

Larkyra respiró hondo para disfrutar de la rica fragancia. Sabía que la entrada de servicio estaba en un lateral, por un caminito que podía pasar desapercibido. El portón se abrió con un simple silbido de sus labios. Al entrar, Larkyra no giró hacia la izquierda, a la parte trasera del edificio; lo que hizo fue cruzar a través de un invisible velo de magia, un punto de espesor en el aire que le acarició la piel y que, al reconocerla, le permitió atravesarlo. Caminó en línea recta hacia la entrada principal y se detuvo ante una puerta de color dorado finamente labrada.

Mientras jalaba la cuerda que tocaba el timbre, leyó la historia que con gran delicadeza decoraba aquella superficie: el cuento de tres niñas y sus poderes mágicos.

Las figuras estaban en bajorrelieve, sobresalían como si vivieran atrapadas entre dos mundos: cada una de ellas tenía un pie que avanzaba hacia el sol y otro que desaparecía tras la superficie plana, hacia un lugar desconocido. Más arriba, la mirada de Larkyra se posó en una adulta con una vestimenta ligera. La elegante dama sonreía sentada junto a un hombre con una gran barba que solo le prestaba atención a ella y a las niñas. Larkyra sintió un nudo en la garganta al observar los ojos vacíos de la mujer y la sonrisa que tanto se parecía a la suya, y entonces la pesada puerta se abrió.

Un hombre muy delgado con facciones de ave y traje de mayordomo miró a Larkyra. Ni siquiera parpadeó ante el aspecto que la chica presentaba. Tampoco retrocedió ni mostró ningún signo de sorpresa al encontrarse de frente con una chica de Jabari en la puerta de la casa.

Simplemente inclinó la cabeza y se hizo a un lado.

—Lady Bassette, bienvenida a casa.

CAPÍTULO DOS

Larkyra sentía que le aprisionaban los pulmones, pero supuso que los corsés no estaban diseñados para resultar cómodos mientras se corría con ellos puestos. Aun así, después de haber pasado casi un mes llevando siempre blusones anchos, Larkyra se sentía bastante cómoda en sus ropas bien cosidas.

Se le daba bien adaptarse. Si en algo destacaban los Bassette era en su capacidad de adaptación.

Se oyó otro grito en el ala sur. Esta vez procedía de mucho más cerca, así que Larkyra se recogió la falda. Rabiando de dolor por su dedo herido, corrió lo más rápido que pudo sin mirar atrás.

Jadeando, cerró las puertas enormes de la sala de armas y se desplomó contra ellas afinando el oído para detectar los pasos que se acercaban.

—Terminará pasando por aquí —dijo Arabessa desde la zona de tiro al blanco. Entonces, lanzó dos cuchillos que desaparecieron antes dar en el blanco.

La magia de Larkyra le burbujeó ansiosa en la garganta antes de poder tragársela.

—Sí —dijo mientras se acercaba a su hermana entre el

sonido de su falda azul—, pero para cuando llegue ese momento espero que el paseo la haya tranquilizado.

—En todo caso, lo de tener que buscarte para poder vengarse solo va a hacer que esté más enfadada.

—¡Caray! —Larkyra observó la puerta cerrada—. No lo había visto así.

—Siempre te pasa lo mismo, querida —dijo Arabessa agarrando las nuevas dagas que Charlotte, la doncella que compartían, le iba pasando.

La sala de armas era muy grande y tenía los techos altísimos. El olor a almizcle de la madera y el aroma del metal llenaba los pulmones de Larkyra con los recuerdos de tantas noches interminables que se había pasado trabajando en ese espacio. Aquel aroma le traía recuerdos de músculos adoloridos y de chorros de sudor.

—Gracias, Charlotte —dijo Arabessa colocándose las dagas en el cinturón que le cerraba la falda—. Será mejor que te marches antes de que llegue la tormenta.

—He soportado tempestades mucho peores por ustedes, chicas —respondió la doncella con una sonrisa de lado.

Charlotte era una mujer muy bajita con las manos venosas. A pesar de tener una apariencia frágil, Larkyra era consciente de que, cuando alguien la provocaba, podía poner de rodillas al más corpulento de los hombres. Aquella era una cualidad de la que, sin duda, el padre de las tres niñas era consciente cuando la contrató para cuidarlas. De hecho, todos los empleados de los Bassette desplegaban un amplio abanico de talentos que cualquiera diría que sobrepasaban las obligaciones normales de lo que correspondía a su puesto. Todos ellos habían nacido con cierto nivel de dones de los dioses perdidos y, entre aquellos muros, eran libres para liberar su magia. Eso hacía que Larkyra entendiera aquel hogar como un santuario, un lugar en el que nadie tenía que esconder quién era... lo que en Jabari resultaba una verdadera rareza. Allí, hacer pública la magia que poseías significaba con frecuencia una vida de persecuciones y marginalidad, debido a que se percibía la magia como algo amenazante que otorgaba a sus portadores demasiado poder. Aquello creó unos vínculos de profunda lealtad entre la familia de Larkyra y sus empleados.

Larkyra se enterneció al ver a aquella mujercita junto a su hermana. Charlotte les había enseñado a las niñas que nadie te profesaba mayor devoción que aquellas personas a las que les guardabas sus mayores secretos.

—Puede que sea cierto —dijo Arabessa—, pero viendo que Lark ha tenido un mes para idear el teatrito que está ahora mismo representando, igual lo mejor es que las hermanas gestionemos todo esto a nuestra manera.

Larkyra observó cómo Arabessa jugueteaba con la hoja de un cuchillo entre los dedos.

—Tal vez sería mejor que te quedaras, Charlotte. A lo mejor es conveniente tener un testigo.

La mujer se limitó a chasquear la lengua con resignación y, mientras se marchaba, con un movimiento ondulatorio de su mano enderezó una daga torcida en la pared opuesta.

—El baño te ha sentado muy bien —dijo Arabessa acercándose a un mueble en el que se exponían estilizadas espadas de esgrima—. Veo que has vuelto más delgada, lo que no es ninguna sorpresa..., pero también observo que no estás del todo intacta.

Larkyra sintió que el dedo herido le palpitaba con más fuerza, como si la burla de su hermana le hubiera ofendido tanto como a ella.

—No todo el mundo puede ser tan perfecto como tú —replicó Larkyra.

—Pues no —comentó Arabessa mientras seleccionaba dos

espadas de aquel mueble—. Y está bien que por fin lo admitas. —Arabessa lanzó una de las armas a Larkyra, y esta agarró la empuñadura en el aire—. Hazlo con la mano izquierda.

Larkyra entrecerró los ojos y cambió el agarre. Se sentía rara. Apretó los dientes para ahuyentar el dolor y hundió en el metal la parte de dedo que le quedaba como diciéndole a su hermana: sí, incluso estando peor que antes, aún puedo sostener una espada tan bien como tú.

—No llevo la indumentaria necesaria para un combate —comentó Larkyra.

—Se supone que debemos practicar en todo tipo de circunstancias —respondió Arabessa mostrando con un gesto su vestido de día de cuello alto color morado oscuro, así como sus rizos negro azabache recogidos en un moño apretado—. Ahora, si ya terminaste de poner excusas...

Arabessa avanzó hacia Larkyra con movimientos decididos y sutiles, como si el aire fuera una partitura que guiara cada uno de sus gestos. Por supuesto, su gracia innata estaba relacionada con algo que fastidiaba mucho a Larkyra, los dones musicales de Arabessa: su hermana tenía la facultad de tocar hábilmente cualquier instrumento fabricado por un ser humano o una criatura. Al compararse con ella, Larkyra se sentía como un pato mareado.

La joven retrocedió un paso ante el ataque de Arabessa.

La magia se le revolvió en las entrañas y la frustración hizo que Larkyra agarrara mejor la espada, usando el meñique y el índice para compensar la pérdida del otro dedo. Justo entonces dio un paso adelante lanzando un ataque.

Arabessa la bloqueó e hizo una finta antes de retroceder.

Cuando la espada de su hermana chocó contra la suya, la vibración recorrió el objeto hasta llegar a la mano de Larkyra provocando que casi perdiera el agarre. Larkyra se enderezó y dio un paso atrás esperando que sus otros dedos compensaran su pérdida. Las jóvenes giraron en círculo y Larkyra pudo responder a cada uno de los ataques de su hermana. En el proceso, tuvo que aprender a reajustar un par de cosas para acomodarse al hecho de que le faltaba un dedo.

—Sabes cómo darle a tu hermana la bienvenida —espetó Larkyra—. Yo también te extrañé...

Arabessa esbozó una sonrisa antes de trazar una equis con la espada que hizo que a Larkyra se le cayera el arma de las manos para acabar aterrizando en el suelo.

—No estuviste tan mal como creía —afirmó Arabessa.

—¿Gracias...? —Larkyra se acarició la piel suave de su dedo herido a través de la venda. Ahora aquel dolor palpitaba como una bestia insaciable.

—Aunque tendrás que practicar más, claro —añadió Arabessa.

—Por supuesto —contestó, escueta, Larkyra.

—Ahora ven aquí. —Arabessa abrió los brazos para acoger a su hermana pequeña—. Bienvenida a casa, pajarillo.

A pesar de ser la pequeña, Larkyra era tan alta como Arabessa, así que le colocó la barbilla sobre el hombro e inhaló el aroma a vainilla y rosas tan característico de su hermana mayor.

—Y feliz cumpleaños —murmuró Arabessa.

—Gracias. —Larkyra se apartó de su hermana con una sonrisa—. Feliz cumpleaños a ti también.

—El vigesimotercer cumpleaños no tiene nada de especial... —respondió Arabessa haciendo un gesto con la mano con el que se quitaba importancia—, pero ¿el decimonoveno? ¡No me puedo creer que hoy sea tu Eumar Journé! Parece que fue ayer cuando cumpliste doce años. La casa lleva siendo un caos varias semanas debido a los preparativos de la fiesta de esta noche.

A pesar de que Larkyra y sus hermanas compartían cumpleaños, su padre había decretado que en sus Eumar Journés cada una tendría su propia fiesta de comienzo de la mayoría de edad.

—Lo sé, Cook prácticamente me asaltó en cuanto atravesé la puerta solo para que probara el menú —contestó Larkyra—. Pero tengo que confesar que me emocionan mucho más las celebraciones posteriores a la fiesta.

—Estoy de acuerdo —confirmó Arabessa—. Pero no pensemos en lo que aún no ha pasado. Cuéntame con detalle todo lo que te sucedió, especialmente el momento en el que te pusiste tan linda —dijo agarrando la mano herida de su hermana.

Larkyra le resumió a Arabessa toda la historia del anillo de esmeraldas y la esposa del dueño de la casa de empeños.

—Me sorprende que no te arrancara la mano entera.

—Eso habría sido bastante desproporcionado —respondió Larkyra.

—Los castigos casi siempre lo son allí, en los bajos fondos.

—Es cierto —musitó Larkyra—, pero tampoco tengo intención de regresar para que aquel hombre termine con lo que empezó. Ya me costó bastante no gritar hasta aniquilarlo mientras me cortaba el dedo.

—Sí. Estoy segura —dijo Arabessa en tono dulce—. Pero recuerda que para disfrutar de lo que tenemos, para no olvidar por qué hacemos lo que hacemos... debemos experimentar cómo es la vida de los demás. Es importante practicar renunciando a nuestros dones, por muy afortunadas que seamos.

Sus hermanas ya habían superado su propio Lierenfast durante el mes previo a sus Eumar Journés. El resto de las familias nobles no tenía ni idea de que los Bassette llevaban a cabo esa tradición, pero esta familia tenía razones de sobra para hacerlo así. No hacían nunca nada sin un motivo.

—Hablas igual que padre —resopló Larkyra.

—Pues no se me ocurre mejor piropo —contestó Arabessa—. Por cierto, ¿ya hablaste con él?

—No, aún no me ha llamado —dijo Larkyra con un nudo en el estómago.

—Pronto lo hará.

Tras ellas, la puerta se abrió de golpe.

La chica entró a la habitación con la imparable belleza de las olas rompiendo al atardecer. Aun siendo bajita, todo lo que le faltaba en altura lo compensaba con sus curvas y el contoneo de sus caderas. Su vestido, del suave color del durazno, burbujeaba agitado por cada uno de sus pasos. Le gustara o no, sus movimientos siempre reflejaban su estado de ánimo. Aquella era una de las consecuencias de tener el hipnótico don de la danza.

—Querida hermana —la saludó Niya al llegar a su altura usando un tono ligero que contrastaba con lo penetrante de su mirada—, qué afortunados somos de presenciar tu retorno en este día. No habrá Eumar Journé más feliz.

—Gracias, Niya. —Larkyra miró a su hermana con un regocijo disimulado, pero aún a la defensiva—. Feliz cumpleaños para ti también.

—Sí, gracias. —Niya se apartó de la cara un rizo rojizo—. ¿Por eso te has mutilado la mano? ¿Para hacerme un regalo?

Larkyra se esforzó por mantener el rostro relajado, el pequeño miembro fantasma de su dedo perdido se retorcía en su mano.

—Justamente, ¿te gusta? —dijo mostrando el hueco sin tapujos.

—Es muy pequeño —contestó Niya encogiéndose de hombros.

Larkyra frunció los labios.

Niya levantó una ceja perfecta.

Y una sonrisa irrumpió en el rostro de ambas.

—¡Ven aquí, sapito! —Niya apretó a Larkyra en un abrazo—. Me alegro de que estés en casa. Pero espero que durante tu Lierenfast hayas aprendido a dormir con un ojo abierto —le susurró a su hermana en el oído—. Porque ten clarísimo que te voy a devolver el emotivo regalo que me dejaste en la cama. A lo mejor hasta te vuelvo a hacer simétrica cortándote el otro dedo anular.

—Me muero de ganas de que lo intentes.

Larkyra apretó más a su hermana.

—Pues que empiece el juego.

—Pensaba que ya había empezado.

—¿Cuánto tiempo más va a durar este abrazo tan sigiloso y espeluznante? —preguntó Arabessa—. Si quieres, estaré encantada de decirle a Cook que retrase un par de granos de arena la cena de esta noche. Estoy segura de que le hará mucha ilusión.

—¿Te sientes excluida? —Niya dio un paso atrás mirando a su hermana mayor.

—Jamás en la vida.

—¿Cuál es la mayor cantidad de...? —empezó a decir Niya antes de que las interrumpieran.

—¡Sabía que las encontraría aquí! —dijo una voz profunda que hizo que la cabeza de Larkyra se llenara de recuerdos de su infancia compartida.

Un apuesto hombre negro se encontraba junto a la puerta abierta.

—¡Zimri! —Larkyra fue corriendo hacia él y se echó a sus brazos.

Él perdió un poco el equilibrio y, entre risas, tardó un instante en devolverle a la chica el abrazo.

—Me alegra comprobar que tu espíritu sigue intacto después del tiempo que has pasado afuera.

—No solo sigue intacto, sino que este tiempo me ha servido para sacarle brillo.

—Ya veo —dijo Zimri con tono afectuoso.

Zimri D'Enieu era el hijo de Halson D'Enieu, el más antiguo aliado del padre de las chicas. Desde la trágica muerte de aquel hombre y de su esposa, que dejó a Zimri sin ningún pariente vivo, el padre de las hermanas lo acogió y lo crio como si fuera suyo. Empezó siendo un chico enclenque y callado, pero gracias a la compañía de las hermanas Bassette y a la sabiduría y la fortaleza de su padre, se había acabado convirtiendo en un hombre robusto e independiente. Parecía lógico que Zimri acabara siendo la mano derecha del padre, algo que llevaba con seriedad y honor. Quizá, de hecho, con demasiada seriedad.

—¿Puedo soltarte ya? —preguntó Zimri.

—Solo si tienes que hacerlo —suspiró Larkyra.

Cuando volvió al suelo, por fin lo miró en serio. La arrebatadora sonrisa de Zimri y su penetrante mirada habían hecho suspirar y temblar a muchas mujeres y hombres. Y, como de costumbre, él iba muy elegante, con un traje gris de tres piezas con bordados de oro. Esos hilos hacían juego con sus ojos avellana.

—¿Es cosa mía o te has puesto más guapo desde que me fui? —le preguntó Larkyra.

—Es cosa tuya —dijo Arabessa desde el otro lado de la habitación.

Zimri la fulminó con la mirada, pero Arabessa siguió lanzando cuchillos como si nada haciendo que el silencio se llenara con el sonido rítmico del metal acertando en su objetivo.

Larkyra intercambió con Niya una mirada llena de significado antes dirigirse otra vez a Zimri.

—¿Me trajiste un regalo?

—Algo así —respondió Zimri acomodándose bien el traje—. Él ha pedido verte.

Larkyra sintió una punzada en su interior. «Allá vamos...».

—¿Ahora?

—Ahora.

Miró a sus hermanas, que le respondieron con gestos tranquilizadores, y volvió a girarse hacia Zimri.

—De acuerdo. Ve tú delante.

Larkyra creció en esa casa sin ser del todo consciente de los muchos secretos que se albergaban entre sus paredes. No pasaba una semana sin que descubriera un nuevo cuarto o pasadizo, y sin que al día siguiente volviera a buscarlo para descubrir que su hallazgo se había desplazado por entero a un piso diferente. Zimri la guio sin ningún esfuerzo por pasillos rematados por techos con vitrales. Bajaron tramos de escaleras decoradas con tapices bordados en lugares lejanos con hilos que danzaban a su paso. Cruzaron un puentecito que conectaba el ala sur con el ala oeste. No una sino tres puertas protegían las habitaciones de su padre donde, por fin, terminó ese paseo que la dejó sin aliento.

Larkyra se humedeció los labios. Su inquietud hacía que la magia le bombeara por las venas. Con su padre todo era una prueba o alguna especie de lección. Aunque, muy a menudo, ninguna de las hermanas sabía si había superado el reto, Larkyra solía dar por hecho que sus resultados no eran malos. Aun así, se enfrentaba a cada encuentro con una intensa mezcla de ansiedad y expectativas. Lo único que Larkyra siempre había querido era satisfacer a su padre; sentía que tenía mucho que compensarle por haberle arrebatado a su esposa.

La culpa pellizcó a Larkyra en el estómago como siempre que pensaba en su madre.

Zimri se apartó permitiendo que la muchacha se aproximara a las puertas, cada una diseñada de forma distinta a las demás: una era de ónix dentado, la otra de madera lisa y desgastada, y la tercera, de puro mármol blanco. En ninguna de ellas había nada que ayudara a identificar lo que escondían.

—Tú eliges —le encomendó Zimri apoyándose contra la pared adyacente—. Te estará esperando, elijas la puerta que elijas.

—¿No vienes conmigo? —preguntó Larkyra.

—Es a ti a quien ha pedido ver —contestó Zimri negando con la cabeza.

—Pero seguro que le alegra una visita tuya.

—Lark, vamos —resopló Zimri alzando la ceja.

Zimri era uno de los pocos que conocía el secreto que los Bassette escondían tras muros encantados y ciudades ignotas, ya que él procedía de ese lugar que la familia ocultaba con tanto cuidado.

—Feliz cumpleaños a ti también —gruñó Larkyra volviendo a concentrarse en la decisión que tenía delante.

Podía pasar cualquier cosa dependiendo de qué puerta tocara, o podía no pasar nada. Y aquello sería una lección sobre la cual reflexionar.

Pero en un día como aquel, en su Eumar Journé, Larkyra no sintió la necesidad de pensarlo demasiado, así que se dirigió con paso firme hacia una de las opciones y golpeó una, dos y tres veces la puerta de ónix.

Esta dio un crujido dramático al abrirse y de ella salió una corriente helada, lo que hizo que la joven se detuviera de golpe y por un instante dudara, más que en ningún otro momento de su vida, si acaso había tomado una mala decisión.

CAPÍTULO TRES

Todo iba bien.

O, al menos, eso parecía... Pero, por supuesto, puede que todo estuviera yendo fatal.

Larkyra había aprendido por las malas que, muy a menudo, la calma servía solo para disfrazar las más despiadadas intenciones.

El aire se iba templando conforme ella se aproximaba a la luz anaranjada que se veía al final del pasadizo y esto volvía más angustiosa la presión de su corsé. La muchacha sintió que se le estaba cerrando la garganta, como si en el aire flotara algún alérgeno, pero quizá todo eso ocurría por anticipar lo que le esperaba cuando saliera de allí.

Una imponente figura envuelta en una túnica de cuero dominaba el centro de lo que parecía ser una cabaña invernal en la que había tapices de piel, vigas bajas de madera y una gran chimenea con un fuego crepitante.

Larkyra sentía su propio pulso en los oídos mientras esperaba, impaciente, a que Dolion Bassette, conde de Raveet, de la segunda casa de Jabari, percibiera su presencia desde su sitio, al otro lado de un escritorio de roble donde se empeñaba en leer un montón de pergaminos. La complexión delgada de

Dolion refulgía con un favorecedor bronceado que hacía juego con su larga y voluminosa cabellera color miel que se unía a su barba en lo que parecía la imponente melena de un león. A pesar de estar sentado, su enorme tamaño resultaba bastante llamativo. Era un hombre muy musculoso que provocaba que muchos se preguntaran cuánto se gastaba en sastres.

Larkyra se aclaró la garganta cordialmente. Dolion alzó la vista y miró a su alrededor como si estuviera viendo aquella habitación por primera vez en su vida. Larkyra fue incapaz de intuir si Dolion estaba contento o decepcionado de encontrarse en ese lugar.

La joven solo podía concentrarse en que la magia no se le escapara del pecho. El amor que sentía por el hombre que tenía delante era tan abrasador que temía que estallara en llamas si nadie decía nada en ese mismo momento.

—Larkyra. —Su voz rugía con estruendo de bestias en estampida—. Mi niñita querida —dijo apartándose del escritorio y abriendo los brazos, permitiendo así que la chica corriera a hundirse en ellos.

Refugiada en aquel enorme abrazo, Larkyra se impregnó del aroma a hogar de su padre, un olor parecido al de las madreselvas al sol.

—¿Cómo te encuentras? —le preguntó a su hija acariciándole la espalda.

La joven podría haber respondido de muy diversas maneras: cansada, sobrepasada, feliz de estar allí con él, angustiada por estar allí con él... Pero sabía que debía contestar diciendo:

—Maravillosamente.

—¿Y por qué te encuentras tan maravillosamente?

—Porque estoy bendecida con mi familia, mi salud y el techo que me cubre la cabeza.

—Así es —le respondió Dolion con una sonrisa asomando a su voz—. Por tu respuesta doy por hecho que tu Lierenfast ha sido un éxito.

—Así es, padre.

—Mis informes dicen que solo has sufrido una herida leve debido a un incidente con el dueño de una casa de empeños, su esposa y un anillo de esmeraldas, ¿verdad?

Larkyra no la describiría como «una herida leve», pero no iba a contradecirlo. Sabía que su padre habría intervenido si hubiera pensado que se encontraba en peligro de muerte, o al menos eso creía.

—Sí, padre —contestó.

—Pero lo superaste. —Él le levantó la venda de la herida para verle el dedo amputado—. Y debo decir que te sienta muy bien.

—Gracias —respondió con una sonrisa.

—Cuéntame: ¿cuáles son las tres cosas importantes que has aprendido? —le preguntó Dolion mientras le hacía un gesto para que acercara una silla en la que pudiera sentarse al otro lado de su escritorio.

La magia de Larkyra se removió en su interior cuando la joven sintió una punzada de nervios en el vientre. Esto era tanto lo que esperaba como lo que temía: la culminación de su Lierenfast. Larkyra dejó que del reloj de arena cayeran un par de granos más mientras decidía sus próximas palabras. Había tomado la precaución de anotar todo lo que había experimentado para tenerlo presente cuando aquello acabara y le resultaba difícil elegir solo tres cosas.

Y, probablemente, ese era el objetivo. No había solo tres cosas. Todas eran importantes. Cada grano de arena que se deslizaba cada día era importante. Eso le llevó a decir:

—Mis tres cosas son solo una. —Dolion permaneció en silencio y se reclinó contra el gran respaldo de su silla—. La vida no favorece a nadie —dijo, por fin, Larkyra.

—Explícalo.

Larkyra se acarició con cuidado el dedo herido.

—Hay gente hermosa, pobre o rica, pecadora o virtuosa, bendecida o no por la magia... y el regalo de la vida se nos ha dado a todos por igual, de la misma manera que la muerte acabará viniendo a buscarnos a todos.

—¿Y eso qué quiere decir? —le preguntó Dolion observándola atentamente.

A Larkyra le vinieron a la cabeza imágenes de todas las personas con las que había convivido en los bajos fondos: la señora que la ayudó a desinfectarse la herida, la gente a la que había visto degollar a un hombre dormido solo para conseguir una rebanada de pan mohoso, las familias de buena posición y los dueños de los negocios que vivían tan cerca de los desposeídos...

—Que nadie es más merecedor que otra persona de recibir el don de la vida —respondió Larkyra tras un instante.

—¿Ni siquiera los generosos están por encima de los más horribles? —preguntó Dolion.

—Ni siquiera ellos —afirmó la joven—. Puede que tú o yo lo veamos de otra manera, pero a la vida eso no le importa lo suficiente como para intervenir. Un héroe puede morir en la miseria y un villano, entre riquezas.

Dolion se quedó pensativo y empezó a dar golpecitos sobre su escritorio.

—Y según tu pensamiento de que la vida es una especie de energía que fluye libremente... ¿qué nos impide abandonarnos a la gula y al pecado, o abusar de los dones que poseemos?

—Nuestras almas.

—Nuestras almas —repitió Dolion con cierto brillo en la mirada.

—Sí. La vida está hecha para desplazarse solo en una

dirección: hacia adelante —explicó Larkyra—. Es el alma la que actúa como los vientos que orientan nuestro camino. Puede que la vida se nos dé a todos por igual, pero son nuestras almas las que deciden cómo queremos vivir.

La habitación se quedó en silencio, solo el crepitar de las llamas en la chimenea marcaba el paso del tiempo.

Larkyra esperó a que su padre hablara. Allí sentada, mirando a aquel hombre, reparó en algo que no había advertido al entrar: su padre tenía más canas recorriéndole el pelo y la barba que cuando ella se marchó. Muchas más canas de las que le habrían salido de forma natural en las pocas semanas que habían transcurrido. Y eso solo podía significar una cosa: su padre había ido a ver a su madre.

Larkyra sintió una punzada en el pecho. Se le amontaron en la boca un montón de preguntas. Siempre le ocurría lo mismo cuando se trataba de la mujer a la que solo había visto una vez, la mujer que se había marchado al Fundido el mismo día en que ella había llegado a este mundo.

Abrió la boca preparada para preguntar algo, cualquier cosa, pero su padre se reclinó antes de que pudiera hablar y le dijo:

—Te has ganado tu Eumar Journé, pajarillo.

Fue como si la habitación se llenara de sol. Aquellas palabras fueron dulces y encantadoras. Larkyra no pudo evitar que una sonrisa se le dibujara en el rostro, hasta su magia parecía contenta. La aprobación de su padre, la de su familia, era lo único que hacía que Larkyra pudiera controlar sus poderes a pesar de lo abrumadores que estos podían llegar a ser a veces. Cada día de su vida había tratado de demostrar por qué merecía vivir, por qué era digna, por qué su vida era tan valiosa como lo habría sido la de su madre.

—Gracias, padre —dijo casi sin aliento.

—No estoy nada sorprendido. Desde pequeña tuviste

que aprender lo que significa vivir con impedimentos, especialmente en lo referido a tus poderes.

Cuando su padre mencionó lo que ella misma había estado reflexionando, Larkyra tragó saliva.

—Sí —contestó con un nudo cada vez más apretado en la garganta.

De entre las hermana Bassette, su magia siempre había sido la más difícil de controlar. ¿Cómo podía una niña pequeña contener un gruñido cuando se raspaba una rodilla o un tarareo mientras recogía flores? ¿Cómo podía una jovencita mantener la magia en su interior, disociada de sí misma, cuando era algo tan presente en su propio comportamiento?

A Larkyra le vinieron a la mente recuerdos muy oscuros de las difíciles lecciones a las que Achak la habían enfrentado mientras crecía. En ellas, usaban a Arabessa y a Niya como conejillos de Indias.

La biblioteca resplandecía hostilmente, con todas las velas y las lámparas encendidas como para que Larkyra pudiera observar cada consecuencia de sus actos, cada momento de dolor que provocaba en los rostros de sus hermanas.

—Has de alinear tus intenciones con tus deseos —le ordenaron Achak desde detrás—. Debes neutralizar los instintos básicos de tu magia para no infligir daño a los demás.

—Lo intento —gruñó Larkyra sin poder evitar que le saliera una brizna amarilla por la boca que le dio a Arabessa en plena cara.

Su hermana se quejó de dolor, pero permaneció inmóvil en la silla que ocupaba justo detrás de Niya. Un hilo rojo de sangre le corrió por la mejilla.

Larkyra cerró la boca sobrepasada por la culpa mientras su magia le hervía enfadada en la garganta.

«¡Tómala conmigo, no con ellas!», le gritaba sin palabras a su poder.

—Tienes que encontrar la forma de calmarte —dijeron Achak—.

Excava en lo más profundo para que la magia se esparza en tu interior. Canaliza tu poder con suavidad, como si fuera un bebé al que no quieres despertar.

Larkyra cerró los ojos tratando de encontrar esa calma de la que le hablaban Achak, pero la mente se le disparaba en todas direcciones y su magia se removía como una parvada de pájaros febriles. Se suponía que, con aquella prueba, tenía que atar unas cintas en los collares de sus hermanas con una simple canción, pero su frustración era tal que solo conseguía hacerlas sangrar.

La visión cambió a otra situación ocurrida en esa misma biblioteca otro día.

Un grito retumbó en la habitación, Niya tomó aliento mientras se incorporaba del suelo.

En un arrebato de pánico, Larkyra fue hacia ella, pero Achak la retuvieron por la espalda.

—Otra vez —ordenaron Achak.

—«¡No!» *—gritó Larkyra con la mirada.*

—Otra vez. Duérmelas.

Larkyra miró a sus hermanas. Ambas jadeaban debido a las pesadillas que ella, sin querer, les había metido en la cabeza.

—Si no puedes domar tu poder ni siquiera con las personas a las que quieres, es imposible que lo controles con las demás —explicaron Achak.

Larkyra les lanzó a Achak una mirada que dejaba claro que le encantaría poder usar sus poderes contra ellos.

—Hazlo si te atreves —dijeron Achak levantando una ceja, como si hubieran leído los pensamientos de Larkyra—. Pero hacernos daño a nosotros no evitará que les hagas daño a ellas.

Miró de nuevo a sus hermanas. Larkyra solo tenía seis años, Niya ocho y Arabessa diez. Pero las dos mayores tenían que seguir acudiendo a esas horribles sesiones en las que se alzaban estoicamente frente a la más pequeña con los ojos cargados de amor y de valor. Larkyra se sentía como el más horrible de los mons-

truos. Tenía que aprender a controlarse. No le quedaba otra. Era eso o permanecer en silencio para siempre.

—Deberías estar orgullosa de tus logros. —Las palabras de Dolion hicieron que los recuerdos se desvanecieran.

Larkyra volvió a estar sentada frente a su padre en aquella habitación iluminada por el fuego. Aquellos recuerdos oscuros aún seguían vibrando en su mente. Respiró varias veces para poder asentar su magia y calmarse.

—Achak fueron buenos maestros —dijo por fin Larkyra procurando no sonar irónica.

—Les habría hecho muy felices escuchar tu humilde respuesta —le respondió Dolion—. Estoy seguro de que les habría encantado que Niya tuviera unos modales como los tuyos.

—A todos nos gustaría —dijo Larkyra con aire ausente y su padre lanzó una carcajada profunda.

—Pues sí, la verdad. Pero hay un asunto que tenemos que discutir. Usaste la magia antes de que acabara tu Lierenfast.

—Sí —admitió Larkyra volviendo a prestar atención—. Pero lo hice para ayudar a una persona.

—¿Acaso no hubo más gente a la que podrías haber ayudado con tu magia durante las semanas que pasaste en los bajos fondos?

—Quizá, pero...

—¿Y el objetivo de tu ayuno no era comprender la injusticia en la que viven aquellos que no poseen los dones de los dioses perdidos? ¿Acaso, de tener que luchar, no estabas obligada a usar solo tu ingenio o tus puños?

—Sí, padre —concedió Larkyra. Alcanzar la perfección mágica no le interesaba y tuvo que obligarse a permanecer calmada—. Pero ya venía de vuelta a casa. Es decir, mi Lierenfast, prácticamente, se había acabado. Y sabes perfectamente que en esas semanas había tenido mi magia escondida y bien protegida, incluso en el momento en el que me cortaron el dedo. Con una hoja sin afilar, por cierto. —La joven trató de desviar el tema de la conversación—. Considero que mis acciones no sirvieron para hacer el mal, sino para hacer el bien. Sobre todo teniendo en cuenta que el hombre al que ayudé es uno de los invitados de mi fiesta de esta noche, a pesar de que yo nunca había oído el nombre de Darius Mekenna de Lachlan.

Dolion no rompió su silencio y eso despertó las sospechas de Larkyra.

—Padre, ¿quién es Darius Mekenna de Lachlan?

—Es un invitado, como tú misma acabas de decir.

—Sí, pero ¿por qué tengo la sensación de que está destinado a ser algo más?

—No es él quien me preocupa, sino su padrastro —admitió Dolion—: Hayzar Bruin, el duque de Lachlan.

—¿Darius es lord?

Larkyra pestañeó mientras pensaba que eso explicaría la calidad de su ropa; lo que seguía sin entender era qué hacía un lord en los bajos fondos... Además, ¿por qué, teniendo ese rango, había sido tan cortés con ella, que iba tan sucia y sanguinolenta?

—¿Es que son conocidos de nuestra familia? —siguió preguntando Larkyra—. Nunca había oído hablar de los Lachlan.

—La región de Lachlan está al sudeste de Aadilor, cerca de los ríos que desembocan en el mar de Obasi. Lord Mekenna escribió al Consejo en nombre de su padrastro en relación con un posible tratado comercial de unos minerales que se extraen en aquella zona. El Consejo decidió reunirse con él y con el duque esta semana, y esa reunión casualmente ha coincidido con tu Eumar Journé.

—De manera que mi cumpleaños es también una reunión de negocios.

—Nada es nunca una única cosa —le recordó Dolion.

—Así es —confirmó ella—. ¿Y qué más cosas va a ser esta reunión con el lord y su padrastro?

Dolion la estudió un instante y Larkyra tuvo claro que su padre estaba sopesando cuánta información compartir con ella.

—El Rey de los Ladrones sospecha que el duque podría estar consintiendo el tráfico de drogas ilegales; en concreto de phorria, una sustancia mágica.

—¿Y qué más da? —preguntó Larkyra frunciendo el ceño—. Muchísima gente se entrega a esa droga en todo el Reino de los Ladrones.

—Sí, pero el Rey de los Ladrones no tiene constancia de que el duque haya entrado jamás al Reino de los Ladrones —explicó Dolion—. Lo que le lleva a preguntarse: ¿quién es la persona del interior del reino que le está haciendo llegar la droga? Ese tipo de negocios está prohibido fuera de la ciudad.

—¿Por qué? —preguntó Larkyra—. Si se permite que se lleve a cabo dentro del reino, ¿qué más da si también sucede fuera?

Dolion dejó escapar un suspiro. A Larkyra le dolió percibir que lo estaba decepcionando.

—El Reino de los Ladrones tiene un propósito, querida —dijo Dolion cruzando las manos sobre el estómago—: contener el caos en la medida de lo posible. Si quieres traficar con material robado... no pasa nada, pero llévalo al Mercado de las Sombras. Si quieres meterte veneno por las venas..., perfecto, pero hazlo entre las paredes de un antro donde se te pueda controlar. Cuando todo eso se extienda más allá del reino será cuando empiece a reinar el caos. Y el caos siempre conduce a la guerra. Y, por muy despiadado que sea, al Rey de los Ladrones no le gusta la guerra.

—No. Ya sé que no. Entonces, ¿será el duque nuestra siguiente misión? —preguntó Larkyra.

—Por ahora, todo esto solo son rumores —respondió Dolion haciendo con la mano un gesto de despreocupación—. Ya veremos qué pasa. Hablemos de cosas más agradables, como tu regalo. ¿Qué te gustaría que te regalara?

Dolion se levantó de su asiento y se acercó a un gran armario de madera. Abrió las puertas accionando un cerrojo de oro. En el interior había un enorme halcón de color gris ceniza en una jaula de plata que, perfectamente, podría ser la mitad de alto que Larkyra.

—¡Kaipo! —Larkyra se acercó corriendo hacia el animal. El sonido de su voz lo despertó y dejó escapar un graznido agudo—. ¿Lo has tenido aquí metido todo este tiempo? —Abrió la jaula con rapidez y lo liberó de sus anteojeras. Sus ojos violetas se crisparon hasta que ella lo acarició con suavidad y lo arrulló con cariño—. Soy yo, viejo amigo.

Kaipo le acercó el pico. Le temblaban las alas.

—Ha hecho prácticas de vuelo diarias en la cúpula de entrenamiento —la tranquilizó su padre—. No podía arriesgarme a sacarlo de casa. Habría ido directo a buscarte.

—Como debe ser. —Larkyra dio un paso atrás permitiendo que aquella magnífica bestia saliera de su resplandeciente prisión. Estiró las alas de plata y movió el aire en la habitación agitando los papeles y avivando el fuego.

Kaipo se ajustó a aquel nuevo espacio sin ventanas y de techos bajos; redujo su tamaño hasta no ser más grande que un gavilán colirrojo.

Larkyra chasqueó la lengua y el animal se posó en su antebrazo.

—Se acabaron las jaulas, precioso —le susurró—. Desde ahora seré yo la única que las sufra.

Kaipo era un ejemplar extraño, incluso para los estándares de la esplendorosa Aadilor. Se trataba de un halcón mutati, por lo que tenía la habilidad de cambiar de tamaño para adaptarse a distintos entornos y propósitos. Larkyra ignoraba de dónde lo había sacado su padre pero, en cuanto lo trajo a casa, sintió que su magia vibraba con aquella criatura. Por su parte, Kaipo se había aferrado a ella como si fuera capaz de oír la canción silenciosa de su corazón. Debido a su poder, Larkyra tenía una extraña conexión con el trino de los pájaros y era capaz de imitarlos perfectamente. Pero su amor por este halcón se enraizaba en algo mucho más profundo. Ahora que había vuelto a reunirse con Kaipo, Larkyra por fin se sentía del todo en casa.

—¿Estás contenta, pajarillo cantor? —preguntó Dolion.

—Sí, mucho —respondió Larkyra con una sonrisa mientras el animal le empujaba la mano con la cabeza para que lo siguiera acariciando.

—Estupendo. ¿Y estás lista para lo de esta noche?

—¿Para qué parte exactamente? —preguntó Larkyra buscando la mirada azul de su padre.

—Para todas.

—Estoy más preparada para la segunda parte que para la primera —admitió la joven.

—A todas les ha pasado lo mismo —dijo Dolion jocoso, recostándose en la silla y cruzando las manos sobre su estómago; parecía un oso pardo a punto de tomar una siesta.

—Padre, confesaré que hay un detalle que me preocupa.

—Hum, ¿a qué te refieres?

—A lord Mekenna. —La mente se le llenó de imágenes de aquel muchachote de sonrisa amable, lo que aceleró su pulso—. Yo me encontraba en un estado horrible, ¿crees que me reconocerá cuando me vea esta noche?

La mirada de Dolion centelleó traviesa a la luz del fuego.

—Supongo que habrá que esperar y ver qué pasa.

CAPÍTULO CUATRO

Lord Darius Mekenna estaba tremendamente aburrido, y no era por falta de entretenimiento o de lujos. Aquel era el quinto Eumar Journé al que su padre le había obligado a acudir en los últimos dos meses, y la frivolidad de aquellas chicas lo sobrepasaba. Darius no precisaba de un sentidor para tener claras las intenciones de Hayzar. Su padrastro llevaba muchos años viudo y estaba buscando una nueva esposa. Y por el aspecto de la gran hacienda en la que se encontraba (en la que había muchísimas habitaciones repletas de riquezas de todo Aadilor y un salón de baile en el que se reunían invitados de gran influencia), Darius entendió que Hayzar no estaba buscando cualquier esposa, sino alguna obscenamente rica.

La joven homenajeada de la noche parecía encajar del todo en la descripción.

Aunque en Jabari no había ni rey ni reina, la ciudad estaba gobernada por un círculo de seis familias entre las que se encontraban los Bassette.

Si Darius hubiera creído que aquel matrimonio ayudaría a su gente, habría sido el primero en defender el arrebato nupcial de su padrastro..., pero sabía mejor que nadie que la dote de la futura esposa de Hayzar no acabaría invertida ni en sus tierras ni en sus arrendatarios.

Mientras apretaba fuerte la mano enguantada con la que sostenía su bebida, a Darius le ardía el pecho al pensar en cómo su pueblo se estaba muriendo de hambre, en cómo tenían que afrontar unos impuestos demasiado altos y en cómo sus productos y mercancías no les alcanzaban para sobrevivir. Y todo para pagar los caprichos de otros. Darius observó la sala en busca de su padrastro mientras procuraba disimular un gesto de desagrado.

A Darius le encantaba pasar desapercibido, pero su padrastro disfrutaba llamando la atención. Enfundado en un abrigo morado con una larga cola negra y un chaleco a juego sobre una camisa blanca almidonada, Hayzar encajaba a la perfección con la imagen de un duque adinerado. Hasta las suelas moradas de sus zapatos iban a juego con el resto del atuendo.

«El aprecio por los detalles es lo que separa a la gente que importa de la que no importa», solía decirle a Darius. Aquellos consejos eran muy esporádicos al principio, cuando Hayzar acababa de convertirse en el padrastro de Darius. Pero conforme pasaban los años y la salud de su madre empeoraba visiblemente, se convirtieron en un ritual que ella le rogaba a su hijo que se tomara en serio. En los últimos días, lo único a lo que se aferraba su madre era a la creencia de que lo dejaba en manos de un adulto responsable.

Darius contuvo un gruñido irónico.

Ni él ni su madre podrían haberse imaginado nunca lo terrible y depravado que acabaría siendo aquel hombre.

Pensando en su madre, Darius contuvo otra oleada de furia que se manifestó en forma de dolor de cabeza.

¿Por qué la duquesa habría legado la hacienda a Hayzar en vez de continuar la línea natural de sucesión? ¿Por qué no se la dejó a él? Darius se pasaba a menudo las noches despierto, observando la oscuridad mientras la inquietud lo abrumaba al preguntarse si es que había decepcionado a su madre de alguna manera durante sus últimos días. ¿Acaso no le había mostrado que podría convertirse en un hombre formal?

«Seguro que ella nunca habría querido que nuestras tierras acabaran como lo han hecho», pensaba Darius.

Y esta idea provocaba que Darius siguiera asistiendo a estos eventos: la búsqueda de una forma de recuperar sus tierras para devolverles la gloria de cuando su padre y su madre seguían vivos. Aquella fue la única época en la que Darius recordaba haber sido del todo feliz.

Dejó escapar un suspiro y sorbió un poco de vino sin percibir su dulzor. No paraba de darle vueltas a los dos encuentros que mantendría en aquella ciudad. Hayzar sabía de uno de ellos, pero probablemente no asistiría y quedaría en sus manos el complejo acuerdo comercial con el Consejo de Jabari. Del otro encuentro, Hayzar no tenía ni idea, aunque era infinitamente más importante que el primero.

Darius había trabajado duro (y, además, casi le atracan en el peor momento) para encontrar un guía que le llevara al lugar del que solo se hablaba entre murmullos, que le condujera ante el hombre que gobernaba el oculto mundo de la magia y el pecado. Pero eso solo sucedería si la criatura con la que había negociado se presentaba aquella noche para llevarlo hasta allí. «Por los dioses perdidos, espero que aparezca», pensó Darius. De no ser así, estaría aguantando a todos aquellos babosos para nada.

—¡Darius, viejo! —exclamó un joven corpulento dándole una palmada en la espalda. A Darius se le encogió el cuerpo ante ese contacto tan abrupto. Se le erizó la piel y se le aceleró el corazón. No le gustaba que lo tocaran sin permiso—. ¡Qué alegría verte aquí! —dijo su antiguo compañero de clase, vestido con ropa que le quedaba demasiado ajustada.

Frez Chautblach había asistido a la Academia del Sur de Aadilor con Darius y, aunque era un buen chico, tenía el terrible don de hacer que las historias más interesantes sonaran aburridas y que las más aburridas fueran insufribles de escuchar.

—Frez —lo saludó Darius después de templar sus nervios.

Pensó que quedarse al fondo de la sala le daría cierta tranquilidad, pero Darius estaba acostumbrado a sufrir decepciones.

—¿Cómo es que has viajado hasta Jabari? —preguntó Frez dando un sorbo a la que seguro que no era su primera copa de vino, ya que toda la parte inferior de su bigote rubio estaba teñida de un tono rojizo.

—Tengo unos asuntos pendientes con el Consejo.

—¿Se trata de negocios? —Frez soltó su bebida—. ¿O es que estás tratando de pescar en nuevas aguas, eh? ¿Vas a lanzarle la caña a alguna pececita de hermosas branquias?

Darius alzó las cejas ante aquella descripción de las mujeres.

—No. Solo estoy aquí por negocios.

—A mí me encanta el pescado —lo interrumpió Frez—. Pero el pescado de verdad, ¿eh? Ahora no me estoy refiriendo a nada sexual. —Sonrió a Darius con los ojos vidriosos—. ¿Me entendiste, verdad? Entendiste que antes no me refería a pescar de verdad, con su señuelo y su sedal, sino a pescar mujeres, ¿no?

«Por el mar de Obasi...», pensó Darius mientras acababa su bebida y le pasaba la copa vacía a uno de los sirvientes que pululaban por la habitación.

—Sí, lo había descubierto.

—Bien, bien... Es que he estado practicando. Mi madre dice que tengo que cultivar el arte de la conversación siempre que tenga la oportunidad.

«Por favor, dioses perdidos, no dejen que sea yo el sujeto con el que siga experimentando», rezó Darius en silencio.

—Apunté algunas frases que creo que son bastante ocurrentes —continuó Frez—. ¡Ay! ¡Podrías ayudarme! —Frez se puso a buscar en su bolsillo interno mientras infructuosamente trataba de mantener su copa en equilibrio. Unas gotas rojas le salpicaron el pecho—. Voy a leerte algunas y tú me dices si...

Un gong atronó en aquel salón imponiendo silencio a los invitados. A Darius casi se le saltaron las lágrimas por el alivio que le supuso.

Frez y él se voltearon uniéndose a la ola de personas que miraron en dirección al sonido. Darius contuvo el aliento al sentirse empujado por la muchedumbre. Lo invadió cierta sensación de pánico.

Al cambiar el sentido del gentío, de repente se encontraba en un lugar mucho más prominente de lo que le hubiera gustado, pero cualquier idea de escabullirse se esfumó de su cabeza en cuanto vio a la impresionante familia que tenía delante. En la parte superior de unas escaleras de mármol se encontraba un hombre enorme con una cabellera de pelo rojizo que terminaba en una barba espesa. Iba vestido de color rojo oscuro y el borde de su abrigo largo estaba decorado con detalles de cuero y oro. Llevaba una espada colgada de la cadera. Una pelirroja voluptuosa con un vestido de un suave tono durazno estaba a su derecha, mientras que a su izquierda se encontraba una atractiva morena vestida de un intenso color morado. Darius nunca habría deducido que eran parientes de no ser porque los tres poseían unos inteligentes ojos azules con los que escrutaban a la audiencia allí congregada.

Un hombre negro con un inmaculado frac color rojo sangre dio un paso al frente y, con una voz clara y sofisticada, anunció:

—Tengo el honor de presentarles a Dolion Bassette, conde de Raveet, de la segunda casa de Jabari, y a sus hijas lady Arabessa Bassette y lady Niya Bassette.

La habitación se llenó de ovaciones y aplausos hasta que el conde sonrió y levantó la mano para pedir silencio.

—Es un honor dar la bienvenida a los distinguidos invitados que esta noche están aquí para celebrar el Eumar Journé de mi hija pequeña. Como padre, llevo desde su nacimiento esperando y temiendo este día. Para cada joven que alcanza la mayoría de edad, convertirse en un ser independiente es un momento complicado... pero estoy muy orgulloso de la mujer en que mi hija se ha convertido y sé que estaré muy orgulloso de la mujer que será en el futuro. Y, aunque el amor de mi vida, Johanna —dijo mientras se le escapaba una sonrisa triste—, no está con nosotros para celebrarlo, sé que se sentiría igual de orgullosa que yo. Así que tengo el honor y el placer de presentarles a mi hija, lady Larkyra Bassette.

El conde se apartó un poco para dejar espacio a una chica alta vestida de azul, con el pelo color marfil. Darius dejó de percibir los cuerpos que lo aprisionaban y notó cómo su corazón latía cada vez más lento. Era como si la niebla matutina que sigue a la tormenta hubiera invadido la habitación. Pensó que Larkyra Bassette era justo como esa bruma: revitalizante. Con una radiante sonrisa, la chica se aferraba con su mano enguantada al brazo de su padre.

Los aplausos cesaron, la música se reanudó y los invitados volvieron a sus conversaciones mientras los Bassette bajaban por la escalera e iban saludando a la concurrencia. Frez retomó su cacareo superficial, pero Darius tenía centrada su atención en aquella familia que poco a poco se iba acercando.

De repente sintió que se le erizaba el vello de la nuca, lo que solo podía significar una cosa: alguien lo estaba observando. Él lo estaba observando.

Darius se encontró con la mirada café oscuro de su padrastro al otro lado de la habitación y la sintió como una sombra.

«No, por favor, que no suceda mientras él me está mirando —pensó Darius—. Por favor, que no...».

—Lord Chautblach y lord Mekenna. —La voz profunda del conde saturaba el espacio—. Me alegra que ambos hayan podido unirse a nuestra celebración de esta noche. Y el duque también, por supuesto. ¿Está por aquí? —preguntó Dolion Bassette, que le sacaba una cabeza a Darius, mientras escudriñaba toda la habitación de un vistazo.

—Lo está, su excelencia. Debe de encontrarse inmerso en el jolgorio.

Al levantar la vista tras hacer su reverencia, Darius vio a toda aquella familia ante él. Las dos hermanas mayores estaban un paso por detrás de su padre, con cara de aburrimiento. Larkyra seguía sosteniéndose del brazo de Dolion. La joven le dedicó una sonrisa curiosa y titubeante, y al verla de cerca... le pareció que había algo casi... Pero no, ¿por qué le resultaba familiar?

—Gracias por invitarme a venir esta noche —le dijo Darius al conde—. Nos hace sentir muy honrados estar aquí. Le deseo un feliz Eumar Journé, mi señora —dijo volviendo a mirar a Larkyra.

La joven fue a abrir la boca para responderle, pero Frez se le adelantó.

—Mi madre no se lo podía creer cuando recibió la invitación —contó Frez—. Les manda disculpas por no haber podido asistir, pero, excelencia, como usted sabe, su salud no tolera las reuniones tardías.

—¿Y cómo lleva las reuniones matutinas? —preguntó lady Niya Bassette colocándose bien el guante.

—¿Disculpe? —respondió Frez algo sorprendido de que aquella belleza pelirroja le hablara.

—Pregunto que cómo tolera las reuniones matutinas. Si su salud no soporta las reuniones tardías, ¿cómo se encuentra por las mañanas?

—Me temo que estará también fatal —intervino lady Arabessa.

—A menos que sea como una flor del desierto de las que se cierra bajo las estrellas y se abre a la luz del sol —elucubró lady Niya.

—Esas son las flores normales. Las flores corrientes duermen de noche —la corrigió lady Arabessa.

—Estoy bastante segura de que son las flores del desierto.

—Y entonces, ¿para qué especificar esa diferencia? Di que es como una flor y ya está.

—Porque considero que llamar a una mujer «flor del desierto» resulta mucho más halagador que llamarla «flor corriente» —explicó lady Niya—. Cualquiera puede escribir un verso comparando a una mujer con una flor. Pero especificar el tipo de flor... eso sí que le da emoción al poema. ¿No está de acuerdo, lord Chautblach?

—Yo, hum... E-eso es... —balbuceó el pobre hombre adquiriendo un tono verdoso.

—¿Y usted qué dice, lord Mekenna? —Lady Larkyra interrumpió el parloteo de Frez para dirigir la atención hacia Darius—. Cuando le escribe poemas a su amada, ¿especifica la categoría botánica?

Darius tardó un instante en retomar el hilo porque la voz de la joven le resultaba tan suave y familiar que le había hecho quedarse en blanco.

—No, mi señora —dijo por fin—. Me parece que el uso de las plantas en los versos amorosos es algo demasiado prosaico.

—¿Ah, sí? —Alzó las cejas—. Y entonces, ¿qué usa?

—Aún tengo que encontrar una amada a la que escribirle poemas.

Se mantuvieron la mirada un instante y las mejillas de Larkyra enrojecieron levemente.

—Imagino que ahora comprende las muchas canas que mis hijas me han provocado a lo largo de los años —bromeó el conde mirando a las chicas con gran cariño.

Aquella mirada hizo que un vergonzoso atisbo de celos atravesara a Darius. Volvió a concentrarse justo cuando la música cambió y empezó a sonar un vals.

—¡Ah! —exclamó Dolion dándole un golpecito en la mano a su hija—. Llegó la hora de tu primer vals, querida. ¿Quién te va a acompañar?

La pregunta quedó suspendida en el aire durante un incómodo instante demasiado largo. Darius sabía que lo caballeroso sería pedirle ser su pareja de baile, pero sus nervios estaban ya un poco al límite y no quiso que nadie más lo tocara, por muy suaves que probablemente fueran las manos de aquella dama. Tampoco tenía muchas ganas de sonreír y halagar a nadie, especialmente con su padrastro observándolo a cierta distancia. Nada bueno saldría de ahí si Hayzar llegara a pensar que él estaba interesado no ya en aquella joven, sino en cualquier cosa. Cada vez que pasaba algo así, aquello que lograba interesarle solía esfumarse y desaparecer.

Cuanto más tiempo pasaba sin que nadie hablase (Frez seguía encogido de cobardía justo al lado), más avergonzada se sentía lady Larkyra, que incluso dejó que su mirada se posara varias veces sobre la de Darius.

«Caray».

—¿No es el padre quien la saca a bailar? —preguntó Darius—. En Lachlan siempre se hace así.

—Aquí no —dijo Dolion mirándolo fijamente—. No es así como se hace en Jabari.

Bajo aquellas palabras podía leerse cierta intimidación del tipo: «Vamos, hombre, piensa un poco».

El joven empezó a entrar en pánico y solo quería empujar hacia los brazos de la chica a cualquier invitado de la fiesta. Pero, en lugar de eso, se descubrió a sí mismo apretando los dientes y alzando su mano enguantada hacia Larkyra:

—¿Me haría el grandísimo honor de concederme su primer baile?

Para su alivio, apenas sintió los delicados dedos de lady Larkyra sobre los suyos mientras se dirigían al centro de la habitación. Con el rostro impávido, deslizó la mano alrededor de la delgada cintura de la chica y la acercó contra su cuerpo. Entonces, empezaron a seguir el ritmo de los otros bailarines que daban vueltas por todo el salón. El corazón le latía muy rápido. Ella se aferraba a su cuerpo con la aérea levedad de un pájaro. Estaban tan cerca que Darius podía percibir el aroma a menta y lavanda de su jabón. No era un perfume exagerado como el de la mayoría de las damas de la aristocracia, solo el fresco recuerdo de su último baño. Aquello lo puso aún más nervioso y, antes de darse cuenta, la estaba apretando más contra su cuerpo.

A pesar de las evasivas de Darius a encontrarle más virtudes a la joven, se dio cuenta de que era una gran bailarina, aunque tampoco es que el chico tuviera la experiencia suficiente como para llegar a esa conclusión. Aun así, podía apreciar la agilidad de sus pies, la ligereza de sus movimientos y la sencilla manera en que se dejaba guiar por él.

—Ya solo quedan varios granos de arena. —La suavidad de la voz de Larkyra lo sacó de sus pensamientos—. No va a tener que preocuparse durante mucho más tiempo.

—¿Cómo?

—Que el vals terminará pronto —le aclaró—, lo que significa que no tendrá que sufrir mucho más.

—No estoy sufriendo de ninguna manera —respondió Darius con el ceño fruncido.

—¿Ah, no? —Larkyra le lanzó una mirada burlona—. Mi padre prácticamente ha tenido que obligarlo a que me sacara a bailar. Me disculpo por ello, por cierto. Y hasta ahora mismo parecía usted mucho más interesado en resolver un acertijo mental que en mantener una conversación. Mis hermanas siempre me habían dicho que soy muy difícil de soportar, pero no ha sido sino hasta ahora cuando he empezado a creer que tenían razón.

Darius echó un rápido vistazo en busca de su padrastro, pero lo único que vio fue un mar de extraños mirándolos fijamente.

—Siento mucho que haya parecido eso. —La apretó con más fuerza mientras daban un giro de dos pasos—. Créame si le digo que, como compañera de baile, es mucho más que soportable. Lo que pasa es que no se me dan muy bien las interacciones sociales. No al menos las de este tipo.

—¿Las de este tipo? —preguntó lady Larkyra.

—Estas veladas de la alta sociedad.

Ella se rio y él sintió que aquel ligero sonido lo atravesaba.

—¡Y yo que creía que no era más que una fiesta de cumpleaños!

—Sí, sí. Claro. Me disculpo de nuevo.

«Por los dioses perdidos, te estás comportando como un cobarde».

—No. Tienes razón —dijo ella sonriendo—. Este es el tipo de evento del que huiría si tuviera la oportunidad.

—Y entonces, ¿qué hacemos aquí? Me da la sensación de que su padre es el tipo de hombre que no le negaría a usted nada que le pidiera.

—¿Qué le hace pensar eso?

Los ojos azules de Larkyra brillaron con malicia. Darius

se sorprendió observando con atención la manera en la que el resplandor amarillento de la habitación se reflejaba en las elaboradas trenzas relucientes que le recogían el cabello.

Claro que le recordaba algo, pero, quizá, lo que le resultaba reconfortante de ella era la vitalidad que emanaba por cada poro. Darius no estaba acostumbrado a percibir ese tipo de energía y, de repente, parecía estar sediento de ella.

—Todos desempeñamos distintos papeles según donde nos encontremos —continuó la joven—. Por ejemplo, usted mismo ha tenido que actuar como un caballero para rescatarme justo antes de mi primer baile, a pesar de sus reticencias.

—Yo no tenía ninguna retic...

—Claro que las tenía. —Larkyra avanzó entre las piernas de él para hacer un giro—. No es necesario mentir, mi señor.

En la voz de la cumpleañera se percibía algo, una especie de burla oculta.

—¿Siempre es usted tan directa? —preguntó Darius.

—Como acabo de decirle, no es necesario mentir.

«Pues mentir es lo único que yo sé hacer», pensó él.

—Entonces, ¿nunca se ha visto en la necesidad de soltar una mentira? —la retó Darius.

—Por supuesto que sí.

—Entonces usted misma se está contradiciendo —dijo él parpadeando mientras la miraba.

—De eso nada, le estoy dando contexto.

—No tengo ni idea de qué quiere decir.

—Significa que soy muy clara cuando veo que no hay necesidad de ser de otra manera, y que soy una mentirosa cuando la situación lo requiere.

—Es usted de lo más peculiar.

—Gracias.

Ella sonrió y Darius rompió a reír sin poder evitarlo. Aquel sonido no solo le sorprendió a él mismo, sino también a la propia lady Larkyra. La joven lo miró con una expresión casi triunfante mientras él continuaba estrechándola entre sus brazos.

—Según su comentario de antes, ¿puedo suponer que volverá a celebrar su cumpleaños pero de otra forma totalmente diferente?

—La noche es joven, lord Mekenna —le contestó ella con una sonrisa burlona y, cuando el vals estaba a punto de terminar, añadió—: y yo también lo soy.

Se quedaron ahí un instante, congelados. Él seguía con una mano sobre la de ella y la otra sobre su cintura. Tenían la respiración acelerada por aquel leve ejercicio (o, al menos, esa era la excusa que Darius se puso a sí mismo). La fiesta se volvió borrosa a su alrededor.

Y todo aquello estalló cuando una tercera voz invadió la burbuja de ambos. Una voz que sonaba a seda deslizándose sobre arena, una voz que por siempre le helaría la piel a Darius.

—Tras contemplar una pieza tan bien ejecutada, sería lamentable por mi parte no solicitar el siguiente baile —dijo Hayzar Bruin extendiendo hacia Larkyra una mano enfundada en un guante violeta.

De forma instintiva, Darius apretó más las manos contra Larkyra, lo que hizo que esta lo mirara como preguntándole qué ocurría. Pero antes de que pudiera decir nada, el joven se forzó a soltarla y dio un paso hacia atrás, dejándole espacio para que aceptara aquella oferta, algo que ella hizo con una sonrisa.

A Darius se le formó en la garganta un nudo de humo negro. Se había visto obligado a observar, como tantas otras veces en las que él había empezado a disfrutar de algo en la vida, cómo su padrastro se lo quitaba de las manos.

CAPÍTULO CINCO

Teniendo en cuenta que el sol se había puesto hacía bastante rato, el aire de la noche era mucho más cálido y denso de lo que Darius habría esperado. En el callejón oscuro que atravesó flotaba un fuerte olor a pescado. Se ajustó mejor la máscara de piel café que le cubría la cara para atenuar en lo posible aquel hedor pútrido. El anonimato era esencial allí donde se dirigía, pero aquella barrera de cuero también le estaba sirviendo como escudo contra el olor.

Tras permanecer en el baile durante un par de granos de arena más, escondido entre las sombras de las esquinas, observando cómo lady Larkyra Bassette revoloteaba de pretendiente en pretendiente, se marchó de allí.

No habría tenido sentido permanecer en aquel salón de baile durante más tiempo. Darius jamás se volvería a acercar a ella y, si los dioses perdidos lo permitían, ni siquiera volvería a verla nunca más. En Lachlan ya tenían bastantes problemas como para añadir su dote a la lista. Una fortuna como la suya solo serviría para ampliar el poder de Hayzar sobre aquella tierra. No, Darius buscaba una solución mucho mejor que acumular dinero... y tenía que encontrarla rápido.

El acuerdo comercial sobre minería habría sido muy buena idea si allí gobernara otra persona, pero si el Consejo de Jabari lo gestionaba con Hayzar, aquello solo llevaría a su gente a una vida de mayor servidumbre. Ningún beneficio de todo lo que se ganara en las minas sería devuelto al pueblo para compensar aquel trabajo agotador. Los vasallos estaban muy endeudados con el duque, sus casas ya no les pertenecían... y ese acuerdo solo serviría para hundirlos aún más en su desesperación y, quizá, hasta para llevarse por delante sus vidas en el proceso.

Darius aceleró el paso por culpa de esta idea: un invisible y permanente goteo de arena lo apremiaba hacia delante.

En aquella noche sin luna, el muchacho siguió por los bajos fondos hasta un lugar llamado Puente Negro a un hombre jorobado con la cara tapada que, prácticamente, parecía una momia envuelta en unos harapos grises. El guía se había presentado, cumpliendo su promesa, y ahora a Darius le bombeaba la sangre en los oídos con cada paso que daba por aquellas calles estrechas.

Desde pequeño estuvo obsesionado con un lugar llamado Yamanu, un reino en el que se escondían las cosas que querían permanecer ocultas: desde una muñeca de porcelana hasta una ciudad entera. Darius solía preguntarse si la gente podía vivir en ese reino intermedio al que la gente escapaba cuando no quería ser encontrada. Ya se habían perdido los secretos que permitían crear nuevos espacios físicos en Yamanu... y, por desgracia, Darius no tenía ni idea de cómo hacer que aparecieran. El joven estaba casi convencido de que, en realidad, aquel lugar nunca había existido y de que no era más que un cuento infantil; así que tenía bastante claro que iba al encuentro con su muerte y que todo aquel misterio no sería más que un teatro absurdo para que alguien se ganara una bolsa de plata antes de matarlo rebanándole la garganta.

Darius apretó con fuerza la daga que llevaba en su cadera y observó fijamente al sinvergüenza que lo guiaba.

—No te daría tiempo ni de sacarla antes de que te cortaran la mano —le advirtió el hombrecito con una voz que sonaba sorprendentemente clara y fuerte a pesar de estar de espaldas a él—. No necesito verte para saber cómo te sientes, muchacho.

A Darius le recorrió un escalofrío por la espina dorsal.

—¡Eres un sentidor!

—Soy muchas cosas —dijo aquella cabeza momificada volteando para mirar, sin ojos, a Darius—. Pero, para ti, esta noche no soy más que tu guía. Recuérdalo bien.

Darius apartó la mano de su arma y el guía asintió antes de caminar hacia otro callejón oscuro.

—Nos acercamos a Puente Negro —dijo acelerando el ritmo y llevando a Darius por un pasaje lateral—. No te alejes de mí. Tenemos que pasar por aquí sin que nos vean o ninguno de los dos llegará al siguiente almuerzo.

Darius agudizó los sentidos. No había ninguna diferencia estructural que mostrara que habían entrado a otro barrio. Nada salvo aquel estrecho pasaje oscuro que cada vez se volvía más angustioso y opresivo. Darius se sentía como si necesitara de toda su fuerza para mover una piedra enorme que le hubieran puesto sobre los hombros.

—Vamos, muchacho —musitó el guía.

Darius tuvo que concentrarse para dejar de observar la capa gris que ondulaba ante él. Entonces llegaron a una especie de abrigo rocoso. El sonido de unas uñas que arañaban la piedra a su espalda se le metió en el cerebro; se dio vuelta preparado para atacar a quienquiera que lo estuviera siguiendo, pero allí no había nadie. Solo más oscuridad.

Su capa de viaje le empezó a resultar demasiado calurosa y varias gotas de sudor le recorrieron el cuello.

«Pero qué será este sitio», pensó.

—¡Rápido!

El jorobado agarró con sus dedos helados la muñeca de Darius y lo empujó a través de una puerta. Tras oír un crujido y el rechinido de una cerradura, el joven se encontró en un lugar aún más tenebroso. Era casi como si le hubieran vendado los ojos.

Darius entró en pánico hasta que alguien encendió un cerillo y el resplandor dorado le mostró que estaba en una pequeña habitación de ladrillo en la que había un montón de leña apilada contra la pared.

El guía se encontraba de pie al otro extremo de la habitación: con una mano color ceniza palpaba las piedras y con la otra sujetaba un farolito.

—¿Dónde estamos? —preguntó Darius.

—En un armario —respondió el hombrecito mientras seguía buscando.

—Sí, eso ya lo veo, pero ¿por qué? —Aquella criatura no contestó—. Señor...

—¿Lo tienes? —preguntó girando hacia él la cabeza vendada—. ¿Tienes el dinero para poder pasar?

—¿Pasar por dónde? —preguntó Darius observando aquel angosto espacio.

—No podemos seguir adelante sin la plata —respondió la criatura agitando la mano con impaciencia.

Aquello era justo lo que el joven temía: estaba a punto de ser asesinado en aquella diminuta habitación. Se desangraría mientras aquel hombrecito se quedaba con su dinero. El futuro de su gente estaría perdido para siempre.

—¿Es que no crees en nada, muchacho? —siguió gruñendo el guía—. Estoy seguro de que crees, si no fuese así no te habrías esforzado tanto en encontrarme con la esperanza de ir más allá. —Dio un golpe contra la pared con su mano esquelética—. Deja ya de dudar o tendré que dejarte aquí para que te encuentren las fieras de Puente Negro.

—Bueno, no hace falta ser maleducado —dijo Darius.

Resignado, el joven le pasó al guía la bolsa de monedas. Con dudas o sin ellas, el hombre tenía razón. Aunque nada tuviera sentido, ya había llegado demasiado lejos. No podía rendirse ahora.

Dejando el farolito en el suelo, la criatura momificada sopesó la bolsa antes de cerrar el puño sobre ella y hacer un ruido parecido al de un gato vomitando una bola de pelo.

Darius se quedó sin aliento cuando el guía volvió a abrir los dedos y la bolsa de dinero se había reducido a una simple y brillante moneda con los bordes dorados.

—Por los dioses perdidos...

Darius solo pudo observar cómo el hombrecito incrustaba la moneda en el ladrillo y cómo esta desaparecía. No estaba del todo seguro, pero tenía la sensación de que la pared había suspirado al recibir el metal. El guía se volvió hacia él y le preguntó:

—¿Prefieres pagar con un secreto o con un poco de tu sangre? Te advierto de antemano que Yamanu es un mundo de cosas ocultas, así que tu secreto tiene que ser bueno para que se acepte.

Darius tenía muchos secretos, pero ninguno demasiado bueno. La mayoría eran recuerdos borrosos y dolorosos en los que lo único que de verdad recordaba era el sonido de sus propios gritos. Sin embargo, tenía la sensación de que esos eran precisamente los secretos que ese lugar ansiaba.

—Sangre.

Darius se subió la manga sin prestar atención a las cicatrices que ya marcaban sus brazos. El joven estaba bastante familiarizado con la sangre.

Si la criatura percibió aquellas cicatrices, no dijo nada. Se inclinó para susurrarle algo al muro, su propio secreto, antes de volver a incorporarse y extender hacia Darius una uña puntiaguda. En lugar de pinchar, presionó sobre la palma del joven. Darius no hizo ningún signo de dolor, se limitó a observar cómo la criatura ahuecaba la mano hasta que consideró que ya había emanado suficiente líquido rojo.

—Pon la mano ahí —dijo el momificado señalando el punto de la pared por donde había introducido la moneda.

Darius hizo lo que le dijo y, en cuanto notó la tibia humedad de su sangre en contacto con la superficie fría de la pared, sintió un fuerte jalón en su capa de viaje y, precipitándose de forma inesperada, apareció por el otro lado.

Aterrizó de rodillas ante un brumoso abismo grisáceo que olía a la vez a polvo y a humedad. Se puso de pie con rapidez y miró a su alrededor en la oscuridad buscando el estrecho armario en el que estaba hasta hacía un instante, pero a su alrededor solo había una nada incolora que se extendía en todas direcciones. Si allí había cielo o techo, él no podía verlo.

—¿Esto es Yamanu?

—Así es —respondió el guía arrancándose un trozo de venda de la que le envolvía la cabeza para dárselo a Darius—. Toma, para tu corte.

—Gracias, pero no hace falta —le dijo Darius mirando aquella tela putrefacta.

La criatura simplemente se encogió de hombros, tiró la tela al suelo y empezó a caminar. Darius lo siguió chupándose la piel rasgada de la palma de su mano.

Apenas habían dado veinte pasos cuando lo vio. O, mejor dicho, cuando las vio. Había varias baratijas suspendidas en el aire. Un reloj de arena con adornos dorados que flotaba, una mecedora que se balanceaba sin que hubiera ninguna brisa, una taza que giraba sin ningún tipo de cuerda, una planta de interior puesta al revés... cada objeto a cierta distancia del resto. Solos. Darius no tenía ni idea de si aquellos eran portales a otros reinos dentro de Aadilor o puertas a la habitación de una abuela, pero todas aquellas cosas parecían de lo más anodinas. Si había más gente viajando por Yamanu, él no podía verlas u oírlas. Aquel era un lugar silencioso y brumoso.

La verdad es que era bastante deprimente. A Darius se le hizo un nudo en la garganta. Parecía que solo le pasaban cosas tristes.

Darius seguía de cerca a su guía mientras atravesaban aquel aire espeso. En un momento dado, entre los objetos aleatorios, surgió un camino de tierra y, después, una oscura colina cubierta de hierba. Subieron por unas escaleras zigzagueantes que llevaban a un puente del que no se veía el final porque acababa desapareciendo en un mar de niebla.

Nada de aquello tenía sentido. Mientras atravesaba el puente, Darius tuvo la sensación de que si pedía que se le aclarara algo solo obtendría un acertijo como respuesta. No lo habían criado rodeado de magia o de los muchos secretos que sabía que guardaba Aadilor, pero, a pesar de haber estado poco expuesto a ello, sabía que en ese asunto no había razón ni lógica. Había regiones y ciudades en las que aún existía una gran presencia de los dones de los dioses perdidos. De otros lugares se rumoreaba que, aunque vivieran sin ningún tipo de protección de aquellas deidades, antiguamente habían prosperado gracias a las bendiciones divinas; y su querido Lachlan era uno de ellos. Se decía que la magia se transmitía a través de la sangre, pero tampoco era raro que un alma dotada naciera de unos padres sin dones y viceversa. Las reglas que dominaban Aadilor parecían haber desaparecido a la vez que los dioses. Darius solo sabía que nada estimulaba más la inteligencia que encontrar algo más listo que ella. Y, a fin de cuentas, la magia era el elemento más inteligente que existía en el mundo.

—¿No deberíamos parar a comer algo? —preguntó Darius cuando empezó a tener hambre. Sacó un trozo de pan que traía en un morral. Apenas había comido en el baile y, después de todo, llevaban bastante tiempo viajando.

—Ya casi llegamos —contestó el guía.

¿Ya casi llegamos adónde?, quiso preguntar Darius. Todo el paisaje le empezaba a parecer exactamente igual. No tenía ni idea de cómo este hombrecito, fuera o no sentidor, podía saber hacia dónde iban. Tras cruzar el puente, que sin duda tenía final, atravesaron un arroyuelo. Siguieron subiendo y bajando escaleras... e incluso traspasaron escaleras, lo que para Darius nunca había sido una opción.

Estaba aprendiendo mucho de aquel viaje.

—Aquí estamos.

El guía se detuvo ante una pequeña caja de madera sin ninguna marca especial que se encontraba en mitad de un campo. Darius parpadeó incrédulo.

—¿Estás seguro? Igual era en ese pedrusco de ahí.

—No —dijo el hombrecito haciendo un gesto con la mano—. Eso lleva a un sitio al que nunca querrías ir. A menos que te guste gritar, claro.

Aunque no le veía la cara, el joven intuyó que aquella criatura había sonreído.

Darius se alejó un paso del pedrusco.

El guía se inclinó e introdujo una llave en la parte superior de la caja. Con un giro, esta se abrió liberando una luz que se expandió hacia arriba formando un resplandeciente portal. Darius dio un paso adelante y echó un vistazo a través de la puerta. Abrió mucho los ojos. Vio una cueva gigantesca que tenía una ciudad en su interior. Unas estalactitas gigantes surgían desde el techo y se conectaban con las estalagmitas que nacían del suelo. Cada una de estas estructuras estaba llena de unas lucecitas blancas que centelleaban como la nieve. En las paredes de roca de alrededor había excavados edificios de piedra. En el suelo, una enorme ciudad oscura se retorcía en torno a las enormes rocas y emanaba humo multicolor desde las distintas chimeneas. En la parte superior de la caverna colgaban luciérnagas azules y verdes que le daban un aspecto estrellado a este mundo gigantesco y techado.

—Bienvenido al Reino de los Ladrones —dijo el guía extendiéndole a Darius una mano para que atravesara el portal y llegara hasta un saliente rocoso desde el que se dominaba toda la ciudad.

Cuando lo hizo, Darius se detuvo un instante en aquella terraza de piedra y se concedió un momento para examinar la inmensa vista que se desplegaba a sus pies y para disfrutar de un aire considerablemente fresco teniendo en cuenta que pertenecía a un mundo que parecía ser subterráneo. El joven jamás había visto nada como aquello. Ni siquiera había imaginado que existiera un sitio tan hermoso como ese. Aquel sitio parecía extremadamente idílico para ser un lugar lleno de depravación y pecado. Ante él yacía una ciudad desbordante de magia que recogía todas las variedades que Aadilor podía ofrecer, también sus versiones más corruptas.

—Pagaste por una petición más —dijo el jorobado apareciendo al lado de Darius.

—Sí —dijo el lord con los ojos aún clavados en aquel mundo sombrío que tenía debajo. Centró la vista en el palacio de ónix que se alzaba justo en el centro—. Llévame ante el Rey de los Ladrones.

CAPÍTULO SEIS

Larkyra se retorcía en el centro de su habitación mientras Charlotte la desvestía hasta dejarla en un sencillo camisón blanco.

Bailaban en su mente todos los acontecimientos de la noche: se puso a pensar en todos los invitados con los que había bailado, así como en las nuevas personas que había conocido. Pero, principalmente, no dejaba de acordarse de lord Mekenna y de su padrastro, el duque.

Larkyra sintió, a la vez, tanto alivio como fastidio al no percibir ningún tipo de reconocimiento cuando la mirada de lord Mekenna se posó en ella. Alivio porque eso significaba que no tendría que dar explicaciones de por qué la había conocido viviendo como una vagabunda de los arrabales en pésimas condiciones. Fastidio por comprobar que, independientemente de su aspecto, era así de olvidable para alguien que la conoció aquel día.

—Esta noche has estado radiante —le dijo su doncella mientras guardaba el vestido azul del Eumar Journé en una suave caja envuelta en seda.

Kaipo dio un graznido perezoso desde su soporte, al lado de la cama de Larkyra. Sus alas plateadas centelleaban a la luz de las velas.

—Gracias, Charlotte —respondió Larkyra acercándose a su tocador. Se quitó hasta el último pasador del pelo y suspiró al sentir liberado el cuero cabelludo. Los rizos le caían en cascada hasta la cintura.

—¿Alguno de tus compañeros de baile te ha llamado la atención especialmente? —preguntó Charlotte empezando a cepillarle la cabellera.

—¿Por qué lo preguntas? —dijo Larkyra frunciéndole el ceño a su doncella a través del reflejo en el espejo.

—Porque has bailado con muchos, eso es todo. Ahora que estás en edad casadera, seguro que te saldrán muchos pretendientes.

La imagen de un lord alto y pelirrojo volvió a ocupar de nuevo la mente de Larkyra: el fuerte agarre con el que lord Mekenna la había hecho girar por la habitación, el aroma a clavo que desprendía, la amplia y particular sonrisa que le iluminaba la cara...

«Pero ¿acaso eso importa?», se preguntó Larkyra. No estaba interesada en pretendientes. Guardaba demasiados secretos como para siquiera pensar en sentar cabeza. Tenía demasiadas obligaciones familiares como para abandonarlas..., y eso sin contar sus dones. Larkyra no contaba con un historial demasiado bonito en relación con lo que era capaz de hacerle a sus seres queridos. Lo mejor era no complicar las cosas añadiendo a otra persona que pudiera salir perjudicada si sus poderes se le iban de las manos.

—No tengo tiempo para ese tipo de cosas. —Larkyra hizo un gesto como para ahuyentar esa idea.

—Ya tendrás tiempo cuando aparezca el indicado —sentenció Charlotte—. Y entonces verás lo rápido que caen los granos de arena. ¿Y qué me dices del caballero que te sacó a bailar dos veces? No llegué a verlo, pero se habló mucho de él en la velada.

—¿Hayzar Bruin? —preguntó la joven casi atragantándose.

—¡El mismo!

—Ni de broma. —Se alejó de Charlotte y observó la pintura de una abeja que decoraba una escena floral de la pared. Larkyra tocó el panel y este se deslizó dejando ver un armario secreto.

Parecía obvio que el duque de Lachlan llamaba la atención. Era alto y ancho de hombros, su piel clara lucía muy bien bronceada y unas hebras grisáceas le decoraban las sienes mezclándose a la perfección con su pelo negrísimo. Sus ropas estaban perfectamente cortadas y cosidas. Cierta extravagancia a lo sumo.

Pero su sonrisa lo estropeaba todo.

«Por el mar de Obasi». Aquel gesto le revolvía el estómago a Larkyra.

Las sospechas de su padre se materializaban claramente en la sonrisa de Hayzar.

Sus dientes parecían tiznados de hollín y al hablar daba la sensación de que tenía la lengua cubierta de carbón.

Sobra decir que solo aquellos con la Visión eran capaces de notar el veneno que aquel duque destilaba. Para los demás, aquella boca, que seguro le costaba una fortuna mantener, se mostraba prístina y blanca como las perlas.

Pero Larkyra tenía ese don y si alguna vez había visto a alguien pudriéndose por dentro, ese era este hombre. Apestaba a phorria. Larkyra había olvidado lo horripilante que era estar cerca de esa sustancia, así como la adicción que generaba esa droga que se inyectaban aquellos que no habían nacido con los dones de los dioses. Había personas tan desesperadas por sentirse poderosas durante un instante, por mucho que aquella sensación fuera superficial y volátil, que se metían por las venas la magia de otros, la sangre de personas a las que le habían robado su propia esencia o que se habían visto obligadas a venderla con desesperación por unas monedas de plata.

Una vez Achak habían llevado a las hermanas a uno de los antros del Reino de los Ladrones. Otra de tantas lecciones. Aún era capaz de recordar aquel espacio sombrío, apenas iluminado por unas pocas velas que se usaban para calentar los recipientes de aceite en los que hervían las esferas de cristal llenas de magia robada. De varios contenedores emergían tubos de goma que llevaban la sangre directamente a las venas de hombres y mujeres que yacían tirados sobre sillas y mesas. Miraban la nada con ojos vidriosos y con la boca abierta mientras el cuerpo se les llenaba de un poder efímero. En aquella caverna flotaban gemidos de dolor y euforia, así como un enfermizo olor dulzón.

—Niñas, miren a lo que puede llevar la codicia —les dijeron Achak mientras las guiaban por aquella pesadilla—. Nunca deben depender de su magia para sentirse fuertes. Su auténtico poder reside en su corazón y en su mente.

Aquellos recuerdos ayudaron a que Larkyra comprendiera lo que su padre había dicho sobre que el Rey de los Ladrones quería que aquel negocio repugnante se llevara a cabo solo en su reino. Muchos de aquellos consumidores salían de allí dando tumbos, malgastando su magia temporal en hechizos efímeros. Sus intenciones acababan tan envilecidas y podridas como la droga que consumían. Volvían allí una y otra vez, cavando su propio pozo hasta que ya eran incapaces de hacer nada sin phorria. Larkyra disimuló el escalofrío que le producía la idea.

¿Cómo había entrado en contacto el duque con aquella droga si no había sido en el Reino de los Ladrones? Saltaba a la vista que llevaba tiempo consumiéndola por cómo tenía la boca y por el hedor dulzón, como a ramo de flores podridas, que desprendía. La joven ansiaba preguntarle a su padre qué iba a hacer ahora que estaba claro lo que el duque hacía.

¿Y qué pasaba con lord Mekenna? ¿Estaría al corriente de los negocios de su padrastro? Incluso para un ciego sería evidente la energía inquietante que emanaba de Hayzar. Larkyra percibió perfectamente cómo lord Mekenna se tensó en cuanto su padrastro se acercó a ellos después de su primer baile. ¿Qué tipo de relación tendrían Hayzar y él?

Larkyra siguió dándole vueltas al asunto mientras examinaba un estante lleno de prendas de ropa; algunas eran opulentas, otras muy sencillas... pero todas coincidían en ser muy poco apropiadas para un noble.

Se puso unos pantalones negros y una túnica, y terminó de vestirse poniéndose una capa. No era una capa cualquiera, sino una que podía robar las sombras con las que se cruzaba para ayudar a su portador a ocultarse. Se calzó unas botas a juego, volvió a entrar a la habitación y cerró el panel.

—No voy a ir con ustedes —dijo Charlotte—. Quiero arreglar todos tus guantes antes de comprar más mañana en la ciudad. Pero me aseguraré de llegar a tiempo para el espectáculo.

Charlotte ya había empezado a rellenar el dedo anular izquierdo de todos los guantes de Larkyra para simular que seguía teniendo todos los dedos. Incluso había improvisado un pequeño dispositivo, que había llevado en el baile, que permitía que esa parte del guante se doblara ligeramente cuando Larkyra apretaba la mano. Había que tener mucho cuidado: no solo en las reuniones de la alta sociedad de Jabari, donde una imperfección como esa en una joven habría sido motivo de burla, sino sobre todo en el lugar al que Larkyra se dirigía. Las cicatrices y los miembros amputados eran una forma muy sencilla de revelar una identidad... y aquello era un precio que ni los mismísimos Bassette podían permitirse pagar.

—Entonces nos aseguraremos de alargar el numerito hasta que aparezcas —le respondió Larkyra justo en el momento en el que sus hermanas llegaron a la habitación.

—¿Nos ibas a hacer esperar otro grano de arena más? —preguntó desafiante Niya, poniéndose las manos en la cintura—. Lo de llegar elegantemente tarde tiene ciertos límites.

Niya y Arabessa llevaban capas de viaje de color negro, muy parecidas entre sí, e iban con el pelo recogido y escondido bajo la capucha. Con sus guantes negros sostenían máscaras doradas cuyas bocas y cejas estaban pintadas de obsidiana.

—Esos límites no están hechos para nosotras —respondió Larkyra. Entonces aceptó la que sería su máscara y el par de guantes que le pasó Charlotte—. Al fin y al cabo, somos el entretenimiento de la noche.

Larkyra se cubrió la cara y las manos, se puso la capucha y salió por la puerta arrastrando a sus hermanas.

Entrar en el Reino de los Ladrones era fácil, al menos para quienes sabían cómo hacerlo... y las hermanas Bassette se habían paseado por aquella ciudad oscura excavada en la roca desde que dieron sus primeros pasos. Sin embargo, entrar al palacio era otra cosa completamente diferente. Solo los invitados, los sentenciados a servir al señor y los bendecidos con grandes sumas de dinero podían entrar. Afortunadamente, aquella noche Larkyra y sus hermanas estaban más que invitadas: su presencia sería celebradísima.

Además, las jóvenes tenían sus propios contactos, y aquello les daba bastantes ventajas.

Mientras atravesaban por un grandioso vestíbulo de mármol negro iluminado solo por una fila de lámparas de araña hechas de ónix, Larkyra experimentó un subidón de confianza, algo que le pasaba siempre que llegaba al palacio acompañada de sus hermanas. Su magia, cálida y expectante, le hervía en las venas. Era consciente de que pronto la liberarían.

La mirada de Larkyra se posó sobre algunos miembros de la corte que holgazaneaban apoyados en las paredes oscuras. El atuendo de aquellos invitados estaba salpicado de perlas, huesos tallados, plumas, uñas y colas de bestias salvajes. Las caras de aquellas personas estaban cubiertas por tocados ornamentales y máscaras destinadas a mantener su anonimato en una ciudad en la que ocultar tu identidad era sinónimo de seguir con vida, pues los secretos eran más valiosos que cualquier tipo de joya. Aunque esto no significaba que se renunciara a la ostentación, claro. Larkyra sabía que, en el Reino de los Ladrones, la apariencia lo era todo, tanto para la gente de palacio como para las personas que habían ganado la mayoría de sus posesiones mediante timos, degüellos y una combinación de ambas cosas. Allí cada objeto era a la vez un trofeo y una advertencia.

Cada objeto parecía susurrar: «Acércate, trata de comprobar cuánto te costaría llevarme contigo».

Larkyra y sus hermanas, con una sonrisa dibujada en los labios, no se detuvieron ni se giraron para comprobar qué ojos las seguían. A pesar de llevar atuendos que las volvían anónimas, a Larkyra le encantaba que se supiera que ya habían llegado. Cualquiera que estuviera familiarizado con el Reino de los Ladrones tenía claro quiénes eran ellas. Poquísimos de los habitantes de este reino sabían nada de sus vidas en Jabari y, además, sus secretos estaban ocultos por la magia.

Aunque Larkyra y sus hermanas provenían de una estirpe muy antigua, especialmente por el lado materno, no era su magia ancestral lo que las hacía más fuertes; en esta ciudad oculta, ellas eran unas criaturas temibles. Nunca se les veía separadas: las tres caminaban, se sentaban o abandonaban las habitaciones como si fueran una sola. Tenían multitud de máscaras elegantes con las que cubrirse la cara, pero siempre iban a juego. Se les veía como una unidad, especialmente cuando actuaban. Y es que Larkyra formaba parte de las Mousai, un trío de seres tan adorados como temidos. Aunque las tres hermanas eran muy poderosas por separado, nadie se atrevería a ponerse en el camino de las Mousai cuando estaban juntas. En este reino en el que se admitía lo más terrorífico y salvaje, era esencial construir un aura amenazante.

Y de eso a las Mousai les sobraba.

Larkyra tenía ciertas facilidades no solo por sus propios dones, sino también por los de sus hermanas. La joven era capaz de sentir los deseos que nacían en los poderes de ellas, así como sus reacciones y sus cambios más sutiles. De hecho, incluso en aquel instante, sentía aquella fuerza como un zumbido familiar que la envolvía.

«Juega con nosotras», parecía murmurarle la magia de sus hermanas a la suya.

«Pronto», pensó Larkyra tratando de tranquilizarlas. «Pronto».

Tras atravesar el patio, las tres pasaron por un estrecho pasillo con los techos muy altos de cuya pared emergían afilados picos de piedra oscura que anunciaban que cualquiera que pasara por allí tuviera claro que más le valía andar con cuidado. El pasillo se abría a una especie de gran recibidor circular en el que se encontraba una amenazante y enorme puerta doble de la que, entre las rendijas, se intuía una luz de un tono rojo anaranjado. Larkyra percibió que el aire se espesaba conforme se iba acercando.

«¿Seguro que deseas estar aquí?», parecía preguntarle el aire.

Cuatro guardias, unos gigantes de mármol negro, custodiaban ambos lados de la puerta sujetando unas lanzas largas y afiladas. A los pies de estos esperaba un grupo de personas que anhelaban tener una audiencia con el hombre que se encontraba detrás de aquella barrera.

Las chicas ignoraron la fila y fueron directo hacia las puertas cerradas. Entonces, se detuvieron al unísono.

No hubo más que silencio entre los que allí esperaban. Algunos de ellos huyeron para esconderse entre la oscuridad que procuraba aquel espacio circular.

Larkyra no pudo evitar hacer un gesto de orgullo detrás de su máscara.

—Está ahí dentro con alguien —dijo una voz profunda y aterciopelada que emergió de entre las sombras de un hueco en la pared—. A pesar de su misión especial de esta noche, tendrán que esperar como todos los demás.

Las hermanas se giraron y Larkyra sintió que Niya se tensaba cuando un hombre salió de entre la penumbra dando un paso al frente.

—Hola, damas —ronroneó.

Pocas cosas de ese mundo aterrorizaban a Larkyra, pero el hombre que las miraba con resplandecientes ojos turquesas era una de ellas.

La magia de Larkyra se agitó anticipando su defensa, pero ella la contuvo. Al menos de momento.

Alōs Ezra, el infame Señor de los Piratas, era un hombre que parecía esculpido en las mismas rocas que componían el Reino de los Ladrones. Su enorme y musculosa silueta, enfundada en un abrigo largo y oscuro que le cubría las botas y llegaba hasta el suelo, parecía impenetrable. Pero no era ni su tamaño, ni sus ojos hipnóticos, ni la magia que de forma tan evidente lo envolvía como una suave brisa lo que lo hacía digno de precaución: era el hecho de que no llevara el rostro cubierto.

Poquísimas personas tenían agallas para hacer eso.

Y qué rostro poseía.

Era un espectáculo. Su cara estaba moldeada por el pecado. Cada centímetro de aquel rostro despertaba pensamientos lascivos en la mente de Larkyra. Pensamientos de alcobas ardientes y de rincones ocultos. Su piel morena bronceada por su vida en el mar, su pelo de ónix ondulándole por debajo de los hombros, sus pómulos angulosos... constituían una verdadera tentación. Pero Larkyra intuía que su arrebatadora sonrisa también prometía dolor. Y aquella combinación era espeluznante.

Aunque el Señor de los Piratas fuera la criatura más terrible que navegaba por las aguas de Obasi, verlo caminar sin máscara y mostrando sin tapujos su arrebatadora belleza era un verdadero espectáculo del que él sacaba mucho partido.

«Conóceme, recuerda quién esculpió tus gritos», parecía susurrar.

—¿Ya vienes a suplicarnos que te hagamos otro favor? —le espetó Niya a aquel hombre infame.

Larkyra quiso pellizcar a su hermana. Nada bueno sucedía cuando esos dos intercambiaban burlas.

Aunque cada hermana estaba vestida de forma idéntica de pies a cabeza, la mirada vidriosa de Alōs recorría la capa de Niya como si fuera capaz de ver a través de ella todas y cada una de las curvas que la joven escondía.

—Mi pequeña bailarina de fuego... —Las palabras de Alōs atravesaron el aire—. Los dos sabemos que es mucho más probable que seas tú la que acabe de rodillas pidiendo favores.

La temperatura de la habitación se disparó y Larkyra sintió que le ardía el costado mientras Niya daba un paso adelante. La más pequeña percibió que el poder de la mediana estaba a punto de explotar, pero la mayor la calmó acariciándole el hombro.

—Capitán Ezra —dijo Arabessa haciendo que su voz firme rompiera la tensión del momento—, hemos oído que sus viajes al este han sido de lo más fructíferos. ¿Celebrará esta noche sus éxitos con nosotras o regresará a sus tierras para descansar un poco?

Se decía que Alōs provenía de Esrom, una ciudad submarina que se desplazaba a la deriva por las profundidades del océano. Solo los nacidos allí la podían localizar, lo que mantenía su esplendor bien resguardado. Y, por lo que Larkyra sabía, Esrom era un lugar demasiado próspero.

Alōs dejó de observar a Niya para centrar su atención en el conjunto de las Mousai.

—«Mis tierras», como usted las llama, están más que felices con mi ausencia. Además, creo que mi tripulación preferirá disfrutar de los frutos de su trabajo aquí. Hay mucho más con lo que entretenerse —contestó Alōs dibujando una levísima sonrisa en la esquina de sus voluminosos labios mientras volvía a dirigir su mirada a Niya.

Larkyra podía sentir cómo su hermana se esforzaba en mantener controlada su magia. Vio de reojo cómo los guantes de Niya desprendían un tenue resplandor rojizo.

—Así es —respondió Arabessa—. Esperamos que el espectáculo de esta noche les satisfaga y que sus marineros logren sobrevivir a él.

—Quienes no lo consigan no volverán a ser bienvenidos en mi barco —contestó Alōs.

Las enormes puertas que tenían enfrente se abrieron interrumpiendo aquella conversación. El resplandor del fuego se derramó en una delgada línea mientras un hombre alto vestido con un abrigo de viaje negro y una máscara café salía de allí a toda prisa.

Aunque el hombre no dijo nada, era evidente que iba muy enfadado. Cuando pasó al lado de las hermanas, llevaba los hombros tensos y las manos enguantadas en los costados. Dejaba a su paso un aroma a clavo. Una figura pequeña y encorvada envuelta en harapos emergió de entre las siluetas que esperaban entre la oscuridad y se sumó a la retirada de aquel visitante.

A Larkyra le pareció percibir algo familiar en aquella figura masculina que se iba haciendo más pequeña conforme se alejaba, pero, antes de poderle dar más vueltas al asunto, un guardián anunció en un estruendo grave:

—Ahora verá a las Mousai.

—Creo que te equivocas, hermano. —La rotunda voz de Alōs retumbó contra las paredes—. El siguiente era yo.

—Ahora verá a las Mousai —repitió la roca.

La mirada del pirata se clavó sobre las hermanas en cuanto ellas comenzaron a caminar. Pese a llevar el rostro cubierto, Larkyra podía intuir la sonrisa triunfante de Niya cuando esta se giró hacia Alōs y le hizo con la mano un gesto de despedida cargado de ironía.

Acceder a las habitaciones del Reino de los Ladrones era como entrar en el centro de un volcán activo. El intenso calor hizo que Larkyra se sofocara a pesar del escalofrío que le despertó el sentirse diminuta ante la altura colosal de aquella habitación. No importaba cuántas veces visitara aquel espacio, la sensación nunca se atenuaba.

Todo el perímetro estaba rodeado por más guardianes de piedra que seguían con la cabeza cada movimiento de las

Mousai. Por el suelo de ónix serpenteaban hilos de lava girando y retorciéndose en detallados dibujos; aquellas eran las cicatrices de la magia antigua y olvidada que alimentaba los poderes del hombre allí sentado. Las delgadas líneas burbujeantes se unificaban hasta formar un estrecho pasillo que obligó a Larkyra y a sus hermanas a caminar más juntas. El eco de sus suaves pisadas reverberaba con un espeluznante tap, tap, tap al paso de las jóvenes.

Allí los muros eran tan dentados, tan afilados como en el resto del palacio; iban forzando una perspectiva de ángulos que dirigía la mirada hacia el fondo de la habitación, donde el rey esperaba en un trono de respaldo alto lleno de picos agudos. A su alrededor flotaba un humo negro que preservaba su aspecto de cualquier mirada. Pero Larkyra no precisaba verlo para sentir el poder que irradiaba, una fuerza que hacía que las piernas de los más valientes temblaran aterrorizadas con cada paso que daban en su dirección.

Cuando las Mousai se detuvieron en la base de la tarima de aquel trono, Larkyra y sus hermanas se postraron en el suelo con una reverencia idéntica haciendo que sus máscaras doradas besaran el suelo de piedra reflectante.

El silencio envolvió la habitación. No se oía ni el burbujeo de la lava.

Dicho silencio parecía interminable; la mirada del hombre que no podía ser visto presionaba la espalda de Larkyra hasta el punto de que las espinillas, aplastadas contra el suelo, le empezaron a doler.

—Levántense. —Una voz contundente en la que se percibían otra docena de voces vibró alrededor de las hermanas.

Se levantaron al unísono observando el humo negro que oscilaba ante ellas. Aquel era un tipo de oscuridad hipnótica, que las forzaba a escudriñar el rítmico vaivén de la niebla con la esperanza de atisbar alguna pequeña luz.

Pero no se intuyó ninguna.

Así que esperaron.

Y esperaron.

Y esperaron a que el rey volviera a hablar de nuevo.

Si Larkyra y sus hermanas no hubieran sido desde pequeñas instruidas para permanecer impávidas en cualquier circunstancia opresiva, muy probablemente se habrían tirado al suelo entre lágrimas.

Eso era justo lo que Larkyra había visto hacer a muchas otras personas antes que ellas.

El Rey de los Ladrones, en la forma que tomaba entonces (un amasijo de vapor oscuro y poder amenazante), era mucho más que horripilante. Nadie conocía su origen o cómo había llegado a gobernar en ese reino escondido de pecadores. Pero ¿acaso importaba? Ahora estaba allí y solo los dioses perdidos sabían hasta cuándo, ya que no daba ninguna muestra de querer marcharse.

—Acérquense —dijo por fin.

Arabessa tocó suavemente a Larkyra para que esta diera el primer paso, aunque la muchacha sentía un revoltijo de nervios en el estómago.

—Mi rey. —La joven volvió a hacer una profunda reverencia—. Nos sentimos tremendamente honradas de que nos haya concedido audiencia esta noche. Yo, personalmente, me siento bendecida porque esta noche actuaré celebrando mi Eumar Journé.

El Rey de los Ladrones era de los pocos que no ignoraba quiénes se escondían detrás de aquellas máscaras, ya que conocía a todos los que poblaban su ciudad.

—Mi pueblo está inquieto —dijo el Rey de los Ladrones, haciendo que el humo que lo rodeaba vibrara al ritmo de su voz—. Esta noche necesita a las Mousai.

—Por supuesto, mi rey. Estamos aquí para servir.

La energía que de él brotaba acarició el hombro de Larkyra aprobando en silencio sus palabras. Un instante después, la niebla circundante se disipó revelando su verdadera forma humana.

Había dos cosas que sorprendían siempre a los visitantes agasajados con el regalo de ver al Rey de los Ladrones sin su oscuro manto. La primera: que, en lugar de llevar prendas de tonos oscuros, iba siempre vestido de un blanco cegador. Marfil, ópalo, huesos tallados y pieles blanqueadas se mezclaban en sus sofisticados atuendos. Se cubría las manos y los pies con guantes y botas elaboradas con brillante piel de cocodrilo, lo que hacía que las escamas centellearan cuando sus dedos se enroscaban en los reposabrazos de su trono. Hasta el último centímetro de su piel estaba siempre oculto. Llevaba el pecho cubierto de plumas blancas como la nieve dispuestas en forma de armadura y justo en el centro del mismo reposaba una calavera blanca cuyos dientes eran diamantes negros. Un tocado, que relucía con los mismos materiales y que terminaba en dos decorados cuernos arqueados, le cubría la parte superior de la cara.

Y eso nos lleva a lo segundo que dejaba sin palabras a los visitantes. El Rey de los Ladrones era, sin duda alguna, la criatura más ornamentada y extravagante que nadie nunca hubiera visto. Si el rey tenía pelo, este estaba escondido bajo el tocado. Las únicas partes de su cuerpo que se veían eran su boca, pintada de negro, y una espesa barba tan llena de mechones blancos y plateados que la hacía indistinguible del resto del atuendo. ¿Era rubia? ¿Castaña? ¿Pelirroja? Si Larkyra se quedaba observando muy descaradamente, un dolor en la parte posterior de su cráneo le hacía apartar la vista. Y a pesar de que Larkyra nunca podía ver los ojos de aquel hombre, tenía clarísimo que él sí podía verla a ella... y eso siempre le provocaba un escalofrío en la espina dorsal.

El efecto generalizado que producía la visión de aquel rey blanco sobre su trono negro era similar al de observar una estrella, un foco de luz rodeado de oscuridad que parecía susurrar: «Acércate, veamos si soy yo la solución a tus problemas».

Pero a qué precio.

Siempre había un precio.

—Déjennos solos —dijo el rey y, aunque no especificó a quién se dirigía la orden, todos los presentes en la cámara del trono sabían que se refería a la fila de gigantes guardianes de piedra, por lo que estos dieron un paso atrás, hacia los muros, y se desvanecieron en las sombras mientras que las Mousai permanecieron en el mismo sitio.

El ambiente vibró con la desaparición de los soldados.

La energía que flotaba en la sala parecía decir: «No habrá ningún testigo de todo lo que suceda a partir de ahora».

Arabessa y Niya se pusieron a la altura de Larkyra en cuanto el Rey de los Ladrones ladeó la cabeza observando al trío.

—Esta noche asistirán muchos que no poseen los dones que nos dejaron los dioses perdidos. —La voz del rey las rodeaba—. Espero que respeten lo que acordamos en su primera presentación.

—Por supuesto, mi rey —dijo Larkyra a la vez que sus hermanas.

—Pueden hacer que su espectáculo bordee los límites de la locura, pero no se pasen de la raya.

—Sí, mi rey.

—Y no le dediquen su canción a ningún invitado concreto, sino a todo el auditorio. No voy a permitir otro incidente como el que se vivió con los hermanos Gelmon. Algo así solo se puede hacer con mi permiso expreso.

Tras su máscara, Larkyra apretó los labios para evitar

sonreír. Esta vez no sentía ninguna culpa por lo salvaje que fue su magia durante el incidente al que el rey se refería.

Los Gelmon eran la definición exacta de sucia escoria. Raptaban a niños de sus casas para venderlos como sirvientes. Niya no tuvo que insistir mucho para que Arabessa y ella les dieran una buena serenata.

¿Acaso era culpa de Larkyra que aquellos hermanos no tuvieran la fuerza mental suficiente como para sobrevivir a sus atenciones?

A pesar de ello, las tres volvieron a responder al unísono:

—Sí, mi rey.

El Rey de los Ladrones las envolvió con su magia para asegurarse de que estaban siendo sinceras. Esta giró en el aire con forma de titilantes hilos de plata y rozó los hombros de las hermanas.

El rey pareció sentirse complacido, por lo que su actitud en el trono de piedra cambió y empezó a volverse más familiar.

—Bien —dijo alzando una mano enfundada en su respectivo guante blanco—. Ahora vengan aquí, pequeñas mías. Denme un abrazo antes de actuar.

Las Mousai le hicieron caso, gustosas y sonrientes. Además de como el terrorífico Rey de los Ladrones, el soberano más espeluznante de entre los que se escondían en las grietas de aquella ciudad subterránea, ellas también lo conocían por un nombre distinto y mucho más importante.

Padre.

CAPÍTULO SIETE

Darius no estaba nada contento. De hecho, estaba a punto de perder el control, un estado poco común en alguien que solía tener un temperamento tan sereno como la superficie de un lago. Al crecer con su padrastro, un hombre que vivía para provocar a Darius, se dio cuenta de que permanecer perfectamente tranquilo ante cualquier forma de horror era la única manera de lograr cierto control sobre su propia vida.

Necesitaba salir de allí.

—¿Vas a quedarte a la fiesta? —le preguntó su guía mientras lo acompañaba a través de uno de los muchos pasillos oscuros del castillo. Aunque Darius no veía que hubiera ningún guardia, sentía como si aquellos muros apagados lo observaran durante su recorrido.

—No —contestó el joven.

—Pero te han invitado.

—¿Y tú cómo sabes...? Bueno, da igual. Estaba claro que lo sabrías.

Echó un vistazo al jorobado. Varios mechones aceitosos sobresalían de las vendas grises que le cubrían la cabeza. Aquella no fue la primera vez en la que Darius se preguntó qué ocultaba el guía debajo de toda aquella tela.

—Nada que te importe —dijo el sentidor respondiendo a los pensamientos de Darius.

—Deja de hacer eso.

—Pues deja de pensar tan alto.

—¿Acaso quieres que piense entre susurros?

—Los susurros son tan audibles como los gritos.

—Diría que no es así para nada, señor.

—Aquí dentro sí lo son —dijo el hombre dándose unos toquecitos en el cráneo con una de sus largas uñas.

Darius dejó escapar un gruñido disgustado. No le quedaba paciencia para seguir oyendo acertijos.

Su audiencia con el Rey de los Ladrones había resultado inútil, pues este había permanecido como una nube de humo glacial y silenciosa mientras Darius exponía su caso. Cuando Darius entró a la sala del trono sabía que era muy arriesgado presentarse ante una criatura cuya reputación e historia eran más que conocidas. Darius estaba seguro de que se habría derrumbado en la presencia de aquella nube si no fuera por los muchos años que había convivido con su propio demonio, un hombre para el que nunca estaba demasiado aseado, para el que nunca era lo bastante inteligente, que aseguraba que comía como un campesino y que opinaba que su compañía era terriblemente aburrida. Pero, en lugar de derrumbarse, se mantuvo con la columna erguida mientras le rogaba algo de ayuda al ser que tenía el poder de prestársela.

Había que salvar sus tierras y liberar a su gente de las opresivas y nefastas decisiones de su padrastro. Lachlan ya había sufrido demasiado y estaba al borde del colapso. Darius había intentado arreglar las cosas que estaban en su mano, y de hecho lo seguía haciendo: remendaba velas, repartía la poca comida que lograba escamotear de su cocina, posponía el cobro de impuestos tanto como le era posible... Pero él no era más que un hombre, y los desposeídos de

Lachlan eran muchísimos. Cada vez que reunía valor y se enfrentaba a su padrastro por este asunto, acababa viendo cómo Hayzar era capaz de reducir a cenizas sus buenas intenciones. Darius se quedaba de repente sin palabras, congelado y avergonzado al ver cómo la negrura se apoderaba de su mente.

A Darius le empezaron a arder las cicatrices que le recorrían la piel por culpa de aquellos recuerdos borrosos, así que intentó deshacerse de ellos.

El joven estaba desesperado y no ignoraba que su situación lo convertiría en la presa perfecta para el rey. Estaba a punto de vender su alma a cambio de ayuda, de cualquier cosa que ayudara a sanar Lachlan, pero al rey no parecía importarle. Y Darius consideraba que el asunto era bastante fácil de solucionar: daba por hecho que el Rey de los Ladrones entendería que solo había un hombre, una persona, capaz de terminar con el sufrimiento de Lachlan. Pero no, el monarca simplemente le había dejado caer al joven que meditaría sobre sus problemas y que, si al final decidía hacer algo con respecto a Lachlan, él ya se acabaría enterando.

¿Qué tipo de respuesta era aquella?

Como si Darius no hubiera pagado lo que se le había pedido y no se hubiera arriesgado al huir de su padrastro para poder encontrar aquel lugar...

Cuando, además, ese dinero podría haber ido a parar a su gente...

Y si, al final, el Rey de los Ladrones sí lo ayudaba, ¿cuánto le costaría? ¿Se lo podría permitir? ¿Tendría alguna oportunidad de saber algo antes de que se cerrara el trato? ¿Y qué pasaría si no llegaba ninguna ayuda? ¿Qué haría entonces?

Al preguntar todo aquello, la criatura envuelta en humo simplemente le pidió a Darius que se retirara tras repetirle que ya había decidido no tomar ninguna decisión y tras decirle que disfrutara de las celebraciones que iban a tener lugar en palacio.

Una verdadera locura.

—Se va por ahí —dijo el jorobado señalando, a la izquierda, un túnel dentado que parecía haber sido excavado toscamente en la piedra negra del palacio.

—¿Adónde? —preguntó Darius tratando de contener la furia por lo sucedido aquella noche.

—Al sitio al que te han invitado a ir.

—Ya dije que no iba a ir.

—Pero vas a ir.

—¿Ah, sí? —dijo Darius soltando una risa irónica—. ¿Y vas a ser tú quien me obligue?

—Vas a ir de buena gana —contestó el sentidor negando con la cabeza.

—Mira... —respondió Darius masajeándose una sien con la mano enguantada—. Estoy exhausto, muerto de hambre, harto de llevar esta máscara y, por mucho que me cueste admitirlo, al borde de un ataque de nervios. Lo único que quiero es volver a Jabari.

—Ahí abajo encontrarás lo que buscas. Nadie se va descontento de una función de las Mousai.

—¿Las Mousai?

—Te quitarán el hambre y te curarán los dolores.

—¿Son las farmacéuticas de palacio?

—Hay quien las definiría como tal —dijo el guía con una risa siniestra.

Darius echó un vistazo al largo túnel; prestó atención a la débil luz que se intuía en su final y al eco del ruido que de allí surgía.

—Puede que nunca más vuelvas a pisar este sitio. —El jorobado dio un paso hacia aquel sonido—. ¿Acaso no quieres disfrutar de una auténtica maravilla antes de volver a un hogar en el que no para de llover?

A Darius ya ni siquiera le importaba cómo aquella criatura sabía que él era de Lachlan y que aquella tierra vivía bajo una constante nube de tormenta. Si el jorobado intentaba tentarlo, lo estaba haciendo muy bien.

—¿Por qué siento que esto te hará más feliz a ti que a mí? —preguntó resignado a seguir a su guía.

—Porque, a pesar de la impresión que das, eres inteligente.

—Qué cumplido tan precioso. Si no supiera lo contrario, podría afirmar que empiezo a caerte bien.

—Me caes lo bastante bien como para aconsejarte que no comas nada que te ofrezcan gratis y que no bebas nada hasta que no acabe la función.

—¿Perdón?

Darius no oyó la respuesta porque acababa de atravesar la entrada rocosa de una gigantesca cueva abovedada llena hasta arriba de figuras extrañas y fantásticas.

El olor fue lo primero que percibió: capas y capas de perfume, y ese intenso olor a tierra que solo puede producir una reunión multitudinaria.

Después, el sonido: una mezcla de gritos, gemidos y carcajadas.

A continuación, la escena: absoluta depravación. En cada esquina.

Al menos una docena de balcones salpicaban por lo alto aquel lugar y conducían hasta un ojo circular desde el que podía vislumbrarse el cielo iluminado por el resplandor de las luciérnagas. Criaturas medio desnudas, vestidas, altas, bajas, retorcidas, espigadas... bufaban, ladraban y hacían mil cosas más que Darius no sabía describir mientras se movían a su alrededor como una ola desde los muchos pisos que tenía encima. Algunos simplemente permanecían de pie sosteniendo platos llenos hasta arriba de carnes y verduras al vapor mientras observaban cómo otros peleaban a puñetazos con el único objetivo de conseguir el favor de las criaturas más hermosas. Otros, que ya parecían haber ganado, toqueteaban, acariciaban y besaban a sus premios, que gemían más que satisfechos con la atención recibida.

Aunque muchas partes de aquellos cuerpos que a Darius le habría gustado que estuvieran cubiertas se bamboleaban libres, todos tenían las caras tapadas para mantener intacto su anonimato. La gente agarraba enormes cálices de charolas sostenidas por seres pintados de dorado, y un gigantesco banquete se disponía a lo largo de toda la curva del muro. Justo al lado, otros invitados estaban enredados sobre sillones y *chaise longue* observando con avidez aquel espectáculo. La iluminación era tenue, pero lo bastante brillante como para proyectar unas sombras que le daban movimiento a la escena.

Darius era incapaz de decidirse entre lidiar con las náuseas que le provocaban aquella visión y aquellos gruñidos o localizar un pergamino en el que poder describirlo todo. Estaba en el legendario Reino de los Ladrones, un lugar del que solo se hablaba entre murmullos.

Aunque detrás de su máscara estaba completamente asombrado, sintió que al encontrarse en medio de aquella absoluta depravación no se sentía como cabía esperar. Por muy inmoral que fuera lo que veía, la habitación estaba invadida por un aire de total aceptación, como si todo lo que allí se hacía fuera tan seguro como deseado y, por lo tanto, nadie fuera a juzgar todo aquel placer, aquel dolor, aquella lujuria. La libertad que experimentó al darse cuenta de aquello provocó en Darius una vibración que le dio miedo. ¿Cuántas de sus verdaderas emociones había acallado y arrinconado a lo largo de su vida? ¿Cómo sería vivir libre de preocupaciones, lejos de la sombra de Hayzar y de la culpa que lo atenazaba por tener que ver cómo sus tierras se desangraban? ¿Cómo sería la sensación de provocarle por una vez dolor a alguien?

—Con cuidado, muchacho. —La voz del sentidor cortó su hilo de pensamientos—. Sugiero que, por esta vez, mires pero no toques, ¿de acuerdo?

—No quiero estar aquí —dijo Darius reparando en que era incapaz de marcharse.

—Vamos —le respondió la criatura agarrándolo de la capa—. Busquemos algo con lo que alimentarte.

Al llegar a la mesa, el guía sirvió un plato con arroz cocido, relucientes costillas ahumadas y una cucharada de algo que presentaba un aspecto horrible pero que olía fenomenal.

—Toma —le dijo a Darius poniéndole el plato en las manos.

—¿Y cómo se paga?

—Me pagas a mí.

Una voz profunda hizo que giraran hacia una figura que estaba apoyada en la mesa. Tenía la frente cubierta con un paño rojo y, por unos pequeños orificios, se apreciaban unos ojos completamente negros. No tenía pelo y no llevaba nada en la parte superior del cuerpo. Unas espirales de pintura roja decoraban su cuerpo blanco como la tiza. Aquellos dibujos decoraban todo su torso y desaparecían bajo su falda roja de seda. Al sonreír solo mostraba seis dientes.

—Hola, viejo amigo —dijo mirando desde arriba al acompañante de Darius—. Llevabas mucho tiempo sin venir a cenar.

—No resulta de mi antojo la cena que ofreces.

Aquella criatura vestida de rojo se rio, mostrando su deleite con una carcajada aguda.

—Casi me había olvidado de tu encanto. Pero ¿a quién

nos traes esta noche? —preguntó desviando su atención hacia Darius—, ¿un cerdito con ganas de gruñir?

—Olvídate de él —dijo el jorobado—. ¿Qué te debemos?

—Lo de siempre. —Aquellos ojos negros recorrieron la totalidad del cuerpo de Darius—. Un beso.

—¿Por un plato de comida? —preguntó el joven alzando las cejas.

—Exacto —dijo esa criatura mostrando una amplia sonrisa.

—Pues sí que confías en tus habilidades culinarias...

—¡Oh! ¡Va a encajar muy bien aquí! —exclamó aquella criatura de rojo dando palmas mientras se reía.

El aroma de la comida traspasaba la máscara de Darius y el estómago le rugió de hambre. Había llegado a un punto en el que no le importaba a quién tenía que besar para comer algo.

—Pues vamos, hagámoslo.

Darius dio un paso adelante, pero aquella criatura pintada de rojo lo frenó en seco poniéndole una mano contra el pecho.

—Muchachito, aunque me halaga tu impaciencia —dijo deslizando los dedos por el abdomen de Darius—, es a él a quien quiero besar —aseguró mirando desde arriba al sentidor.

Aunque el guía era una momia andante de pies a cabeza, al muchacho le pareció percibir que el hombrecito se sonrojaba bajo las vendas.

—Ven aquí, amorcito —susurró la figura roja—. Eso es lo único que pagará su deuda.

—Y después te preguntas por qué llevo tanto tiempo sin venir...

—Vamos, cariño, si te morías por preguntar cuánto debías —dijo quitándole importancia. Cayó de rodillas ante el sentidor y le acarició la mejilla vendada. Entonces, separó unos jirones de tela para revelar unos labios carbonizados—. Qué hermosura —susurró antes de poner su boca contra la del guía.

Aquello apenas duró un grano de arena, pero Darius no pudo evitar darse cuenta de que el guía se curvaba hacia delante como si quisiera que aquello durara mucho más.

La criatura de rojo se puso en pie sonriendo y volvió a ponerle la gasa en su sitio al guía.

—No se preocupen por servirse más comida —le dijo a Darius mientras seguía mirando a su acompañante—. Me pasaré toda la noche cobrando deudas.

Tras decir aquello, la criatura se giró para atender a los nuevos invitados hambrientos que esperaban en fila.

—¿Ustedes dos son...?

—Yo no me he metido en tu vida. —El sentidor cortó a Darius mientras ambos se abrían paso hacia un hueco vacío en el muro opuesto—. Así que espero que actúes de idéntica manera.

—Es justo. —Darius separó su máscara lo suficiente como para probar la comida. Estuvo a punto de soltar un gemido. Incluso si fuera basura, le agradaría con toda seguridad.

—Come rápido, muchacho —le aconsejó el guía—. Están a punto de llegar.

—¿Quiénes?

—Las Mousai.

«¿Qué tendrán de especial esas Mousai?», pensó Darius un poco harto de aquello.

—¿Es que no se puede comer en su presencia? —preguntó al guía.

—Puedes intentarlo, pero no te será nada fácil si tienes

las manos encadenadas —respondió el guía con una sonrisa irónica.

—¿Perdón? —preguntó Darius frunciendo el ceño.

Justo en ese instante el silencio se apoderó de la sala. Las lámparas de araña que rodeaban la caverna se atenuaron y un foco iluminó una figura que estaba en el quinto balcón contando desde el suelo.

Era bellísima, una criatura alta como una estatua con la piel tan oscura como una noche sin luna, la cabeza rapada y un cuello largo y grácil. Un vestido de un tono gris claro envolvía su cuerpo flexible. Unas bandas plateadas subían por sus brazos y llegaban hasta un rostro descubierto. Miraba desde arriba a la audiencia con unos inteligentes ojos violeta. Puede que no aparentara más de veinticuatro años, pero hasta Darius tenía claro que aquella criatura no medía en años el tiempo. Su intenso pulso de energía parecía extenderse como el calor del sol, calentando a cuantos tenía debajo independientemente de a cuánta distancia estuvieran. Pero aquella sensación también contenía la inquietante advertencia de que había que mantener la distancia con ella, porque el sol también albergaba el poder de quemar. Darius se estremeció al percibirlo. Tenía clara una cosa: aquella criatura no era de este mundo sino de otro mucho más antiguo.

—Bienvenidos, amores. —Su voz sensual inundó la caverna—. Nuestro rey ha sido muy generoso con nosotros esta noche, ¿no es cierto? —Unos aplausos invadieron instantáneamente la sala. La mujer continuó hablando—. Y aún quedan más regalos... pero antes de que podamos compartirlos, les pedimos que tomen las precauciones habituales.

—¿Precauciones? —le preguntó Darius, invadido por la inquietud, a su guía en un susurro.

El sentidor se limitó a mandarlo callar mientras los ojos

morados de la mujer acariciaban a la muchedumbre desde las alturas.

—Las personas dotadas con lo que nos dejaron los dioses se pueden quedar donde están, pero quienes no poseen ni una gota de magia están invitados a irse o, si son lo suficientemente atrevidos como para quedarse, encontrarán un banco con ataduras al fondo de la sala. Nadie disfrutará de la presentación de las Mousai sin esas medidas de seguridad. Y ahora vamos, amores —dijo extendiendo las manos—: vayan a su lugar, las criaturas que han venido a contemplar ya están aquí.

Los murmullos recorrieron la habitación mientras la gente se separaba entre los que tenían magia y los que no. A Darius lo arrastró hacia un costado un grupo de guardias y su plato acabó tirado en el suelo. Pidió a gritos que se detuvieran. El corazón se le iba a salir del pecho mientras notaba que unas rudas manos desconocidas lo empujaban contra un banco. Tan solo un instante después, estaba sentado y encadenado al muro con otra docena de hombres y mujeres. Seguía respirando con gran agitación mientras buscaba a su guía por toda la habitación. Pero Darius no reconocía a ninguna criatura. Echó un vistazo a quienes estaban en su misma situación. Lo único que le alivió fue comprobar que nadie estaba tan asustado como él. De hecho, las bocas que no estaban cubiertas mostraban una amplia sonrisa de anticipación. ¿Cómo reconocían los guardias tan fácilmente a los que no tenían magia? ¿Cómo identificaban a los que no querían marcharse, como la mujer había sugerido instantes atrás que podían hacer? Pero antes de que Darius pudiera seguir preguntándose cosas o de que pudiera empezar a luchar contra sus ataduras, la oscuridad invadió aquella caverna.

Y no era cualquier tipo de oscuridad: era una especie de vacío infinito. Darius se sintió como si le hubieran arrancado los ojos de la cara.

El pánico le invadió las venas, pero entonces un haz de luz iluminó la entrada rocosa de la caverna. El público se reunió formando un semicírculo. Darius entrecerró los ojos justo en el momento en que de entre las sombras apareció un grupo de figuras. El silencio volvió a la sala, y esta vez estaba cargado de una impaciencia esperanzada. Darius se inclinó hacia delante, todo lo que las cadenas le permitieron, para observar a tres ayudantes jorobados vestidos con unos trajes de bestia cosidos con piel trenzada que empujaban una plataforma. Encima de ella se exhibían tres figuras esculturales que llevaban unos trajes con elegantes pliegues, ceñidos y cosidos de tal forma que Darius pensó que aquellos eran los atuendos más elaborados había visto jamás.

La más alta, en el centro, llevaba un enorme tocado hecho de alas de cuervo. Se cubría la cara con un chal negro que, a la altura de sus ojos y sus mejillas, llevaba cosidas piedras de ónix. Llevaba sin cubrir sus gruesos labios color morado, así como su mentón pintado de blanco. Su vestido era como de tinta líquida de la que emergían unas franjas de un material violeta intenso. Estaba de pie, con las manos cubiertas por unos guantes negros muy ceñidos y atados entre sí con más seda oscura de tal forma que no le permitían mover el meñique.

La segunda era la más baja del trío. Su vestido parecía una hermosa rosa antes de florecer y la suave tela se esparcía alrededor de sus pies antes de derramarse por la plataforma. Su cuerpo de reloj de arena estaba envuelto por unas ataduras sombreadas en naranja y negro que mantenían sus miembros contenidos. Tenía la cara tapada por un encaje color crema salpicado de plumas y su pelo estaba cubierto por un velo de plumas blancas que se recogían en su espalda.

La última era la más impactante. Tenía el rostro completamente tapado con una máscara de perlas negras tachonadas. Sobre su cabeza descansaba un arco gigante de obsidiana y un tocado de plumas azul oscuro. Su delgada silueta estaba envuelta de arriba abajo con una gasa que parecía de ébano, y sus partes íntimas se escondían tras unas plumas de color ónix que se adaptaban a su forma.

Toda la piel expuesta por aquel trío estaba cubierta con unas detalladas espirales de pintura blanca y negra que hacían que el verdadero tono de su epidermis continuara siendo un misterio.

Parecían tres aves congeladas hechas de pesadillas y paraísos.

Mientras las mujeres seguían quietas, los tres asistentes se adelantaron para liberar las manos de la más alta y le entregaron un violín. A la chica de naranja le aflojaron las ataduras que la unían a la plataforma. A la tercera le desabrocharon la parte inferior de su máscara de perlas revelando sus labios carnosos pintados de negro, así como los dibujos que le decoraban la barbilla. Sus ojos seguían ocultos.

A Darius le dio un vuelco el corazón. Nunca había presenciado semejante muestra de arte, tamaña belleza siniestra, y eso le hacía estar tan aterrorizado como desesperado por saber lo que vendría a continuación.

Con la suavidad de una brisa moviendo un pétalo, la mujer del violín cambió de posición. Los asistentes al espectáculo contuvieron la respiración a la vez en el instante en que posó el arco sobre las cuerdas.

El mundo se derrumbó en torno a Darius mientras la perturbadora melodía le atravesaba el cuerpo. Aquel simple acorde se le coló en la mente y consumió cualquier pensamiento ajeno al trío que tenía enfrente. Apretando los dientes para contener un gemido, Darius escuchó, sin poder hacer otra cosa, cómo ella hacía sonar otro acorde y después otro hasta que el joven acabó mareado por los sonidos que la mujer creaba. Ella movía sus gráciles brazos como si no respondieran a las leyes de la gravedad y hacía que sus dedos flotaran sobre el cuello de su bebé.

Y es que así era como aquella criatura sostenía su instrumento: como si fuera su más preciada posesión o el amor de su vida. Y aquel objeto le correspondía del mismo modo.

Darius quería gritarle a aquella hechicera, rogarle que se detuviera y suplicarle que nunca se detuviera, pero antes de que pudiera pronunciar palabra, la segunda mujer, envuelta en tela naranja, se empezó a mover. Su vestido floreció en cuanto ella se unió al ritmo de la música que emanaba de la otra. Bailaba como en trance, alrededor de la violinista, mientras la cola de su vestido se agitaba como si tuviera alas. Sus caderas parecían capturar cada nota y devolverlas con una contorsión. El material de su vestido flotaba, girando y retorciéndose en su cuerpo, como un tornado de belleza y pasión.

A Darius le quemaba la piel ante aquella visión, aquella demostración de pureza y de vibrante energía. Y no era el único que sufría, a juzgar por un quejido que oyó a su izquierda y, después, a su derecha. Estaba a punto de comprobar el estado de sus vecinos de asiento, pero frenó en seco cuando la tercera intérprete, con los ojos cubiertos aún, abrió la boca y...

«Por el mar de Obasi».

Una devastación eterna.

A Darius se le escapó el alma del cuerpo y quedó hecho añicos. Una simple nota, solo una, fue suficiente para destrozarlo. Sus ojos, oídos, nariz, boca... todo en él se inundó con la melodía que a ella le surgía de dentro y, justo cuando el joven pensó que iba a ahogarse en esa melodía, la artista dividió la nota en dos, después en tres, como si en su interior guardara una docena de voces. La intérprete llenó la habitación con su armonía destructiva, e incluso permitió que esta se elevara de la sala y saliera por la abertura del techo.

Darius quedó reducido a unos chispazos de energía que circulaban con avidez y que necesitaban, anhelaban, buscaban la manera de fundirse en cuerpo y alma con aquella voz. Era una canción sin letra pero llena de deseos escondidos en las profundidades, una canción de lamentos, nacimientos y muertes. Las tres aceleraron el ritmo, como si cada una supiera exactamente qué necesitaban las demás para pasar a la siguiente nota, giro o acorde.

Era demasiado.

Definitivamente demasiado.

Eran sirenas en una isla rocosa, rodeadas de olas que rompían y que desafiaban al público a arrojarse a ellas. Y Darius lo hubiera hecho encantado, pero entonces se le pusieron los ojos en blanco. En sus últimos recuerdos había una oscura caverna llena de cuerpos entrelazados y bailes hedonistas.

—Muchacho. —Una contundente bofetada agredió la mejilla de Darius—. Muchacho, abre los ojos. Así, muy bien. Mantenlos abiertos.

Al abrir los ojos de vuelta a la vida, Darius se topó de frente con el rosto cubierto del sentidor.

—¿Qué ha pasado? —preguntó.

—Te has desmayado.

—Desmayado...

Darius sintió que la boca le sabía a polvo. Echó un vistazo al espacio que lo rodeaba. La escena era similar a la que habían encontrado al entrar en la caverna, pero ahora él estaba tirado en aquel asiento donde le habían forzado a permanecer. La piel le ardía. Se incorporó con una mueca de dolor, vio cómo las cadenas le habían dejado la piel en carne viva y cómo los grilletes de las piernas se le clavaban en los pantalones de cuero. Al parecer, había luchado violentamente contra sus ataduras. Respiraba de forma entrecortada, pero no lo bastante rápido como para llenar los pulmones. La habitación seguía girando. ¿Qué había pasado con la música?

Darius sintió en el pecho un terrible sentimiento de pérdida.

La necesitaba. Necesitaba oír esa música, verla, sentirla de nuevo... o se moriría. Solo aquella voz, aquella música, aquel contoneo de caderas podría curarle esa sensación. Darius estaba desesperado por ellas, loco por ellas. Necesitaba...

—Bébete esto.

Le pusieron un vaso contra los labios y un líquido fresco y dulce bajó por su garganta.

Los músculos de Darius se relajaron con cada sorbo hasta que se le aclaró la cabeza y el fuego de su interior quedó reducido a simples brasas.

Con un suspiro de alivio, Darius se encontró de frente con los ojos violeta de la mujer que antes había hablado desde el balcón. Estaba inclinada ante él con un cáliz en la mano y, si de lejos ya le pareció hermosísima, de cerca pudo apreciar que su belleza era arrebatadora. Su piel era tan suave y brillante como el mármol negro, tenía los pómulos afilados y los dientes tan blancos que su inteligente sonrisa parecía brillar. Sus iris vibraban como si contuvieran diminutas estrellas. Darius habría jurado que aquella mujer lo atravesaba con la mirada, que podía ver mucho más de lo que se escondía tras la máscara.

—¿Qué eres? —se descubrió preguntándole.

—Nos llaman Achak —dijeron haciendo que su voz se volviera más grave y que sus facciones pasaran de femeninas a masculinas.

Darius parpadeó.

Por los dioses perdidos, pero ¿qué llevaba esa bebida?

Ahora lo miraba un rostro distinto, igual de oscuro y seductor, pero con una barba espesa, con una boca y una nariz más ancha y con los mismos ojos violetas que seguían vibrando.

Guiñó a Darius antes de volver a convertirse en mujer.

—Creo que voy a vomitar —murmuró Darius, inclinándose hacia atrás y frunciendo el ceño al comprobar que seguía encadenado.

—Es lo que mi hermano suele provocar en la gente —dijeron Achak antes de liberarlo dando un toquecito a las cadenas de Darius—. Siempre ha sido más feo que yo.

—Yo en su lugar tendría cuidado, amor —dijo, desde atrás, el sentidor—. Parece algo aturdido, no me gustaría que les estropeara el vestido.

—Se recuperará —contestaron Achak acariciándole la rodilla a Darius para tranquilizarlo—. ¿No es cierto?

—Sí... Claro. —Darius se movió la máscara lo justo para limpiarse el sudor que le caía por las mejillas. Se moría por arrancarse aquella cosa.

—Creo que ya es hora de que lleves a casa a nuestro amigo —le dijeron Achak al guía, volviendo a incorporarse. «A casa».

—No, aún no. —Darius también se levantó, tratando de mantener el equilibrio. Para lo terriblemente mal que se había sentido hacía solo un instante, se estaba recuperando a muy buen ritmo. Recorrió con la mirada aquella vibrante caverna, observando a cada una de aquellas criaturas con la esperanza de localizar a una en concreto. Aunque las Mousai eran tres, no podía obviar el hecho de que había sido la voz de una en concreto la que había conseguido que su alma se dividiera en dos y se volviera a unir. Sería incapaz de acercarse a ella, pero necesitaba asegurarse de que era real, de que estaba viva, de que contribuía al esplendor de Aadilor.

—Lo que buscas no lo encontrarás esta noche.

Las distintas capas de la voz de Achak se mezclaron en los oídos de Darius en el momento en el que este ser antiguo se le empezó a aproximar.

—¿Tú también oyes los pensamientos de los demás? —preguntó Darius en tono cortante. ¿Acaso sus propios pensamientos ya nunca más le pertenecerían?

—Sigue a tu guía de vuelta a casa, muchachito. —Achak dejaron el cáliz en una charola que acababan de pasar—. Descansa. Esta noche has aprendido y has visto mucho.

—Puede que haya aprendido y visto mucho, pero nada de eso es lo que vine a buscar —contestó Darius.

—¿Estás seguro? —preguntaron Achak mutando sus rasgos de mujer a hombre—. Las respuestas se dan de muchas formas —dijo el hermano con una voz intensa. Sonrió con amabilidad, casi con lástima. Y entonces él y su hermana, fundidos en un solo cuerpo, se mezclaron con la multitud.

Darius frunció el ceño. «Sí, eso resulta evidente», pensó. Aunque este viaje le había aclarado muchas cosas, no le había aclarado lo que más deseaba saber.

Cómo librarse de su padrastro.

CAPÍTULO OCHO

Larkyra respiró profundo y saboreó el aire fresco del bosque en cuanto cruzaron el portal mágico. Había muchos caminos que conducían a la casa de Achak, pero ninguno era tan directo como el que pasaba por Yamanu. Siempre, claro está, que pudieran encontrar la roca y el portal correctos. Larkyra siempre decía que era como un diamante. Niya la contradecía y aseguraba que era más bien como un cuadrado aplastado. Y Arabessa insistía en que simplemente tenían que encontrar la piedra pintada de blanco entre un montón de piedras grises.

«Arabessa no es nada divertida», pensó Larkyra mientras sus hermanas y ella abandonaban Yamanu para atravesar un brillante camino a través de un bosque. Habían convertido en costumbre lo de tener una audiencia con aquella antigua criatura después de cada función. A la mayoría, Achak le asustaban demasiado como para mirarles a los ojos, mucho menos para llamar a su puerta, pero nada podía detener a Larkyra y sus hermanas cuando las tres deseaban hacer algo. Así que Larkyra tarareó para sí misma una cancioncita mientras caminaban sin preocuparse de que, si lo hacían enfadar, uno de los dos gemelos podría convertirlas en lagarto o, peor, en ingredientes para un pastel. Aquellas eran las amenazas más habituales de Achak desde que, siendo muy pequeñas, se convirtieron en sus pupilas para las lecciones de magia. Pero la verdad es que, hasta entonces, a Larkyra solo la habían convertido una vez en una criatura resbaladiza. Y, tras un resoplido reprobatorio de su padre, la habían devuelto a su forma original. A estas alturas nada las podría disuadir.

—Y entonces se lo comió entero, con huesos y todo. —Niya se volvió hacia ellas con su falda durazno girando en el aire.

—Estábamos todas allí anoche. No hace falta que repitas algo que todas vimos —dijo Arabessa agarrando una hoja que sobresalía del dosel del bosque.

—¿De verdad que lo viste? —preguntó Niya alzando la ceja, mientras su pelo rojizo resplandecía casi dorado a la luz del día—. Me pareció que te pasaste casi toda la noche demasiado atenta al lado opuesto de la habitación donde sucedió aquello.

—¿Ah, sí? —Arabessa se deshizo de la hoja.

—Ajá —asintió Niya con una sonrisa burlona—. Cuéntanos, Ara, ¿qué había allí que fuera más fascinante que ver a un hombre comiendo para salvar su propia vida?

—¿Es que se escapó el gato de cinco cabezas? —preguntó Larkyra.

—¿O es que el Clan del Oso estaba peleándose para decidir quién lucía mejores pieles? —añadió Niya.

—No —intervino Larkyra—. Sería por ese pez que puede nadar por el aire.

—Imposible, a ese pez se lo comieron antes de que cayera el primer grano de arena —dijo Niya chasqueando la lengua—. ¡Ah! Ya sé. ¿No era allí donde Zimri...?

—Me sorprende que te diera tiempo a saber en qué centraba yo mi atención —la interrumpió Arabessa—. Lo digo porque tú parecías llevarnos de esquina a esquina siguiendo a cierto pirata de Esrom...

Niya dejó de dar brincos y entrecerró los ojos mirando a Arabessa.

—Si de verdad lo hubiéramos seguido habría sido con el único interés de obtener información que después pudiéramos usar contra él y su tripulación.

—¿Con la esperanza de conseguir qué?

—Información.

—Sí, cariño, eso ya lo has dicho. Pero ¿información para qué? Para alguien que se pasa el día graznando sobre ese hombre, es raro que te guste estar tan al tanto de su paradero.

—¿«Graznando»?

—Lo que oyes. Gracias por demostrarlo.

Niya respondió con un gruñido.

—Hermanas, por favor —intervino Larkyra conteniendo una sonrisa—. Se complican demasiado con ese tema y al final van a acabar arañándose. Además, están molestando a Kaipo.

El halcón pasó volando muy bajo entre las dos chicas y batió sus enormes alas despeinándolas a ambas. Larkyra se rio y Kaipo respondió con un chillido de alegría mientras volaba de regreso a las alturas.

—Cualquier día me cenaré a ese pajarraco —dijo Niya acomodándose la cabellera rubí.

—No si yo me lo desayuno antes —respondió Arabessa arreglándose los rizos oscuros que se le habían liberado de su recogido.

—Ya quisieran... Ninguna de las dos es lo bastante lista como para atrapar a Kaipo —añadió Larkyra poniendo los ojos en blanco.

—¿Quieres que apostemos?

Larkyra se libró de responder porque justo llegaron al borde del bosque, donde las recibió un abismo negro sin fin. La tierra a sus pies parecía desplomarse hacia la nada. Aquel vacío estaba atravesado por un larguísimo puente arqueado. El rojizo de sus ladrillos se iba desvaneciendo conforme se alejaban, suspendido sobre la nada, hacia un arco envuelto en neblina que se encontraba al otro lado. Aquella era la entrada al Fundido, el lugar donde habitaban los muertos. Aquel era el puente de la Degradación: un lugar de paso en el que los colores del mundo se iban disipando a medida que avanzabas hacia el hogar de los difuntos. Sobre el puente flotaba una islita, como si un gigante hubiera arrancado un campo de hierba para hacerlo levitar en mitad del aire. La tierra y las raíces colgaban por la parte inferior, mientras que en la superior se encontraba una modesta casita de campo con el tejado de paja de cuya chimenea brotaba un hilo de humo.

Ahí era donde vivían Achak, ya que también eran el guardián del camino por el que los vivos podían visitar a los muertos.

Pero aquello tenía un precio.

Todo tiene siempre un precio.

Un año de la propia vida era el precio para poder pasar un grano de arena en el Fundido. Larkyra se descubrió preguntándose cuántos años había pagado su padre para que le hubieran salido aquellas canas.

Aquel incesante sentimiento de culpa volvió a inundar a Larkyra. Si no fuera por ella, Dolion no habría tenido que sacrificar tanto solo para pasar un rato con su esposa.

—¿Vienes o no? —preguntó Niya desde donde se había detenido, a mitad del puente.

—Sí —dijo Larkyra abandonando por fin el bosque

mientras su falda azul se deslizaba dejando atrás los reconfortantes tonos verdes de la arboleda.

Arabessa alcanzó las raíces que colgaban de la isla de hierba de Achak. Dio un fuerte jalón que liberó un montón de escarabajos que descansaban en el barro solidificado. Los insectos bajaron por aquella rama para reunirse formando un enorme ojo parpadeante. Este empezó a mover su brillante pupila negra captando el reflejo de las tres chicas antes de romper la formación y que los insectos volvieran a subir por la rama para desaparecer en la tierra.

Apenas un instante después, una escalera de ramas cayó desde el borde de la isla y su pie se posó sobre el suelo del puente con un sonido seco.

Arabessa la agarró, saltó al primer peldaño y emprendió el ascenso. Niya y Larkyra la siguieron inmediatamente.

Cuando alcanzaron la isla de hierba, Larkyra se sacudió su falda antes de ayudar a Niya a acomodarse bien el cuello del vestido. Ya presentables, Larkyra observó la humilde morada de una de las criaturas más poderosas que las hermanas conocían.

Aunque aquella parecía la adorable casita de una abuela, cualquiera con sentido común era capaz de entender que tras su fachada inocente se escondía un caleidoscopio de nefastas intenciones. Después de todo, la dulzura resultaba más atractiva que la sangre.

Al llegar a la entrada de la casa de campo, por la que escalaba la hiedra hasta el techo y donde habían pintado lirios blancos y amarillos a lo largo de los listones de madera, Larkyra golpeó la puerta con un golpe decidido.

Hubo una pequeña pausa antes de que...

La hiedra se despertó y se deslizó alrededor de las tres hermanas, juntándolas en un gran nudo. Aquellas ramas apretaron y apretaron hasta que el propio corsé de Larkyra, bastante ajustado, llegó a parecerle mucho más suelto en comparación.

—¿Tienen que hacernos siempre lo mismo? —gruñó Larkyra.

Arabessa usó el pie que le quedaba libre para volver a golpear la puerta.

—No hay nadie en casa —dijo una voz grave al otro lado.

—Y entonces ¿por qué permitiste que tus escarabajos nos dejaran pasar? —le gritó Niya.

—¿Y cómo es que nos están contestando? —añadió Arabessa mientras el codo se le clavaba más en el costado de Larkyra.

Silencio.

—Compartiremos contigo nuestro pastel recién horneado —consiguió decir Larkyra a través de la maleza.

La puerta se abrió con un rechinido y la hiedra suavizó su agarre. Entonces, preciosa e inocente, volvió a enmarcar la puerta. Larkyra y sus hermanas recuperaron el aliento y se encontraron de frente con un hombre barbudo, de piel oscura y extremadamente alto. Iba vestido como un príncipe en su tiempo libre y los pies desnudos le sobresalían por debajo de su larga túnica de seda verde.

—¿Dónde lo tienen? —preguntó entrecerrando los ojos color violeta y escudriñando a las hermanas.

—Aquí adentro —dijo Larkyra abriéndose paso.

—Sí, seguro que ahí adentro hay algún pedazo —añadió Niya mientras Arabessa y ella entraban a la vez.

Aunque el exterior de la casa de Achak era de una modesta planta baja, el interior estaba formado por tres generosos pisos. Alfombras de muy distintas procedencias cubrían cada rincón del vestíbulo delantero, se extendían hacia las habitaciones e incluso escalaban por las paredes. Cada superficie disponible, incluidos el techo y las superficies de las mesas, estaban ocupadas por elaboradas pinturas. En el aire flotaba una mezcla de aroma floral, incienso y aceites. Otomanas y *chaises longes* se encontraban dispuestos en combinaciones aleatorias. Había libros escritos en una plétora de idiomas abiertos aquí y allá, abandonados o amontonados alrededor de las distintas zonas de descanso, como si la persona que vivía en este lugar tuviera la costumbre de tirarse en cualquier sitio con la misma soltura con la que encontraba algo de mayor interés que le hacía abandonar lo que estuviera haciendo. Un cuerpo luchando con dos mentes.

—No he dicho que pudieran pasar.

Achak le pisaban los talones a Larkyra mientras esta iba hacia la cocina pasando por encima de mullidas alfombras que desaparecían en las inmediaciones de un gran fogón. Unas llamas azules y violetas acariciaban el fondo de una gran olla hirviente que despedía un aroma delicioso.

—¿Acaso no nos abriste la puerta? —preguntó Larkyra husmeando en la gran despensa.

Niya y Arabessa se acomodaron alrededor de una mesa de madera gastada que ocupaba el centro de la cocina.

—Solo por lo del pastel —afirmaron Achak tragándose un improperio—. Y ni siquiera traen pastel.

—Pero pronto tendremos uno. —Larkyra agarró los ingredientes y se colocó en uno de los pocos huecos despejados que quedaban en la barra de la cocina.

—De eso nada. —Achak apuntaron con el dedo hacia la puerta principal—. En esta casa no entran mentirosas.

—Técnicamente no dijimos ninguna mentira —comentó Niya antes de darle un mordisco a una manzana que agarró del frutero—. Dijimos «recién horneado», ¿y qué hay más «recién horneado» que algo recién imaginado y a punto de hacerse?

—Algo que acabe de salir del horno —contratacaron Achak.

Niya parecía buscar una respuesta mientras masticaba acomodada en su silla.

—Cierto, pero algo que acabe de salir de tu horno estará mucho más rico que algo que haya salido de un horno en Jabari, se haya destrozado al atravesar todo Yamanu, haya cruzado el puente de la Degradación, haya sido acarreado por una escalerilla metido en un morral y haya acabado aplastado por tus malditas hiedras justo antes de llegar a tu puerta, ¿no crees?

—Si te importara lo que creemos no estarían sentadas a nuestra mesa ahora mismo.

—Achak, ¿quién miente ahora? —preguntó Niya.

Larkyra dio por hecho que si el hombre impresionante que estaba de pie bajo el marco de la puerta hubiera tenido plumas, se le habrían alborotado justo en aquel instante.

—¿Dónde está tu hermana? —preguntó Arabessa.

—Se escondió en cuanto empezaron a golpear la puerta. —Achak se cruzaron de brazos y su pomposa túnica de seda resplandeció como si fuera líquida bajo la cálida iluminación de la cocina.

—Mentira cochina —contestó Arabessa—. Tu hermana nos adora.

—Pues yo adoro no tener eso en común con ella. —Achak las observaron con recelo mientras las tres hermanas se acomodaban en la cocina como si les perteneciera.

Larkyra sonreía al tiempo que mezclaba los ingredientes en un tazón.

—Vamos... —masculló Niya con la boca llena de fruta—, ¿qué te saca tanto de quicio de nosotras tres?

—El hecho de que su misma sombra atrae problemas —respondieron Achak echándole un vistazo al guiso que, al parecer, estaban cocinando antes de aquella interrupción.

Larkyra se tragó una carcajada mientras trabajaba la masa sobre la superficie de madera de la barra de la cocina. Siempre representaban aquel teatrito: el hermano refunfuñaba mientras ellas lo molestaban hasta que, en un momento dado, la hermana comparecía. Aquellos gemelos habían sido una constante en la vida de las chicas desde que Larkyra guardaba memoria. Aunque tenían muchos nombres, el Nunca Jamás se los había tragado todos menos uno: Achak.

Achak se lo explicaron a las hermanas Bassette cuando las niñas les preguntaron por qué no tenían apellido.

—No necesitamos apellido —respondió el hermano.

—Pero seguro que provienen de alguna familia —observó Arabessa—. Sin apellido, ¿cómo se puede saber su origen?

—Las etiquetas no importan, especialmente las que son secundarias con respecto a otras. Para ser pariente de alguien, basta con serlo —explicaron Achak—. Además, si alguna vez tuvimos una familia, toda prueba de ello fue engullida por el Nunca Jamás.

—¿El Nunca qué? —preguntó Niya.

—El Nunca Jamás —repitieron Achak con un resoplido—. Presten atención, niñas. Cuando en la memoria colectiva de una sociedad se ha perdido la suficiente cantidad de algo, la energía que mantiene su existencia se esfuma, como el agua a través de un tamiz, y eso hace que se convierta en el Nunca Jamás. Es como empujar algo hacia un agujero que se traga reinos, lugares y cosas que han sido olvidadas.

—¿Y por qué? —preguntó Larkyra abriendo mucho los ojos.

—Porque deja de existir. No sé mucho más, querida. ¿Lo entiendes? Es el Nunca Jamás.

Larkyra y sus hermanas se miraron sorprendidas.

—Aunque en Aadilor abundan la magia y los misterios, nada

es tan inexplicable y retorcido como el Nunca Jamás y todo lo que este se lleva.

Las hermanas escucharon embobadas cómo Achak les contaron que aquello incluía el hogar del que su madre y ellos se habían escapado.

—Y puede que yo sea la única criatura a este lado del Fundido capaz de traer de vuelta aquella tierra olvidada —dijeron Achak.

—¿En serio? —preguntó Arabessa—. ¿Y cómo lo harían?

—Supongo que simplemente empezaría a contar historias —respondieron Achak encogiéndose de hombros—. Pero nunca lo haré. Así que no hace falta seguir dándole vueltas.

—¿Y por qué nunca lo harán?

—Porque hay cosas que es mejor mantener en el olvido —sentenciaron Achak.

Larkyra se enderezó tras dejar la masa del pastel en el interior del horno. Estaba pensando en la memoria y en cómo la advertencia de Achak no evitó que las hermanas les siguieran pidiendo historias sobre su propia madre, la hermosa hechicera Johanna.

A menudo Achak accedían a contarles algo porque, al parecer, recordar a su mejor amiga era su gran debilidad. A lo largo de los años, Larkyra había escuchado con fascinación y atesorado un montón de pequeños recuerdos de aquella madre a la que tanto quería pero a la que prácticamente no conoció.

La manera en la que la sonrisa de Johanna provocaba que las flores se abrieran a su paso por los caminos. Cómo su pelo negro brillaba en tonos violeta tras las tormentas. La particular risa cantarina que solo su esposo era capaz de arrancarle. Su obsesión con recoger hilos sueltos y juntarlos para tejer un tapiz durante cada uno de sus embarazos; hoy los tres están colgados en el dormitorio de Dolion. Todo aquello era lo que llevaba a las hermanas Bassette a seguir visitando esa islita en los márgenes de la existencia. Además, a pesar de pasarse el día haciendo rabiar al hermano, Larkyra y sus hermanas amaban a Achak. Y aquella criatura, a pesar de no haberlo dicho nunca, probablemente también las quisiera.

—Achak, si proyectaras una sombra también atraerías a los problemas —le dijo Arabessa al hermano mientras este removía el guiso.

—Por eso nunca nos hemos molestado en tener un accesorio tan inútil.

Achak sirvieron un poco de aquel brebaje gris en un recipiente de cerámica. Larkyra disimuló una mueca. Aquello olía muy bien, pero presentaba una apariencia terrible.

—Bueno, ¿y cuándo vuelve tu hermana? —preguntó Niya.

—Ni idea.

—¿Cómo es eso posible? —Niya dejó sobre la mesa el corazón de la manzana—. Ella... eres tú.

—Por supuesto que yo no soy ella —protestaron Achak, tratando de que no se les cayera la cuchara en la gran olla de hierro—. Somos seres diferentes, muchas gracias. Así que, si van a seguir siendo así de maleducadas, por favor, lárguense a otro sitio —pidieron señalándoles la puerta de nuevo—. Creo que las chirivías florecen en esta época del año. ¿Por qué no salen a pisotear algunas si lo que quieren es ser desagradables?

—Achak... —comenzó Arabessa.

Pero antes de que pudiera añadir nada más, la espalda de Achak se agitó en un espasmo y, mientras comenzaba a decir un improperio que no acabó, su túnica verde empezó a revolotear como si estuviera en mitad de un remolino para, justo después, volver a asentarse como un precioso vestido rojo. Su cuerpo adelgazó y le nacieron algunas curvas. Sus mismos ojos violetas formaban parte de una cara completamente modificada que, además de no tener barba, ahora era mucho más suave y angulosa. La nueva boca era más amplia y una sonrisa cálida iluminaba los rasgos de aquella nueva criatura, cuya cabeza rapada captaba la luz de la habitación.

—Tienen que perdonar lo grosero que ha sido mi hermano —dijeron Achak, cuya voz sonaba como dos violines tocando una armoniosa melodía—. Anoche perdió una partida de ajedrez contra mí y su ego dañado no se ha sobrepuesto aún.

—Me debes una moneda de plata —le dijo Niya a Larkyra—. Ha durado menos de un cuarto de grano de arena y tú dijiste que aguantaría un cuarto entero.

—Caray... —musitó Larkyra buscando el dinero en los bolsillos de su falda—. No sé cómo lo has logrado, pero estoy segura de que has hecho trampa.

—Que no sepas cómo es irrelevante —dijo Niya sonriendo mientras agarraba la moneda de la mano de su hermana.

—Por favor, díganme que no hicieron una apuesta sobre cuánto tiempo sería el hermano capaz de aguantarnos —resopló Arabessa—. En serio, chicas, ¿qué les digo siempre sobre las apuestas?

—Lo siento —dijo Niya mirando al suelo, arrepentida—. La próxima vez nos aseguraremos de incluirte.

—Eso espero —respondió Arabessa alisándose la falda.

—Las Bassette siempre han sido mis favoritas —aseguraron Achak con una sonrisa antes de girarse hacia el guiso del hermano. La sonrisa se transformó en una mueca. Chasqueó los dedos y aquel brebaje desapareció de los fogones. Entonces, una considerable cantidad de vino, queso y unos deliciosos bombones aparecieron sobre la mesa.

—Por fin —dijo Niya apoyándose sobre la mesa y recolectando bastante comida en un plato pequeño—. Me moría por algo dulce desde que salimos de Yamanu.

—Pero, Niya... —protestó Larkyra viendo cómo su hermana se metía en la boca tres bombones a la vez—, ¡estoy haciendo pastel!

—Claro, para el postre.

—Eres tremenda —dijo Larkyra tomando asiento.

—Soy una Bassette —dijo Niya encogiéndose de hombros, como si aquello lo explicara todo.

Riéndose, Achak se sentaron en una silla junto a Niya.

—¿La pasaron bien anoche, Achak? —preguntó Arabessa, que parecía una jirafa cuando estaba junto a Niya. O, tal vez, puede que ella hiciera que Niya pareciera un sapo. En cualquier caso, Larkyra ocultó aquellos pensamientos.

—Siempre me encantan sus espectáculos —contestaron Achak.

—¿Quién actuó mejor? —preguntó Niya.

—Cuando actúan como las Mousai, tan solo hay una presentación que juzgar.

—Sí, claro... —dejó caer Niya acomodándose en su asiento—. Pero ¿cuál de las tres sobresalió más?

—¿Y cómo crees que estuvimos... las tres? —preguntó Larkyra.

—La mitad de los que no tienen dones se desmayaron —explicaron Achak—. Y un buen puñado de los que sí tenían acabó dándose golpes contra la pared.

Larkyra no fue la única de la habitación que sonrió complacida.

—Y eso que las cuerdas de mi violín ni siquiera eran nuevas —dijo Arabessa mientras se servía un trozo de queso atravesándolo con el cuchillo.

—Pues mejor así —comentó Larkyra.

—Sí. Sobre todo teniendo en cuenta que, la última vez

que las renovaste, el suelo acabó mojado por algo más que por lágrimas —añadió Niya.

—Tenías que sacar el tema, ¿verdad? —protestó Arabessa.

—En defensa de Niya diré que... aquello que pasó es difícil de olvidar —apuntó Larkyra mientras servía un poco de té en la taza de su hermana y, justo después, en las demás.

—Esos olores no se olvidan fácilmente —afirmaron Achak, dedicando un gesto de agradecimiento a Larkyra antes de dar un buen sorbo.

—¿Y cómo iba a saber yo cómo reaccionaría la gente sin dones? —protestó Arabessa.

—Lo pasado, pasado está —comentaron Achak acomodándose en su silla—. Esas cosas sirven para aprender, no para recrearse en ellas.

—Pero hay cosas del pasado que sí merecen ser contadas, ¿verdad? —preguntó Niya con los ojos azules cargados de esperanza.

—Por fin hemos llegado al verdadero motivo de su visita.

—No es el único motivo... —se excusó Larkyra.

—No, pero sí el principal. —Niya se echó otro bombón a la boca.

Larkyra fulminó con la mirada a Niya para hacerla callar.

—Nunca me hago demasiadas ilusiones respecto a las visitas de las hijas de los Bassette —dijeron Achak—. Les contaré algo breve, ya que su visita no va a ser demasiado larga.

Larkyra frunció el ceño, pero no pidió más explicaciones. Si alguien podía intuir el futuro conforme el tiempo pasaba, esos eran Achak.

—Johanna... —Achak dijeron aquel nombre con suavidad, con amor, observando por la ventana oscura y circular de la cocina, sin duda viendo a través de la niebla la brumosa puerta gris por la que se podía llegar hasta su madre—. Su color favorito era el amarillo. Se los había contado su padre alguna vez?

Las chicas negaron con la cabeza y Larkyra se acomdó en el asiento.

—El amarillo —repitieron Achak—. Un color que le quedaba fatal. Mi hermano y yo se lo recordábamos sin parar, claro. Qué mal le sentaba. Cuando iba de amarillo era como si el color le robara la energía, lo digo en serio. Como si el mismo aire rechazara la idea de que vistiera con esa tonalidad. Pero eso no hacía que a Johanna le gustara menos. —Achak sonrieron—. Incluso decoraba de amarillo buena parte de sus habitaciones. Solía decir: ¿Y por qué tendría que amar solo lo que me queda bien? ¿Acaso no me puede gustar por ser hermoso para el resto del mundo? —Achak jugueteaban con su taza de té pasando el dedo por el borde—. Así era su madre. Apreciaba las cosas por el simple hecho de que existieran; ya no para sí misma, sino para los demás.

A Larkyra se le puso un nudo en la garganta. Se magia se removió por la repentina sensación de pena. Le crecía en el pecho una bola de dolor mientras la historia de Achak flotaba por la habitación y le atravesaba los sentidos. Con cada pequeña información, su madre se hacía un poco más real. Larkyra se moría por poder ver la imagen completa, por saberlo todo sobre esa mujer.

Volvió ese dolor tan familiar que Larkyra sufría en su interior: esa culpa como de alquitrán que le embadurnaba el corazón y la obligaba a mirar con angustia a sus hermanas. ¿Y si ellas, en parte, la odiaban por haberles quitado a la mujer a la que podían abrazar, oler y escuchar antes de que Larkyra llegara a este mundo? Además, también estaba la pregunta que más la perseguía, la que mantenía sus dones contenidos: ¿merece mi vida haber arrebatado la de una mujer como aquella?

A pesar de que estaban muy unidas, Larkyra y sus hermanas apenas hablaban de la muerte de su madre. Y aunque Larkyra sabía que sus hermanas eran conscientes de lo difícil que era aprender a usar su magia, no podía acallar la voz de su interior que la hacía preguntarse si, en secreto, la culpaban por todo el dolor que les había causado.

Aquel era un miedo que le había calado hasta los huesos y que hacía que, como una punzada en la garganta, su magia siempre estuviera lista para saltar en su defensa.

«Tranquilidad, tranquilidad», le intentó transmitir Larkyra a sus propios poderes.

Aquellas palabras le recordaron a otra frase que Achak le habían enseñado a Larkyra mucho tiempo atrás, durante una de las muchas clases nocturnas con las niñas.

—«Las manos firmes enhebran agujas más finas» —dijeron Achak—. ¿Lo entiendes? Practica para mantener más firme tanto la cabeza como el corazón. Cuando te rodee una tormenta...

—... permanece firme —les interrumpió Larkyra.

—Cuando sientas la necesidad de gritar...

—... permanece firme.

Achak sonrieron e hicieron un gesto de aprobación a Larkyra.

—«Si tú estás firme, tu poder también lo estará. Cabeza fría, corazón firme».

«Cabeza fría, corazón firme», pensó Larkyra paladeando cada una de las palabras. Aquel lema le había servido para ser tan precavida como cualquiera de sus hermanas a la hora de llevar a cabo un conjuro.

Un golpecito inesperado en la ventana de la cocina hizo a Larkyra saltar en su asiento.

Al volverse vio a Kaipo posado en el exterior. El animal movió la cabeza plateada de lado a lado antes de volver a golpear el cristal.

—Y eso significa que se nos ha acabado el tiempo —dijeron Achak a la vez que sonaba una campanita en el horno—. El postre ya está y es hora de que vuelvan a Jabari.

—Solo un poco más, por favor —rogó Niya.

Kaipo volvió a golpear la ventana y Niya lo atravesó con la mirada.

—No soy yo quien pone las reglas en su casa —explicaron Achak—. Y, por la insistencia de Kaipo, algo me dice que su padre las llama desde Jabari. Y la verdad, no tengo ni una pizca de ganas de disgustar al rey.

—En serio, Achak, no tienes motivos para temer al rey —afirmó Niya.

—Muchacha —le respondieron Achak con el rostro tenso—, precisamente sabemos mejor que nadie por qué todo el mundo debería temer al rey.

Un tenso silencio, solo interrumpido por el crepitar de las llamas de los fogones, envolvió la habitación.

—Está bien, de acuerdo. —Larkyra se levantó, ya que no quería arruinar ese pequeño regalo de los recuerdos de su madre con esta nueva energía que se había apoderado del ambiente—. Intenta probar el pastel antes de que tu hermano se lo acabe.

Los ojos violetas de Achak se toparon con los suyos y, de nuevo, irradiaban calidez.

—Si está tan bueno como el último que hiciste, créeme que intentaré probarlo.

—Vámonos, princesas —les dijo Larkyra a sus hermanas—. O no dudaré en echarles la culpa por ser tan lentas.

—Como si alguna vez hubieras necesitado una excusa para cantar como un canario delante de padre...

—Solo en lo relativo a las cosas que tú haces. —Larkyra le echó el brazo por encima a Niya y la abrazó con cariño—. No delataría a Arabessa aunque matara a alguien.

—No seas ridícula —respondió Arabessa levantándose también—. Jamás te enterarías si yo matara a alguien.

—¿Ah, no? —dudó Larkyra.

—¿Y cómo sabes que no lo he hecho ya? —preguntó Arabessa adelantándose a sus hermanas al salir de la cocina.

—Yo no dudaría de sus intenciones, ¿eh? —susurró Niya—. ¿Es que no has visto la manera en la que usa el cuchillo para servirse el queso? Padre siempre dice que los más tranquilos son los que están más locos.

Larkyra se mordió el labio y disimuló una carcajada.

—Volveremos pronto —les dijo Niya a Achak, que las habían seguido hasta la puerta principal.

—Seguro que ocurrirá antes de lo que a mi hermano le gustaría.

—Seguro —sonrió Niya saliendo de la casita de campo.

—Adiós, Achak —se despidió Larkyra.

—¿No te olvidas de algo? —preguntó aquella criatura apoyándose en el marco de la puerta.

Larkyra miró hacia abajo y a los lados y le contestó:

—Creo que no.

—La cuchara —dijeron Achak extendiendo la mano—. La que tienes en el bolsillo.

—Ah. —Larkyra sacó de entre su falda una delicada cucharita de té de oro en cuyo extremo se enroscaban tres perlas perfectas. Era una auténtica belleza—. ¿Cómo habrá llegado hasta aquí?

—Para haberte criado en el Reino de los Ladrones, eres una ladrona pésima.

—Solo cuando mi vida no depende de una mentira. —Larkyra se deshizo de mala gana de aquel pequeño tesoro.

—Rara vez sucede eso.

—Sí, pero en ocasiones...

—... son nuestro único salvavidas —añadieron Achak.

De puntitas, Larkyra le dio un beso a la hermana en la mejilla y aspiró el aroma a incienso que provenía de la piel de aquella antigua criatura. Entonces se volteó para seguir a sus hermanas por el sendero que las llevaría a atravesar Yamanu y de vuelta a Jabari, donde su padre las esperaría para darle otro hermoso regalo... o al menos eso esperaba Larkyra, una joven que tendía a ser bastante optimista. No había nada como recibir un regalo para reprimir el deseo de robar uno.

CAPÍTULO NUEVE

El padre de las chicas estaba borracho. O, al menos, Larkyra lo creía así, a pesar de que no fuese ni mediodía. De estar sobrio no habría dicho aquello.

—Padre, ¿has tomado otra vez el té especial de Cook? —preguntó Larkyra con calma.

El enorme reloj de arena de la repisa de la chimenea emitió un sonoro ruido que hizo alzar las cejas a Dolion, sentado tras el escritorio de roble de su estudio en la casa de Jabari.

—¿No se van a olvidar nunca de aquello? —preguntó—. Solo sucedió una vez. Y eran demasiado pequeñas como para acordarse.

—Sí —afirmó Niya—, pero es uno de los cuentos de antes de ir a dormir favoritos de Charlotte. Siempre nos tenía que acabar calmando en cuanto nos empezábamos a reír.

—Zimri —dijo Dolion frunciendo el ceño—, recuérdame que hable con Charlotte cuando acabemos con esto.

Zimri estaba detrás de Dolion. Un traje gris envolvía su cuerpo musculoso. Observaba por la ventana los jardines de atrás escuchando la conversación sin que sus oscuras facciones reflejaran emoción alguna.

—Anotado, señor. —El joven se giró hacia las chicas y

sus ojos avellana se posaron sobre Arabessa, que siguió mirando a su padre sin inmutarse.

—¿Nosotras vamos con Lark? —preguntó Arabessa.

—Ahora mismo no. Podrán visitarla cuando se instale.

—Perdón, ¿podemos dar marcha atrás un momento? —La mente de Larkyra seguía tratando de comprender lo que le acababa de caer encima—. ¿Voy a casarme con el duque de Lachlan?

—Espero que hayamos resuelto este asunto antes de llegar a eso.

—Ah, me deja mucho más tranquila que lo «esperes»...

—Quiere cortejarte —explicó Dolion—. Es la ocasión perfecta para introducirnos en su hacienda y cumplir con nuestro propósito.

—Pero es un hombre repugnante —gimoteó Larkyra—. Y, como bien sabes, es adicto a la phorria.

Dolion se recostó en su silla, cuyas patas crujieron ante su enorme cuerpo. Llevaba puesta una túnica café, que era de sus favoritas, sobre una camisa blanca holgada. Aquello contrastaba notablemente con su otra identidad, con el otro personaje que interpretaba casi todas las noches.

—Y, como bien sabes tú, esos hallazgos probablemente decidan el destino de nuestro próximo proyecto. El asunto es que Hayzar no solo consume phorria, sino que, por su aspecto, lleva haciéndolo bastante tiempo. Esa es una de las razones de que se haya convertido en nuestro próximo objetivo. Tenemos que averiguar quién se la proporciona y cómo le llega. Como ya he dicho, no hay ningún registro de que él haya entrado al Reino de los Ladrones, así que alguien de dentro la debe estar sacando.

—Maldito sea ese reino que se supone que tiene que contener el caos... —murmuró Larkyra.

—No es solo eso —añadió Arabessa arrancándose, con

un chasquido, un hilo suelto de la falda—. El uso de esa droga debe ceñirse al reino para que pueda ser gravada con impuestos y que así proporcione beneficios económicos. Conviene tener en cuenta que nuestro mundo excavado no se limpia solo.

—Justamente —afirmó Dolion mirando a su hija mayor con un destello de orgullo en su mirada.

—Aun así, tiene que haber alguna otra manera de averiguar quién está sacando de allí la droga —protestó Larkyra con cierta desesperación en su tono.

—Así es —afirmó Dolion—. Y Zimri, tus hermanas y yo nos encargaremos de averiguarlo mientras tú te aproximas al asunto desde ese ángulo.

—Actuando como si fuera un cebo —añadió Larkyra con una mueca—. ¿Así que yo solo seré una hermosísima distracción mientras todos corren grandes aventuras?

—Nunca subestimes las herramientas que te dieron los dioses perdidos, ni siquiera la belleza —apuntó Niya—. Las mujeres debemos usar todos nuestros dones en nuestro beneficio. Te sorprendería cuánta información se puede conseguir con una simple sonrisa y un poco de escote.

—Eso será para las que tienen más que enseñar —comentó Larkyra, consciente de que, en comparación con sus hermanas tenía un pecho pubescente.

—Un escote es un escote —sentenció Niya agitando la mano—. ¿Verdad, Zimri?

—Eso es lo que te empeñas en recordarme a menudo, sí —respondió el joven con expresión aburrida.

Larkyra quería seguir discutiendo, pero no encontró una base sólida a la que aferrarse, y aquello la enfadó aún más.

—Has dicho que esa es una de las razones, ¿cuál es la otra? —preguntó la joven girándose hacia su padre.

—Su hacienda. —Dolion se acercó hacia Zimri, que estaba extendiendo un mapa sobre la mesa—. Tenemos que robar algo de ella.

Esto despertó la atención de Larkyra y, a juzgar por cómo Arabessa y Niya se inclinaron para ver mejor el enorme territorio perteneciente al duque de Lachlan, también la de sus hermanas.

—Hemos sabido que el duque acapara todo el dinero que generan sus tierras —comentó Zimri inclinándose sobre el mapa—. Y, con toda esa cantidad de lagos —dijo rodeando con el dedo una zona con numerosas extensiones de agua—, no hay duda de que tiene una fuente grandiosa de pescado y de minerales que deben de estar generando numerosos ingresos para la hacienda. Sin embargo, hemos sabido que sus lacayos apenas reciben recompensa por su trabajo.

—¿Y qué vamos a hacer con esa información? —preguntó Larkyra.

—Para no tener que usar bancos públicos, las haciendas antiguas como la de Lachlan suelen tener una cámara acorazada en las mismas instalaciones donde se guardan las ganancias de la familia —contestó Dolion acariciándose la barba—. Tienes que localizarla, averiguar cómo entrar en ella e informarnos de todo.

—¿Y no se va a dar cuenta si, de repente, se encuentra su cámara acorazada vacía? —preguntó Niya.

—Iremos haciendo un pequeño agujero en su barco: el agua entrará tan despacio que no advertirá que se está hundiendo hasta que nos aseguremos de que la gente de Lachlan tiene lo suficiente como para lidiar con esta situación por sus propios medios.

—¿Y qué pasa con Jabari? —preguntó Niya acomodándose en su asiento—. Sé que nos encanta ayudar a los menos afortunados, pero tampoco es que seamos unos filántropos.

Si lo fuéramos, nuestra ciudad no sería una de las más prósperas de Aadilor.

—Como de costumbre, además de ayudar a la gente de Lachlan, Jabari se llevará un tanto por ciento de toda esta operación. —Dolion dio unos golpecitos con los dedos en la mesa—. Ya sabes que las donaciones anónimas son una constante en nuestra ciudad.

«Exacto, esas donaciones anónimas que siempre coinciden con el final de cada uno de nuestros... proyectos», pensó Larkyra.

—Estarás muy bien vigilada una vez que Zimri se marche —siguió Dolion—. Además, tienes a Kaipo, y yo crearé un portal que conecte con el reino. Pero no deberás usarlo a menos que sea absolutamente necesario. No quiero que se percaten de tu ausencia. Y nada de usar tus poderes si puedes evitarlo. Aunque la magia de Hayzar es muy superficial, está bien familiarizado con las sensaciones que despiertan los hechizos. Si se ejecuta algún encantamiento en su entorno, lo sabrá. Debes tener cuidado de no desvelar los dones de nuestra familia.

Dolion llevaba encargando misiones a sus hijas desde que estas eran muy pequeñas. Quería que Larkyra y sus hermanas devolvieran parte de lo que obtenían del Reino de los Ladrones, quería que usaran sus poderes y habilidades para el bien. Siempre que nadie se diera cuenta. Los gobernantes de Jabari debían conservar la confianza de la gente... y era demasiado habitual que los que no tenían magia desconfiaran de quienes sí la tenían. Estos miedos estaban más que fundados, por supuesto: aunque los Bassette trataran de no abusar nunca de sus poderes, había otros como ellos que eran mucho menos escrupulosos.

—¿Alguna regla más? —preguntó Larkyra cruzándose de brazos.

—Ahora mismo no.

—Entonces, ¿puedo hacer una pregunta? —Dolion asintió—. ¿Por qué yo? Estoy segura de que a Niya o a Arabessa se les daría mejor este encargo.

—¡Ni se te ocurra echarnos a nosotras encima el muerto de tu asqueroso duque! —protestó Niya.

—Además, todos sabemos que si nos lo hubieran encargado a nosotras estarías protestando porque no te lo hubieran encargado a ti —añadió Arabessa.

Larkyra fue a decir algo, pero renunció al darse cuenta de lo bien que la conocían.

—Lo primero es porque el duque se fijó concretamente en ti, cariño, para convertirte en su futura prometida —dijo Dolion cortando de raíz lo que muy seguramente se habría convertido en otra de las batallas campales de las hermanas Bassette—. Lo segundo es que ahora que has completado exitosamente tu Lierenfast y tu Eumar Journé, ha llegado el momento de tu primera misión en solitario.

A Larkyra se le detuvo un instante el corazón antes de que empezara a latirle con demasiada rapidez. Sabía que este momento acabaría llegando, pues la tradición pedía que cada hija emprendiera una misión en solitario una vez que cumpliera los diecinueve..., pero nunca se había planteado que esta llegaría solo un día después de su cumpleaños.

—Deberías sentirte afortunada —dijo Niya—. Me acuerdo de lo divertido que les pareció a todos que se me enviara a Muro Blanco para mi primera misión en solitario.

—Era lo lógico, teniendo en cuenta lo rápido que te calientas —añadió Arabessa—. No había posibilidad de que te congelaras.

Muro Blanco era una ciudad portuaria en una isla en el punto más al norte de Aadilor. Era una base para la ciencia y el estudio protegida por mares bravos y por imponentes icebergs. Allí, solo los ciudadanos más resistentes eran capaces de sobrevivir al invierno.

—Te burlas de aquello con mucha ligereza, pero bien que te recuerdo rogando por mi fuego cuando viniste a ayudarme con todos aquellos pergaminos —respondió Niya mirando fijamente a Arabessa.

—Mis manos son mi vida. No te lo tomes a mal, Lark. —Arabessa echó un vistazo a Larkyra y señaló con un gesto el dedo que le faltaba—. Piensa en qué consecuencias tendría que yo sufriera algún percance en mis manos, no hablemos ya de que se me congelaran. ¡Además, Niya, si solo estuviste allí una quincena!

—¡Pero si tu misión solo duró una semana más!

—Lamento ser así de eficiente encontrando topos en los gobiernos...

—Solo tuviste que encontrar un topo. En un gobierno. En una ciudad tropical. En la que viviste como gobernadora en una preciosa hacienda. ¿Quieres que siga?

—Por el bien de todos —intervino Zimri—, por favor, no sigas.

Larkyra se quedó callada, pero Niya y Arabessa le lanzaron a la vez una mirada a Zimri que quería decir: «No te metas en esto».

Larkyra recordaba bien las misiones de sus hermanas mayores. Las suyas habían sido cortas, con contratiempos y dificultades, claro, pero ninguna de las dos tuvo que fingir interés en un hombre como el duque, un hombre con la boca ennegrecida y carcomido por la magia robada. «Por el mar de Obasi». ¿De verdad estaba preparada para ello?

Larkyra siempre había tenido a sus hermanas como apoyo, no solo en la vida sino en las pasadas misiones grupales que habían llevado a cabo. Eran una fuerza constante con la que podía contar, las personas que la apoyaban cuando le entraban las dudas, su fuente de consejos cuando se sentía insegura.

Con una calma algo espeluznante, Larkyra se dio cuenta de que esta era su oportunidad para, por fin, demostrarle sus habilidades a su familia. Que era el momento de justificar lo mucho que por ella se había sacrificado. Y que tenía que hacerlo sola.

De repente, el duque repugnante con la boca podrida era una preocupación menor.

—De acuerdo —dijo la joven volviéndose hacia su padre—. ¿Cuándo partimos?

—El duque salió de vuelta a Lachlan —dijo su padre—. Zimri los acompañará a ti y a lord Mekenna a primerísima hora de la mañana.

Si, hasta ahí, el corazón de Larkyra latía acelerado, en ese instante se paró en seco.

«Lord Mekenna».

Larkyra casi se había olvidado de que él estaba vinculado a ese asunto. Era el hijastro del duque.

«Puedo manejarlo», pensó poniéndose firme.

Podría manejarlo siempre que no se interpusiera en su camino.

CAPÍTULO DIEZ

Darius se arrepentía muchísimo de haber viajado a Jabari. Si hubiera encontrado la manera de esquivar la insistencia de su padrastro en que lo acompañara, el joven habría disfrutado de unos gloriosos días de paz en su propia casa. Sin embargo, lo abrumaba un dolor de cabeza que no parecía tener intención de disiparse. Además, ahora debía cargar con el peso de albergar alguna esperanza de que el Rey de los Ladrones lo ayudara. Y todo eso sin contar con que, además, estaba esperando en el exterior de una casa monstruosamente grande del barrio más selecto de la ciudad a una joven a la que no tenía previsto ver de nuevo.

Y no porque no lo quisiera. De hecho, era justo lo contrario. Darius había pensado en ella mucho más de lo que le hubiera gustado a lo largo de los dos días que habían transcurrido desde el baile, pero era mucho más seguro para ambos mantener aquella chispa tal como estaba: como una imagen distante y tenue que solo existía en sus propios pensamientos.

Pero su vida siempre había consistido en un golpe de mala suerte tras otro. Así que por supuesto que se encontraba allí, y además haciendo lo que, a su pesar, tenía que hacer: acompañar a la única chica por la que había sentido un leve atisbo de interés al hogar de su familia para que su padrastro pudiera cortejarla.

Darius se habría reído si recordara cómo hacerlo.

Había sobrevivido a muchas cosas en sus veinticuatro años; seguro que podría con eso.

La imagen espeluznante de Hayzar cortejando a lady Larkyra y la respuesta de ella, que sin duda sería alentadora (¡¿qué dama no querría casarse con un duque?!), no se le iban a Darius de la mente, así que tenía que tragar saliva para que se le bajara el nudo que se le iba formando en la garganta.

Su único y precario alivio era que todo aquel asunto demostraba un defecto en el carácter de ella que él jamás pasaría por alto, así que Darius se aferró a ello como a un clavo ardiendo: puede que lady Larkyra le pareciera una joven única cuando se paseó por aquella habitación entre sus brazos, pero su rapidez a la hora de aceptar la oferta de cortejo de su padrastro significaba que solo era otra muchachita elitista cualquiera a la que únicamente le importaban el estatus y las riquezas, y que no buscaba sino aumentar sus ya imponentes posesiones. No podía creer que un hombre como Dolion permitiera que una de sus adoradas hijas fuera a ser cortejada sin que ella lo deseara.

Darius no tenía ningún interés en una persona así.

Una sonrisa sardónica le cruzó los labios. Qué decepcionante sería para lady Larkyra el día en que averiguara lo vacía que estaba la fortuna.

Como si percibiera la incomodidad de su amo, Achala, la yegua de Darius, resopló a su lado y despeinó al muchacho.

—Pronto nos iremos, jaca. —Acarició el brillante pelaje negro de la yegua—. O, al menos, espero que sea pronto.

—Podría decir que sí —contestó Zimri D'Enieu, que esperaba al lado de Darius mientras observaba el fulgor de la casa encalada bajo la luz del sol de la mañana—, pero no quiero que empecemos este viaje soltando mentiras.

—¿Cuánto tiempo tarda en prepararse en un día normal? —preguntó Darius.

—Será mejor que asumas que, cuando se trata de lady Larkyra, o de las hermanas Bassette en general, es mejor olvidarse del término «normal».

Darius no tenía ninguna duda de aquello. Nunca había conocido a unas damas así. Lo que lo llevó a volver a reflexionar sobre el hombre que tenía a su lado y sobre cómo había acabado formando parte de aquella familia. Incluso en el breve tiempo que D'Enieu y él se llevaban conociendo, le había quedado claro que era un caballero muy formal. No le parecía que fuera un charlatán, sino más bien alguien tranquilo y callado como él. A grandes rasgos, le caía bien. Si tuviera la capacidad de hacer amigos, seguramente D'Enieu sería un gran candidato.

Por desgracia, cuando se trataba de sus propios deseos, Darius tenía poco que decir.

—¡Siento haberlos hecho esperar! —dijo una voz jadeante.

Aquello hizo que Darius volviera a prestar atención a la casa y al movimiento que se percibía en la puerta principal. No paraban de salir lacayos, uno tras otro, arrastrando innumerables baúles, mientras Larkyra se colocaba un par de guantes de piel café. La muchacha estaba tan fresca y brillante como el día que había amanecido. Llevaba un vestido azul marino con unos ribetes de color coral y tenía el pelo rubio recogido en un elaborado conjunto de trenzas. Lady Arabessa estaba a su lado y le colocaba a su hermana correctamente la tela del cuello, mientras que lady Niya le decía algo muy bajito a sus hermanas.

Las tres sonrieron ampliamente por algo que dijo lady Niya y aquella visión hizo que Darius casi diera un paso atrás.

Estas Bassette eran una fuerza de la naturaleza. Al mirar a D'Enieu, que las observaba con un afecto nada disimulado, Darius no supo si tenía que sentir envidia o apiadarse de aquel hombre que había crecido con ellas.

—Lark, vas a reventar las ruedas de tu carruaje con tanto peso —dijo Zimri mientras la joven, seguida por sus hermanas, atravesaba el estrecho pasillo de piedra ondeando su falda.

Al oír la abreviatura que su familia usaba con lady Larkyra, una chispa de algo extraño e incómodo recorrió las entrañas de Darius. ¿Qué se sentiría al ser tan cercano a otra persona?

—No digas tonterías —dijo Larkyra quitándole importancia—. Hemos viajado el triple de cargadas, el doble de lejos y nunca ha pasado nada. Nuestro cochero es el mejor de Jabari y no ha expresado ninguna preocupación al respecto. ¿No es cierto, señor Colter? —La joven sonrió al hombre canoso que ayudada a los lacayos a amarrar aquella montaña de baúles al techo del carruaje.

—Así es, señorita —gruñó mientras trataba de apretar un nudo—. No tendremos ningún problema.

—¿Ves? —Larkyra lanzó una sonrisa a D'Enieu y este soltó una carcajada que transformó del todo su austera fachada. Cuando se reía parecía encajar mucho mejor con esta familia.

—Te he metido algunos artilugios de escritura en uno de los baúles —comentó lady Arabessa—. Espero una carta antes de que termine la semana o daré por hecho que murieron durante el viaje.

—Y eso sería terrible —añadió lady Niya—, sobre todo si tenemos en cuenta que no hemos decidido con cuáles de tus cosas me quedaría yo si tú te mueres.

—Se lo cedo todo a Charlotte. —Lady Larkyra se colocó

mejor los guantes, aunque parecía que el izquierdo le daba algún problema—. Ya se lo había dicho a padre, así que no hace falta que se calienten las cabecitas con ese asunto.

—Mi cabeza está mejor que la tuya si crees que Charlotte se pondría alguna de tus prendas —atacó Niya.

—Es una mujer inteligente. Estoy segura de que les dará un buen uso.

—No me gustaría interrumpir lo que sin duda es una conversación trascendental —interrumpió Darius—, pero deberíamos ir saliendo ya si queremos llegar a mitad de camino antes de que oscurezca. ¿Va a salir su padre a despedirse?

Las tres damas miraron a Darius como si se acabaran de dar cuenta de que allí había alguien más. El joven se sonrojó al ver cómo los enormes ojos azules de Larkyra lo escrutaban, desde las botas de montar de cuero café hasta el abrigo de viaje azul marino y su pañuelo anudado al cuello, antes de toparse con su mirada.

—Lord Mekenna —dijo. Siempre que se dirigía a él con aquella voz tan musical lo tomaba desprevenido—. Qué prudente es usted. No sabía que estaba escondido detrás de su caballo. Aún no era consciente de que disfrutábamos de su compañía.

—No me estaba escondiendo. —Darius se puso firme y se alejó un paso de Achala—. Y no me gustaría ser impertinente, pero me temo que cualquiera se queda mudo ante la presencia de ustedes tres.

D'Enieu tosió como para disimular una carcajada. Larkyra arqueó una ceja perfectamente delineada.

—Por su espectacular belleza, por supuesto —añadió Darius con una sonrisa.

—Bien jugado. —Niya aplaudió detrás de su hermana—. Creo que se van a llevar fenomenal. El duque tiene competencia si semejante granuja vive en su castillo. Cuéntenos, lord Mekenna, ¿su padrastro es consciente del nivel de sus encantos?

—Estoy seguro de que, lo que usted califica como encantos, él lo define como estorbos.

—Me resulta difícil creer que nada de lo que usted haga resulte mal recibido —contestó lady Niya sacando un poco la cadera.

Aquel movimiento fue muy sutil pero, de algún modo, fue capaz de distraer al caballero.

—Entonces deberíamos salir tan pronto como sea posible —se oyó decir a sí mismo—. No me gustaría quedarme aquí y malograr la generosa opinión que tiene de mi persona.

Lady Niya soltó una carcajada ronca, un sonido gutural sordo, y el caballero identificó inmediatamente que esa joven sería la perdición de muchos hombres, si es que no lo era ya.

—Sí, está bien. —Lady Larkyra dio un paso adelante y se interpuso entre los dos con las facciones algo contraídas—. Pues vayámonos ya, mi señor, si tantas ganas tiene de emprender el camino. —Se giró hacia Niya y Arabessa—. Hermanas, intentaré no pasarla demasiado bien sin ustedes..., pero todas sabemos que las cosas más interesantes suceden cuando yo estoy presente, así que no puedo prometer nada.

—Encontraremos la manera de sobrevivir. Estoy segura. —Lady Arabessa le dio un abrazo a su hermana pequeña y lady Niya se unió rápidamente.

Darius observó el abrazo de las tres, el amor tan evidente que sentían unas por otras, y ese dolor tan inoportuno le volvió a infligir un pinchazo en las entrañas. Tener una familia así...

—¿Se despedirá su padre de nosotros? —repitió Darius, parpadeando y tratando de sobreponerse a aquella incómoda sensación.

—Tenía asuntos que atender esta mañana —explicó lady Larkyra apoyando su mano sobre la que D'Enieu le ofrecía para ayudarla a subir al carruaje negro, cuyo interior estaba decorado con perlas—. Ya nos despedimos antes de que se marchara. Me han dicho que su padre partió ayer, ¿no es cierto?

—Sí, mi padrastro partió ayer.

La mirada de lady Larkyra se detuvo en la del caballero como si, por un momento, pudiera ver en ella mucho más de lo que en realidad veía.

—Magnífico —dijo afirmando con la cabeza—. Pues parece que en este viaje seremos solo este feliz trío. Y, por supuesto, nuestro distinguido líder, el señor Colter. —Sacó la mano por la ventana del carro y sonrió al cochero.

—Me aseguraré de que tengamos un viaje sin sobresaltos, mi señora. —El señor Colter agarró las riendas de cuero con sus dedos ajados y callosos.

—¡Nada de eso! —dijo la joven acomodándose en el mullido interior—. Un viaje sin sobresaltos es un viaje aburrido.

—Así es, mi señora.

Con un chasquido, el carruaje se balanceó y empezó a avanzar. La torre de baúles tembló precariamente hasta que las cuerdas cumplieron con su función. Darius y D'Enieu se montaron en sus caballos y se colocaron justo detrás del vehículo.

La primera mitad del viaje resultó ser, como lady Larkyra solía decir, «tan aburrida como ver las vacas pastar».

Y ni que decir tiene que Darius estaba más que encantado con que fuera así. Que fuera aburrida significaba calma, paz y silencio; tres cosas que él había trabajado mucho para poderlas disfrutar. Solo los dioses perdidos sabían cómo era el otro lado de aquella moneda de plata. Él lo recordaba como una dolorosa bruma que lo asaltaba cada vez que, al vestirse, veía las cicatrices que le surcaban la piel. Le volvía loco no tener una idea exacta de cómo se había hecho esos cortes o de por qué seguían apareciendo; de la memoria de Darius desaparecían fragmentos completos. Aunque también era cierto que, de alguna manera, agradecía no tener un recuerdo vibrante de la visión de su piel abriéndose en canal. El caballero no sabía qué era peor, si saber o no saber.

Lo que tenía claro era que esos episodios habían empezado después de que su madre muriera y que ningún médico había podido darle un diagnóstico. «Es un chico muy torpe», les explicó Hayzar a sus sirvientes cuando empezaron a encontrarlo en ese estado, despertando en cualquier parte del castillo, aturdido, con las manos temblorosas y con la camisa desgarrada y empapada de sangre.

Habían pasado años y Darius seguía recordando perfectamente su primera cicatriz, la primera vez que aquello le pasó.

La biblioteca estaba a oscuras, pero Darius supo dónde se había despertado gracias al reflejo de un relámpago que iluminó los libros. Dio un salto asustado por el trueno que siguió al relámpago.

Darius tenía frío y estaba temblando, pero a la vez sentía algo tibio en su cuerpo. Tenía en el brazo algo húmedo, resbaladizo y, lo supo al siguiente relámpago, rojo.

Fue entonces cuando empezó a sentir el dolor de la afilada hendidura en su piel.

¡Estaba sangrando!

Profirió un gemido al golpearse contra un estante. Le dolía la cabeza. Tenía miedo. No sabía cómo había llegado hasta ahí. Lo último que recordaba era estar con su padrastro leyendo junto al fuego.

Hayzar parecía triste, así que Darius le preguntó qué le pasaba. Y después... nada.

Solo la biblioteca, su sangre y aquel dolor.

«¿Mi señor?», una voz profunda inundó la habitación. Una silueta oscura apareció junto a la puerta.

Darius se encogió sobre sí mismo.

«¿Mi señor?». Aquella figura se acercó. «¡Aquí está! Todos lo estábamos buscando».

Boland, el ayuda de cámara de Darius, se agachó con gesto preocupado junto a la esquina en la que el joven se apoyaba.

«Por los dioses perdidos, pero ¿qué pasó aquí? Mi señor, oh, déjeme ver. Tranquilo, tranquilo. Todo se va a arreglar. No son más que unos rasguños. Debe de haberse caído, sí, seguro que eso es lo que ha pasado. Le encanta escalar por estos estantes, seguro que se tropezó al hacerlo. Iremos a ver a la señora Pimm. Eso es. Déjeme ayudarlo, señor».

Boland ayudó a Darius a levantarse y no pareció que le importara que el joven le manchara la camisa de lágrimas y de sangre mientras atravesaban los pasillos.

El mayordomo seguía susurrándole a Darius que se pondría bien y que aquello no volvería a suceder.

Pero sucedió.

Siguió sucediendo durante el resto de su vida.

Darius parpadeó al darse cuenta del enorme cielo azul que se abría ante él. Notó que había estado apretando las riendas de Achala con demasiada fuerza. La yegua estaba agitando la cabeza y mordiendo su embocadura.

—Perdóname, preciosa —dijo Darius aflojando la rienda y acariciándole el cuello.

Aunque el recuerdo se había desvanecido, la mente de Darius seguía navegando en el pasado. Había extrañado mucho a su madre después de aquellos primeros incidentes: echaba de menos sus cálidos abrazos y la manera en la que le acomodaba bien el pelo y le limpiaba las lágrimas. Pero Darius aprendió rápido que en su nueva vida ya no quedaba sitio para mimos de esa índole. La mirada glacial de su padrastro conseguía poner su cuerpo en guardia. Aunque no tenía pruebas, Darius sabía que Hayzar, de alguna manera, tenía algo que ver con todo aquello. El comportamiento del duque cambió de forma radical desde la muerte de su madre. Dejó de sonreír a Darius o de hacerle comentarios agradables como cuando la duquesa seguía viva. Hubo un tiempo en el que se recordaba riendo con Hayzar mientras jugaban a las cartas en el suelo y su madre los observaba con una cálida sonrisa iluminada por el brillo del fuego. Pero, tras la muerte de aquella mujer, Darius había empezado a sorprender a su padrastro mirándolo con los ojos borrosos, como si estuviera observando a otra persona. En aquellos instantes, bastaba con observar su ceño fruncido para identificar el dolor que experimentaba. Fue entonces cuando Hayzar empezó a arremeter contra su hijastro. A partir de esa época, aquel hombre miraba al joven con desprecio cada vez que este entraba a una habitación, como si aquella visión no solo le pareciera dolorosa sino repugnante. Al final acabaron solo interactuando a través de gestos desdeñosos y burlas. Darius se había pasado años haciendo todo lo que estaba en su mano para apartarse de su camino y de su vista, y para permanecer invisible en todo momento. ¿De qué otra forma podría sobrevivir un chico tan triste y asustado?

Darius respiró hondo tratando de borrar sus oscuros pensamientos. Observó aquel paisaje abierto y las suaves colinas cubiertas de flores silvestres y hierbas altas.

«Calma», pensó. Lo único que siempre había deseado era vivir en calma, disfrutar del lujo de no experimentar temor hacia las noches o los días venideros.

El sol lucía en lo más alto y el cielo estaba despejado y azul, así que Darius se deleitó con esa imagen sabiendo que, una vez que llegaran a la frontera de Lachlan, las nubes y el viento serían la antesala de la lluvia. A veces se olvidaba de lo que se sentía al ser bañado por el sol y envuelto por la dulce fragancia de la hojarasca seca, rodeado de insectos zumbadores y de pájaros cantarines. Darius se apuntó mentalmente la idea de que debería salir a galopar más a menudo para poder así recordar la vida que existía más allá de aquellas nubes de tormenta; no solo para él mismo, sino también para sus arrendatarios.

Darius sujetó bien las riendas de Achala y miró hacia delante, a una serie de riscos que se alzaban en el paisaje. Aquellas colinas rocosas destellaban bajo la luz del día y su resplandor solo se veía interrumpido por el estrecho corte del camino que debían atravesar.

El joven estaba a punto de espolear a su caballo para que trotara más rápido cuando un grito lejano le hizo entrecerrar los ojos. Un halcón plateado volaba por encima de ellos y sus enormes alas, que se extendían con puntas afiladas como cuchillos, refulgían al reflejar el sol. Darius ya había percibido la presencia del pájaro a mediodía de la jornada anterior mientras salían de Jabari, ¿cómo no iba a hacerlo? Nunca había visto una criatura de esas tonalidades. Parecía seguirlos desde que aquella mañana salieron de la pequeña posada en la que se detuvieron a descansar. Echó un vistazo al carruaje y deseó que aquel no fuera un mal presagio que estropeara la etapa final del viaje.

El halcón dio otro grito ensordecedor y descendió en picada pasando justo por delante de Darius, lo que asustó a Achala y obligó al joven a sujetarla con fuerza.

—Tranquila, preciosa —susurró Darius, acariciándole el cuello para intentar calmarla—. No es más que un pajarraco pasándosela bien.

—¿Va todo bien ahí delante? —preguntó Zimri desde su puesto detrás del carruaje.

—Sí —contestó Darius viendo cómo el halcón volvía a girar hacia ellos—. O, al menos, eso creo.

La criatura plateada enfiló hacia Darius de nuevo. Se detuvo ante él y empezó a graznar. El animal arañó el aire con sus afiladas garras, batió sus enormes alas y desapareció sobre los riscos entre los que se disponían a pasar a continuación.

—Por los dioses perdidos, ¿qué ha sido eso? —susurró Darius a Achala mientras empezaban a atravesar el paso. El aire se volvió más fresco en aquel camino angosto y sombrío.

El caballo elevó las orejas como prestando atención a algo. Su paso se volvió más vacilante conforme el camino se estrechaba y, a ambos lados, un muro de roca ascendía hacia el cielo.

Algo hizo que a Darius se le erizara el vello de la nuca y, antes de que pudiera girarse hacia D'Enieu para alertarlo, el ulular de un búho salvaje retumbó por el cañón y un grupo de hombres saltó desde un saliente de la roca aterrizando delante y detrás del séquito.

Parecían algo trastornados. Llevaban el pelo revuelto, sucia ropa café y espadas largas y oxidadas desenvainadas entre las manos. Tenían los ojos vidriosos y parecían hambrientos por las riquezas que intuían que se transportaban en aquel carruaje.

—Hola —dijo Darius con la voz serena, tratando de mantener calmada a Achala mientras él observaba a los tres hombres—, ¿les podemos ayudar?

—Eh... —dijo el hombre que estaba en el centro, a quien el grasiento pelo negro le cubría la mitad de la cara—, nos vamos a llevar todo lo que tienen. —Apuntó a Darius con la hoja de su arma—. Y si tu amigo y tú intentan algo, te mataremos a ti primero.

—Pues qué faena. No tenía pensado morir hoy.

—Pensar es de débiles —aseguró aquel hombre antes de dar un grito de guerra.

El camino era tan estrecho que Darius apenas pudo girar a Achala mientras sacaba su espada y rajaba a uno de los atacantes. Le cortó el brazo al hombre y esto le dio tiempo para bajarse de Achala y darle una cachetada en los cuartos traseros.

—¡Espéranos en la salida! —gritó mientras la yegua se alejaba cabalgando.

Aquellos bandidos fueron rápidos a la hora de reagruparse. Darius alzó su espada para cortarles el paso mientras tres de ellos rodeaban el carruaje de los Bassette y se acercaban a la puerta del vehículo.

A Darius se le congeló el pulso al imaginarse a esas alimañas agarrando a lady Larkyra, que a buen seguro estaría ahora mismo hecha una bola de terror y lágrimas en el suelo de su acolchado compartimento.

El señor Colter, blanco como la tiza, había escalado hasta la cima de la torre de baúles y desde allí observaba cuanto sucedía alrededor del carruaje. Puede que aquel viejo fuera el mejor cochero de todo Aadilor, pero por lo visto no sabía luchar.

—¡D'Enieu! —gritó Darius con el brazo afectado aún por el golpe de su espada contra la de su atacante—. ¡El carruaje!

Al no recibir respuesta, Darius echó un vistazo entre la pared de roca y el vehículo y pudo comprobar que D'Enieu estaba luchando contra los hombres que lo rodeaban.

—¡D'Enieu! —lo volvió a llamar.

—¡Preocúpate de lo que tienes delante! —gritó el joven mientras clavaba su arma en el pecho de un asaltante. El bandido aulló de dolor y se agarró la camisa cubierta de sangre antes de caer muerto en el suelo. D'Enieu desapareció de la vista de Darius.

Darius soltó un improperio y, con un rápido movimiento cruzado, acabó con la vida del siguiente parásito que se le tiró encima.

No quería tener que hacer aquello.

Cuando Darius se acercó hacia el último par de malhechores que lo estaban atacando, el halcón plateado cayó en picada desde arriba. Ahora poseía un tamaño mucho mayor del que el joven recordaba (¡casi la mitad de un hombre adulto!), por lo que fue capaz de derribar sin problema a uno de los dos ladrones. El animal, usando sus garras, que ahora eran enormes, desgarró sin ningún problema toda la piel de la cabeza del hombre. El bandido berreó de puro dolor hasta que el borboteo de su propia sangre lo silenció en el momento en que el ave le desgarró la garganta con el pico.

Darius tragó saliva aterrorizado sin poder apartar la mirada de la escena, hasta que sintió una cuchillada en el brazo. Maldiciendo entre dientes, el lord se echó un vistazo y se sintió agradecido de que aquello solo fuera una herida superficial. El último ladrón del camino respiraba con pesadez mientras él se le acercaba. Su siguiente movimiento podría ser mortal. Pero, aunque aquellos hombres presentaban un aspecto despiadado, eran unos luchadores bastante mediocres y sin ninguna técnica. Y él, un joven caballero que creció sin nadie con quien entretenerse y que pasó a solas y ejercitándose muchos granos de arena, iba sobrado de técnica. Así que lo esquivó, dio un giro, se inclinó y le asestó un golpe final en el que el filo de la espada de Darius atravesó certero el estómago del ladrón.

Darius soltó la empuñadura, lo que hizo que el hombre se tambaleara antes de caer de espaldas, por lo que, cuando el cuerpo tocó el suelo, el arma salió disparada de entre sus tripas.

—¡Qué desastre! —dijo Darius recogiendo su espada y

observando todos aquellos cuerpos caídos. El halcón plateado aún seguía picoteando a su terrible presa.

El joven oyó una serie de gruñidos a su espalda y se giró rápidamente recordando que lady Larkyra estaba abandonada en el interior del carruaje. Con el corazón en la garganta se apresuró a acercarse a ella haciéndose el cuerpo a las mil posibles escenas con las que podría encontrarse, pero nada podía haberlo preparado para el impacto de lo que descubrió.

En el suelo, junto a la puerta abierta del carruaje, había tres ladrones amontonados. El rojo lo inundaba todo debido a la sangre que manaba por sus gargantas abiertas en canal.

Darius dio un paso hacia atrás.

Por los dioses perdidos, ¿encontró el halcón la manera de intervenir aquí también?

Alzó la mirada y vio a lady Larkyra en el marco de la puerta. Parecía algo azorada, pero, más allá de eso, no tenía ni un mechón de su pelo platino fuera de su sitio. Cuando se topó con sus ojos azules, la joven tiró algo hacia atrás que provocó un leve reflejo dorado y que chocó contra la pared trasera del interior del compartimento. La joven escondió sus manos desenguantadas detrás de sí, pero no antes de que Darius percibiera algo extraño en la izquierda. No podía estar seguro, pero era como si uno de sus dedos fuera más corto que los demás.

—¡Lord Mekenna! —dijo con la respiración entrecortada—. ¡Gracias a Dios que ha venido a rescatarme!

—¿A rescatarla? —Observó con inquietud la carnicería que tenía a sus pies—. Me da la sensación de que no necesitaba de ninguna ayuda por mi parte.

—Bueno, la habría necesitado hace tan solo un momento —dijo con demasiado entusiasmo—, pero estos hombres parecen unos novatos en el arte de la lucha... Salieron todos corriendo a la vez hacia mí, chocaron unos con otros y... —echó una ojeada a los cuerpos— todos murieron.

Darius abrió mucho los ojos al escuchar aquello y, al fijarse en ella más detenidamente, notó que tenía una salpicadura de sangre en la mejilla. Puede que también tuviera manchado el vestido, pero el color azul marino lo disimulaba bien.

—¿Está segura de que no murieron porque alguien los degolló? —preguntó.

—¿Han sido degollados? —preguntó lady Larkyra encogiéndose de hombros—. ¡Qué espanto!

Darius frunció aún más el ceño. Estaba a punto de preguntarle a aquella joven a qué creía que estaba jugando cuando D'Enieu apareció por el otro lado del carruaje. Estaba limpiando su espada con un trozo de tela que debía de haberle arrancado a alguno de los bandidos.

—Ah, ya veo que has solucionado las cosas —dijo el caballero, pero Darius ignoraba si aquella afirmación se refería a él o a lady Larkyra.

Pero ¿quién diablos era esa gente?

—¿Nos vamos, pues? —D'Enieu echó un vistazo al cochero, que seguía encaramado a la torre de baúles—. Ya puede bajar, señor Colter. Está todo despejado.

—Pobre señor Colter —dijo Larkyra, recogiéndose la falda para volver a subir al vehículo—. Le da pavor la gente que no viste a la moda.

—¿Gente que no viste a la moda? —preguntó Darius con un parpadeo incesante—. ¿No habrá sido el miedo a que lo mataran?

—La muerte es inevitable. —Se giró bruscamente y volvió a ponerse los guantes con rapidez—. El señor Colter sabe que es mejor no tenerle miedo. El verdadero monstruo es lo que uno ve durante la caída de esos últimos granos de arena. Yo, al menos, espero que lo último que vea antes de morir sea algo hermoso.

Darius se quedó mudo un instante observando a la enigmática mujer que tenía ante él. Lady Larkyra parecía ser muchas cosas, pero el caballero empezaba a darse cuenta de que no era nada predecible. Y, al ser un hombre que disfrutaba de la quietud, no es que aquel descubrimiento le llenara, precisamente, de felicidad.

—Trataré de tenerlo en cuenta.

—¿En qué sentido? —preguntó lady Larkyra—. ¿Es que está planeando mi asesinato, lord Mekenna?

Darius negó con la cabeza y de nuevo se descubrió sonriendo ante la franqueza de aquella muchacha, lo que le pareció desconcertante y sorprendente.

—Aún no, mi señora.

—Estoy seguro de que cambiará de idea en cuanto pasemos un poco más de tiempo juntos —contestó lady Larkyra con una amable sonrisa. Darius fue a responder, pero la muchacha golpeó con los nudillos el techo del carruaje—. ¡Vámonos, señor Colter! Solo nos queda medio día, ¿no sería maravilloso toparnos con algún otro agravio en el que enredarnos?

El anciano se puso verde al oír las palabras de la joven, pero, aun así, movilizó a sus dos caballos.

Cuando el vehículo empezó a avanzar, Darius se giró hacia D'Enieu, que se estaba subiendo a su semental café con manchas blancas.

—Dígame, D'Enieu, ¿cómo es que el padre no ha muerto de un infarto mientras criaba a una chica como esta?

El hombre se ajustó la espada en la cadera mientras dejaba lista su silla de montar.

—¿Y quién cree que le enseñó a ser así?

Haciendo que su caballo iniciara el trote, D'Enieu dejó a

Darius solo en el estrecho camino mientras Achala volvía a su encuentro.

—Pero ¿en qué nueva locura me he metido? —preguntó Darius a su yegua, tomándola de las riendas.

El caballero pensó que ya tenía demasiados problemas en la vida, pero entonces se dio cuenta, en una sorprendente revelación, de que la sonrisa aún no se le había desvanecido de los labios.

«Pues sí, vaya locura...», pensó.

Tratando de reordenar sus pensamientos, Darius se sentó en su silla de montar. Echó un último vistazo a los cuerpos diseminados por la zona, así como al halcón plateado, que lo miró fijamente con sus ojos violetas mientras remontaba el vuelo y salía a cielo abierto con sus enormes alas levantando remolinos de polvo sobre los restos del cadáver del que se acababa de alimentar.

A pesar de que los acontecimientos más recientes estaban entre los más confusos que nunca había experimentado, mientras seguía al carruaje bamboleante Darius tuvo la certeza de que aún le quedaban muchas cosas por ver.

CAPÍTULO ONCE

Lachlan no era, precisamente, un lugar sobre el que mereciera la pena escribir demasiado. Es cierto que cuando llegaron estaba atardeciendo y que Larkyra apenas veía a siete pasos desde la ventana de su carruaje como para poder juzgar la belleza del entorno. Pero mientras avanzaban por los caminos embarrados, lo único que la joven podía ver a través de la manta de agua era un espesísimo follaje que crecía, escalaba y atrapaba pequeños grupos de tristísimas casas de piedra. Aquel aire espeso apenas era atravesado por el tenue brillo de algunas ventanas iluminadas por las velas de su interior, pero no se veía ni un alma, ni siquiera cuando atravesaron un pueblo que se extendía por una zona de pequeñas colinas rocosas. En la base de aquella elevación se extendía un grandioso lago en cuyo muelle había barcos de varios tamaños que se mecían con la tormenta como si fueran niños abandonados.

Aquí la lluvia era una bestia persistente que comenzó en cuanto pisaron la frontera de Lachlan. Caía con una rabia que Larkyra podía sentir en sus entrañas. Se abrigó con su chal y observó cómo el camino giraba y seguía subiendo más y más y más, por el filo de un acantilado cubierto de musgo que, mucho después, llegaba hasta un angosto puente.

Sus recuerdos la transportaron hasta el último paso estrecho por el que habían pasado, donde fueron atacados por aquellos bandidos. Aunque Larkyra estuvo ocupada con su propia pelea, había podido echar algún vistazo a lord Mekenna desde el otro lado del compartimento.

Había sido rápido, seguro y preciso con su espada. La joven llegó a preguntarse si, en realidad, no se las habría podido arreglar perfectamente él solo contra aquellos sinvergüenzas de los arrabales de Jabari en caso de que ella no hubira intervenido.

«Está claro que guarda muchas sorpresas», pensó la muchacha, disfrutando de la idea de que, quizá, el joven caballero y ella compartían máscaras similares.

—¡Nos disponemos a entrar en la isla del Castillo, mi señora! —gritó el señor Colter, golpeando el lateral de aquel inestable carruaje.

Larkyra se apresuró hacia la ventana e intentó ver algo. A través del velo de lluvia y niebla gris pudo observar un castillo de piedra construido en la cima de una colina en mitad de una isla rocosa.

Había una importante caída hasta las aguas que fluían bajo el puente, y el vértigo hizo que Larkyra se acomodara mejor contra su asiento acolchado para sentirse más segura. Mientras las ruedas del carruaje rebotaban sobre los adoquines del puente, la pequeña de las Bassette afinó la vista tratando de localizar a través de la tormenta otras islas similares que emergieran de los lagos cercanos.

Parecía como si los dioses perdidos hubieran dejado su huella en esta tierra y, antes de marcharse, la hubieran llenado de pozas hechas con sus lágrimas.

Larkyra había visto una buena cantidad de lugares oscuros, desangelados y sin esperanzas en todo Aadilor a lo largo de sus escasos diecinueve años, pero cuando el séquito llegó al final del puente y una puerta alta de hierro se abrió con rechinidos a modo de saludo, no pudo evitar preguntarse qué sentido tenía que ella estuviera allí. Incluso las mazmorras parecían guardar una promesa de huida, pero cuando las puertas se cerraron con un ruido sordo a sus espaldas, la joven empezó a sentir la isla del Castillo como una prisión permanente.

Era lógico que lord Mekenna apenas sonriera. De hecho le sorprendía que el caballero conociera aquel movimiento facial después de haber crecido en un ambiente así de lúgubre.

«A lo mejor las cosas son diferentes en el interior del castillo», pensó la muchacha.

Larkyra tuvo claras dos cosas en cuanto entraron al vestíbulo principal de la hacienda de Lachlan. La primera era que, a pesar de ser un lugar seco, puede que incluso fuera más deprimente que el exterior. Toda la columnata de entrada era de granito tallado, el suelo era de baldosas grises y blancas, y el techo estaba al menos a diez pisos de altura. El espacio se cerraba con una bóveda de piedra. A pesar de las numerosas antorchas y del gran rosetón de vitrales que dominaba la parte superior de las escaleras del lado opuesto del vestíbulo, la iluminación tenía muy poco alcance, como si un muro invisible limitara la luz dejándolo todo en tinieblas. Pero no era la oscuridad lo que molestaba a Larkyra. No, ella podía atravesar sin dificultades las sombras. Lo que le molestaba era la falta de una auténtica decoración, de personalidad, de sensibilidad artística. Todo era recto, pesado y simple. Los arcos servían para conectar habitaciones; el techo, para cubrir todo el espacio. Todo aquí parecía tener una funcionalidad evidente. Y, si se tenía en cuenta la opulencia del guardarropa del duque, aquello era más que contradictorio.

Lo segundo es que Larkyra se dio cuenta de que se había equivocado por completo a la hora de hacer el equipaje. Y si había algo que de verdad la enfadaba era no estar preparada para un nuevo entorno. Puede que la culpa fuera de su tendencia a la teatralidad, pero sus baúles, si es que habían sobrevivido a la tormenta, solo contenían vestidos en tonos pastel... y esta tierra pedía colores intensos, tonos oscuros, tonos que sirvieran para llorar de forma solitaria y melancólica mirando por la ventana. Solo el vestido azul marino que llevaba puesto cumplía con aquellas características, el resto no. Tendría que citarse con una costurera local tan pronto como fuera posible.

Larkyra se giró y observó a Zimri y a lord Mekenna mientras se deshacían de sus empapadas capas de viaje. Aunque habían cabalgado bajo aquella tormenta, y aunque el viento hiciera a veces que el agua cayera en horizontal, los dos hombres seguían estando guapos. La mirada de la joven se posó especialmente en la alta silueta de lord Mekenna y en su camisa blanca empapada, que se pegaba lujuriosamente a su torso revelando los músculos que había bajo la tela. Un salpicón rojo marcaba el punto en el que aquellos bandidos le habían hecho un corte; la magia de Larkyra burbujeó preocupada al ver la mancha. ¿Lo habrían herido en algún otro sitio? ¿Habría sufrido algún otro dolor? La joven parpadeó dándose cuenta de lo extraña que era aquella visceral reacción suya hacia una simple herida de lord Mekenna. Después de todo, apenas conocía a ese hombre y, al observarlo bien, ni siquiera le pareció que estuviera adolorido. Respiró profundo para calmarse y eso hizo que se rebajara la intensidad con que su magia le recorría la garganta.

Un joven lacayo se acercó a recoger las capas haciendo que Larkyra se fijara en la fila de sirvientes que se habían reunido para darles la bienvenida. Le sorprendió no sentir que la magia vibrara en las dos docenas de empleados. Ni siquiera un leve resto de magia. Todo estaba demasiado... quieto.

Larkyra frunció el ceño. Puede que los dioses perdidos de verdad hubieran abandonado del todo este lugar.

Todos iban de negro sobre negro sobre negro, como si vivieran en un luto perpetuo. Parecían cadáveres muy bien vestidos.

«Sin duda, este que es un ejemplo perfecto de cómo adaptarse al entorno», pensó Larkyra.

La joven observó la forma en que una doncella era capaz de tener la mirada del todo ausente y se apuntó la nota mental de practicar aquella expresión cuando estuviera a solas en su cuarto. A lo mejor le adjudicaban a alguna doncella igual de deliciosamente abstraída. Quizá así podría perfeccionar las ensimismadas maneras de Lachlan.

—En fin... —dijo haciendo que su voz resonara en aquel mausoleo de piedra—. ¡Pero qué alegre es su hogar, lord Mekenna!

El joven miró a su alrededor como si observara aquel lugar por primera vez.

—Sí. —La lluvia había hecho que su pelo anaranjado pareciera café—. Una vez lo fue.

Larkyra trató de localizar algún atisbo del pasado del que el chico hablaba, pero solo fue capaz de seguir viendo el mismo espacio deprimente y polvoriento.

—Ahora que lo traje hasta aquí relativamente a salvo —dijo lord Mekenna haciendo un gesto para que uno de los jóvenes lacayos empezara a colocar los baúles en el vestíbulo principal—, espero que me perdone. Han sido dos días muy largos y estoy seguro de que, como yo, se mueren por un baño caliente y una buena cama. El señor Boland les ayudará a instalarse en sus habitaciones.

Un hombre desgarbado, con el pelo algo canoso y los labios apretados, al que su mirada oscura le daba cierta apariencia de disgusto, dio un paso adelante e hizo una reverencia.

—Será un placer, mi señor. —El mayordomo hablaba con una voz áspera—. Me gustaría también informarles que el duque lamenta encontrarse... indispuesto, por lo que no ha podido recibirles en persona. Sin embargo, les invita a que usted y nuestros invitados se encuentren con él mañana por la mañana, para el té matutino.

—¿El té matutino? —Lord Mekenna arqueó las cejas.

—Sí, mi señor.

Lord Mekenna permaneció quieto un instante, como si la petición se hubiera hecho en un idioma que desconocía. Larkyra forzó cruzar la mirada con Zimri.

«Sí, yo también me he dado cuenta», dijo sin palabras D'Enieu.

—Muy bien. —Lord Mekenna se enderezó—. Hasta mañana, entonces. —Hizo una reverencia ante Larkyra y le lanzó un gesto afirmativo a Zimri—. Espero que pasen una estupenda primera noche en este castillo. Si les parece oír gritos, ignórenlos: no será más que el sonido del viento al girar alrededor de la torre.

Dicho esto, el caballero les dio la espalda y desapareció por uno de aquellos pasillos largos y oscuros.

—¿Un viento que grita? —musitó Larkyra—. Qué alentador...

—Por favor, mi señora, siga a la señorita Clara —dijo el señor Boland ignorando su comentario y señalando a la criada ensimismada en la que Larkyra se había fijado previamente—. Ella le mostrará sus habitaciones. Señor D'Enieu, yo le acompañaré a las suyas.

Larkyra fue anotando mentalmente las distintas puertas

y pasillos por los que pasaron para poder explorarlos con posterioridad.

—¿Están nuestras habitaciones cerca las unas de las otras? —preguntó Larkyra justo antes de separarse de su acompañante.

El señor Boland se detuvo en la escalera y alzó una de sus cejas plateadas alternando la mirada entre ella y Zimri.

—¿Acaso hay alguna razón para que lo estén?

—Pues claro, nos resultaría mucho más fácil meternos al dormitorio del otro —dijo Larkyra.

Los rasgos blancuzcos del mayordomo se tornaron de un agradable tono morado.

—Le pido disculpas por el comportamiento de lady Larkyra —dijo Zimri, reprobando a la joven—. Es mejor que sepan cuanto antes que es muy aficionada a decir barbaridades. La verdad es que simplemente quiere saberlo porque esta será la primera noche que pasará sola, sin ninguna de sus hermanas presentes, y debido a que yo soy como un hermano para ella, sé que los dos estaríamos mucho menos preocupados si supiéramos que nos encontramos cerca el uno del otro.

El señor Boland se aclaró la garganta y los siguió mirando con altivez.

—Ambos se alojarán en el ala norte, pero las habitaciones de invitados para caballeros están una planta por encima de las habitaciones para damas —dijo mirando a Larkyra con sus ojillos malvados.

Larkyra abrió la boca para responder algo, pero Zimri la cortó acariciándole la espalda con la mano.

—Gracias —dijo el joven—. Entonces estaremos juntos hasta que llegue el momento de separarnos.

—Muy bien, señor.

«Vaya que eres un snob», pensó Larkyra al ver cómo el señor Boland se llevaba a Zimri.

Una rosa de plata prendida en la solapa del abrigo negro del mayordomo llamó la atención de Larkyra. El objeto centelleaba al reflejar la tenue luz; era como si la estuviera saludando.

«¡Pero bueno! Hola, hola, hola a ti también», susurró para sus adentros con una sonrisa afilada como una navaja. Había un cierto nivel de pedantería, altivez y convenciones que la joven podía soportar antes de requerir un momento de alivio, y aquella historiada rosa era justo la distracción que necesitaba. Si de este viaje no salía nada bueno, Larkyra al menos tenía clara una cosa: el señor Boland y ella se la iban a pasar muy bien.

CAPÍTULO DOCE

Las parpadeantes llamas de los candelabros provocaban formas espeluznantes a lo largo del pasillo mientras Larkyra lo recorría en silencio. Salvo los amortiguados rugidos del viento que, para deleite de la joven, azotaban el castillo, el resto del edificio estaba sumido en un tranquilo letargo. Aquel era un momento perfecto para que la menor de las Bassette explorara el castillo sin ninguna molestia.

Tras bajar las escaleras del ala norte, Larkyra avanzó por un oscuro pasillo decorado con retratos familiares al óleo. Aquellas almas del pasado sin duda se estarían preguntando qué hacía una muchacha en camisón paseando por allí a aquellas horas.

«Pues buscando un tesoro, por supuesto».

Larkyra escudriñó grietas de las paredes, esquinas escondidas tras maceteros, esculturas y hasta molduras, dispuesta a encontrar el menor indicio de un botón o una cerradura escondida. Quería llegar a la parte del castillo en la que se guardaban los secretos, en la que se acumulaban las riquezas. Pero en una hacienda tan gigantesca como la de Lachlan, sin duda tendría que hacer muchos viajes para encontrar la cámara acorazada..., y a esa tarea se entregó la muchacha la primera noche que dormía en aquel castillo.

Rodeó todo el perímetro del colosal recibidor y acabó en el ala sur con los oídos muy atentos a cualquier sonido que pudiera intuirse. Todo estaba silencioso como un funeral y solo se oía el sonido de sus pies descalzos sobre la piedra helada. A Larkyra se le removían los poderes, impacientes, en el estómago. «Déjame ayudarte, permíteme que te vuelva invisible con una hermosa canción», la tentaba su magia. Pero ignoró la tentación, decidida a cumplir las órdenes paternas de resistirse a usar sus dones... Al menos tenía que intentarlo ese primer día de misión.

Aunque ella y Zimri habían visto a toda una fila de lacayos cuando llegaron, el castillo estaba esa noche demasiado silencioso. Ni siquiera encontró un simple guardia patrullando por las habitaciones. «Mejor para mí», pensó Larkyra.

Se detuvo ante el pie de una escalera que llevaba a los pisos superiores y elevó la mirada para observar las inquietantes gárgolas que sobresalían en cada barandal. Una pequeña claraboya que se abría en el techo abovedado dejaba entrever el gris de la luna escondida detrás de las nubes. La intensidad de la tormenta se sentía como un insistente golpeteo contra el cristal.

Larkyra contuvo un escalofrío.

El aire que recorría aquella ala tenía un componente extraño. Olía como algo metálico y dulce, algo que no era natural, lo que solo podía significar...

Se oyó una risa desde la parte superior y Larkyra se pegó contra la esquina de las escaleras hundiéndose entre las sombras. Se le subió la magia a la garganta y se le aceleró el pulso, pero pudo recomponerse rápidamente gracias a lo mucho que había practicado el autocontrol.

Tres pisos más arriba, una silueta inestable chocó contra la barandilla. A aquella figura se le cayó un vaso de las manos y este se rompió ruidosamente contra el suelo de baldosas.

Más risas.

Aunque la risa suele ser un sonido alegre, esta parecía el aullido de un demente, una risita atolondrada que la joven había oído muy frecuentemente en el Reino de los Ladrones proferidas por quienes habían bebido muchas muchas copas: tanto de licor como de desesperación.

Larkyra miró hacia arriba desde el borde de la escalera y vio a Hayzar Bruin, o a quien asumió que era el duque. Este caballero tenía la frente cubierta por su despeinado pelo negro y llevaba su elegante camisa blanca por fuera de sus pantalones oscuros. Su rostro tenía mal aspecto incluso desde lejos. Aquel hombre se inclinó sobre la barandilla como si estuviera a punto de permitir que parte de sus flujos cayeran a la planta de abajo.

Larkyra lo vio llevarse a los labios un decantador de cristal. Se llenó la boca de un líquido café y lo escupió por encima de la barandilla.

La joven se apartó ante el estruendo del cristal y el brandi chocando contra el suelo. Contuvo la intensidad de su respiración y, con ella, el zumbido de sus poderes mientras esperaba a ver qué vendría después, pero lo siguiente solo fue otra carcajada inquietante.

—Vaya desastre acabo de armar otra vez, amor mío —dijo el duque despreocupadamente—. ¿Qué me dices?

Hayzar le hablaba al aire tras su espalda, como si ahí hubiera una persona en lugar de simples sombras.

—No me cabe ninguna duda de que me regañarías —siguió—. Pero conseguiría hacerte reír en un abrir y cerrar de ojos. Sí, claro que sí. Siempre lograba hacerte reír.

A Hayzar se le borró la sonrisa cuando pronunció esa frase. De repente se mostró taciturno, y después glacial.

—¡Boland! —Larkyra tembló ante el sonido de la voz del duque apoderándose de todo el espacio—. ¡Boland! —volvió a vociferar.

Una puerta se abrió en el lado opuesto del lugar donde ella estaba agachada y el mayordomo se introdujo en el tenue haz de luz que provenía de la claraboya superior. Sus zapatos pulidos crujieron sobre los trozos de cristales rotos. Al ver a su señor, no mostró ningún signo de sorpresa ante la situación.

—¿Sí, su excelencia?

—Tráeme más bra-brandi —balbuceó Hayzar agitando una mano—. Y limpia todo esto.

—Sí, su excelencia.

—¡Debería mandar que te dieran unos azotes por permitir que mi castillo esté así de sucio!

—Mis disculpas, su excelencia. —El hombre hizo una reverencia y no se enderezó hasta que el duque se fue y sus murmullos se desvanecieron en el aire.

Arriba, muy lejos, una puerta se abrió y se cerró de golpe.

El señor Boland echó un vistazo a su alrededor y dio un pequeño suspiro antes de retirarse por la misma puerta por la que había llegado, sin duda para despertar a alguna doncella que se hiciera cargo de aquel desastre.

Cuando volvió a reinar el silencio, Larkyra se apresuró a atravesar descalza y con cuidado aquel suelo lleno de cristales rotos y de restos de licor para dejar atrás el ala sur y volver al ala norte. Cerró la puerta de su habitación, se arrojó a la cama y se escondió bajo las mantas. De forma irónica, encontró cierto consuelo en los gritos del viento. Aquello le pareció un sonido acogedor después de haber oído la desquiciada risa del duque. Puede que no hubiera encontrado el camino a una cámara acorazada, pero ya había descubierto lo suficiente por aquella noche. La joven alcanzó a preguntarse qué aprendizaje le traería el día siguiente.

Vestida con un vestido malva con delicadas mangas de encaje cuya falda se ceñía llamativamente a sus caderas, Larkyra pasó de estar pensativa a sentirse melancólica. Su misión no había empezado exactamente como le habría gustado y, además, aquella hacienda era mucho más grande y más extraña de la cuenta. «Y ahora esto», pensó frunciendo el ceño mientras se miraba el vestido. Su vestuario era, sin duda, demasiado vivo para Lachlan. «A mí me gusta reírme y sonreír y mantener conversaciones agradables», pensó mientras cruzaba los pétreos pasillos que la llevaban hasta el ala este del castillo, donde se tenía que encontrar con el duque para tomar el té. Eso sucedería, por supuesto, si él era capaz de levantarse de la cama después del espectáculo que había montado la noche anterior. Aunque le perturbó encontrarse a su anfitrión en aquel estado, a Larkyra no le sorprendió que a aquel hombre le encantara el alcohol. Era algo frecuente en muchos hombres ricos.

Larkyra se tragó un suspiro.

Solía tener paciencia con todo tipo de criaturas, pero las que disfrutaban de embriagarse siempre le habían parecido un aburrimiento.

Le habría encantado pasar aquel rato adquiriendo nuevos vestidos.

—Clara. —Larkyra miró a la diminuta mujer que caminaba a su lado. Le encantaba que su doncella fuera la misma chica que le había mostrado sus habitaciones—. ¿Podrías organizar para algún momento de esta semana una cita con la mejor costurera de Lachlan?

Clara entrecerró sus grandes ojos verdes y le contestó:

—Mi señora, solo tenemos una: la señora Everett.

—¿Crees que podrá hacerme hueco en su agenda para coserme unos cuantos vestidos?

—Oh, sí —afirmó Clara—. Apenas hay damas como usted que le encarguen prendas nuevas. La señora Everett estará más que encantada de atenderle.

—Estupendo. —A Larkyra se le congeló la sonrisa cuando percibió algunos agujeros en el vestido negro de Clara—. ¿Te gustaría que, aprovechando su visita, te tome medidas para un nuevo uniforme?

—¿Un nuevo...? Oh, no, mi señora. Nunca podría aceptar algo así.

—¿Y por qué no? No me gustaría ofenderte, pero los dobladillos de tu vestido están empezando a descoserse y ya tienes algunos hilos sueltos... —aseguró Larkyra acariciando una costura en el hombro de la chica.

Clara se sonrojó.

—Solo se nos entregan nuevos uniformes cuando el señor así lo decide.

—¿Y cuándo fue la última vez que lo hizo? —Clara se retorció las manos mientras observaba el silencioso pasillo—. Lo pregunto solo por curiosidad, querida. No voy a usar esa información para causarte ningún problema.

—Llevo con el mismo uniforme desde que llegué aquí —dijo tragando saliva.

—¿Y eso cuándo fue?

—Hace dos años.

—¡¿Dos años?! —exclamó. Clara abrió los ojos de par en par y miró a su alrededor—. Perdona... —se disculpó Larkyra bajando la voz—. Pero... ¿dos años?

La chica asintió.

—Bueno... —resopló Larkyra—. Eso no está bien. Te prometo que antes de que mis vestidos estén terminados, todos los trabajadores de este castillo estrenarán nuevos uniformes.

—¡Oh, señora! Por favor, no...

—Está decidido. —Larkyra tomó a Clara del brazo para acercarla—. No me niegues tu confianza. Si necesitas una persona en la que confiar para conseguir lo que quieras sin llamar la atención y sin que nadie se entere, esa soy yo.

Clara se quedó callada, lo que Larkyra interpretó como señal de asentimiento. Aunque tampoco es que la opinión de una doncella fuera a interponerse entre una Bassette y sus determinaciones.

Larkyra sonrió, pues acababa de tomar muchas decisiones en ese mismo momento; la de los uniformes solo era una de ellas.

La sala de estar era, con diferencia, la habitación más luminosa que Larkyra había visto en el castillo. Más que luminosa, como Larkyra le escribiría después a sus hermanas, era simplemente la única habitación cuyo mobiliario no merecía acabar en el Fundido.

Las sillas tapizadas y los sillones estaban decorados con un sutil estampado de flores azules y blancas; una ventana en forma de arco ocupaba la mitad del muro. Los libros de la biblioteca tenían aire de ser lecturas abandonadas más que páginas leídas. Aunque había una sorprendente carencia de pinturas u otras decoraciones que llenaran el espacio, aquella habitación resultaba acogedora; quizá porque el papel pintado de color marfil suponía un paréntesis en aquel laberinto de oscuros pasillos de piedra.

La lluvia matutina repiqueteaba contra los cristales empañados y era lo único que se oía, además del crujir de las llamas en la chimenea. Ahí fue donde Larkyra se encontró con lord Mekenna, quien, de pie junto al fuego, observaba atento aquella danza naranja y roja. Estaba muy guapo con su abrigo azul marino, su chaleco y una camisa de un blanco brillante abotonada hasta el cuello. Su cabello pelirrojo tenía un matiz parecido al de la miel debido a la luz del fuego. Sus facciones angulosas presentaban un extraño estado de relajación, sin duda a causa de creerse aún a solas. «¿En qué estará pensando?», se preguntó Larkyra. Y a ese pensamiento añadió otro: ¿cómo podría conseguir que la ayudara a encontrar lo que estaba buscando? Y es que, muy probablemente, lord Mekenna, el heredero de la hacienda Lachlan, sabría dónde se encontraba la cámara acorazada de la familia.

—Mi señor —dijo Larkyra anunciándose.

Lord Mekenna se sobresaltó y tragó saliva cuando posó sobre ella sus ojos verdes.

—Mi señora —respondió haciendo una reverencia.

—Hice caso a su consejo —comentó ella mientras se acercaba al fuego—. Me refiero a lo de ignorar los gritos del viento.

—Entonces espero que haya podido dormir bien.

—Bastante bien —respondió ella sonriendo—. ¿Y usted?

—Los gritos ya no me molestan —aseguró lord Mekenna volviendo a mirar el fuego.

Larkyra entendió que su frase no hacía referencia al viento.

Pero antes de que pudiera incidir en esa sutileza, otra persona entró en la habitación.

—Mi querida lady Larkyra —dijo el duque de Lachlan acercándose a ella—. Su presencia vuelve mi casa mucho más hermosa.

Larkyra observó la imponente figura de Hayzar Bruin. Tenía el pelo negro peinado con raya y hacia atrás; las canas de sus sienes volvían su mirada más penetrante. Al verlo de cerca, Larkyra se dio cuenta de que su piel pálida tenía un aspecto demacrado y algunas marcas alrededor de los ojos.

Aunque ya no parecía ser el cretino de la noche anterior, tampoco estaba tan radiante como el hombre que conoció en su fiesta. Larkyra habría podido afirmar que iba bastante desaliñado salvo por su traje gris de corte perfecto. Bajo el chaleco negro llevaba una chillona camisa de rayas amarillas y blancas. La joven no pudo evitar fijarse en el reloj de arena de oro decorado con diamantes que colgaba del bolsillo izquierdo de su saco.

—Excelencia... —dijo ella haciendo una reverencia—. Es un honor haber recibido esta invitación por su parte. Me muero de ganas de explorar Lachlan durante el tiempo que pase aquí.

El duque sonrió y, gracias a su Visión, Larkyra pudo advertir que su boca había pasado del negro azabache que exhibía en el baile a un gris más diluido, acaso los últimos restos de magia robada.

«Ah, eso explica los ojos hundidos y el asunto de la bebida», pensó Larkyra. El duque tenía síndrome de abstinencia de phorria y, sin duda, estaría sufriendo los terribles dolores provocados por la droga al abandonar su sistema. Achak les habían explicado a ella y a sus hermanas que el alcohol era la mejor medicina para adormecer los sentidos entre una dosis y la siguiente. Los gemelos les habían mostrado los hombres y mujeres tirados en los portales cercanos a los antros donde se suministraba la phorria. Achak les dijeron: «Es un buen remedio... pero, al igual que el poder que buscan en esa sustancia, no es más que un espejismo. Se pasan la vida persiguiendo fantasmas».

A pesar del comportamiento de Hayzar de la noche anterior, Larkyra pensó que el hombre llevaba bastante bien su síndrome de abstinencia. Pero también tenía claro que una persona en un estado como el suyo nunca podría ser una buena compañía.

Necesitaría una nueva dosis. Y la necesitaría pronto.

La magia de Larkyra ronroneó satisfecha y su humor mejoró ligeramente.

«¿Y si, al final, encontramos rápido a la persona que le suministra esa sustancia?», se preguntó esperanzada.

—Zimri, veo que ambos hemos sobrevivido a la noche —dijo Larkyra cuando el joven entró en la habitación.

—¿Es que hay alguna amenaza que le hiciera dudarlo? —preguntó el duque posando sus ojos momentáneamente sobre lord Mekenna.

—Para nada —aseguró Larkyra—. Solo bromeaba con el hecho de que el castillo pudiera estar embrujado, puesto que llegamos durante una terrible tormenta.

—Ah, sí —le contestó el duque—. Me temo que su visita coincide con la estación lluviosa. Espero que este lugar no les parezca demasiado sombrío.

—Me atrevería a decir que ninguna cantidad de lluvia podría empañar mi visita, alteza.

«¡Que empiece el coqueteo!», pensó Larkyra mientras se dirigían hacia una zona con sillones.

Zimri se sentó frente a ella; y el duque, cerca de lord Mekenna. Les sirvieron el té y les ofrecieron unas pastas sorprendentemente deliciosas para provenir de un sitio en el que resultaba difícil imaginar que pudiera haber un espacio tan cálido como una cocina.

—Me cuenta Darius que su viaje ha transcurrido sin contratiempos —le dijo el duque a Larkyra dándole un sorbo a su bebida.

Ella observó a lord Mekenna, pero este no le devolvió la mirada. Algo en lo envarado de su postura, en la rigidez con la que sostenía la taza, le dio la impresión de que cualquier cosa negativa que se dijera en presencia del duque podría volvérsele en contra. Esta idea le puso los nervios de punta.

—Ha sido un bostezo continuo —aseguró—. Apenas nos cruzamos con otras almas durante todo el trayecto. No nos topamos ni siquiera con perros callejeros o gatos abandonados. Y eso me provocó aún más ganas de llegar por fin a Lachlan. Sabía que su compañía sería una gran recompensa tras ese rutinario viaje.

Le lanzó una sonrisa a Hayzar y este hinchó el pecho con los elogios.

—Le prometo que estaré a la altura —afirmó.

—Estoy segura de que no tendrá que esforzarse demasiado, excelencia.

Percibió por el rabillo del ojo un movimiento de lord Mekenna que le llamó la atención, pero se abstuvo de mirarlo. Aunque nunca le había parecido una persona vivaz (a excepción, quizá, de cuando lo conoció en los bajos fondos), aquel día, en aquella habitación, con su padrastro presente, el joven le parecía otra persona completamente distinta. Estaba silencioso, tenso y se atrevería a decir que incluso nervioso.

—¿De cuándo data esta finca? —preguntó Zimri—. Su arquitectura es impresionante.

—Tengo entendido que tiene unos tres siglos de antigüedad. —El duque alzó la taza para que se la rellenaran. Una criada se acercó rápidamente con la tetera temblándole entre las manos—. Pero algunas partes han sido renovadas a lo largo del tiempo, por supuesto. Ha pertenecido a los Mekenna desde siempre. Por eso me complace tanto que aceptara mi invitación. —Se giró hacia Larkyra—. Considero que es el momento adecuado para que un nuevo linaje ocupe estas habitaciones.

—¿Se refiere a los Bruin? —Larkyra hizo todo lo posible para no fruncir el ceño.

—Como no podría ser de otra manera. Es un cambio más que lógico —explicó Hayzar—. Puesto que el título cayó sobre mí tras la muerte de mi querida Josephine, creo que es el momento de que honre su memoria iniciando una familia como la que ella y yo siempre soñamos tener entre estas paredes.

Lord Mekenna se quedó de piedra ante las palabras del duque. A Larkyra le costó más que otras veces dibujar una sonrisa en su cara.

—Por supuesto —concluyó.

El silencio se apoderó de la habitación y el ambiente se volvió más pesado. Parecía que el duque disfrutaba de aquella situación, especialmente cuando posó sus ojos sobre su hijastro.

—¿No sería precioso que tuvieras un hermanito con el que jugar, Darius?

—Sí, excelencia. —Lord Mekenna apretó los dientes—. O una hermanita.

—Solo nacerán varones —aventuró el duque trazando con la mano un gesto desdeñoso, entonces posó sobre Larkyra sus ojos oscuros y amoratados—, y serán muchos. Estoy seguro.

«Por los dioses perdidos, espero que esta misión no dure tanto», pensó Larkyra disimulando un escalofrío.

—Tengo entendido que hay muchos senderos en los alrededores —intervino Zimri cambiando de tema de forma oportuna—, ¿podríamos organizar un paseo antes de que yo me marche mañana?

—Por supuesto que podemos organizarlo, pero debo informarle de algo. —Hayzar colocó su taza sobre la charola de un sirviente—. Por desgracia, he de atender unos asuntos que, a partir de esta tarde, me mantendrán alejado de la hacienda durante unos días.

Larkyra y Zimri se cruzaron fugazmente la mirada y ambos se entendieron de forma instantánea.

—Pero estoy seguro de que Darius estará encantado de acompañarlos —siguió Hayzar—. ¿Verdad que sí, muchacho?

—¿«Unos días»? —preguntó Larkyra, impidiendo que lord Mekenna contestara—. Pero si acabo de llegar...

—Lo siento, querida. Pero prometo compensarla con un festín a mi regreso. Ya le pedí a un cocinero que empiece con los preparativos.

—¿Un festín? —Aquello animó verdaderamente a la joven—. Supongo que podría encontrar en mi corazón la manera de perdonarle, aunque solo sea por esta vez.

—¿A dónde le llevarán sus obligaciones? —Zimri permitió que una criada le rellenara la taza.

—A otra residencia, más allá de nuestras fronteras.

—¿Tiene su viaje algo que ver con el acuerdo minero? —preguntó Zimri—. Si es así, estaría encantado de acompañarlo en calidad de embajador de Jabari.

El Consejo de Jabari había firmado la transacción de minerales con Lachlan después de negociar con lord Mekenna, en representación de su padrastro. Por ello, resultó curioso observar cómo, en el momento en que se mencionó el tema, Darius se puso aún más nervioso, si tal cosa era posible.

—No exactamente —dijo Hayzar—. Es un asunto más bien personal. Y ahora, sintiéndolo mucho, tendré que dejarlos tomando el té. —El duque se levantó y Zimri y Darius hicieron lo mismo—. Si me disculpan, debo reunirme con el mayordomo antes de partir. Mi señora... —Tomó la mano enguantada de Larkyra—. Estoy deseando que, a mi vuelta, volvamos a encontrarnos. No dude en pedirles a nuestros sirvientes cualquier cosa que pueda desear. Esta hacienda, si me permite el atrevimiento, podría ser suya algún día. Quiero que se sienta aquí como en su casa.

—Entonces está de suerte, excelencia. —Larkyra le ofreció una sonrisa triunfal—. Me encantan los atrevimientos.

—Me alegra oírlo —contestó riéndose antes de voltear hacia Zimri—. Por favor, dele las gracias al conde por enviarme a su hija. Que tenga un buen viaje de vuelta.

—Lo haré —respondió Zimri con una reverencia—. Gracias, alteza.

—Darius. —El duque posó su mirada sobre su hijastro como una araña en su presa—. ¿Me acompañas?

Hayzar no esperó a que su hijastro respondiera y se dispuso a cruzar la habitación, lo que permitió que lord Mekenna por fin pudiera mirar a Larkyra a los ojos. La joven advirtió cierto brillo en la mirada de Darius. Aquello parecía una advertencia, una señal de que tuviera cuidado, pero antes de que Larkyra pudiera cerciorarse de lo que había visto, él dio media vuelta rompiendo aquella conexión y desapareció por la puerta.

—¡Pero se suponía que te quedarías hasta mañana! —se lamentó Larkyra acariciándole el hocico a Bavol.

El caballo relinchó al percibir el olor de la joven. Zimri ató sus pertenencias a la montura de su semental.

—Sí, pero los planes han cambiado.

—Pero eso significa que me vas a dejar sola un día antes en esta tierra donde el cielo nunca deja de llorar. ¿No me puedo ir contigo? —Le habría gustado armar una pataleta, pero se contuvo—. Sabes perfectamente que en este sitio hay algo extraño... Y no es algo del tipo «exploremos y arriesguemos nuestras vidas para vivir una aventura», sino algo siniestro, oscuro.

—Y justo por eso debo marcharme, como bien sabes. —La capa de viaje café de Zimri rozó sus botas cuando se volvió hacia Larkyra. Sus ojos avellana despedían reflejos dorados y resaltaban sobre su piel oscurecida bajo el cielo tormentoso. La lluvia repiqueteaba a su alrededor, aunque ellos estaban protegidos bajo el techo de piedra de la cochera. A poca distancia, el ala sur del castillo se alzaba como una enorme bestia grisácea—. Debo seguir el rastro del duque antes de que se desvanezca —anunció observando la cortina de lluvia—. Ya veremos si esos «asuntos personales» tienen algo que ver con la filtración de phorria.

Un mozo de cuadras pasó por delante de la puerta abierta de las caballerizas. Zimri se acercó más a Larkyra y bajó la voz:

—Verás... aquí hay algo muy oscuro. En estas tierras... es como si algo terrible flotara en el aire. ¿Es que no lo hueles?

—Yo también puedo sentirlo.

—Pues ya lo sabes. Es antinatural. Me temo que tu padre y yo no éramos conscientes de lo que nos encontraríamos por estos lares.

Larkyra estuvo a punto de mencionar la escena del duque borracho que había presenciado la noche anterior, pero se abstuvo. No quería preocupar más a Zimri. Además, ella era capaz de arreglárselas sola: lo de tener que lidiar con ese tipo de comportamientos era algo muy habitual en el Reino de los Ladrones.

—¿Crees que padre abortará la misión?

—No —dijo Zimri, acompañando la palabra con el movimiento de su cabeza—. Tenemos que echar una mano aquí, ahora más que nunca. Visita los alrededores mientras yo estoy fuera. Habla con los campesinos. Mira a ver qué puedes encontrar. Pero, por favor, Lark —susurró agarrándole las manos—, ten muchísimo cuidado. Esto no es el Reino de los Ladrones, ni las calles de Jabari con las que estás tan familiarizada.

Si en algún momento transitas una senda que no te parece segura, lo mejor será que, por esta vez, des media vuelta.

«Eso es algo que no puedo prometer», pensó Larkyra.

—Me he enfrentado a mil cosas que me han hecho sentir incómoda —le respondió—, ¿o es que ya te has olvidado? —Se deshizo de su guante izquierdo y le mostró lo que le quedaba del dedo anular. La piel le había cubierto el hueso, estaba roja por las marcas de los puntos. Sintió frío en aquella carne nueva expuesta al aire.

—Nadie ha olvidado nada —respondió Zimri con calma—. Solo pretendo cuidar del resto de tus dedos y, sobre todo, de la persona a la que están adheridos. Así que, por favor, cumple con tu misión, pero prométeme que no vas a buscarte problemas a propósito.

—Pero ¿cómo voy a prometer algo así? ¿Acaso no estamos las Mousai destinadas a hacernos amigas de los monstruos?

—Justo a eso me refiero. Espera hasta que vuelva con tus herma...

—Esta es mi misión —lo cortó Larkyra—. No llevo con ella ni un día ¿y ya estás llamando a Niya y a Arabessa para que vengan en mi rescate? ¿Es que no me ves capaz de completarla por mí misma?

—Lark —suspiró Zimri—, eso no es lo que estoy diciendo. Solo digo que, sea lo que sea lo que los dioses perdidos han llevado a cabo en este lugar, tenemos que proceder con mucha cautela.

La muchacha se rio de aquella respuesta y su indignación hizo que sus dones le burbujearan en el interior. Larkyra cerró la boca de golpe antes de que se le pudiera escapar un poco de su magia. Por los dioses perdidos, ¡cómo odiaba tener que estar siempre conteniéndose! Respiró profundo y volvió a intentarlo adoptando un tono más calmado.

—Zim, ¿es que no entiendes con quién estás hablando? Soy una Bassette. La cautela no es una virtud que corra por las venas de mi familia.

—No es momento de ponerse quisquillosa —aseguró él.

—Siempre es momento de ponerse quisquillosa —lo corrigió ella.

—Según tu lógica, no tendrías nada que temer por el hecho de que me vaya a ir antes de tiempo.

—Estaba a punto de preguntarte por qué te está llevando tanto tiempo subirte a tu caballo.

Zimri negó con la cabeza y se acarició el pelo oscuro.

—Siempre he sabido que una de ustedes acabaría conmigo.

—Estupendo —contestó Larkyra volviendo a ponerse el guante—. Solo siento no ser la hermana que seguramente habrías preferido que te mandara al Fundido.

—Niya jamás habría sido capaz de hacer algo así.

—Sabes que no estoy hablando de Niya.

—Sí. —Zimri introdujo el pie en el estribo y se subió de un salto al caballo—. Lo sé.

Larkyra agarró el bocado de piel del semental para impedir que Bavol comenzara a caminar.

—Tendré cuidado, Zim —afirmó—. Seré todo lo cuidadosa que pueda.

—Eso no significa demasiado en boca de una Bassette...

—Lidiaré con los problemas.

—Jugarás con la muerte.

—Quizá... Pero si puedo jugar significa que aún estoy viva.

—Entonces, vamos a rebajar las expectativas —enunció Zimri agarrando con seguridad las riendas del caballo con sus manos enguantadas—: permanece viva.

—Lo haré —afirmó Larkyra—. Cuando vuelvas, te prometo que seguiré viva.

—Gracias. —Volvieron a mirarse a los ojos.

Se quedaron en silencio un instante más, despidiéndose sin palabras. Entonces él chasqueó la lengua e hizo que el caballo empezara a trotar.

Larkyra lo observó alejarse cada vez más protegida por el techado, mientras la lluvia seguía embarrando el suelo y ensuciándole la parte baja del vestido. Mantuvo la vista fija en el joven mientras este abandonaba el brumoso castillo a través del largo y estrecho puente que atravesaba el acantilado. Zimri se disponía a seguir el rastro del hombre que, sin ninguna duda, era el causante de la maldición de esta tierra y que, por desgracia, tenía intención de casarse con Larkyra.

CAPÍTULO TRECE

Lo único que, durante los días posteriores, alivió su dolor por la marcha de Zimri fue la carta que Larkyra recibió de sus hermanas. Sentada en el alféizar de la gran biblioteca —una torre de vigilancia reconvertida donde una escalera metálica de caracol se elevaba desde el centro del espacio conectando varios balcones repletos de libros—, Larkyra releía las palabras que parecían luchar entre sí por acaparar el protagonismo dentro de la página.

> Queridísima hermana ~~mía~~ **nuestra**, he de **advertirte** que puede que esta carta sea complicada de leer, ya que Niya se cierne sobre mi hombro con la pluma preparada para **No malgastemos papel en fórmulas de cortesía. ¿Has encontrado algo ya? ¿Cómo es Lachlan? ¿Hay algo con lo que puedas entretenerte en un territorio tan lluvioso?** Siento ese desvarío, Lark. Escribiré rápido para **Las tres sabemos que soy yo la que tiene mejor caligrafía, por lo que yo debería** Por los dioses perdidos, siéntete agradecida por estar lejos de este pelirrojo insoportable. He hecho un hechizo con mi arpa para darnos un poco de paz. En Jabari todo está muy tranquilo, si no contamos los arrebatos habituales de Niya. Padre ha puesto oídos en cada esquina del reino para tratar de esclarecer esta siniestra filtración. Es-

pero que tus jornadas hayan sido fructíferas. Esperamos ansiosas noticias tuyas o de Zimri, ya que nos morimos por volver a estar todos juntos de nuevo. ¿Has visitado las localidades de alrededor? Puede que haya gente fuera del castillo que sepa bien lo que pasa dentro. **Linda, ¿te has quedado ya dormida? No te preocupes. He distraído a Arabessa para que deje de escribir. Está demasiado ocupada tratando de escaparse del revoltijo de faldas con que la he envuelto. Voy a dar por terminada esta carta diciendo lo siguiente: aunque estés allí por trabajo, por favor, encuentra algo con lo que entretenerte. La risa iluminará toda la oscuridad con la que puedas toparte durante tu búsqueda. Te ~~quiero~~ queremos muchísimo.**

~~Ny~~ A y N

Larkyra no podía evitar sonreír mientras releía la carta. Rozó las marcas formadas por el rápido deslizamiento de las plumas de sus hermanas. «¿Has encontrado algo ya?». No, aún no había averiguado nada que poder contarle a sus hermanas en una carta. Con la insistente compañía-vigilancia de Clara, Larkyra había explorado el ala norte, en la que se ubicaban los dormitorios de los invitados —de los que ya solo uno estaba en funcionamiento—, y un enorme salón de baile que, para sorpresa de nadie, permanecía cerrado y con todo el mobiliario cubierto por sábanas blancas. Le habían mostrado la sala de música y varias salas de estar —ninguna de las cuales parecía ser usada con frecuencia—, la habían guiado a través de pasillos cargados de historia ancestral en forma de bustos escultóricos y retratos al óleo, la habían acompañado a recorrer el perímetro exterior del castillo. Pero todos esos lugares estaban concebidos para ser visitados y expuestos a la mirada de cualquiera. Y eso era justo lo contrario de lo que Larkyra necesitaba.

«Puede que haya gente fuera del castillo que sepa bien lo que pasa dentro».

Las palabras de Arabessa se le cruzaron a Larkyra por la mente mientras, por la ventana de la biblioteca, observaba el paisaje rocoso que descendía hasta las inmediaciones del lago.

—¡Clara! —exclamó Larkyra apoyando la mano en el cristal de la ventana—. ¡Ha dejado de llover!

Sentada frente a ella, Clara levantó la vista mientras remendaba una media de seda.

—Así es, mi señora.

—Y entonces, ¿qué hacemos aquí sentadas? ¡Vayamos a dar un paseo! —dijo la joven brincando al suelo desde el alféizar.

El aire era frío y neblinoso, lo que provocaba que la humedad, en forma de gotitas de agua, se aferrara a la capa café oscuro de Larkyra. Arrancó una hoja que colgaba de la parte inferior de un árbol y comenzó a caminar, junto a Clara, por un camino frondoso que conducía hasta los acantilados de la zona sur de la isla.

El castillo sobresalía ufano en el pico rocoso de la isla, pero estaba rodeado de densas zonas boscosas. El camino de tierra batida por el que avanzaban atravesaba arboledas y estaba constantemente azotado por el viento, por lo que aquel no era un trayecto muy agradable para quien no disfrutara de las caminatas.

Por suerte, a Larkyra le encantaba. Pero a su doncella no tanto.

—Mi señora, ¿tenemos que ir por aquí? —preguntó Clara sin aliento desde atrás—. Y, de ser así, ¿tenemos que ir tan rápido?

Larkyra encaró a la chica y puso su mirada sobre su capa gris llena de barro.

—El ejercicio y el aire libre son excelentes para el alma, Clara. Estoy segura de que esto ha retrasado un poco tu visita al Fundido.

—Eso será solo si sobrevivo a esta excursión, mi señora —masculló Clara. Sus quejas fueron interrumpidas por el eco de un rechinido que provenía desde lo alto y que la hizo resbalar. Larkyra agarró a Clara por el codo para evitar que se cayera—. Por el mar de Obasi, ¿qué fue eso? —preguntó la chica alzando la vista hacia las copas de los árboles, entre las que se intuía un trozo de cielo gris.

—Me ha sonado como un halcón —aventuró Larkyra reanudando la marcha.

—¿Un halcón? —Clara aceleró el paso para alcanzar a Larkyra—. Eso era algo mucho más grande que un halcón.

—Pues habrá sido un halcón muy grande —respondió Larkyra justo antes de que se le quedara la mente en blanco, ya que acababan de salir del bosque y ante ellas se presentaba un nuevo paisaje. El horizonte estaba cuajado de lagos y de islas. El azul grisáceo de las aguas reflejaba el infinito cielo cargado de nubes. Nunca había visto nada tan sereno, tan cubierto por la naturaleza... y eso que en Aadilor había visto cosas hermosísimas.

Con solo dar unos pasos, llegó al límite sur de la península. Desde ahí, un acantilado caía directamente sobre las aguas que rompían mucho más abajo. Algunas rocas salpicaban el acantilado e incitaban a las almas más valientes a que se atrevieran a descender por la pared rocosa hasta la franja de playa. Más allá del agua, a la derecha, en tierra firme, se extendía un pueblo grisáceo acariciado por las olas. A su espalda, una imponente montaña cubierta de árboles y maleza se elevaba hasta las nubes. Larkyra distinguió una enorme fortificación, excavada directamente en la ladera, cuya fachada estaba parcialmente cubierta de hiedra y moho. En ella se podían observar algunas grandes estatuas erosionadas que sobresalían de la estructura, pero estaban tan lejos que la joven no podía percibirlas con detalle. La edificación parecía un antiguo puesto de vigilancia de los barcos que entraban y salían del puerto.

Larkyra cerró los ojos un instante, tratando de asumir lo que tenía ante sí.

El aire fresco le llenó los pulmones e hizo que su capa se le arremolinara por las piernas. Su magia parecía suspirar con ella ante aquella extraña sensación de libertad. Solo unos rayos de sol podrían haber mejorado un poco aquel momento.

—Puede ser un lugar precioso —dijo Clara, entrecerrando los ojos para observar el pueblo en la lejanía. Tenía los rasgos suaves y la expresión melancólica.

—Clara, ¿cuánto dura la estación lluviosa en Lachlan? —Larkyra observó el halcón de plata que danzaba por el cielo nublado.

A la doncella se le escapó una leve risita y se cubrió la boca.

—Ay, discúlpeme, mi señora... En el caso de que tuviéramos estaciones, la lluviosa sería terriblemente larga.

—¿Qué quieres decir?

—Lleva una década sin parar de llover.

—¿Te refieres a que se han desatado tormentas diarias durante los últimos diez años? —preguntó Larkyra parpadeando.

—En alguna ocasión hemos tenido una tregua de varios días. Incluso hemos llegado a ver el sol... Pero la lluvia es constante.

—¿Y cómo es que no ha acabado con todo? ¿Por qué no está todo inundado?

—La verdad es que no me lo he preguntado nunca... —reflexionó Clara frunciendo el ceño—. Supongo que gracias al lago. Nadie sabe lo profundo que es. Hay quien dice que Lachlan era el abrevadero de los dioses perdidos. Los viajeros llamaban a este sitio Cascadas Celestiales.

—«Cascadas Celestiales» —repitió Larkyra—. Eso lo hace parecer... menos brutal de lo que en realidad es.

Clara sorprendió a Larkyra, y a sí misma, dejando que se le escapara otra risita.

—¡Le pido otra vez disculpas, mi señora! Parece que me encontró de un humor raro...

—¿Qué te resulta tan divertido?

—Es solo que lleva muy poco tiempo con nosotros y ya cree que esto es brutal. Me pregunto qué dirá cuando las cosas se pongan realmente feas.

—Oh, vaya... —Larkyra observó de nuevo las aguas—. Yo también me lo pregunto.

El viento sopló de forma inesperada y Larkyra se abrigó con su capa al sentir un escalofrío.

—¿Tiene frío, mi señora?

—Un poco.

—¿Volvemos?

—En realidad..., ¿te importaría volver y traerme otro chal?

—¿Que vuelva al castillo? —preguntó Clara abriendo mucho los ojos—. ¿Y que la deje aquí sola? No creo que sea una decisión muy sabia, mi señora. Me llevará un tiempo llegar hasta sus habitaciones y ya ha empezado a hacerse tarde.

—Apenas ha pasado el mediodía —la corrigió Larkyra—. Estoy segura de que aún disponemos de algunos granos de arena de plena luz.

Clara miró hacia atrás y observó las torres de piedra del castillo que sobresalían de la cubierta vegetal.

—No seguiré avanzando —le aseguró Larkyra—. Lo prometo. Además, apreciaría mucho tener un momento a solas —afirmó jugueteando con el broche de su capa—. Verás, estoy empezando a extrañar a mi familia y me gustaría tener un rato para recomponerme, si no te importa.

—Lo siento, mi señora —contestó Clara con expresión comprensiva—. Debe de ser complicado estar tan lejos de todos ellos. ¿Tiene usted una relación muy estrecha con su familia?

—Mis hermanas son mis mejores amigas. —Aquella respuesta hizo aflorar cierta tristeza en el rostro de Clara.

—Entonces la dejaré sola, pero recuerde que me ha prometido que no seguirá avanzando más allá de este punto.

—Ni un paso más allá —aseguró Larkyra poniéndose en el corazón una mano enguantada.

—Volveré tan rápido como pueda —afirmó Clara con expresión satisfecha.

—Gracias.

Larkyra vio cómo Clara desandaba el camino que acababan de recorrer juntas y desaparecía en el bosque. Al sentir que estaba lejos de cualquier mirada curiosa, la joven entendió que disponía de unos cuantos granos de arena, así que se quitó la capucha y se dispuso a otear el cielo nublado.

Aunque allí arriba parecía no haber nada, Larkyra sabía lo que se ocultaba entre las nubes. Abrió la boca y dejó escapar una verosímil y escalofriante imitación del graznido de un halcón. La magia le calentaba la garganta, permitiéndole alzar la voz hasta el cielo.

Un latido de viento y olas.

Y entonces...

Como una aguja atravesando la tela, un destello de plata emergió de entre la niebla replicando aquel sonido.

Kaipo voló hacia ella. La envergadura de sus alas podía abarcar cuatro caballos. Había aumentado su tamaño no solo porque estaba en cielo abierto, sino para responder a la petición de Larkyra.

Alzando los brazos en forma de T, Larkyra se mantuvo firme mientras Kaipo flotaba sobre ella. El batir de las alas del animal hacía que a la joven se le escaparan mechones de sus trenzas. Con gran delicadeza, las garras de Kaipo la agarraron por los bíceps. En un abrir y cerrar de ojos, Larkyra ya no estaba de pie al filo del acantilado, sino balanceándose en el aire mientras se elevaba hacia las nubes, mucho más arriba del castillo, que se iba alejando más y más con cada aleteo de su amigo. Desde aquel nuevo punto de vista, Larkyra podía vislumbrar otras aldeas salpicando los alrededores de los lagos, pero ninguna de ellas era tan grande como Imell, la principal localidad que se asomaba al lago de Lachlan. La isla del Castillo, que Clara aún estaría atravesando, lo vigilaba todo desde el centro, como un verdadero perro guardián.

Puede que Larkyra hubiera prometido que no seguiría caminando desde aquel punto, pero no había dicho nada sobre volar. Con una sonrisa en los labios, la joven disfrutaba del viento frío contra su cara y soltó otro graznido al que Kaipo contestó mientras viraba hacia la derecha, dirigiéndose hacia el punto solicitado.

Kaipo dejó a Larkyra en un tramo despejado de tierra firme, el sendero que llevaba directo a Imell. Ella le acarició las densas plumas como agradecimiento antes de que el animal batiera sus enormes alas elevándose sobre los árboles y volviendo a desaparecer en el cielo.

Larkyra emprendió el camino embarrado hacia la aldea. La capa, con la que se cubría la cabeza, destacaba con su tono café oscuro sobre el verde brillante y el color tierra del sendero. Había empezado a llover ligeramente, así que se tuvo que secar las gotitas que le salpican las mejillas. Cruzó los dedos para que la lluvia no apretara.

Esquivando las ocasionales raíces o los montones de piedras, le prestó mucha atención al terreno. Todo estaba muy crecido. La hiedra cubría las piedras con hojas tan grandes como orejas de elefante, que servían de protección para una gran variedad de plantas y flores, entre las que destacaban las salicornias moradas. Estas plantas flanqueaban el camino y la guiaban en su avance, y además suponían un hermoso destello de color en una tierra coloreada en solo dos tonos.

Más allá de los crujidos y los roces de sus botas contra el suelo y el suave repiquetear de la lluvia, aquel fue un trayecto silencioso y solitario.

«¿Dónde está todo el mundo?».

Seguro que alguien tendría que viajar del castillo a la aldea o viceversa...

Cuando empezaba a pensar que era la única persona viva a este lado del lago, le llegó a los oídos un suave murmullo de voces. Apretó el paso y, al doblar un recodo, vio que junto al camino había un par de hombres inclinados sobre la carreta de un mercader. Un tipo con una larga barba gris, la tez blanquecina y la ropa húmeda y desgastada agarraba fuerte la parte superior de una rueda de hierro. El más joven de los dos, que tenía el pelo de un tono cobre oscuro, estaba arrodillado en el barro y hacía fuerza con los brazos mientras apretaba un tornillo con una llave inglesa.

—¡Listo! —El hombre que estaba en el suelo se puso en cuclillas y lanzó su herramienta a una caja de madera que estaba tras él—. Esto debería aguantar hasta que llegue usted a Imell. Pero tiene que ir a ver al señor Bergan tan pronto como pueda. ¡Bien saben los dioses perdidos que lo mío no son los carruajes!

—Muy bien. —El hombre mayor asintió y le estrechó la mano al joven cuando este se puso en pie—. Le estaré agradecido para siempre. Habría tenido que abandonarla aquí para ir a buscar a mi hijo en el caso de que usted no hubiera aparecido. Mi espalda ya no es la que era.

—No hace falta que me dé las gracias, Henry. Me alegro de haberle podido ayudar.

—Claro, lo sé, señor. Pero, igualmente, estoy enormemente agradecido.

Larkyra pisó una rama caída y el chasquido resonó en el aire; los dos hombres se giraron para ver qué pasaba.

Contuvo la respiración. «Caray», pensó cuando las espesas cejas de Henry se alzaron hasta rozarle el nacimiento del pelo y la alta figura junto a él entrecerraba los ojos.

—¿Se ha perdido, señora? —preguntó Henry.

—Lo que ha perdido es la cabeza —dijo lord Mekenna sacudiéndose las sucias manos contra los pantalones aún más sucios.

Aquel movimiento permitió a Larkyra examinarlo con más atención. No había rastro de ninguno de los impecables atuendos que solía llevar; vestía, simplemente, con una camisa de algodón color hueso y un pantalón café. El material de la prenda superior estaba tan desgastado que ya era casi transparente. Sus botas de piel estaban llenas de barro. Parecía completamente salvaje.

«Vaya...».

A pesar de las frías temperaturas, Larkyra notó cierta calidez en su interior y, de forma inesperada, se puso algo nerviosa.

—¿Qué hace usted fuera del castillo, lady Larkyra? —preguntó lord Mekenna observándola desde un lateral del carruaje.

Aquel tono hizo que la joven levantara una ceja. Sus nervios se convirtieron en enfado.

—No sabía que estaba encadenada a esas paredes —dejó caer antes de voltear hacia Henry—. Le pido disculpas por los modales de nuestro conocido común, parece que es incapaz de presentar a dos personas como es debido. —Extendió la mano—. Soy Larkyra Bassette, una invitada de la hacienda Lachlan.

Henry observó aquella mano enguantada en un terciopelo verde, limpio y suave que contrastaba con el lamentable estado de aquellos dos hombres.

—Puede darme la mano —lo animó ella—. Solo muerdo si no me sirven postre.

—Henry Alton, mi señora —dijo tomándole los delicados dedos con su mano hinchada.

—Por favor, llámeme por mi nombre de pila, Larkyra. Ceñirse a esas formalidades gasta demasiado aliento, que podría ser usado para temas de conversación mucho más interesantes. ¿No cree, Henry?

—Yo... —El anciano miró de nuevo a lord Mekenna, que se frotaba los labios y la miraba con aire escéptico.

—Exacto —continuó ella—. Veo que ha tenido un problema con la rueda, ¿no es así?

—Hum, así es, mi señora...

—Larkyra.

—Larkyra —concedió el hombre tragando saliva.

—Muy bien —le respondió ella con una sonrisa—. Lord Mekenna ha sido muy amable... —La joven miró al tercero en discordia—. ¿O puedo llamarle Darius, ahora que hemos decidido prescindir de las normas más rígidas?

No esperó a que Darius respondiera. Toda la vida de Larkyra giraba en torno al control; debía mantenerse siempre firme para poder controlar su magia, así que era incapaz de aguantar las triviales convenciones de la vida en sociedad. Además, tenía la sensación de que a Darius también le convendría relajarse.

—Perfecto —continuó—. Que sepa que, aunque Darius

ha tenido la gentileza de apretarle la rueda, ese señor Bergan le dirá —comentó bajando la voz— (o quizá no, si es un hombre deshonesto) —guiñó el ojo a Henry y él le devolvió una sonrisa— que necesita que le cambien todos los radios y no solo el que se ha roto recientemente.

—¿Cómo sabe que hace poco se me rompió uno de los radios? —le preguntó Henry.

—Este de aquí —dijo señalando uno de los radios— es ligeramente más delgado que los demás, eso sin mencionar que es de un tipo distinto de madera. Está fastidiando la distribución del peso y el cojinete de la rueda. Será un arreglo más caro, pero puede verlo como una inversión a largo plazo para que no vuelva a quedarse, literalmente, atrapado en el barro.

Ambos hombres quedaron en silencio hasta que Henry soltó una carcajada. Aquel sonido resultó cálido y acogedor.

—Pues eso haré —dijo dándole una palmada a la rueda—. Tiene sentido. Esta chatarra da muy mal las vueltas desde que mi hijo rompió ese radio cuando volvía a casa después de cerrar unos negocios. Gracias, Larkyra.

—De nada —respondió ella sonriendo—. Si le parece bien, estaré encantada de volver a la ciudad con usted y visitar a ese tal señor Bergan para asegurarme de que le cobra un precio adecuado.

—Me temo que le voy a pedir que vuelva al castillo —dijo Darius, interrumpiendo a Larkyra y mirándola fijamente con sus ojos verdes—. Además, estoy seguro de que Henry tiene otras cosas que hacer antes de acudir a que le reparen el carruaje.

—Pero si usted le acaba de decir que vaya allí directo —insistió Larkyra.

—Eso es cierto, señor.

—Bueno, ¿y qué espera entonces? ¡Arriba, Henry! —Darius prácticamente empujó al hombre para que se metiera en el vehículo. El movimiento inesperado hizo que el burro dejara instantáneamente de mordisquear el pasto—. Que le arreglen esa rueda. Iré a ver cómo ha ido todo en mi próxima visita. —Le dio una palmada al burro en sus cuartos traseros y este caminó propiciando que el carruaje empezara a moverse.

—Eso ha sido de pésima educación —dijo Larkyra observando cómo la silueta de Henry se iba alejando por el camino en pendiente—. No he podido ni decirle adiós.

—¿Qué hace aquí? —le espetó Darius volteando hacia ella.

Larkyra puso los ojos en la mano con que él la tomaba del brazo. La calidez de aquel roce se filtró a través de su capa al instante. Tanto su magia como su corazón se agitaron.

Darius detectó su mirada y apartó la mano con rapidez.

—Quería dar un paseo —explicó Larkyra tras haberse tranquilizado.

—¿Un paseo?

—Sí, ya sabe: poner un pie delante del otro a un ritmo tranquilo. Hay quien dice que es bueno para la salud.

—Pero ¿cómo es que el paseo le ha traído hasta aquí? ¿Cómo ha salido de la isla?

«Otra vez la misma pregunta», pensó Larkyra frunciendo el ceño.

—¿Es que no se me permite salir de la isla?

—No. Es decir, claro que sí. Me refiero a que... —Darius dejó la frase a medias y arrugó el ceño al mirar el camino que se extendía detrás de la joven—. ¿Dónde está su acompañante?

—Hace muchas preguntas esta tarde, mi señor. Su comportamiento se opone al que mostró el otro día, mientras tomábamos el té.

Él volvió a mirarla a los ojos.

—Pensé que ya había pasado a llamarme Darius. —Eso la hizo sonreír.

—Así es, Darius. Tiene razón.

Se sostuvieron la mirada mientras el repiqueteo de la lluvia parecía mantenerlos en una burbuja silenciosa. Bajo el húmedo cielo color plata, el pelo de Darius había adquirido un tono ocre tostado y sus pecas refulgían a lo largo de sus mejillas y su nariz. Una ligera bruma emanaba de su piel a través de la camisa y se mezclaba con el aire frío. A Larkyra se le movió la mano, que parecía querer deshacerse por sí misma del guante para sentir de forma directa el calor que el joven desprendía.

—Aquella mañana no tenía nada valioso que aportar a la conversación —respondió Darius un instante después.

—Pues es una suerte que nos hayamos encontrado, así podrá demostrar, de camino al pueblo, que sí que tiene cosas importantes que decir.

—No vamos a ir al pueblo.

—Puede que usted no, pero ese es justo mi destino.

—Ya no lo es.

—Por Dios... —Larkyra retrocedió un poco—. ¿Siempre es tan testarudo?

—Solo cuando llueve.

Darius agarró un morral vacío que había en el suelo y se lo echó al hombro. A Larkyra le invadió un momentáneo arrebato de euforia.

—¿Acaba de soltar un chiste?

—¿Y qué si lo he hecho? —preguntó caminando por el sendero flanqueado de árboles, en la dirección por la que Larkyra acababa de llegar.

—Me encantaría que así fuera —le contestó ella, siguiéndolo—. Empezaba a temer que el hombre con el que bailé en mi Eumar Journé, que tanto se reía y bromeaba, no fuera más que un producto de mi imaginación.

Darius no respondió, simplemente siguió caminando con la vista puesta en el camino que tenía por delante.

Pero Larkyra estaba decidida. Ahora que había encontrado una grieta en su máscara de austeridad, se le despertó un fuerte deseo de sacar al exterior al hombre que sabía que él albergaba en su interior; aquel al que conoció en las calles de Jabari, aquel que había visto con Henry antes de que percibieran su presencia, el Darius que era amable, cordial y sonriente.

¿Cómo podía ser tan abierto y amigable con todos los que estaban por debajo de su estatus y, sin embargo, tan estirado y hermético con los de su clase? Larkyra tuvo que hacer un esfuerzo para no detenerse en seco cuando se dio cuenta del motivo. «No confía en la gente como nosotros, hay algo en los de nuestra clase social que le hace sentirse amenazado», pensó.

«La mentira y yo somos viejos conocidos».

Aquellas palabras que Darius pronunció cuando creía que Larkyra no era más que una vagabunda regresaron a la mente de la joven.

«Mentiras...», pensó Larkyra mirando a Darius de reojo. Su padrastro vivía rodeado de ellas y era obvio que Darius le tenía miedo. ¿Era este el motivo de que Darius fuese tan cerrado con la gente de su estatus?

—Darius —empezó a decir ella—, espero que sepa que podemos ser amigos. No estoy aquí para causarle ninguna molestia.

—Si eso fuera cierto —respondió Darius sin mirarla—, de entrada no habría aceptado la invitación para venir aquí.

Aquello fue como un puñetazo en la barriga.

Larkyra detuvo el paso y Darius se volteó para mirarla. El

gesto de enfado se le suavizó ante el contrariado semblante de la joven. Un suspiro de resignación se le escapó de los labios.

—Me disculpo —musitó poniéndose de nuevo a su altura—. No quería...

—Pues lo ha hecho.

—No... —la corrigió él negando con la cabeza.

—Sí —insistió Larkyra—. Lo ha hecho. Y, aunque me haya dolido, me alegra que por fin me haya dicho la verdad.

—¿En serio? —preguntó Darius con expresión suspicaz.

—Sí. La gente de nuestro estatus esconde demasiado a menudo lo que en verdad piensa. Mi familia y yo no somos así. La vida es demasiado corta para no decir lo que pensamos.

—Así es —comentó Darius, parpadeando—. Eso es justo lo que pienso, aunque a menudo no obro en consecuencia.

—Me encantará ayudarle a perfeccionar ese arte. —Larkyra le ofreció una sonrisa abierta y él le correspondió haciendo lo mismo.

—Será un placer.

La magia de Larkyra borboteó en su interior.

—¿Empezamos ya? —sugirió ella—. Formúleme una pregunta y yo me comprometo a contestarla sin rodeos. Pero, a cambio, usted habrá de contestar otra pregunta mía.

Darius pareció reflexionar sobre esta proposición. Se acarició el pelo deshaciendo las gotitas que se le habían condensado en los mechones rojizos.

—Estupendo. ¿Cómo sabía tanto sobre la rueda de Henry?

—Mi padre tiene negocios en muchos lugares de Aadilor —contestó Larkyra—. En lugar de dejar solas a sus hijas durante largos periodos de tiempo, nos llevaba a todas partes con él. La rueda de un carro es una de las muchas cosas que aprendimos a reparar durante nuestros viajes.

—¿Acaso su cochero no era capaz de arreglar algo así?

—¿Quién cree que nos enseñó? —dijo riéndose—. Mi padre considera que una mente bien educada debe formarse con conocimientos que no se encuentran en los libros o que no se transmiten mediante institutrices. Siempre quiso que sus hijas estuvieran preparadas para cualquier cosa que el destino interpusiera en su camino.

—¿Como la emboscada de unos bandidos? —Los inteligentes ojos de Darius volvieron a encontrarse con los de la joven.

—Ese tipo de hombres no solo se encuentra en los caminos rurales.

—¿Eso significa que ya había tenido que defenderse en otras ocasiones?

—Hum... —Larkyra sonrió—. He respondido a las tres preguntas que me ha lanzado. Ahora me toca a mí.

Había empezado a llover y los pasos de ambos se deslizaban sobre el suelo húmedo.

—Proceda.

—¿Qué hacía en este pueblo?

Darius se cambió el morral de hombro y Larkyra tuvo que esforzarse mucho en no prestar atención a cómo sus músculos se marcaban contra la camisa.

—Estaba ayudando a unos pescadores a limpiar la parte inferior de sus barcas.

—¿Les ayuda a menudo en esa tarea?

—Sí.

—Es muy amable de su parte —dijo ella, notando cierta calidez en el corazón.

No había duda de que él se preocupaba por la gente. Era raro encontrar a personas de su estatus que trataran a las clases más bajas con un mínimo de dignidad, por mucho que estas lo merecieran.

—Es lo mínimo que puedo hacer para agradecerles todo lo que le han dado a mi familia y a nuestra tierra —aseguró

Darius—. No puedo disfrutar de mis comodidades sabiendo que ellos no pueden disfrutar de las suyas.

—¿Sabe el duque que viene a Imell con ese propósito? ¿Él también les ayuda de alguna manera?

Darius se paralizó. Aquella ventana que había abierto a su interior se cerró de repente cuando su padrastro fue mencionado.

—No lo sabe. Y le agradecería mucho que no se lo mencionara.

Larkyra lo observó: tenía ante ella a un señor vestido de campesino que ocultaba la ayuda que ofrecía a su pueblo como si fuera un sucio secreto. En realidad, los dos tenían mucho en común... aunque Larkyra nunca pudiera hablar de ello.

—Por supuesto —le contestó—. Yo también agradecería que mis... excursiones quedaran entre nosotros.

Darius aminoró el paso conforme se acercaron a una bifurcación del sendero y dijo:

—Entonces estamos de acuerdo en que ambos olvidaremos lo que ha pasado hoy.

Larkyra lo observó un instante. Una extraña tristeza le invadió el corazón al verlo tan desvalido y tan apuesto, incluso vestido con aquellas sucias ropas.

—Como quiera —concluyó.

Darius le hizo un gesto afirmativo con la cabeza y dio unos pasos hacia un lateral del camino. Se abrió paso entre unas ramas y reveló un nuevo sendero: una escalera resbaladiza excavada en el suelo rocoso bajaba una pendiente atravesando la vegetación enmarañada.

—Por aquí —dijo girándose hacia ella y ofreciéndole una mano firme para ayudarla a bajar.

Ella deslizó sus dedos enguantados en los de él y aquel

contacto hizo vibrar su corazón con una melodía desconocida.

—Gracias —dijo sobreponiéndose a su sensación.

Él hizo un gesto con la cabeza y la soltó.

Descendieron en silencio hasta el final. Larkyra examinó la pequeña playa de guijarros y el bote de remos que había en tierra firme. La isla del Castillo se alzaba sobre las aguas del lago. El largo y estrecho puente que la unía con la tierra firme estaba a mucha distancia. La bruma y las nubes tapaban buena parte de la vista; una fila de pájaros negros volaba por encima de sus cabezas; la suave lluvia se precipitaba con un murmullo exhausto.

—Por aquí —dijo Darius encaminándose hacia la barca y dejando el morral en el interior de la embarcación.

Recogiéndose la falda y la capa empapada, Larkyra se sentó en el banco más alejado y Darius empujó la barca hacia el agua y se subió de un salto.

El lago ondulaba con cada golpe de remo. El joven los conducía hacia delante y parecía encontrarse muy a gusto en su propia piel en ese momento. El bosque salvaje y el plácido lago le servían como telón de fondo. Cualquiera que hubiera prestado un poco de atención habría descubierto quién era el verdadero señor de aquellas tierras.

—¿Se lo ha hecho limpiando barcos? —Larkyra se inclinó para rozarle la cicatriz rugosa que le atravesaba el antebrazo y que se asomaba por debajo de la camisa remangada.

Darius se apartó dando un respingo y a punto estuvo de soltar los remos.

—¡Oh! —exclamó Larkyra incorporándose—. Disculpe, no quería...

—No pasa nada —aseguró él con la mandíbula marcada por la tensión mientras se bajaba las mangas para esconder aquella señal—. Simplemente es que... No me gusta que me toquen... ahí.

Al sentir que el ambiente se tensaba, volviéndose más incómodo, Larkyra se obligó a tragarse las preguntas que le ardían en la lengua. Estaba segura de que surgirían otras oportunidades. Por mucho que a ella, una Bassette de insaciable curiosidad, le gustaran los secretos, sabía que presionar demasiado resultaba contraproducente.

Así que Larkyra permaneció en silencio mientras Darius remaba hacia un pequeño muelle enclavado entre dos musgosas peñas de la costa de la isla del Castillo. Allí había una segunda barca amarrada, otras escaleras excavadas en la roca que subían hacia la finca y un segundo camino que parecía alejarse de ella.

Darius amarró la barca a un poste y la estabilizó para que Larkyra pudiera bajar.

—Larkyra.

Un temblor le recorrió la piel al oír su nombre saliendo de sus labios. Se volteó hacia él.

Se quedó sentado en la barca. Su pelo rojizo brillaba en contraste con el mundo opaco que lo rodeaba. Posó sus ojos verdes en los de ella.

—Si alguna vez necesita desaparecer sin que nadie la vea... —Hizo un gesto con la cabeza para señalar el sendero que se abría tras ella—. Es por ahí.

Antes de que Larkyra pudiera preguntar por qué necesitaría conocer una vía de escape, él se alejó del muelle. La barca fue volviendo a internarse en la bruma con cada brazada del joven.

Cada vez más lejos, más lejos, más lejos.

Desapareció de la vista como tratando de cumplir la promesa de que ambos olvidarían lo sucedido aquel día.

CAPÍTULO CATORCE

Larkyra no había desplegado tanto sigilo desde aquella vez que rompió el broche favorito de Niya. Se preguntaba si este asunto acabaría de la misma manera: la atraparon y la colgaron bocabajo hasta que fue encontrada por un jardinero que pasaba por allí. Por su propio bien, esperaba que la situación no se repitiera.

El resto de la casa dormía, pues era casi medianoche. Larkyra irrumpió en los silenciosos pasillos decidida a continuar su búsqueda. Había revisado ya todos los rincones de las alas norte y este del castillo, así que, como Hayzar seguía sin regresar, pensó que había llegado el momento de probar suerte de nuevo en el ala sur.

Llevaba una bata gruesa sobre el camisón y las zapatillas. No se cruzó con un alma mientras avanzaba en silencio hacia las enormes escaleras de piedra que conectaban los distintos pisos. Apenas un puñado de candelabros iluminaba esa parte del castillo, ya que los criados no encontraban ningún motivo para encenderlos todos cuando el señor estaba de viaje. Eso le resultaba muy bien a Larkyra: más sombras entre las que escabullirse.

Acarició la cabeza de una gárgola que se erguía orgullosa

en el rellano de la tercera planta. Larkyra decidió que primero inspeccionaría la habitación de Hayzar. Lo había visto allí arriba la noche en que ofreció su bochornoso espectáculo etílico. La joven recordaba perfectamente el sonido del portazo que dio al volver a su habitación.

Avanzó sutilmente sobre una lujosa alfombra rojo oscuro, aquella noche no había ruido de tormenta que enmascarara sus movimientos. De hecho, en los últimos días el tiempo había mejorado y solo habían sufrido un viento estremecedor y una leve llovizna. Se deslizó por la primera puerta que encontró. Sus ojos se adaptaron a una oscuridad solo atenuada por el leve resplandor de la luna que se filtraba por la ventana. El viento hacía que los cristales temblaran. Al instante, Larkyra se dio cuenta de que se encontraba en un estudio. Era una habitación primorosamente decorada de cuyos altos techos colgaban pesadas cortinas. Había un gran estante lleno de libros, muebles opulentos cubiertos de seda plateada y, justo en el centro, un escritorio con un tapete de piel. Ese era el nivel de riqueza que Larkyra había esperado encontrarse en todo el castillo. Al parecer, el duque prefería que este tipo de decoración se ciñera solo a su propia ala.

«El duque acapara todo el dinero que generan sus tierras».

Las palabras de Zimri resonaron en su mente y le dieron aún más ganas de averiguar algo durante aquella noche.

Larkyra se movió rápido por la habitación: deslizó los dedos bajo cada mesa y cada silla; sacó y hojeó cada libro; comprobó todos los candelabros apagados; palpó las paredes... Trataba de encontrar cualquier cosa que la condujera a un nuevo descubrimiento. Al final se dio cuenta de que, a pesar de que la habitación era preciosa, nunca había sido usada.

«¿Qué duque no le da uso a su despacho privado?», pensó.

«Uno muy vago», se imaginó que le contestaba Niya.

Al llegar a una puerta que servía de entrada a otra habitación, Larkyra la abrió y se deslizó en la habitación contigua.

El olor empalagoso y enfermizo de la fruta podrida le dio de lleno en la nariz y tuvo que contener sus ganas de marcharse de allí. Encendió una lámpara de aceite cercana con un cerillo de la caja que se encontró en una mesita auxiliar. Iluminada por la resplandeciente luz naranja que inundó la habitación, Larkyra se forzó a seguir andando hacia la entrada de lo que, sin duda, era la alcoba de Hayzar Bruin. La cama oscura con dosel del centro de la habitación ocupaba el grueso del espacio; además, había unas mesas largas, vestidores y una zona con sillones. El olor putrefacto era tan parecido al de los antros de phorria del Reino de los Ladrones que, por un momento, a Larkyra le pareció ver los fantasmas de las anestesiadas figuras desplomadas sobre la *chaise longue* del duque, tiradas sobre las sillas del rincón, recibiendo en sus venas el bombeo de la magia rancia con las bocas abiertas y los ojos centelleando de éxtasis. La joven parpadeó y la visión se esfumó dejándola otra vez sola en aquel dormitorio.

Se acercó a uno de los armarios altos y echó un vistazo en su interior. La luz de la lamparita iluminó una fila de hermosos vestidos largos. Todos ellos estaban confeccionados de forma impecable; hasta los diseños más sencillos iban forrados de terciopelo y seda. A la izquierda había estantes con joyas deslumbrantes sobre terciopelo mullido: un broche floral de diamantes amarillos, unos pendientes de esmeralda en forma de lágrima, delicados anillos coronados de piedras preciosas.

«¿De quién será todo esto?», pensó Larkyra buscando en aquel botín. Se puso una amatista morada en el anular de la mano izquierda y sonrió al ver cómo la enorme piedra disimulaba que le faltaba buena parte del dedo.

«¿Echaría esto de menos el duque?», pensó.

«Sí, y te descubriría de forma inmediata —le pareció oír que le contestaba Arabessa—. Si vas a robar alguna baratija, hazlo el día que te vayas».

Se deshizo del anillo con un mohín. Por desgracia, su hermana mayor siempre la aconsejaba bien.

Cerró el armario, se volteó hacia la cama y se aproximó a una de las mesitas de noche. Buscó en el cajón de abajo y se topó con un cuenco lleno de esferas de cristal vacías. En la superficie tenían manchas negras y una aguja gruesa sobresalía de cada una de ellas. Agarró una y, tras olisquearla brevemente, retrocedió al darse cuenta de lo que eran.

Vainas de phorria.

—Puaj.

Larkyra soltó la que había tomado y, en las sábanas del duque, se limpió el residuo pegajoso que se le había quedado adherido en las manos.

«Seguro que ni se da cuenta de esta asquerosidad», pensó.

Al seguir buscando le sorprendió no encontrar cánulas de goma ni bolsas de hielo, ya que esto era lo que Achak les habían explicado que se solía usar para rebajar la potencia de la droga.

—La magia es tóxica para los no bendecidos —les dijeron—. Por eso quienes no poseen dones son tan susceptibles a los hechizos. Se necesita un filtro para consumir la droga, de lo contrario podrían alterarles la vida de forma permanente.

—¿En qué sentido? —les preguntó Niya.

—Si alguien sobreviviera al introducir todo ese poder en su flujo sanguíneo, desde ese momento empezaría a necesitar grandes cantidades de droga para sentirse satisfecho. Y eso, por supuesto, le provocaría daños irreversibles en la mente.

—¿Daños irreversibles?

—Se volverían locos, queridas —explicaron Achak—. Y mucho más rápido que cualquiera de los que se entregan a ese vicio.

Larkyra volvió a mirar las agujas puntiagudas que sobresalían de las esferas de cristal. Tenían restos de sangre seca en la punta. «Por los dioses perdidos, ¿es que el duque se había inyectado la droga directamente en las venas?».

Un escalofrío le recorrió la espina dorsal. Tenía que marcharse de aquella alcoba y de aquella zona espeluznante del castillo.

Tenía suficientes cosas que contarle a su padre, pruebas de que el duque sí que disponía de un proveedor fuera del Reino de los Ladrones. Incluso podría describirle las vainas de phorria; quizá eso podría contribuir a identificar al productor o, incluso, a quien hubiera sido tan descerebrado como para transportar la droga.

Cuando se dio media vuelta para marcharse de allí, algo le llamó la atención: un trozo de lazo azul que sobresalía de un libro encuadernado en piel que se encontraba en la mesita de noche de Hayzar. Lo abrió por la página señalada e iluminó lo que había allí anudado: un grueso mechón pelirrojo.

Larkyra lo observó con atención.

El color era muy parecido al de Darius.

Miró hacia el armario y sintió que aquel pelo pertenecía a la persona cuya ropa estaba almacenada en aquel mueble.

Acarició el mechón con un dedo y percibió que estaba muy bien conservado: seguía compacto y brillante, como si hubiera sido arrancado ayer mismo de la cabeza de su dueño.

Larkyra apartó la mano al entender a quién pertenecía todo aquello: a la difunta duquesa.

Cerró el libro de golpe.

Larkyra jamás se había sentido tan invasiva como en ese momento.

Gajes del oficio, claro estaba.

Pero, cuando se trataba de madres muertas, Larkyra se sentía especialmente culpable.

Decidió que, al menos por esa noche, se había acabado el fisgoneo.

Supo que tenía que escaparse de aquella zona del castillo tan rápido como le fuera posible y sin que nadie la viera. Con los nervios de punta, Larkyra apagó su lamparita de aceite y, tras dejarlo todo como estaba, salió de puntitas de la alcoba de Hayzar.

Mientras se apresuraba a volver al primer piso, sentía que aquel enfermizo hedor dulzón se le había quedado adherido. Eligió la salida más cercana y esta la llevó a un pasillo diferente al que había tomado antes. Larkyra tenía los sentidos tan concentrados en lo que dejaba atrás (y el oído tan dedicado a asegurarse de que nadie la siguiera) que olvidó prestar atención a lo que tenía delante. Al torcer corriendo una esquina, se encontró de frente con un hombre que estaba allí de pie, en el centro del escalofriante pasillo. Sostenía una vela y observaba una enorme pintura que estaba colgada en la pared que tenía delante.

Larkyra se puso muy nerviosa y una canción, un hechizo protector, parecía querérsele escapar por la garganta. Pero cuando miró bien a aquella persona se dio cuenta de que le resultaba familiar. Reconoció el brillo cobrizo de aquel pelo, así que se obligó a tranquilizarse y se tragó aquel hechizo como si fuera un licor amargo. «Cabeza fría, corazón firme. Cabeza fría, corazón firme», se repitió sin palabras mientras se apresuraba a decidir si debía seguir adelante o tratar de escabullirse.

Finalmente, Darius decidió en su lugar. Al dudar, algo que raramente hacía, Larkyra se dio cuenta con inquietud de que el lord se había girado hacia ella al percibir un movimiento.

—¿Quién anda ahí? —preguntó él con voz grave.

—Su invitada —respondió Larkyra con calma, controlando su tono cuanto le fue posible y aproximándose despacio hacia el joven.

—¿Larkyra? —Darius le acercó la vela e inundó su rostro de una luz cálida—. ¿Qué está haciendo aquí?

Entrecerró los ojos molesta por el resplandor. El corazón le latía con fuerza mientras buscaba una excusa verosímil.

—No podía dormir, así que pensé en ir a dar un paseo.

—¿Por el ala sur?

—Creo que le importa demasiado por dónde decido pasear.

—Es solo porque no paro de encontrármela paseando por donde no debe.

—¿Y por qué no debería estar yo aquí? —preguntó frunciendo el ceño.

—Este lugar está muy lejos de la zona de invitados.

—Diría que está igual de lejos que su zona del castillo —replicó Larkyra al darse cuenta de que él residía en el ala oeste—. ¿Cuál es su excusa para estar aquí?

Darius contrajo la expresión al bajar la vela y Larkyra suspiró de alivio. Bajó la vista y reparó en que los pies descalzos del joven se intuían por debajo de la bata negra. Aquella visión le despertó una calidez punzante e incluso alarmante: de repente, encontraba a Darius más inoportunamente atractivo que nunca. Le gustaba su versión más relajada. Solo uno de los dos podía estarse quietecito todo el tiempo y Larkyra pensó con amargura que resultaba mucho más seguro que fuera ella.

—Yo tampoco podía dormir —admitió Darius.

—¿Así que decidió contemplar su colección de arte? —Larkyra posó la vista sobre la pintura que tenían delante. Era una hermosa mujer pelirroja con una agradable sonrisa. Estaba sentada con un perrito sobre el regazo, envuelta en un vestido de un lujoso terciopelo verde.

—Mi madre —dijo el joven—, la duquesa Josephine Annabell Mekenna.

Larkyra sintió una punzada en el pecho al percibir todo el cariño y el orgullo que contenían esas palabras. Se le aceleró el pulso. Reconoció instantáneamente el vestido largo de color verde y el pelo rojizo, ya que acababa de toparse con ambos elementos en las habitaciones de Hayzar.

Pero ¿por qué? ¿Por qué, después de tantos años, Hayzar seguiría conservando esas cosas? ¿Y por qué las tendría tan a mano?

«Mi amor».

El afecto que parecía sentir el duque volvió a llenar de nuevo la mente de Larkyra.

¿Obedecería al mismo motivo por el que su padre también conservaba todas las posesiones de su madre?

¿Amor?

Aquella idea inquietó a Larkyra. Por lo que ella sabía del duque, este hombre no parecía capaz de sentir esa emoción. A menos que se tratara de amor a sí mismo, por supuesto. Pero supuso que la mayoría de la gente no es exactamente como parece.

—Es muy hermosa —dijo Larkyra.

—Sí —coincidió Darius—. Lo era.

—Si no le importa que le pregunte, ¿cómo...?

—Enfermó.

—¿Y... su padre?

—Me dijeron que murió haciendo lo que más amaba. Era un gran aficionado a los caballos —explicó—. Sufrió un accidente de equitación.

—Lo siento mucho.

El silencio se mezcló con el sonido de la tormenta que azotaba el castillo.

—No conocí a mi padre —acabó diciendo Darius—. Apenas tenía tres años cuando lo reclamó el Fundido. Y mi madre... también murió hace mucho tiempo. Yo tenía doce años. Pero, aún hoy, me sorprendo a mí mismo buscándola.

Larkyra miró a aquel lord algo sorprendida por su franqueza. Temía que de verdad hubiera olvidado lo que había pasado entre ellos dos afuera de aquel castillo, pero sintió cierta calidez en el pecho al darse cuenta de que seguía siendo honesto con ella. Puede que Darius hubiera llegado a la conclusión de que ambos guardaban secretos. «Así es como germina la semilla de la confianza», pensó la joven.

—Yo no conocí a mi madre —dijo Larkyra sin darse cuenta—. Murió justo después de darme a luz.

Podía sentir sobre ella la mirada de Darius, pero evitó sus ojos.

—Lo siento.

Larkyra se encogió de hombros y siguió observando a la mujer que tenían delante. Se sorprendió preguntándose si la duquesa y su madre se llevarían bien. Aunque sabía muy poco sobre Johanna, llegó a la conclusión de que podrían encajar.

—¡Vaya par! —dijo ofreciéndole una tenue sonrisa a Darius—. Dos hijos sin madre dando vueltas en plena noche por este enorme castillo.

Darius soltó una risa suave. El sonido resultó muy cálido. «Debería reírse más», concluyó Larkyra.

—Somos patéticos —dijo Darius volviendo a mirar el cuadro.

—¿Visita algún otro?

—¿Algún otro?

—Otros retratos de la duquesa. Lo digo para saberlo cuando esté paseando en vez de durmiendo y sienta que necesito compañía.

«O para no volverme a topar con nadie de forma inesperada», añadió mentalmente.

—Solo hay uno más —explicó él con el ceño fruncido—. Pero también está en el ala del duque. Creo que lo tiene en su alcoba.

Larkyra parpadeó. No había dedicado ni un instante a inspeccionar los cuadros de aquellas habitaciones.

—¿Todos los retratos de su madre están en el ala sur?

—Sí. Solo vengo aquí cuando él no está. El duque disfruta... de su privacidad.

Larkyra hizo un mohín. No concebía lo horrible que debió de ser para Darius una infancia en la que no podía observar libremente los retratos de su madre. Los cuadros de Johanna se distribuían por todo su hogar en Jabari; cualquiera podía deleitarse con ellos cada vez que quería.

¿El duque lo habría hecho a propósito? ¿Habría traído a su ala los retratos y las posesiones de la duquesa para ser el único que pudiera disfrutar de ellas? ¿O simplemente disfrutaba acumulando objetos valiosos, igual que hacía con las riquezas de los Lachlan?

Y si era verdad que amaba a Josephine, ¿lo amaría ella a él?

—¿Qué te pasó en la mano? —preguntó Darius mirando fijamente el dedo del que solo le quedaba la mitad.

«¡Caray!». Larkyra había olvidado que no llevaba guantes. Se escondió las manos detrás de la espalda y sintió que se le enrojecían las mejillas.

—Eh... No es nada.

—Lo siento —dijo él rápidamente—. No quería ofend...

—No, no. No me ha ofendido. Es solo que... a la mayoría de la gente le repugna esa visión.

Darius la observó atentamente y, sin duda, fue consciente de su incomodidad.

—Yo no soy la mayoría.

Larkyra se mordió el labio inferior y valoró sus opciones.

Por fin, respiró hondo y le mostró el dedo. De todas formas, ya lo había visto.

—Un accidente tonto —le explicó—. No me afecta demasiado. Escribo con la derecha y me he acostumbrado a agarrar bien todo lo demás: la aguja de coser, el cuchillo de cocina...

Larkyra paró de hablar cuando Darius le agarró la mano y se la acercó para examinarla.

—Este corte es reciente.

Le apartó la mano. La magia le hervía en el estómago después de que la piel de ambos se hubiera rozado por primera vez sin guantes ni ninguna otra barrera. Por los dioses perdidos, qué sensación tan bonita.

—Le pido disculpas —anunció Darius arrepentido tras parpadear—. No quería ser tan directo. Simplemente no me había dado cuenta hasta ahora... nada más. No lo noté ni siquiera cuando bailamos. Lo siento. Tengo la cabeza hecha un lío.

—Lo entiendo. —Larkyra se forzó a sonreír—. Siempre llevo guantes en público y les he rellenado la parte que me falta.

Darius asintió, asimilando sus palabras.

—¿Le resulta un problema?

—¿Por qué debería resultármelo?

—No es frecuente relacionarse con una dama con imperfecciones.

El verde de los ojos de Darius era intensísimo bajo la luz de la vela.

—Pero no soy nadie para juzgar a otros por sus cicatrices ni por sus desgracias.

Aquellas palabras impactaron sobre Larkyra como un extraño eco. Fue como oír en otro sus propios pensamientos. La magia se le retorció, más que complacida.

—Tiene razón —le dijo—. No es usted como la mayoría.

Darius le sostuvo la mirada. La luz cálida temblaba sobre sus facciones pálidas y resaltaba el rojizo de su pelo hasta hacerlo parecer de bronce. Se apartó un poco y dejó de mirarla fijamente. Entonces le preguntó:

—¿Le dolió?

—Me sorprendió no desmayarme.

—Es usted valiente.

Larkyra contuvo una risita.

—Por favor, le ruego que se lo diga a Niya la próxima vez que la vea. Tenemos cuentas pendientes sobre ese particular.

—Le aseguro que lo recordaré.

—Me aseguraré de recordárselo si no lo hace.

Se quedaron allí, de pie, sonriéndose mutuamente en la burbuja de comodidad creada en aquel tenebroso pasillo. Entonces, una fuerte ráfaga de viento golpeó una ventana cercana y rompió el hechizo.

—Será mejor que me vaya a la cama —afirmó ella—, o mañana estaré insufrible cuando Clara venga a despertarme.

—Sí —convino él—. Permítame acompañarla.

—Oh, no. Será mejor que vaya sola. Si nos ven juntos a estas horas de la noche y así vestidos, me temo que el personal se la pasará demasiado bien extendiendo por ahí rumores tórridos y seguro que su padrastro se entera y...

—Tiene razón —la cortó Darius con los ojos repentinamente invadidos por el miedo—. El duque no puede saber que estuve aquí.

—Ni tampoco que estuve yo —añadió ella a la defensiva. Si comenzaran las habladurías sería la reputación de ella, y no la de él, la que quedaría aniquilada. Los hombres siempre salían impunes de sus asuntos, eran las mujeres las que acababan pagando los platos rotos.

—Sí, por supuesto.

—También apreciaría que no le mencionara a su padrastro nada sobre... —Larkyra levantó la mano izquierda—. Como le he comentado, suelo llevar los guantes puestos. No es que se lo quiera ocultar a él —añadió rápidamente al ver la expresión contrariada de Darius—, simplemente es que preferiría conocerlo mejor antes de que lo supiera.

—Si de verdad quiere casarse con el duque —dijo Darius con un tono repentinamente glacial—, le sugiero que espere a después de la boda para compartir la verdad con él.

—¿Perdone? —preguntó Larkyra incrédula.

—Digamos que mi padrastro no es un gran amante de las cosas malogradas. Él, más bien, disfruta de malograrlas.

—Yo... —Larkyra se paralizó.

—Tome mi vela. —Darius la interrumpió depositando la llama en su mano—. Conozco bien estos pasillos y no me resultará difícil encontrar mi camino en la oscuridad.

—¿Le he molestado?

—Por supuesto que no.

—Parece molesto.

—Solo estoy cansado —aseguró y, efectivamente, de repente pareció estar exhausto—. Parece que acabamos de compartir otro momento del que tendremos que olvidarnos.

—Quizá no sea cuestión de olvidarlo, sino de mantenerlo entre amigos.

—¿Amigos?

—Sí, Darius, me encantaría ser su amiga.

Aquellas palabras hicieron que el joven desplazara la vista hacia la mujer cuya imagen colgaba, congelada y coloreada, de la pared.

—¿Darius? —insistió ella.

Él miró de nuevo a Larkyra y pareció recuperar la concentración.

—Puede dormir tranquila sabiendo que no compartiré sus secretos.

—Ni yo los suyos —aseguró ella.

—Buenas noches, Larkyra.

La joven tardó un instante en responderle de la misma forma.

—Buenas noches.

Tras avanzar por el pasillo sujetando la llama parpadeante que iluminaba sus pasos, Larkyra se detuvo en la esquina y miró hacia atrás. Pero ya no podía distinguir la figura de Darius en el lóbrego pasillo, por lo que no pudo saber si se había quedado junto a su madre.

Él le había dado su luz, quedándose en las sombras.

CAPÍTULO QUINCE

La luna era apenas una cuchillada blanca en el cielo cuando, sin hacer ruido, Darius maniobró la barca bajo el dosel de ramas colgantes. La lluvia había vuelto a amainar, como pasaba siempre que Hayzar se marchaba, y eso había permitido que los insectos despertaran, por lo que en el lago sonaba una pequeña serenata mientras las aguas lamían la orilla. La piel de Darius había calentado la máscara de piel que llevaba puesta y aquello lo ayudaba a suavizar la sensación de frío.

Habían pasado dos días desde que se topó con Larkyra en el ala de su padrastro y, en ese tiempo, se las había arreglado para esquivarla por completo.

«Darius, me encantaría ser tu amiga».

El recuerdo de ella pronunciando aquellas palabras volvió a embriagarlo. La imagen de Larkyra caminando por el lóbrego pasillo con el camisón flotándole bajo la bata y el pelo blanco brillando a la luz de la vela parecía corresponder a la visión del retorno de una de las diosas perdidas. Incluso en aquella situación él había podido percibir la energía que emanaba de la joven: Larkyra exhalaba una vitalidad que desmentía la oscuridad que la rodeaba. Hasta que la muchacha dijo algo, había pensado que aquella visión podía ser un sueño.

Darius odiaba que el corazón se le hubiera desbocado al verla, así como la punzada que sintió cuando la joven pronunció su nombre como si fuera una suave canción nacida de sus labios.

«Darius, me encantaría ser tu amiga».

¿En qué estaba pensando al hablarle sobre su padre y su madre?

Entonces se acordó del dedo y de todo lo que Larkyra también le había revelado. Tenían más en común de lo que le hubiera gustado admitir. La madre de ambos estaba muerta y los dos escondían cicatrices bajo la ropa. Le habría gustado haberse subido las mangas de la camisa y aliviarle la vergüenza al mostrarle que no era la única que guardaba dolorosos secretos.

La imagen que se había formado de que Larkyra era una chica mimada y superficial se hizo añicos en aquel instante.

Y eso era muy peligroso.

Le despertaba unos sentimientos que no se atrevía a explorar.

La única manera en que podría sobrevivir a ese ridículo cortejo entre ella y su padrastro era mantenerse al margen. Cuando se casaran, si lo hacían, él ya tendría motivos de sobra para abandonar la isla. Había asuntos mucho más importantes que sus propios deseos y desgracias.

Pero, por el mar de Obasi, ¿acabarían juntos Larkyra y su padrastro? Qué locura.

Tras deslizarse en silencio hasta el puerto de Imell, Darius amarró su barca al poste de siempre, que sobresalía de la parte trasera de una tienda que se alzaba directamente sobre las rocas de la orilla del lago. Con un gruñido grave, se echó al hombro el pesado saco. El contenido del mismo entrechocaba y golpeteaba mientras él subía la escalera anexa al pequeño muelle. Estaba al final de un callejón situado entre dos edificios. A aquellas horas de la noche, Imell se hallaba desierta. No había un alma en las calles, salvo por unos pocos perros callejeros y un mendigo que dormía junto a unos cajones de pescado vacíos. Darius buscó en su morral y dejó junto al hombre una rebanada de pan bien envuelta. Entonces, empezó a seguir las sombras oscuras que lo llevarían a su destino.

Hizo todo lo posible para mantenerse alejado de las centelleantes luces que iluminaban las calles adoquinadas. El lago era visible desde la plaza, donde todos los puestos estaban cerrados hasta el día siguiente; los pocos artículos de los que allí disponían tampoco se venderían en la siguiente jornada, ya que los viajeros adinerados eran cada semana más escasos que la anterior.

Tras atravesar el mercado, Darius volvió a salir al aire libre y cruzó el puerto en el que los barcos se balanceaban rítmicamente con las velas arriadas y arropadas como niños recién acostados.

Algunos hombres y mujeres observaban el muelle fumando en unas pipas que emitían reflejos anaranjados en la oscuridad de la noche. Murmuraban alrededor de un cubo con unos rescoldos moribundos. Si alguno de ellos lo vio, no lo manifestó. Debido a la máscara y a la capucha negra que le cubría la cabeza, cualquiera podría haber pensado que era un bandido oculto entre las sombras de la noche..., pero su presencia les resultaba familiar. Se dirigió hacia un barquito situado al fondo del último muelle. Los tablones de madera antigua crujían bajo sus botas. Una anciana estaba sentada sobre la tabla que conectaba con la embarcación. Lo miró aproximarse envuelta en gruesos mantones raídos. Se hicieron un gesto con la cabeza, no necesitaron decir nada; Darius subió a bordo. El barquito parecía estar abandonado, buena parte de él se encontraba en muy mal estado: la cuerda del mástil, desgastada; la vela mayor, arriada y en proceso de ser reparada. Aquella visión frustró tanto a Darius que le empezaron a rechinar los dientes y se le hizo un nudo en la garganta.

Lachlan era una tierra de pescadores orgullosos. Allí se habían criado generaciones de marineros mucho mejores que cualquier pirata del mar de Obasi. Ver todo aquello tan deteriorado le resultaba una fuente constante de sufrimiento.

Darius bajó al casco del barco y, serpenteando por el estrecho pasillo, llegó hasta el camarote trasero. Allí se topó de frente con el cálido resplandor amarillo producido por una lamparita colocada en una mesa ante la que se sentaba un anciano. Su gorra negra se encajaba sobre una cabellera gris y rizada que combinaba con su espesa barba. Tenía un suéter grueso tejido con agujeros en los hombros y en los codos. El anciano garabateaba algo en un pergamino con sus manos pálidas y castigadas por el trabajo duro. Otro hombre más joven, como de la edad de Darius, estaba sentado junto a él. Tenía un tono de piel moreno y el rostro bien afeitado; su pelo negro se trenzaba en hileras y lo llevaba recogido en una cola de caballo baja. Jugueteaba con una moneda de cobre entre los nudillos, pero, en cuanto vio que Darius se acercaba, la hizo desaparecer.

—Me preguntaba si vendría por aquí esta noche —dijo el anciano sin apartar la vista de la escritura.

—¿Quién es su invitado? —preguntó Darius desde el marco de la puerta.

—Xavier, mi sobrino. Pensé que lo mejor sería enseñarle a otra persona cómo se hace todo esto —musitó señalando con un gesto de la mano unas bolsas y unas cajas apiladas contra la pared del camarote—. Es solo una cuestión de seguridad.

—No era necesario, Alastair.

El pescador miró por fin a Darius y en sus rasgos marcados se percibió una sonrisa cansada.

—Por supuesto que no. Y su máscara tampoco lo es.

Los dos se observaron hasta que Alastair lanzó un suspiro suave y apartó un poco el farol.

—Veamos qué me ha traído en esta ocasión.

Darius soltó la bolsa sobre la mesa.

—Me temo que no demasiado.

—Cualquier cosa es más de lo que ahora mismo tenemos.

La certeza de esa afirmación le provocó a Darius un nudo en el estómago.

—He conseguido algunas raciones de comida para que se repartan entre los que más lo necesitan. —Sacó unas hogazas de pan, parte de un jamón ahumado y varios productos más.

—¿Eso de ahí es queso? —Xavier agarró el paquete sellado con cera y los ojos se le dilataron por el hambre que tenía—. ¿Cómo lo ha conseguido?

Alastair le quitó a su sobrino la comida de las manos.

—Primera regla —le gruñó—, nunca le preguntes a nadie cómo ha conseguido algo, ¿me oyes?

—Perdone, tío —dijo, avergonzado, el joven.

—Este es un verdadero regalo para cualquier necesitado. —Alastair olisqueó el queso con parsimonia antes de volver a soltarlo.

—Está planeando un festín —anunció Darius mientras vaciaba la bolsa—. Ha traído tantas cosas desde otras comarcas que nadie extrañará esto.

—Un festín, ¿eh? —Alastair se atusó la barba—. Qué afortunados son tanto él como su invitada.

La referencia a Larkyra atrajo la atención de Darius hacia la mirada castaña del anciano.

—¿Qué sabe de su invitada?

—Lo suficiente como para tener claro que está acostumbrada a la buena vida. Él necesitará todo el néctar que esté a su alcance para atraer a esa hermosa abeja.

«Malditos sean Henry y los chismes provincianos...», pensó Darius.

—Cuénteme —continuó Alastair—, ¿cree que pronto tendremos una nueva duquesa?

Darius agarró más fuerte su morral.

—Ojo —le advirtió con un gruñido—, debería aplicarse lo que le aconseja a su sobrino de no preguntar lo que no debe.

Xavier se giró como dispuesto a defender a su tío, pero el anciano alzó las manos pidiendo calma.

—No quería faltarle al respeto.

—Pues era justo lo que parecía.

—De ninguna forma. Yo más que nadie recuerdo a la perfección lo que el antiguo duque y la difunta duquesa hicieron por nuestras tierras. Solo trato de preparar a nuestra gente para lo que el futuro les pueda traer.

Aunque Darius era solo un bebé cuando sucedió, nunca le había gustado pensar en el fatal accidente de equitación ni en cómo era Lachlan antes de que su madre volviera a casarse. Tampoco le gustaba recordar cómo, siendo un niño desvalido, se le obligó a observar cómo su madre se ponía cada vez más enferma y perdía la vida, igual que, con la muerte de sus padres, él perdió Lachlan.

—Pues que se vayan preparando para un nuevo impuesto. —Darius lanzó sobre la mesa el último de sus morrales. Las monedas aterrizaron con un golpe sordo—. Lo he pospuesto todo lo posible, pero esto debería servir para compensarlo.

Alastair abrió el morral y las monedas de plata resplandecieron a la luz del candil.

—Lo agradecemos —dijo el anciano—, pero esta solución no puede ser eterna.

—Lo sé —respondió Darius apoyándose contra un barril. «Bien saben los dioses perdidos que lo sé».

—Dicen por ahí que todo el asunto de la minería empezará la semana que viene. Pero Henry asegura que usted también está presionando en ese tema.

—Tratando de presionar —lo corrigió Darius—. El duque está decidido a conseguir beneficios en cuanto empiece la próxima temporada.

—¿Y cómo cree que un montón de hombres y mujeres hambrientos tendrán la fuerza suficiente para levantar un pico? Y no una vez, sino las veces necesarias como para romper el punto adecuado del suelo.

—Sospecho que, mientras haya resultados, no le interesará demasiado cómo se harán las cosas —concluyó Darius consciente de la acritud de su tono.

—Entonces, ¿debería ir avisando a la gente? —preguntó Alastair—. Cada noche caen desfallecidos, no sé cómo van a ser capaces de...

—Estoy tratando de resolverlo —lo cortó el joven cada vez más frustrado.

Se sentía sobrepasado con tantos asuntos: ayudar a la gente, esconder esa ayuda de los ojos del duque, esquivar a Larkyra, lidiar con la presencia de la joven, que podría ser una futura amenaza, entender los sentimientos que ella le estaba despertando... «No». Se obligó a dejar de pensar.

—Claro, lo sabemos —afirmó Alastair al darse cuenta de que la tensión se había elevado en el camarote—. Pero me temo que, si las cosas continúan como hasta ahora y usted sigue viniendo aquí, él se acabará enterando de lo que...

—Eso es algo de lo que solo yo tengo que preocuparme.

—Darius se puso en pie y se echó al hombro las bolsas vacías.

—No tiene por qué hacer esto solo.

«Solo».

Siempre había hecho las cosas solo. No conocía otra forma de hacerlas.

—Divida lo que he traído —le ordenó Darius—. Volveré pronto.

Salió de los estrechos recovecos del barco y respiró profundo al volver a introducirse en la oscuridad de la noche. Quería arrancarse la máscara para poder sentir el aire fresco en la piel, pero no lo hizo. Posó la vista sobre las tranquilas aguas del lago y trató de relajar los músculos de los hombros. Un repentino relámpago dividió en dos el cielo. Las afiladas formas del castillo se iluminaron en la distancia y el trueno por fin rugió. Tras un instante, el fenómeno volvió a repetirse.

Justo después, las nubes dieron paso a un torrente de agua.

Darius se quedó inmóvil. No le importó que el agua estuviera empapando cada una de las capas que lo cubrían. La sangre se le había helado en las venas, aunque en su pecho hirviera una furia que conocía muy bien.

Una tormenta tan repentina como esa solo podía significar una cosa.

Su padrastro había vuelto.

CAPÍTULO DIECISÉIS

Los pasillos ocultos de los criados estaban mucho mejor iluminados que las zonas comunes del castillo, por lo que escaparse por ellos era bastante arriesgado. Al torcer una esquina, a Larkyra le llegó el eco del chismorreo de unas sirvientas, por lo que, con el corazón en un puño, se apresuró por otro pasillo. Afortunadamente, estaba mucho más oscuro. Larkyra se guio por la penumbra deslizando las manos por las frías paredes de piedra. Había encontrado ese pasadizo detrás de un cuadro de la sala de estar.

Aunque se suponía que esa noche cenaría con el duque, ya que había regresado durante la noche anterior, Larkyra había decidido continuar su búsqueda aprovechando que Clara estaba demasiado ocupada preparándolo todo.

Llevaba casi dos semanas en Lachlan y aún no había encontrado rastro alguno de la cámara acorazada de la familia ni tampoco había descubierto quién le suministraba a Hayzar la droga, así que la joven empezaba a estar bastante desesperada. Su familia contaba con ella, no podía fallar en su misión. Además de las vainas de phorria de la alcoba del duque, lo más interesante que había encontrado hasta el momento era el alfiler de plata con forma de rosa que se guardó en el bolsillo en la habitación de Boland. Había podido resistirse a las joyas de Hayzar, pero no se resistió a quedarse con ese pequeño objeto. «Es una recompensa por los muchos días que llevo controlando mi magia», se dijo.

Una luz cálida se filtraba por una rendija que se abría al fondo del pasillo. Larkyra se acercó despacio y descubrió una pequeña biblioteca al otro lado. Parecía que el castillo disponía de bastantes bibliotecas, pero ninguna tenía aspecto de ser tan utilizada como esta. Había libros por todas partes, algunos de los cuales descansaban abiertos sobre las mesas mientras la chimenea crepitaba alegremente.

Se quedó esperando en aquella entrada oculta, disfrutando del cálido resplandor y del olor a encuadernación de piel que flotaba en el aire. Contuvo el aliento cuando oyó el leve sonido de una página al ser pasada.

Allí había alguien.

Afinando la vista a través de la rendija percibió una coronilla cobriza.

Se le dibujó una sonrisa en los labios y el corazón le empezó a latir con rapidez.

«Darius».

Larkyra podría haberse retirado en aquel momento, y en realidad sabía que eso era lo que tendría que haber hecho, pero llevaba varios días sin encontrarse al lord y estar ahí, sabiendo que lo tenía tan cerca, la había llevado a darse cuenta de que lo extrañaba.

Y, aunque esa sensación era poco apropiada, Larkyra ya estaba harta de ceñirse a lo correcto. Lo mejor era seguir su instinto, así que empujó aquella portezuela y entró en la biblioteca.

—¿Qué está leyendo? —le preguntó a Darius, que estaba recostado en un sillón absorto en el libro.

Se sobresaltó al oír aquella voz y derramó sobre las páginas un poco de té.

—¡Por los mares y las estrellas! —exclamó—. ¿Cómo ha conseguido...? —Darius echó un vistazo a la puerta cerrada en el lado opuesto de la habitación—. ¿De dónde ha salido?

—De una de las puertas de servicio. —Larkyra señaló un estante que, al abrirse, daba paso a un pasillo.

«No creo que tenga que mentir sobre esto», pensó.

—¿Y qué hacía ahí? —le preguntó Darius con el ceño fruncido.

—Los pasadizos ocultos me resultan más interesantes que los normales.

—La verdad es que no me sorprende... —musitó soltando la taza de té. Darius llevaba la camisa blanca un poco abierta por la parte superior y había dejado el saco colgado en un lateral del sillón.

—¿Qué está leyendo? —repitió la chica, sentándose en un sillón frente al joven.

—*Los doce cuentos mágicos* —admitió algo avergonzado, antes de cerrar el libro de golpe.

—¿El libro infantil? Llevo años sin leerlo. «La araña espía» es uno de mis cuentos favoritos.

Darius pareció relajarse al ver que ella no lo estaba juzgando.

—El mío es «La serenata del sol».

Larkyra sonrió complacida. Su magia, como la de ese cuento, parecía revolotearle en el pecho.

—También es el favorito de mi hermana Niya. ¿Qué le ha hecho elegir esos cuentos? —Le quitó el libro y pasó la mano enguantada sobre las letras doradas de la cubierta.

—Me encantan las historias mágicas —respondió Darius. Larkyra lo miró a los ojos y volvió a sentir en el estómago una punzada de nervios—. ¿Cree que la magia sigue existiendo?

La joven debería haber respondido que no para cambiar de tema, pero Larkyra no quería andarse con rodeos con el lord. Le había prometido decirle la verdad y eso es justo lo que decidió contestarle.

—Sé que existe.

—¿Lo sabe? —Darius arqueó las cejas y Larkyra asintió.

—Puede que Jabari sea una ciudad sin dones, pero hay muchos sitios ocultos que siguen estando bendecidos. ¿Y usted, cree que la magia sigue existiendo?

—Antes lo creía, cuando era pequeño. Pero conforme fui creciendo, esa idea me fue abandonando. Igual que muchas de mis creencias, supongo. Pero ahora...

—¿Sí? —lo animó Larkyra, inclinándose hacia delante.

—Ahora yo también sé que existe.

Por alguna razón, aquellas palabras colmaron de esperanza a Larkyra.

Aunque no entendía el motivo exacto.

—Mi señor. —Una voz nasal interrumpió aquel momento, y ambos voltearon hacia la puerta abierta de la biblioteca desde la que se asomaba Boland. Sus ojos oscuros se detuvieron sobre Larkyra durante un instante, pero después volvieron a posarse en Darius—. Vengo a ayudarle a vestirse para la cena.

—Ah, sí —suspiró Darius—. Casi me olvido.

—Yo también —dijo Larkyra levantándose.

Estaba muy decepcionada, le habría encantado saber dónde los llevaría aquella conversación.

No es que la joven estuviera dispuesta a admitir ninguna verdad en relación con su vínculo con la magia, pero sí le habría gustado mucho saber qué pensaba Darius sobre ese mundo al que ella estaba tan ligada.

—¿Nos veremos pronto? —preguntó Darius con una sonrisita cómplice.

«Amigos», pensó Larkyra de buen humor.

—Sí, pronto volveremos a encontrarnos.

Larkyra se abrigó los hombros con el chal cuando una inesperada corriente fría invadió sus habitaciones. El viento golpeteó contra las ventanas de su alcoba e hizo que las llamas de los candelabros parpadearan. Pero, a pesar del frío, Larkyra sentía cierta calidez en su interior. Su mente no paraba de reproducir una y otra vez la conversación que acababa de tener con Darius.

«Me encantan las historias mágicas».

Aquella afirmación de Darius flotaba en su memoria.

«No tienes ni idea de cuánta magia podría mostrarte», pensó Larkyra.

—Este es precioso, mi señora. —La voz de Clara interrumpió sus cavilaciones. La doncella le colocó en el cuello un collar trenzado de perlas negras.

—Gracias. —Larkyra acarició las esferas con sus dedos enguantados—. Era de mi madre.

Larkyra llevaba uno de sus mejores vestidos de noche. Era una prenda verde agua con un corpiño cubierto de delicado encaje gris. El corsé le elevaba el pecho, quizá un poco demasiado provocativamente. Tenía el pelo recogido en un complicado chongo sobre la cabeza. Clara había resultado ser una doncella muy eficiente. Cuando Larkyra volviera a Jabari, tendría que hablarle a Charlotte de aquel nuevo diseño, ya que le quedaba realmente bien.

«Si es que vuelvo...», pensó Larkyra con amargura. Debía encontrar pronto la cámara acorazada o estaba segura de que su padre acabaría mandando a sus hermanas en su ayuda. A la joven no se le pasaba por la cabeza la posibilidad de fracasar en el propósito de mostrar cuánto valía a su familia. Tanto Arabessa como Niya habían culminado con éxito sus primeras misiones en solitario. Ella tenía que hacer lo mismo.

—Su madre ha sido muy amable al regalárselo. —Clara dio un paso atrás para contemplar el collar con cierta distancia.

—La verdad es que me lo dio mi padre. Mi madre murió cuando yo nací.

—Perdóneme, mi señora. No lo sabía.

Larkyra se puso en pie y se acarició la falda de seda.

—No te preocupes. Al no conocerla, no pude llorar su pérdida.

Por supuesto, eso no era cierto. Larkyra pensaba en la muerte de su madre cada vez que se miraba a un espejo, pues era consciente de que se parecían mucho. La sonrisa de Johana que había visto en los cuadros repartidos por su casa era idéntica a la suya. Sus hermanas nunca le habían dicho nada sobre si les dolía o no tan evidente parecido, pero alguna vez había descubierto a su padre observándola, con los ojos azules concentrados y vidriosos, como si estuviera tratando de convencerse de quién era la persona que realmente tenía delante.

Clara y Larkyra alzaron la vista al oír un golpecito en la puerta.

—Mi señor. —Clara hizo una reverencia y se sonrojó levemente al ver que Darius acababa de llegar.

—Buenas noches, señorita Clara —dijo él—. He venido a acompañar a lady Larkyra a la cena.

Un cosquilleo erizó la piel a Larkyra con la presencia de Darius, que trajo a su recuerdo los recientes momentos íntimos que habían compartido a solas en la biblioteca.

—¿No viene su padrastro? —le preguntó caminando hacia él.

Los ojos verdes de Darius la miraron de arriba abajo. Larkyra trató de ignorar el efecto que aquella mirada le había causado.

—Me ha pedido que la acompañe yo. Espero que le parezca bien.

—Mejor que bien. —La joven le sonrió al llegar al pasillo e identificar el ya familiar olor a clavo que le embotaba los sentidos—. Supongo que quiere que usted y yo nos llevemos bien.

Darius no respondió.

—¿Me lleva del brazo? —preguntó Larkyra.

Él bajó la vista hacia la mano que ella le ofrecía. Sin duda, al ver que era la izquierda, recordó el secreto que ahora los dos sabían que se ocultaba bajo el terciopelo verde del guante.

—O si no...

Darius la interrumpió y, tras tomar su mano, la hizo ponerla donde debía. La magia burbujeó excitada ante aquel contacto y a Larkyra le costó disimular una sonrisa. Darius vestía un favorecedor esmoquin azul marino que combinaba con su chaleco. Llevaba el pelo peinado con raya y hacia atrás. Larkyra se sintió orgullosa de ir de su brazo.

—Me gustaría disculparme —dijo Darius mientras atravesaban el lóbrego pasillo.

—¿Por?

—Porque nuestra conversación de la biblioteca fue interrumpida.

Larkyra lo miró y aquel sentimiento de esperanza volvió a borbotearle en su interior.

—Yo también la estaba disfrutando mucho. También me alegró saber que en el castillo hay espacios a los que se puede acudir si se quiere disfrutar de la soledad. Y que, además, esos sitios no son ni aburridos ni deprimentes —añadió en tono jocoso.

Él le devolvió una sonrisa.

—Admito que es complicado encontrarlos, pero desde luego que existen.

La mente de Larkyra empezó a dar vueltas: quizá podría

usar esa nueva familiaridad con otro propósito. En realidad aquello también le serviría a él de ayuda, por lo que no había nada de lo que sentirse culpable.

—Oh, por favor, compártalos conmigo —rogó Larkyra—. Adoro los santuarios escondidos. En mi casa de Jabari hay bastantes, y muchos de ellos siguen sin ser descubiertos. Creo que incluso tenemos un par de cámaras acorazadas ignotas en algún rincón de la casa, lo que es algo muy típico de las construcciones antiguas. Dígame, ¿en Lachlan sucede lo mismo?

—Por toda la hacienda hay rincones que muy pocos conocen —admitió Darius—, pero es fuera de esta isla donde yo suelo encontrar la paz.

—¿En serio? ¿Y dónde va usted? Por favor, no me diga que su única forma de relajarse es limpiar la parte inferior de las embarcaciones de los aldeanos...

Darius contuvo una sonrisa.

—Me temo que, si se lo cuento, esos sitios dejarían de ser lugares tranquilos.

—¡¿Perdón?! —exclamó Larkyra—. Mi presencia solo aumenta la armonía natural de los espacios. Pregúntele a cualquiera. Bueno, menos a mis hermanas. Ellas solo dicen mentiras en mi contra... —Larkyra se detuvo al darse cuenta de que Darius se estaba riendo—. ¿Qué demonios le ha resultado tan gracioso?

—Usted —respondió él—. Le pido disculpas, pero me resulta una sorpresa continua.

—En el buen sentido, espero.

—Aún tengo que decidirlo.

—Tómese su tiempo para llegar a una conclusión.

—Me lo tomaré siempre que usted esté lo bastante cerca para ayudarme a decidir.

Larkyra dejó escapar una risa suave que terminó de forma abrupta cuando se dio cuenta de algo.

Acaso... ¿estaba Darius coqueteando con ella? Y... ¿no era cierto que a ella le encantaba?

De repente sintió la urgencia de que él le soltara el brazo. Aquello se estaba volviendo demasiado íntimo.

Solo los dioses perdidos sabían cuánto tiempo llevaba Larkyra sin sentir que algo le arrebataba la capacidad de hablar. Actuando de una forma absolutamente opuesta a las costumbres de las Bassette, se quedó callada hasta que entraron en el enorme vestíbulo del ala norte y descendieron por la gran escalinata. A pesar de las múltiples velas encendidas en los candelabros, solo alcanzaban a alumbrar una pequeña porción de aquel espacio. Era como si el castillo estuviera condenado a vivir para siempre entre sombras oscuras.

Al atravesar una sala de esculturas de piedra, vieron cómo bestias de todo Aadilor habían sido esculpidas enseñando los dientes o gruñendo, mientras que otras se alzaban sobre sus patas traseras y parecían estar a punto de abalanzarse sobre ellos. Larkyra pensó que se habían esforzado demasiado en mostrarse siniestros y tomó la nota mental de recoger flores silvestres en su próximo paseo, ya que las mandíbulas de las fauces podían perfectamente ser usadas como jarrones decorativos. Al doblar una esquina se topó con la presencia silenciosa de los criados vestidos de negro que esperaban de pie junto a la pared o bajo los marcos de las puertas; allí había mucho más personal del que se había encontrado a lo largo de sus paseos nocturnos.

—Me alegra comprobar que la hacienda es capaz de mantener a todo este personal —afirmó Larkyra.

—Esta no es la cantidad habitual. Parece ser que mi padrastro ha contratado a más personas durante su visita.

—¿En serio? Pensaba que una casa de este tamaño ya tendría una cantidad suficiente de criados.

—Sí, pero no cuando... —La mirada de Darius se posó sobre Boland, que esperaba ante la puerta del comedor.

Larkyra sonrió a aquel hombre y no pudo evitar echarle un vistazo a su solapa, que, sin la bella rosa de plata, parecía muy vacía. Boland permaneció firme mientras la pareja se acercaba y entonces reparó en cómo el brazo de la joven reposaba en el del lord.

—Buenas noches, mi señor, mi señora —musitó con una reverencia—. El duque espera su llegada.

—Gracias, Boland —dijo Darius haciéndole a Larkyra un gesto para invitarla a pasar primero.

En cuanto atravesaron el marco de la puerta, el instinto de Larkyra empezó a gritarle que se marchara de allí. Y no fue por el aspecto de aquella sala. No. El comedor tenía un aspecto siniestramente encantador: hileras de ventanas con vitrales, un mosaico abstracto en tonos rojos, naranjas y amarillos que relucía con cada relámpago proveniente del exterior... En el centro había una mesa larga con una apariencia muy ridícula: estaba preparada para solo tres comensales, con un servicio en cada extremo y otro justo en el centro.

Y ahí estaba lo que había despertado en las fosas nasales de Larkyra unos instintos absolutamente animales. Presidiendo la mesa, enmarcado por las centelleantes llamas de la chimenea que había a su espalda, estaba sentado Hayzar Bruin emanando un embriagador flujo de magia adulterada.

CAPÍTULO DIECISIETE

Mediante el don de la Visión del que Larkyra disfrutaba, Hayzar apenas parecía un hombre en esos momentos. A pesar de que mostraba un mejor aspecto y de que ya no tenía los rasgos hundidos y la expresión exhausta, parecía estar empapado de aceite de medianoche: desde la boca, bajándole por el mentón, le goteaba constantemente un flujo con aspecto de tinta, tan denso que la joven apenas podía distinguirlo del esmoquin con el que iba vestido. ¿Cómo era posible que ese hombre no fuera consciente de la estampa que presentaba? ¿Qué le estaba haciendo aquella droga?

Por supuesto, la respuesta era obvia: Hayzar solo podía sentir leves retazos del éxtasis que esa sustancia le proporcionaba, el poder del que alguna vez disfrutó ahora no comparecía. Cualquier reacción que le despertara la phorria resultaba un mero efecto secundario sin importancia que no se podía comparar a la grandeza que la droga le prometía entre susurros. Cuando alcanzaba ese estado, Hayzar se sentía espléndido, poderoso.

Al menos eso era lo que Achak les habían contado a Larkyra y sus hermanas.

Lo que no sabían esos adictos es que la magia que ellos

«poseían» era tan débil como una nube de vapor en comparación con la tormenta que albergaba alguien como ella. Lo más probable era que Hayzar apenas pudiera convocar una magia muy sencilla y varios tipos de hechizo, dependiendo de la potencia de la droga; pero aquello era solo un espejismo que se iba disolviendo con cada nuevo truco, provocando que los adictos volvieran por droga a un ritmo cada vez mayor.

«Bueno, está claro que esto demuestra cuáles eran esos asuntos personales de los que hablaba», pensó Larkyra.

Mientras observaba al duque en su oscura gloria, Larkyra se preguntó si Zimri habría sido capaz de seguirle la pista. ¿Qué le habría contado a su padre? La joven decidió que, en cuanto saliera de la habitación, le enviaría una carta a través de Kaipo.

La energía opresiva que circundaba a Hayzar era como un agujero hacia el Nunca Jamás: absorbía todos los buenos recuerdos que flotaban por la habitación. Unos gruesos tentáculos negros de magia robada surgían de sus hombros y buscaban por la habitación algo de lo que alimentarse. Uno de ellos se alargó hasta llegar a Larkyra: le acarició las mejillas, el cuello, el costado... La joven contuvo la respiración para mantener su poder recluido en el interior del pecho.

«Cabeza fría, corazón firme», susurró sin palabras.

—Lady Larkyra, esta noche está usted hermosísima. —Hayzar no se levantó cuando entró su invitada, se limitó a señalar el puesto central de la mesa mientras las extremidades de su magia adulterada se retorcían—. Por favor, siéntese y cuénteme qué ha hecho y qué ha visto durante mi ausencia.

Larkyra se las arregló para fingir una sonrisa mientras un criado le acercaba la silla a su espalda. Se sintió muy agradecida por todos los años que se había pasado actuando y fingiendo ante multitudes enmascaradas.

—El otro día exploré su laberinto vegetal, excelencia. Dele mi enhorabuena a sus jardineros. Hicieron un excelente trabajo al diseñarlo.

—¿Mi laberinto vegetal? —Hayzar alzó una ceja mientras el camarero le rellenaba la copa de vino—. Ignoraba que teníamos uno. Darius, ¿tú lo sabías?

—Sí lo sabía, excelencia.

Incluso con la distancia que los separaba, Larkyra podía sentir la tensión que irradiaba Darius. Ya no era el hombre sonriente que la había llevado hasta el comedor. Estaba segura de que, aunque él no pudiera ver lo mismo que ella, de alguna forma podía sentirlo... o quizá olerlo. ¿Cómo se presentaba esa magia corrompida a quienes no poseían la Visión?

—Extraordinario —dijo Hayzar mientras los criados servían el primer plato—. Quizá podríamos visitarlo mañana dando un paseo, mi señora. Me encantaría saber qué otros secretos de mi jardín me ha ocultado mi hijastro durante todos estos años.

—Es difícil mantener en secreto nada relativo al jardín: son perfectamente visibles desde su ala —aseguró Darius.

—Espero que no estés insinuando que soy poco observador —susurró Hayzar acariciando con los dedos el afilado cuchillo que tenía junto al plato—. Eso me dejaría en muy mal lugar ante nuestra invitada.

Darius bajó la vista hasta la mano del duque y torció un poco la mandíbula.

—Al contrario —intervino Larkyra tratando de suavizar la tensión—. La mayor parte de los días yo misma sería incapaz de decir el color de los zapatos que llevo puestos. Quizá por eso mis hermanas han intentado convencerme tantas veces de que vaya siempre del mismo color.

—Qué listas son sus hermanas —comentó Hayzar volviendo a mirar a su hijastro—. Me encantó conocerlas durante su Eumar Journé.

—Me alegra oírlo, excelencia. ¿Puedo contarle un secreto?

Esto despertó por fin la curiosidad del duque.

—Por supuesto, atesorar secretos ajenos me proporciona una fascinación insuperable.

La joven sonrió y se inclinó hacia él mostrando más generosamente su pecho.

—Espero que no le fascinen tanto como el hecho de conocerme a mí.

Los ojos de Hayzar se posaron sobre lo que ella exhibía y una chispa voraz le iluminó las pupilas antes de echar la cabeza hacia atrás soltando una carcajada.

—Oh, lady Larkyra... Usted y yo nos la vamos a pasar fenomenal, ¿no es así?

—Eso espero, desde luego —dijo ella conteniéndose para no poner los ojos en blanco.

Le resultaba asombroso comprobar lo turbador que podía ser mostrar un poco de carne. El consejo que le dio Niya antes de iniciar esta misión le volvió a la mente: «Las mujeres debemos usar todos nuestros dones en nuestro beneficio».

«Tenía razón», pensó Larkyra con aire taciturno.

Al menos, Hayzar ya no estaba mirando a Darius como si este fuera su presa.

Le pusieron por delante el primer plato, un estofado con aroma de curash picante. Larkyra estaba hambrienta, muy a su pesar.

—Tiene un aspecto delicioso —dijo antes de probar un poco y que los sabores le explotaran en la lengua.

Gracias a los dioses perdidos, aquella comida no tenía nada que ver con la morgue en la que estaban cenando.

—¿Es que no tienes hambre, Darius? —le preguntó el duque. El hijastro, con el semblante tan pálido como Boland, miraba fijamente la sopa—. No seas maleducado, muchacho. Come.

—¿Se encuentra bien, mi señor? —le preguntó Larkyra.

—Está perfectamente —contestó el duque con brusquedad—. Siempre disfruta actuando de forma extraña.

A Larkyra le habría gustado poder reírse justo en aquel momento. Lo único extraño ahí era la criatura que presidía la mesa.

—¿Mi señor? —volvió a decirle a Darius con tono suave y el ceño fruncido.

—Come —insistió el duque, esta vez golpeando con el puño en la madera.

Larkyra se sobresaltó. La energía negra que rodeaba a Hayzar avanzó hacia delante, una oleada de oscuridad se abría paso a zarpazos a lo largo de la mesa. La joven sintió una llamarada de rabia en su interior.

—Me estás avergonzando ante nuestra invitada.

—Excelencia, le aseguro que estoy perfectamente —intervino Larkyra.

El duque tenía los ojos tan fijos en su hijastro que parecía haberse olvidado de que ella también estaba allí.

Su temperamento había cambiado muy bruscamente desde que en el castillo ya no estaban ni Zimri ni ningún otro caballero.

—Muchacho, ¡si no vas a comer, al menos di algo!

—Usted sabe que no puedo comer esto —dijo Darius tan bajito que a Larkyra le costó entenderlo.

—¿Qué dices? Ya sabes lo que opino de los murmullos.

—Que. No. Puedo. Comer. Esto —repitió Darius, mirando por fin a su padrastro a los ojos.

El duque levantó con sorpresa una ceja y contuvo una sonrisa.

—¿Y se puede saber por qué no?

—Porque lleva curash —respondió Darius apretando la mano hasta formar un puño.

—¿Y?

—Ya sabe que soy alérgico.

—Ah... —intervino Larkyra tras respirar hondo—. ¿Eso es todo? Entonces pasemos al siguiente pla...

—He contratado expresamente a un cocinero muy caro para que nos prepare esta cena —la cortó Hayzar—. Vas a comerte hasta el último bocado.

—No.

—¿Cómo que no?

Darius apretó los labios y sus ojos verdes parecieron arder en llamas. Larkyra no estaba del todo segura... pero, sí, el joven estaba temblando.

—Muy bien. —El duque agarró su servilleta y se limpió la comisura de los labios. Al retirar la tela, se habían quedado pegados restos de su oscura energía—. No comas si no quieres. Por supuesto, no puedo obligarte. ¿Puedo seguir comiendo yo?

—Excelencia —empezó a decir Larkyra—, por favor, permítanos...

El resto de su frase se perdió al estallar la magia corrompida de Hayzar. Como una inundación, cubrió los suelos y las paredes, e hizo que el fuego pasara de naranja a azul. Ahora en toda la habitación chorreaba la espesa y oscura flema de su droga, que emanaba una pestilencia casi insoportable. El fuego que había tras el duque, única fuente de iluminación, se elevó alimentado por su ira. Todas las personas que estaban en el comedor se congelaron de repente. Los sirvientes mantenían la mirada perdida en un punto fijo.

Larkyra observó atónita cómo esa explosión de energía convertía al duque en un ser monstruoso: los globos oculares se le pusieron negros, el rostro pareció tornarse en huesos y ceniza, los dientes se le pusieron largos y afilados como los de esos peces devoradores de carne humana. Los tentáculos que le sobresalían de la espalda flotaron sobre la mesa antes de ir cubriendo el rostro de todos los presentes apoderándose de su libre albedrío. Cuando uno de los tentáculos se dirigió hacia Larkyra, esta sintió aquel roce como un dardo de hielo sobre la piel que le murmuraba órdenes y le nublaba la mente.

«Duermeeeee —le susurraba la magia de Hayzar—. Descansa la mente».

El poder de Larkyra respondió activándose, fluyendo por sus venas, apresurándose a protegerla. «¡Lucha! ¡Déjame salir!», parecía gritar. Lúcida, apretó los dientes y mantuvo su magia atrapada en la garganta. Extendió su don como si fuera un músculo, lo forzó a fluir hacia los dedos de la mano y de los pies para que, tras la piel, se endureciera como un escudo.

«Cabeza fría, corazón firme. Cabeza fría, corazón firme. Firmefirmefirme». Tenía la respiración agitada. Se aferró a unas palabras que siempre le habían proporcionado claridad y calma en sus momentos más difíciles. Trató de imitar las expresiones congeladas de Darius y los criados.

—Come.

Las palabras ásperas de Hayzar se deslizaron por sus oídos aunque estuvieran dirigidas a Darius.

El joven lord levantó la cuchara y, con el rostro inexpresivo, sorbió la sopa.

—Más —ordenó Hayzar con una mueca en los labios.

Y Darius siguió comiendo.

Con cada sorbo, Larkyra podía ver cómo la alergia, rápidamente, provocaba su efecto. Darius no había mentido. Su piel se alteró de forma instantánea y una urticaria le fue subiendo por el cuello. Se le hincharon los labios y, al séptimo sorbo, se le inflamó un párpado.

Por el mar de Obasi, ¡debía detener aquello!

Larkyra se estaba esforzando tanto por controlarse que tenía la piel completamente tensa. No soportaba ver a Darius sufriendo así, sobre todo siendo consciente de que podía detener aquello muy fácilmente, con solo pensarlo. Una nota aguda que saliera de sus labios, un grito estridente, podría acabar de forma instantánea con este destello de poder de Hayzar que seguro él consideraba la cúspide de la magia.

Pero ¿qué pasaría entonces?

Necesitaría a sus hermanas para manipular la mente de Hayzar, así como la de Darius y los sirvientes, y que todos olvidaran que habían sido testigos de sus dones. Igual que el duque estaba haciendo ahora, ella tenía la posibilidad de hipnotizar a la gente para que, cuando ella lo ordenara, sus mentes se quedaran en blanco. Pero lo de reescribir los recuerdos para asegurarse de que los dones de su familia seguían manteniéndose en secreto era demasiado complejo para hacerlo ella sola, especialmente habiendo tantas personas en aquella habitación. Y eso sin mencionar lo mucho que Hayzar le repugnaba.

Su magia le arañaba los pulmones queriendo liberarse y Larkyra estaba a punto de rendirse. Sobre todo desde el momento en el que Darius empezó a resoplar, pues eso significaba que se le estaba cerrando la garganta.

«No, no, no, no, no».

A Larkyra le daba vueltas la cabeza tratando de buscar una solución mientras rezaba a los dioses perdidos para que Hayzar detuviera aquella locura antes de asesinar a su hijastro.

«Si está muerto, no podrá matarlo». Sus poderes la tentaban susurrándole mensajes. «Somos más fuertes que él, ¡ataca!», insistió su magia desde el interior de su pecho.

«¡NO!». Larkyra calló a su voz interna. A pesar de lo terrible que era no poder hacer nada mientras que, despacio, Darius se llevaba otra cucharada a la boca, Larkyra no se permitiría liberar a su monstruo interior. Solo dejaba salir a esa criatura cuando se lo ordenaba el rey; incluso así, la primera vez que lo hizo quedó devastada.

Larkyra sintió una punzada en el estómago. Un instante después, le vinieron a la mente recuerdos del pasado.

Era pequeña y estaba llorando en su camerino, bajo el palacio del Reino de los Ladrones.

—Calla, niña. —Su padre estaba a su lado y su blanca túnica de rey descansaba junto a su falda—. Si no dejas de llorar, va a ser peor.

Sus hermanas se congregaron junto a la puerta. Esperaban para poder darle apoyo.

—¿Por qué me obligaste a hacerlo? —Larkyra tomó aire con dificultad y trató de calmarse para que su magia volviera. Pero esta siguió desplazándose por la habitación, chocando con todo lo que se encontraba en su camino.

Solo la armadura de su padre la protegía de ser herida.

Larkyra no podía dejar de pensar en el hombre al que acababa de torturar con sus dones por orden del rey, de su padre.

—Niñas, la magia que tienen es muy complicada —dijo Dolion en tono comprensivo—. Su poder ha de ser usado para el bien... pero, a veces, para lograr el bien hay que hacer cosas malas. Deben tener presente este equilibrio. Ese hombre ha hecho cosas horribles y tú has ayudado a detenerlo.

—Pero si acabo de aprender a controlar mis dones —protestó—. Acabo de aprender a no hacerle daño a nadie. Y entonces... y entonces nos has ordenado que...

—Eso es porque ya eres capaz de controlarlo —le explicó su padre colocándole una mano sobre el hombro—. Yo ya sabía que estabas lista. ¿Verdad que no has sentido que perdías el control?

Larkyra se sonó la nariz pensando en la pregunta.

—No.

—¿Ves? Aunque le has hecho daño a alguien, en ese momento estabas al mando de tu magia, pajarillo. ¿Entiendes la diferencia? Has logrado controlar el dolor que infligías, igual que también eres capaz de mantener bajo control la alegría que ahora puedes despertar gracias a tus dones. Tú eres la constante de tu magia, Larkyra. Tú decides qué hacer con ella.

—Yo decido —repitió.

—Sí. Yo les iré pidiendo que hagan cosas muy complicadas, tan difíciles como las decisiones que yo debo tomar cada día... Pero lo tenemos que hacer para controlar un mundo que es mucho mayor que nosotros. El Reino de los Ladrones es un lugar que necesita ser controlado con mano dura. Somos la presa que contiene el caos.

—Lo entiendo —dijo Larkyra tras un instante.

El remolino de sus emociones se fue asentando a la vez que su magia. Su padre asintió.

—Muy bien. Y si alguna vez sientes que tus emociones se descontrolan, solo tienes que recordar lo que Achak te enseñaron.

—Que cuando esté tensa me trague el aliento en vez de exhalarlo.

—Exacto. Sé que es algo difícil de hacer, pajarillo, pero también sé que lo conseguirás. Puede que tu vida esté llena de pausas, pero es lo más seguro. Y tienes a tus hermanas. Cuenta con ellas cuando tengas miedo. Usa su fuerza. Agárralas de las manos. Haz lo que sea para seguir siendo tú misma. Mantente firme.

«Firme. Firme. Firme».

Esa era la eterna cantaleta de Larkyra para volver a estar tranquila, alegre, feliz. La otra opción era mucho más difícil de controlar. Pero si pudo contener los gritos cuando le cortaron el dedo, también podría permanecer callada en ese momento.

Y aunque le destrozaba las entrañas ver cómo la alergia de Darius empezaba a ser fatal, no tenía otra alternativa. Tenía que elegir a su familia. Si movía un músculo o decía una palabra, temía que todo estallara por los aires: la habitación, la gente, puede que incluso el castillo. La verdad sobre su familia sería revelada y caerían en el ostracismo. O, peor, serían perseguidos. No podía hacerles eso, no podía arrebatarles todo lo que tenían. Ya les había quitado algo demasiado importante y les había causado demasiado dolor a lo largo de los años al haber provocado la muerte de su propia madre.

Así que, mientras el rostro de Darius adquiría un espeluznante tono morado, Larkyra siguió quieta, arañando los brazos de su silla y mordiéndose la lengua hasta sentir el sabor de la sangre.

Le echó un vistazo al duque y observó en sus ojos negros el brillo de triunfo que le producía ver a su hijastro sometido a su voluntad. Pensó en la difunta duquesa, Josephine, en sus objetos y en los retratos guardados en sus aposentos. En su mechón de pelo atado con un poco de seda. Si a este hombre le importó alguna vez aquella mujer, ¿cómo podía tratar así a su único hijo?

«Qué oscuro tiene que ser tu corazón —pensó Larkyra—. Y cuánto me gustaría silenciarlo».

—Ya es suficiente. —La voz del duque resonó por toda la habitación.

La mano de Darius se detuvo casi al llegar a su boca. Una perla de sudor le bajaba por la frente y fue entonces cuando ella vio el destello de lucidez en su mirada impotente. Darius había sufrido cada segundo de esa tortura.

El fuego de su interior se avivó aún más.

«¿Qué es esta pesadilla que estoy presenciando?». Larkyra apretó los puños. ¿Cuánto tiempo llevaba Darius viviendo así?

En el Reino de los Ladrones, ella había sido testigo de multitud de cosas siniestras. Hombres asesinados, piel arrancada a tiras, vidas destrozadas... Pero nunca había sido testigo de tanta crueldad hacia alguien que la mereciera tan poco. El Rey de los Ladrones tenía su propio castigo para los que se ensañaban con los inocentes, y nadie que hubiera oído los gritos de esos pecadores se habría atrevido a probar fortuna en ese juego.

—Oh, pobre muchachito —dijo el duque medio tirado sobre su silla, exhausto, mientras su magia abandonaba las paredes, los suelos, el fuego.

La retirada de esa magia corrupta provocó que el propio salón respirara aliviado. Los sirvientes se desplomaron a lo largo de la pared, liberados, por fin, de los deseos del duque. Larkyra, con el corazón en la garganta, vio el parpadeo exacto en el que Darius recobró la consciencia.

La cuchara se le cayó de las manos como si le ardiera entre los dedos. Respiraba con dificultad y se pasó una mano por sus facciones hinchadas. Se estaba dando cuenta de lo que acababa de hacer y cada bocanada de aire que tomaba le hacía ponerse más rojo.

—Pues sí que eres alérgico. —El duque levantó una ceja—. No deberías haber comido tanto. ¿Por qué no nos dejas solos y vas a recomponerte?

La silla de Darius rechinó cuando la arrastró para levantarse. Se balanceó un poco antes de posar una mano firme sobre la mesa. Larkyra hizo el intento de levantarse para ayudarlo.

Los ojos inflamados de Darius se posaron sobre los de la joven y, sin palabras, le suplicó que volviera a sentarse.

«No lo hagas, olvídate de que existo», parecía decir su mirada.

Esa fue la misma petición imposible que ella le hizo a la magia que le hervía en el interior.

Larkyra tragó saliva tratando de forzar a los dones que

pretendían emerger por la garganta a que se quedaran «quietos, quietos, quietos». Cuando por fin sintió que podía hablar sin provocar ningún daño, se giró hacia el duque y le preguntó:

—¿Qué le ha pasado? Tiene un aspecto horrible.

Se aseguró de hacerse la tonta y de actuar con el desconocimiento que él había querido que cundiera en la sala.

—La verdad es que sí. Pero usted no se preocupe —le pidió agitando una mano para quitarle importancia al asunto—. Se pondrá bien.

Larkyra miró en dirección a Darius, pero su silla estaba ya vacía y la puerta del comedor se estaba cerrando lentamente. Le alivió advertir que el joven había podido escapar, pero ese sentimiento pronto fue sustituido por el miedo.

Ahora estaba a solas con un lunático.

Y no la clase de lunático que podía encontrarse en el Reino de los Ladrones. Esos solían ser simpáticos. A esos podía distraerlos con algo dulce, algo brillante o una marioneta hecha con sus poderes. Pero aquí no contaba con nada de eso. Y sin su magia, a fin de cuentas, se sentía como una persona a medias. Era como un Lierenfast que no acababa nunca... pero mucho peor, porque ni siquiera podía mostrar su destreza con la espada.

Al menos aún no.

Volvió a echarle un vistazo a la puerta cerrada y al sitio que Darius había dejado vacío. ¿Estaría bien? ¿Dispondría de alguna medicina que le calmara esa alergia?

Todo le decía que tenía que marcharse de esa habitación para comprobar su estado.

—No dejemos que el descuido de mi ahijado nos arruine la cena. —El duque chasqueó los dedos para que los criados retiraran la vajilla y trajeran el siguiente plato.

«Por los dioses perdidos —pensó observando el trozo de

carne que le habían puesto delante—. Pero ¿cómo se supone que me voy a comer esto después de lo que ha pasado?».

—En fin, querida... —El duque empezó a cortar su cena. Estaba visiblemente cansado, pero seguía siendo un hombre lleno de encantos... siempre que no se prestara atención a la sustancia negra que le seguía emanando de cada poro—. Cuénteme todo lo que hizo mientras yo no estaba.

Larkyra pestañeó.

Se moría de ganas de gritar: «¡Acabas de torturar a tu hijastro delante de un montón de gente! ¡Y con sopa!».

Pero, por supuesto, no dijo nada de eso. Después de todo, era una Bassette. Se adaptaba a todo, era una superviviente mucho más lista que aquel bastardo engreído que tenía sentado enfrente. Quedaban demasiadas respuestas que desenterrar, demasiadas cámaras acorazadas que descubrir, demasiadas tierras que liberar. «Será un juego a largo plazo», se recordaba una y otra vez. Y se aseguraría de que tuviera un final feliz.

Así que, mientras que el joven lord temblaba tirado en algún rincón del castillo y luchaba para poder seguir respirando, Larkyra se quedó con el duque charlando, sonriendo y asegurándose de que se comía hasta el último bocado.

Y, mientras, fantaseaba con que cada mordisco de Hayzar fuese el último que diera.

CAPÍTULO DIECIOCHO

«Olvídate de que existo».

Mientras avanzaba con paso decidido por el pasillo del ala oeste del castillo contra el que, justo en ese momento, una violenta tormenta estaba descargando latigazos de viento y electricidad, a Larkyra no se le iba de la mente la imagen de Darius. Lo único que había hecho al respecto era tararear para introducirse a sí misma en una burbuja protectora de invisibilidad insonorizada. Su canción hablaba de veranos en el campo. El sonido de su voz era como el sol: cálido y brillante. Dejó salir su magia, una caricia tibia que le cubría la piel, justo cuando el vendaval impactó contra ella. El agua se deslizaba por la superficie del escudo de aire que la rodeaba. Tras el numerito de la cena, consideró que incluso su padre entendería que el momento de mantener sus poderes escondidos ya había pasado. Se acabó el ayuno.

No estaba segura de cuál sería su puerta, pero permitió que sus sentidos la guiaran en cuanto llegó a aquella zona del castillo. Dejó atrás un recibidor escasamente decorado, una pequeña biblioteca y una habitación infantil en la que todo estaba cubierto de sábanas blancas. Ya investigaría cualquier otra noche. Ahora tenía algo más importante que hacer.

Llegó hasta unas puertas dobles cerradas por completo al final de un pasillo. Un tenue resplandor naranja se intuía por la rendija inferior. «Aquí está», pensó. Aunque Darius carecía de dones, Larkyra estaba empezando a reconocer su energía personal; era como si esta la atrajera, casi como si él también tuviera magia.

Posó una mano sobre la madera y la puerta crujió al abrirse. El tarareo de Larkyra se apagó en sus labios y el corazón se le aceleró. Entró allí con pies de plomo.

El aroma a clavo era más intenso en sus habitaciones y esto distrajo a la chica durante un instante.

—¿Darius? —preguntó con suavidad.

Puede que fuera poco apropiado que ella estuviera en sus habitaciones, pero a Larkyra ya no le importaba el protocolo. Quería asegurarse de que estaba bien y, por los dioses perdidos, ¡vivo!

Sus ojos revolotearon por la enorme habitación llena de sillas y mesas. Las puertas del balcón estaban abiertas de par en par, lo que hacía que el intenso viento luchara contra el fuego de la chimenea situada en la pared opuesta. Su inspección se detuvo al advertir que en la cama que ocupaba el centro de la habitación reposaba una silueta.

Apenas podía respirar mientras se acercaba hacia Darius. Al ver que estaba dormido y respirando, se le calmaron tanto la magia como el ritmo cardiaco.

Inmediatamente inició una nueva canción, una nana que favorecería que su sueño fuese mucho más profundo. Solo entonces, pudo al fin relajarse. Con una nota exhortativa y un giro de la muñeca, hizo que las puertas del balcón se cerraran con cerrojo. La alcoba pareció respirar aliviada, envuelta en una cálida placidez.

Aun así, la visión que tenía ante ella no era, ni mucho menos, agradable. Se le hizo un buen nudo en la garganta al contemplar las terribles manchas que salpicaban la hinchada piel del lord. No presentaban tan mal aspecto como en la cena, pero Darius estaba enroscado en las sábanas como si, incluso en sueños, siguiera batallando contra el monstruo. Larkyra se acercó a él. Al encaminarse hacia aquella habitación, no pensó en qué haría al llegar... pero ahora que tenía a Darius inconsciente justo delante sabía exactamente lo que tenía que hacer.

Larkyra respiró hondo antes de entonar una canción que su padre solía cantarles a ella y sus hermanas y que, según afirmaba, era la favorita de su madre. Siempre conseguía reconfortarla. Cuando se sentó al borde de la cama de Darius, fue vertiendo cada nota sobre el lord como si fuera un bálsamo sutil.

Mira a las estrellas, bebé,
a esas que danzan en el cielo,
que es donde yo te esperaré.

No creas que estoy lejos, mi amor,
pues mi luz nos ilumina a los dos.

Que la noche acaricie tus ojos, tesoro,
y que aleje de ti tristezas y lloros.

Se necesita de la oscuridad
para entender que el amor
es lo que nos puede iluminar.

Siente mi dulce canción
en la brisa nocturna de tu alrededor.

Susúrrame tus secretos, corazón,
para que tras esta noche te sientas mejor.

Así que vuelve a mirar las estrellas, bebé,
y observa cómo, alegres, bailan otra vez.

Y cuando se esconda la luna
sabrás que en su reflejo estoy yo
cantando esta canción de cuna.

La magia emanó de su boca y convirtió la canción en un hechizo que hacía que le hormiguearan la lengua y los labios. Conforme la energía de la sangre se le activaba, Larkyra empezó a emitir unas leves ondas doradas que revolotearon sobre los oídos y los ojos de Darius.

Usó los dedos para dirigir su magia hacia la frente del joven, hacia sus mejillas, su cuello y cada una de las marcas que evidenciaban el tormento que había sufrido. Dividió la voz en dos, con una nota grave y otra aguda, que se armonizaban para rozar la piel del lord. Larkyra comprobó que los puntos que su magia iba tocando volvían a estar limpios y sanos. En su mente zumbaban eufóricas las letras de sus canciones, animadas por la energía que ella irradiaba. Aunque intentaba mantener la mente fría, sentía el latido del corazón como si un caballo de carreras galopara en sus oídos. Tenía que concentrarse en su tarea y en las heridas que salpicaban al hombre fuerte y amable que descansaba a su lado. Larkyra podía hacerlo; curar fue uno de los primeros conjuros importantes que Achak le enseñaron.

Necesitó mucha más fuerza y control que cuando actuaba, pero pudo hacerlo. Tenía que hacerlo.

Cuando Larkyra llegó al último rasguño, los ojos se le fueron a las ronchas escondidas bajo la camisa. Su canción cesó. ¿Debería atreverse a seguir bajando?

Darius soltó un leve gemido. Giró el rostro como si ya

extrañara la voz de ella. Aquel levísimo sonido hizo que a Larkyra se le erizara la piel.

Se quedó mirando un buen rato los botones de la camisa de Darius, así como los esbeltos músculos del pecho que se intuían a través de la tela desgastada. «Tendré que quitársela si quiero acabar lo que empecé; seguro que debajo tiene más moretones», pensó. Un instante después, Larkyra se descubrió abriendo hasta el último de los botones.

Cuando le abrió la camisa, la joven tuvo que taparse la boca con la mano: el bello torso de Darius, de piel pálida y atléticos músculos, estaba cubierto por docenas de cicatrices pronunciadas. Algunas eran más pequeñas y otras más grandes, algunas eran de tajos limpios y otras de cortes detallados. Estaba claro que habían sido hechas con distintos instrumentos. Sus ojos bajaron por cuatro líneas de cicatrices paralelas: la marca de un tenedor.

Le volvió a la mente la imagen de Hayzar cuando, durante la cena, acariciaba el cuchillo que había al lado de su plato.

Larkyra sintió una punzada en el estómago.

¿Se habría atrevido a hacerle algo así?

Si no hubiera presenciado el incidente de la sopa, lo habría dudado, pero...

Otra imagen le volvió a la mente: cuando Darius iba remando y una cicatriz le asomó por la manga de la camisa. Sin dudarlo, le desnudó primero un brazo y después el otro.

El cuerpo del joven volvió a desplomarse en la cama, aún inconsciente, mientras ella ahogaba un grito.

La situación de los brazos era aún peor. Le costó encontrar alguna zona de los brazos o antebrazos que no estuviera llena de señales. Y entonces vio cómo, justo en la parte superior de su antebrazo derecho, el mismo que había atisbado en la barca, se hallaba la más profunda y antigua de aquellas cicatrices. Las lágrimas le inundaron los ojos y le nublaron la vista.

Todo se le volvió difuso y percibió cómo la luz de la habitación se había atenuado al volverse más fría. Su magia se había convertido en una triste nube negra similar a la de la tormenta que azotaba el exterior del castillo.

En este lugar no había rastro de felicidad.

Un arrebato de rabia invadió la garganta de Larkyra. Fue la peligrosa sensación de que su magia clamaba venganza, un recordatorio de que tenía el poder suficiente como para convertir sus hechizos luminosos en algo mucho más oscuro.

«Hiérele —parecía susurrarle—. Inflígele el daño que él ha infligido. Despójalo de cuanto ha robado».

Una parte de ella se imaginó rindiéndose, explotando y convirtiéndose en la criatura que sabía que podía llegar a ser. Qué satisfactorio le habría resultado poner contra el bloque de tallado a Hayzar, un hombre que disfrutaba haciendo daño a los demás. El Rey de los Ladrones la entendería, ¿no? Si un abuso como el que se había perpetrado en ese castillo hubiera sucedido en el Reino de los Ladrones, la respuesta habría sido inmediata; y Larkyra, sin lugar a dudas, la encargada de ejecutarlo.

Darius volvió a moverse sobre la cama y la joven se sacudió esos pensamientos oscuros que la hacían saborear una venganza agridulce.

«Cabeza fría, corazón firme», pensó.

Mientras se repetía esa cantaleta, un nuevo recuerdo se materializó en su mente: el de la primera vez que curó a alguien.

—Pequeña, la misma energía que usas para destrozarlo todo, también puede servir para curar —le explicaron Achak mientras Larkyra y sus hermanas escuchaban sentadas en una de las pequeñas bibliotecas secretas de la casa de Jabari. La sala estaba llena de viejos volúmenes y de pergaminos; el espacio olía a incienso, magia y secretos, y solía usarse a modo de aula cuando Achak venían a dar clase—. Puedes curar las heridas que provocas.

—¿De verdad? —Larkyra se incorporó con el pecho lleno de esperanza.

Apenas era una niña de nueve años, pero ya estaba harta de todo el daño que había causado durante su aprendizaje.

—Podemos enseñarte a hacerlo —dijo el hermano. Su vestido flotaba a su alrededor cada vez que se movía—. ¿Alguna de las dos quiere ser hoy mi ayudante? —les preguntaron a Arabessa y a Niya.

Sus hermanas se paralizaron.

—No, de ninguna forma —intervino Larkyra.

Nada bueno podía suceder cuando Achak les pedían que les ayudaran con algo relativo a la magia de Larkyra.

—Yo lo haré —anunció Arabessa poniéndose en pie y acercándose a Achak.

—Ara...

—Lark, alguien tiene que hacerlo —zanjó su hermana mayor. Sus ojos azules mostraban una expresión contundente y dulce a la vez. Su amor era muy testarudo—. No podemos permitir que sigas pensando para siempre que eres un monstruo. Hasta las serpientes mudan la piel.

—Pero siguen siendo serpientes —apuntó Larkyra.

—Sí, pero maduran —rebatió Arabessa—. Y tú también tienes que hacerlo.

Larkyra se quedó callada mientras Achak hacían que Arabessa se sentara en una silla frente a ella. Agarraron una cuchilla de entre las que había expuestas en la pared y le pidieron a Arabessa que se descubriera el muslo.

El aire de la habitación pareció tensarse cuando, con los hombros rígidos, la hermana mayor hizo lo que le habían pedido.

—Te va a doler, pero será rápido —dijeron Achak.

Con un zumbido, le hicieron una raja a la pálida piel de la chica justo por encima de la rodilla.

Arabessa se aferró a los brazos de la silla e hizo lo que pudo por contener lo que sin duda habría sido un grito. Los ojos se le humedecieron.

—¿Por qué ha de ser así? —Larkyra dio un salto de su asiento y la angustia de su voz atravesó el aire haciendo que el corte de Arabessa se volviera más grande y más profundo. Unos hilos de sangre carmesí bajaban por la pierna de la hermana mayor.

—¡Ayyy! —Arabessa se dobló sobre sí misma.

—Concéntrate —le pidieron Achak a Larkyra—. Relájate.

Larkyra respiraba con dificultad, la habitación le daba vueltas. Niya se puso a su lado y le acarició el hombro cuidadosamente. Le habló sin necesidad de palabras, su presencia bastaba.

Sus hermanas siempre estarían allí cuando ella las necesitara.

La habitación volvió a quedarse en silencio.

—¿Sientes toda esa ira, toda esa frustración? —le preguntaron Achak—. Pues tienes que cambiarlas por paz y tranquilidad.

«¡¿Pero cómo?!», le habría gustado gritar a Larkyra. Pero no se atrevía a emitir ningún sonido.

—Mira a la persona herida que tienes delante —continuaron Achak—. Es Arabessa. Tu hermana. Está sangrando porque te quiere, porque cree en ti. Siente su amor y ábrete. Busca el amor que sientes por ella, por tu familia. Encuentra tu luz, Larkyra. Que te llene las entrañas, los brazos, las piernas. Que se lleve tu ira y tus dudas. Y ya está. Respira más despacio.

Larkyra miró a los ojos a su hermana mayor. Buscaba determinación y apoyo en aquellos abismos azules. «Creo en ti».

La taquicardia pareció suavizarse gracias a aquella conexión. Empezó a expandir su caja torácica al pensar que tenía al lado a Niya, una presencia tremendamente tranquilizadora. Arabessa estaba sacrificando su carne para que ella aprendiera a ahuyentar a sus demonios. «Esperanza», susurró la magia de Larkyra. «Amor».

—Encuentra la voluntad para curarla —le ordenaron Achak—. Acaba con su dolor usando tu magia. Es posible. Tu ira abre heridas, pero tu amor las cierra. Cura a tu hermana. Cántale tu amor.

Las notas surgieron suaves al principio, eran apenas un zumbido. Pero aquel sonido que emitía la garganta de Larkyra era cálido, suave y encantador. Carecía de palabras, era solo un sentimiento: estaba cargado de admiración, aprecio, cariño, determinación.

Al cantar, Larkyra se concentró en la herida fresca del muslo de Arabessa. Los hilos amarillos de su magia danzaban y se retorcían en el aire hasta que rozaban el corte. Su hermana lanzó un suspiro de alivio cuando su piel volvió a unirse. Durante un instante, aquella costura brilló con una luz de un blanco brillante similar al de la profunda alegría que a Larkyra le llenaba el pecho.

La habitación se quedó en completo silencio y la canción terminó. Arabessa se pasó un dedo por la cicatriz roja que tenía en mitad del muslo; eso era lo único que había quedado del corte.

—Después trabajaremos en cómo borrar las cicatrices —dijeron Achak, pero ninguna de las chicas los escuchó, ya que Arabessa y Niya habían envuelto a Larkyra en un abrazo de alegría. Todas lloraban, pero esta vez las lágrimas eran de felicidad. Esto marcó el inicio de todo. Como Arabessa había dicho, Larkyra estaba madurando.

Larkyra parpadeó y volvió a encontrarse en la alcoba de Darius. Su cuerpo dormido y su piel marcada se extendían ante ella.

«¿Desde cuándo llevas sufriendo esto? ¿Y por qué?», se preguntó, sombría. ¿Es que nadie había intentado hacer algo al respecto? ¿Había intentado Darius parar aquello? ¿Había tenido esa posibilidad? ¿Cómo era Darius capaz de sentir compasión por su gente? ¿Cómo era posible que fuera amable con cualquiera, hasta con una vagabunda de Jabari, con todo lo que estaba sufriendo?

A pesar de que estas preguntas atormentaban a Larkyra, era perfectamente consciente de que las respuestas carecían de importancia. Lo siguiente que iba a hacer despertaría suspicacias, pero en aquel momento no le importaba lo más mínimo.

Lo curaría con la técnica que le habían enseñado.

Puede que no fuera asunto suyo, pero la culpa la corroía por no haber hecho nada durante la cena. Le parecía imperdonable no haber movido un dedo mientras él estaba a punto de morir. Se lo compensaría de esa forma.

«Protege», susurró la magia por sus venas.

«Sí, tengo que hacerlo», concluyó Larkyra.

Respiró profundo y buscó en su interior todo aquel amor que nunca se apagaba, el amor por su familia. Volvió a invocar su canción suave una vez más.

En esta ocasión, las notas salieron de su boca en forma de promesa.

Detendré las pesadillas que habitan en tu cabeza
y seré la única tormenta que sacuda tu fortaleza.

Mientras Larkyra volvía a llenar de magia la habitación para iluminarla con luz nueva, para teñirlo todo de tonos más cálidos, mantuvo la mirada puesta en su lord durmiente. Al hacerlo, fue plenamente consciente de su tormento, de las cosas indescriptibles que le habían forzado a hacer.

Con gesto seguro, hizo brotar de su alma y de su sangre un poder mucho mayor del que nunca había convocado. Estaba decidida a borrar un pasado que nadie, y menos este hombre, merecía haber vivido. Necesitaría para ello toda su energía. Al lanzar su hechizo, notaba como si la cabeza, ingrávida, le diera vueltas. Las notas se fueron superponiendo hasta alcanzar la textura de la piel tersa. La magia se entrelazaba, se fundía y se dividía en tres tipos de sonido que ella fue depositando sobre cada una de las cicatrices. Todas relucieron con una luz brillante antes de desaparecer de aquel cuerpo. Algunas eran tan terribles, antiguas y profundas que lo único que podía hacer era reducirlas a un rasguño, una marca sin color que seguía recordando el sufrimiento vivido.

Cuando acabó, Larkyra se sentó y lanzó un profundo suspiro. Se había quedado sin voz y la cabeza le iba a estallar. El cansancio extremo que la invadió resultaba una sensación insólita para alguien tan poderoso como ella. Incluso le dolía la garganta. Pero todo aquello no era nada en comparación a lo que aquel hombre que tenía delante había tenido que sufrir.

«Que esto te traiga una nueva paz», pensó mientras le apartaba de la cara un bucle rojizo.

Larkyra se pasó mucho tiempo allí sentada, con las articulaciones doloridas por culpa del hechizo. Contemplaba cómo Darius dormía. Entonces se obligó a cantar una última canción, una suave melodía de su hogar.

Destellos dorados de la hierba de verano,
vaivén de tallos si la brisa ha soplado.

El sol brilla sobre tu cabeza,
calienta el aire, te roza el costado
y absuelve todos tus pecados.

Descansa sin miedo, corazón,
que los dioses perdidos te ofrecen su perdón.

Nos dejaron esta joya eterna,
el pulso cálido que siempre vivirá
y no nos abandonará.

No te hundas en tu sueño,
no te marques ese empeño.

Siempre tendrás una luz que te guíe
y te acompañará hasta cuando la olvides.

Su voz sonaba suave como la brisa que mecía los campos de trigo a las afueras de Jabari. Ignorando las quejas de sus músculos, se puso en pie.

Le dedicó una última mirada al joven dormido y comprobó que la piel, hasta entonces destrozada, volvía a estar tersa.

Entonces, tal como había llegado flotando hasta las habitaciones de Darius, se marchó de allí como si fuera un fantasma inmerso en la burbuja de una canción invisible. El ruido que hizo la puerta de la alcoba de Darius al cerrarse fue la única prueba de que allí había estado una chica, deseosa de arreglar un pasado terrible y decidida a forjar un nuevo futuro.

CAPÍTULO DIECINUEVE

Darius despertó como si estuviera flotando en la superficie de un lago tranquilo y templado. Sentía una insólita ligereza y una extraña calma. Solo recordaba haber experimentado aquella sensación cuando Lachlan era un lugar colorido bajo cielos despejados, en la época en la que sus padres estaban vivos. Aquella época era como un sueño olvidado, como si fueran recuerdos de otro niño. Darius trató de mantener viva aquella sensación mientras sus ojos enfocaban las ventanas de su alcoba, pero solo pudo ver el estallido de un rayo entre la cortina de lluvia que golpeaba el cristal. A veces las tormentas eran tan intensas que la noche y el día se mezclaban, y las mañanas eran tan oscuras como la medianoche. La única forma que tenía de comprobar el paso del tiempo era el reloj de arena que había junto a su cama. Acababa de amanecer.

Rodó entre las sábanas con un leve gemido. Quería quedarse en la cama por primera vez en mucho tiempo, aunque en realidad no tenía sueño. De hecho, se sentía muy bien: descansado y sin ningún dolor muscular.

Sintió que algo pasaba y se incorporó de golpe.

Algo estaba mal. El dolor era una constante en su vida, y

tenía la sensación de que aquella noche se había enfrentado a un sufrimiento crucial.

Echó un vistazo a su habitación. Observó los rescoldos de la chimenea y se fijó en una botellita café volcada en la alfombra. Era una medicina. Al verla, su mente volvió a los sucesos de la noche anterior: a cuando recogió a Larkyra en su alcoba y a cómo su belleza radiante y su ingenio le colmaron el corazón a pesar de lo que le dolía tener que acompañarla a cenar con su padrastro.

Su padrastro...

Era a partir de ese momento cuando los recuerdos se le volvían borrosos. Había un hueco, como si faltara una pieza.

Un escalofrío le recorrió el espinazo mientras rogaba a su mente que recompusiera los hechos que no alcanzaba a recordar.

«Cenamos. ¿Y qué pasó en la cena?».

Cuanto más se esforzaba Darius en rememorar la noche, más se alejaban sus recuerdos. El escalofrío derivó en un sudor helado, pues sabía que aquellas lagunas en la memoria solo tenían lugar después de que algo concreto sucediera.

«No. Por favor, que no sea eso», pensó Darius.

Apretó los párpados, temeroso de abrirlos y comprobar que sus sábanas estuvieran empapadas de sangre.

Pero como aquella eterna lluvia repiqueteaba tenaz contra los cristales y seguía sin experimentar ningún dolor, Darius por fin reunió el valor suficiente como para bajar la vista.

Nada.

No había nada.

Y no es solo que no encontrara heridas frescas, es que tampoco pudo encontrar las antiguas.

El pánico se apoderó del pecho de Darius. Lo poseyó como un remolino mientras abandonaba la cama de un salto. «Pero ¿qué clase de truco es este?».

Se acercó al espejo y, mirando su reflejo, recorrió con las manos temblorosas la piel que había estado llena de heridas. Aunque nunca recordaba cómo se las había hecho, la piel de su vientre, su pecho, sus brazos... estuvo repleta durante una década de marcas excavadas sobre la carne. Pero ahora se habían esfumado, y su cuerpo se mostraba liso y suave a excepción de unas pocas de líneas rojas y de heridas demasiado profundas como para que pudieran desaparecer.

Darius cayó de rodillas ante el espejo. Temblaba como una hoja mientras recorría las líneas restantes con las yemas de los dedos.

«Por los dioses perdidos...».

¿Es que seguía estando dormido? ¿Estaría aún soñando con el sol y los cielos azules? ¿O acaso lo que estaba viendo era real?

Desde luego, parecía muy real.

Pero ¿qué significaba? ¿Cómo es que recordaba perfectamente todas las ocasiones que se había levantado con la piel llena de cortes y heridas? El dolor... El dolor siempre lo hacía volver a la realidad.

Desesperado, Darius se tocó el antebrazo derecho, donde sabía que estaba la primera de todas las cicatrices que le habían ido apareciendo. Sintió un alivio muy perturbador al notar que aquella señal continuaba allí. Rozó la línea irregular.

«Sigue aquí. Sigue aquí. Fue real».

Pero ¿qué había pasado con las demás?

Sintió un vértigo terrible al examinar su cuerpo en el espejo.

Efectivamente, debía de estar volviéndose loco.

Una fuerte ráfaga de viento azotó las ventanas de Darius y le hizo volver al presente. Aquel sonido recorrió la torre con la estremecedora melodía tan típica de la isla del Castillo. Le vino una canción a la cabeza: una melodía diferente de una voz distinta. Una voz que parecía habérsele metido en la cabeza desde que la oyó por primera vez en el Reino de los Ladrones: la del pájaro cantor de las Mousai.

Frunció el ceño.

¿Cómo podía ser?

Nada tenía sentido.

—¿Mi señor? —El sonido proveniente de la puerta hizo que se apresurara a levantarse y recoger de la cama la camisa que se había quitado—. ¿Mi señor...? —volvió a preguntar Boland mientras entraba en la alcoba de Darius. El joven se abrochó con rapidez los botones de la camisa—. Discúlpeme si lo he interrumpido —dijo examinando la habitación—. Vengo para despertarlo y ayudarle a vestirse.

—Gracias, Boland —dijo el lord, disimulando el temblor de sus manos al acomodarse bien la camisa—. Pero creo que esta mañana prefiero hacerlo solo.

Si alguien podía reparar en que las cicatrices habían desaparecido, ese era su mayordomo. Aunque lo nombraron jefe de mayordomos hacía muchos años, Boland había insistido en seguir siendo el ayuda de cámara de Darius. Aseguraba que ningún otro sirviente podría hacer bien ese trabajo. El lord estaba seguro de que, en realidad, aquello guardaba relación con el secreto que ambos compartían pero del que nunca hablaban. Ni siquiera comentaron las primeras heridas y cicatrices que le aparecieron al joven.

—Debe ser más cuidadoso —le había dicho Boland al joven Darius mientras le curaba la herida que le acababa de aparecer en el vientre y antes de ayudarle con sumo cuidado a ponerse la camisa y el abrigo.

—¿Cómo puedo ser más cuidadoso si no recuerdo siquiera cómo me las hago? —le había respondido este con cierta amargura—. Está claro que estoy loco y que deberían encerrarme en alguna de nuestras celdas.

—No —zanjó el mayordomo en tono cordial—. Usted es bueno, está sano y tiene por delante un futuro prometedor. Ya nos ocuparemos de este... asunto si se repite. Usted y yo solos. ¿Me comprende, mi señor? —le había preguntado mirándolo a los ojos—. Es mi deber asegurarme de que usted permanece en todo momento bien cuidado. Siempre estaré aquí para ayudarle.

Las palabras y la preocupación del mayordomo lograron entonces que Darius se sintiera algo más tranquilo, sobre todo teniendo en cuenta que su padrastro había dejado patente lo poco que el tema le importaba. Y aunque, entonces, Darius era incapaz de comprenderlo, los hechos le habían llevado a pensar que Hayzar desempeñaba algún papel importante en las heridas que le aparecían. Aunque sus recuerdos estaban desprovistos de detalles y apenas le venían levísimos destellos, Darius sabía, con una certeza borrosa pero absoluta, que cada vez que se producía uno de aquellos episodios, su padrastro siempre andaba cerca.

Todo aquel asunto carecía de regularidad. Podían pasar meses sin el menor arañazo y, de repente, un día se despertaba en una esquina cualquiera del castillo... o en su alcoba, pero lleno de arañazos. Sentía que estaba enloqueciendo; se aisló en una burbuja de miedos e incertidumbre que lo llevó a vivir más allá del dolor. Se esforzaba en seguir despertándose, en vivir la vida a pesar de los cortes, nuevos o viejos, con la omnipresente amenaza de amanecer con más al día siguiente.

El bienestar de su gente se convirtió en su obsesión. Necesitaba encontrar la manera de que Lachlan se recuperara. Se centró en ese objetivo y lucho por él con firmeza y determinación. Su tierra y su gente le hacían sentir seguro: cuando estaba rodeado de lagos y tierras salvajes nunca se desmayaba de dolor. Siempre encontraba cobijo fuera de los muros del castillo, pero sabía que, para ayudar a Lachlan, tenía que seguir viviendo dentro de la fortaleza. Así que aquella dolorosa niebla se había convertido en algo normal para él. Y, al parecer, también para Boland.

Como cualquier sirviente de Lachlan entrenado en el arte del silencio y la discreción, Boland no había dicho ni una palabra sobre aquel asunto en todos esos años. Y Darius había dejado de hacer preguntas. «Mentiras, mi vida se cimenta sobre mentiras», solía pensar lleno de amargura. Aunque el joven había aprendido mucho tiempo atrás que algunas mentiras eran absolutamente necesarias, también entendía que ciertas preguntas era mejor no hacerlas. Una parte oscura y retorcida de su mente consideraba que merecía esas heridas. ¿De qué servía un hijo que no podía proteger a su madre de las enfermedades o un hombre incapaz de defender su hogar?

—Mi señor. —La voz de Boland devolvió su atención a la alcoba—. ¿Se encuentra bien?

—¿Perdón? —Darius parpadeó mirando al mayordomo, que se encontraba junto a la chimenea crepitante. Sobre una mesita baja había una charola con café y pan tostado con mermelada, su desayuno favorito.

—Le he preguntado que si se encuentra bien.

—¿Por qué no debería estarlo?

—No ha respondido a mi anterior pregunta.

—Oh, puede que aún no esté del todo despierto.

—Ajá. —Boland lo miró de reojo mientras servía una taza de café con un denso aroma que inundó la habitación—. Aquí tiene, señor.

—Gracias.

Boland esperó a que Darius lo probara. El denso calor le bajó por la garganta.

—¿Qué? —preguntó el joven.

—¿Me responde a lo de antes, señor?

—Ah. Bueno, repítame eso que tan importante parece.

—Le preguntaba sobre su vestimenta, señor. ¿Está seguro de que no necesita mi ayuda?

—Sí, estoy bastante seguro —contestó rellenándose la taza.

—Ya lo hago yo...

—Por los dioses perdidos, Boland. Soy capaz de disfrutar del desayuno sin que me lo metan en la boca con una cucharita.

—Por supuesto, mi señor —susurró el hombre, visiblemente incómodo.

—Lo siento —añadió Darius suspirando—. No quería ser desagradable. Estoy un poco raro esta mañana. Creo que necesito un poco más de tiempo para despertarme.

—Por supuesto, señor.

—Gracias por traerme el desayuno.

—Encantado de hacerlo. ¿Necesita algo más antes de que me vaya, señor?

—No, me las arreglaré yo solo.

—Muy bien, señor. —Boland hizo una reverencia y sus ojos se posaron en la botellita que estaba tirada sobre la alfombra muy cerca de sus pies.

Darius siguió su mirada.

—¿Tiene idea de por qué necesité anoche mi medicina para la alergia?

El mayordomo alzó la vista para mirar a Darius a los ojos.

—No tengo ni idea, señor.

—Está vacía. ¿Acaso enfermé anoche?

Boland nunca preguntaba por qué Darius era incapaz de recordar las cosas por sí mismo. Hizo una imperceptible mueca con los labios.

—No estuve presente durante la cena, señor. El responsable de los establos necesitaba ayuda con el inventario. Pero puedo preguntarle al personal si...

Darius hizo un gesto con la mano quitándole importancia a aquello. Se dejó caer en uno de los sillones que había junto al fuego. Volvió a sentir aquel cansancio tan familiar.

—No será necesario. Haga que rellenen el frasco, por favor.

—Por supuesto. —El hombre se metió la botellita en el bolsillo del abrigo y luego se dirigió hacia la puerta.

—Por cierto, Boland —le dijo al mayordomo haciendo que este detuviera su marcha—. ¿Sabe qué tiene pensado hacer lady Larkyra esta mañana?

—¿Lady Larkyra? —preguntó Boland.

—Sí, la única invitada que tenemos en el castillo.

—Creo que la señorita Clara dijo que la señora y ella darían un paseo después del desayuno. Pero apuesto a que aún seguirá en su habitación. Parece que le gusta mucho dormir. Pronunció «dormir» como si fuese un acto repugnante.

—Gracias, Boland. Eso es todo.

—De acuerdo, señor. —El mayordomo continuó su camino hacia la puerta, pero se detuvo en el marco—. Señor, ¿me permitiría darle un consejo?

—Por supuesto —respondió Darius alzando las cejas sorprendido.

—Debería usted pasar más tiempo al aire libre durante las próximas semanas, si tiene la oportunidad. Preferiblemente, en tierra firme.

—¿Y eso por qué?

—El aire libre es muy bueno para la salud, mi señor.

—¿Me está diciendo que tengo mal aspecto, Boland?

—Por supuesto que no, señor. Solo creo que ahí afuera hay cosas mucho más interesantes para un joven que aquí dentro.

En ese preciso instante, el brillo cegador de un relámpago iluminó el mundo exterior.

Los dos hombres lo miraron a la vez.

—También hay muchas más cosas que podrían matarme —replicó Darius algo cortante.

—Quizá... —El mayordomo se acarició el bolsillo del abrigo, del que sobresalía la botellita de medicina—. O quizá no.

Darius frunció el ceño cuando su empleado salió de la alcoba dejándolo en su estado habitual: solo.

Pese al consejo de su mayordomo de pasar el día afuera, bajo la insistente tormenta, Darius tuvo que contenerse para no salir corriendo hacia el ala norte del castillo. Su cuerpo era un manojo de confusión mientras se vestía. Casi se ríe al darse cuenta de lo irónico que resultaba que ahora estuviera escondiendo su piel curada tan desesperadamente como había ocultado las cicatrices que durante tanto tiempo marcaron cada rincón de su cuerpo.

No había nada que pudiera explicar el fenómeno de despertarse casi completamente curado; al menos, en cuanto a la piel se refiere. El daño que esas marcas le habían hecho en la mente —los años de dolor y confusión que le habían provocado— era demasiado profundo como para desaparecer con un sueño reparador.

El miedo a que estuviera perdiendo la cabeza le atenazaba más que nunca, pero, como había hecho tantas veces a lo largo de su vida, lo hizo a un lado, ya que su deseo de mantenerse sano y cuerdo para servir a su gente era lo que más le importaba.

Sin embargo, por supuesto, el cerebro de Darius seguía buscando respuestas a lo que había pasado la noche anterior. Y entonces cayó en un detalle importante: Lady Larkyra.

Si él salió de esa cena sin ninguna herida importante, ¿cómo acabó la noche Larkyra?

El duque era absolutamente imprevisible.

Puede que Hayzar fuera terrorífico, pero ¿sería tan despiadado como para mostrarle su cara más oscura a la mujer con la que parecía haber planeado casarse? ¿Haría algo así antes de asegurarse la dote de la muchacha?

El pánico lo impulsó hacia las habitaciones de la joven.

Cuando llegó al tercer piso, Darius procuró caminar sin hacer ruido sobre las alfombras que cubrían el suelo del desangelado pasillo. Bajó el ritmo de su marcha al acercarse al fondo: una suave melodía flotaba por debajo de la puerta.

Apenas era un leve zumbido, pero le provocó en el pecho una tibia vibración que lo empujó a irrumpir en la alcoba sin avisar.

La habitación de lady Larkyra era una de las habitaciones de invitados más grandes de la hacienda. Tenía techos altos y unas lujosas alfombras. A pesar de que el castillo era oscuro y frío en su mayor parte, estos aposentos poseían cierta calidez que Darius estaba seguro de que emanaba de su actual ocupante. En mitad de la habitación había una cama enorme con dosel; estaba pulcramente cubierta con una cobija azul con margaritas blancas bordadas. Darius no recordaba haber visto nunca en el castillo una tela así de alegre, por lo que se preguntó si Larkyra se había traído esa cobija de su casa para utilizarla durante su estancia.

Aquel pensamiento le pesó en el alma. Había olvidado lo sola que debía de sentirse ella allí, en una tierra tan distinta a la suya, sin familia ni amigos.

Sola.

Cuánto se parecían entre sí.

Cuando sus ojos observaron el escritorio, las sillas, el sillón, el tocador... se sorprendió de encontrar el lugar vacío, a pesar de que la melodía continuaba. Entonces advirtió que las puertas del balcón estaban abiertas. La canción subía de volumen conforme se acercaba. Al asomarse, vio la silueta de una mujer reclinada en un sofá, con una charola con dulces y té a su lado.

Darius contuvo el aliento.

Larkyra tenía el aspecto de una diosa.

Una diosa sin heridas aparentes.

Su vestido azul fluía como si estuviera hecho de agua. Combinaba con el pelo suelto hasta la cintura. No llevaba corsé ni largas faldas que escondieran su esbelta figura. Tenía los pies recogidos bajo el cuerpo.

Darius se quedó de piedra. No quería perturbar una escena tan llena de paz. El corazón le dio un vuelco cuando percibió que ella tenía un dedo extendido y que, sobre él, reposaba un pajarito naranja y amarillo. Piaba una melodía que parecía responder al ronroneo de Larkyra. La joven sonrió y emitió una nota tan parecida a la del pájaro que Darius tuvo que presenciar dos veces ese intercambio antes de asumir que realmente estaba teniendo lugar.

Se oyó un sonido de aleteo y dos pajaritos amarillos más aterrizaron en la barandilla del balcón. Se sacudieron el agua de las plumas antes de posarse en el regazo de Larkyra.

«Pero ¿quién es esta mujer?», se sorprendió pensando otra vez Darius. Él le había dicho que aún creía en la magia y, mirándola, era fácil entender el motivo. La muchacha resplandecía de vida, carisma y bondad.

—Es un truco que me enseñó uno de los viejos amigos de mi padre —murmuró Larkyra, acariciando suavemente al parajito con un dedo; no llevaba guantes, por lo que tenía al aire la lesión de la mano izquierda—. El ampelis de los cedros es el que mejor sé imitar —dijo como si aquello bastara para explicar su don.

Larkyra miró a Darius y este, al salir de su escondite, se dio un golpe en la cadera contra la manija de la puerta.

La muchacha soltó una risita y el sonido hizo que los pájaros salieran volando hacia la tormenta.

—Puede unirse a mí —aseguró mientras sus ojos azules lo examinaban detenidamente—. A menos que prefiera seguir husmeando.

—No estaba husmeando —se defendió, perfectamente consciente de que sus mejillas sonrojadas revelaban lo contrario.

—Por supuesto. Disculpe. Este es su hogar. Olvidé que eso significa que usted puede fisgonear a través de cualquier puerta sin motivo ni invitación.

—¿Acaso no acaba de invitarme?

—Bien jugado, Darius. —Una sonrisa le asomó a los labios—. Ahora entre de una vez, antes de que le meta a rastras.

Dio un paso al interior del balcón y el aire frío le lamió el saco.

—¿No tiene frío aquí fuera?

—Pedí que me trajeran unas brasas —contestó señalando un cuenco de piedra cubierto por una rejilla metálica por la que se apreciaba un poco de carbón al rojo vivo y unas pequeñas llamas—. Usamos este artilugio en los patios de Jabari durante las noches más frías.

Él se acercó, percibiendo la calidez que la rodeaba.

—¿Se trajo esto de su hogar?

—Contra la voluntad de mis hermanas. Estoy deseando escribirles para contarles lo equivocadas que estaban.

—Estoy seguro de que le encantará compartir con ellas una noticia así.

—Por favor —Larkyra apartó los pies para dejarle espacio en el sofá—, siéntese y cuénteme a qué debo el honor de esta visita.

En lugar de hacerle caso, Darius se apoyó contra una columna cercana.

—Quería saber si había disfrutado de la cena de anoche. —«Y si había sobrevivido».

Larkyra se sacudió una migaja del regazo.

—Estuvo bien.

—¿Bien? —Darius arqueó las cejas—. Dudo que a mi padrastro le complaciera una respuesta como esa.

—Sí, yo también lo dudo.

Darius percibió cierta agudeza en su tono.

—¿Sucedió algo que le molestara?

Larkyra se quedó mirando la lluvia. Las gotas impactaban contra el filo del balcón.

Darius tenía la sensación de que las tormentas de Lachlan siempre parecían implorar: «Más. Danos más. Queremos empaparlo todo. Queremos poseerlo todo, adueñarnos de todo. Queremos arrasarlo todo, todo, todo con nuestra lluvia».

—No me gusta la forma en que su padrastro le habla.

—¿A qué se refiere? —La respuesta de Larkyra le había provocado un zumbido en los oídos.

—Parece que odia que usted exista.

Darius parpadeó. La franqueza de aquella mujer no parecía tener límites. Se descubrió soltando una carcajada.

—¿Acaso no está de acuerdo? —insistió Larkyra con una mueca.

—Oh, no. —Darius fingió otra risita y, por fin, resolvió sentarse junto a ella. Lo había desarmado—. Estoy completamente de acuerdo. Pero es que nunca había conocido a nadie que me lo dijera a la cara.

—Pues ya era hora.

—Pues ya era hora —repitió Darius, sonriendo pese a la gravedad del asunto.

—¿No le importa?

—¿Que la gente no se pronuncie sobre mi relación con mi

padrastro? Dudo que a nadie le parezca apropiado hacer tal cosa.

—No, me refiero a que si no le importa no caerle bien.

—¿Por qué tendría que importarme? —preguntó encogiéndose de hombros—. A mí tampoco me cae bien él.

Era la primera vez que lo admitía en voz alta. Le resultó liberador, sobre todo al sentir que la persona a la que se lo había confesado no iba a juzgarlo.

Larkyra se giró completamente para poder verlo de frente. Aquel movimiento acercó su rodilla al muslo del joven. El calor entre ambos estaba más cargado de electricidad que los relámpagos que partían el cielo en dos. Darius no podía dejar de mirarle las manos; y no porque le faltara un dedo, sino porque no estaba acostumbrado a vérselas sin guantes. Incluso con aquel cúmulo de cicatrices en el nudillo del anular, aquellas manos parecían tan delicadas como fuertes. Eran poderosas, por mucho que su educación como dama le hiciera tenerlas posadas sobre el regazo, la una sobre la otra.

—¿Se han llevado bien alguna vez? —preguntó ella.

La pregunta hizo que él la mirara a los ojos. Su mente se negaba volver a una época que creía enterrada mucho tiempo atrás.

—Hubo algún momento... al principio. Recuerdo que Hayzar visitó Lachlan una vez antes de convertirse en duque. Nos llevó al pueblo a mi madre y a mí. Era un día soleado y entonces... —le echó un vistazo a la tormenta— me trajo caramelos y un barquito de madera. Lo lancé al lago sin saber lo fuertes que eran las corrientes de aquel día... y lo perdí de vista inmediatamente. Me horrorizó haber perdido aquel regalo tan rápido, así que me tiré al agua para recuperarlo. No llegué muy lejos antes de que me sacaran del agua. Recuerdo la palidez de mi madre cuando me envolvió entre sus brazos con los ojos llorosos. Hayzar, que estaba a su lado y le acariciaba la espalda, se había empapado el traje al rescatarme, pero no parecía enfadado sino aliviado. «Tú vales más que cualquier barco, ¡incluso que los construidos en Esrom!», me dijo. Mi madre y él se casaron poco después de aquel día.

—¿Debería casarme con él?

Darius recibió aquella pregunta como una bofetada.

—¿Qué?

—¿Debería casarme con su padrastro? No es que el propósito de mi visita sea ningún secreto...

Darius abrió la boca y volvió a cerrarla, como un pez fuera del agua.

—Yo... yo no creo que esa sea una pregunta muy apropiada.

—¿Por qué?

—Porque no debería preguntarme algo así.

—Que algo no sea apropiado no le resta valor. De hecho, son los asuntos más inapropiados los que provocan las conversaciones más importantes.

—¿Es otra lección de su padre que no cuentan ni los libros ni las institutrices?

—Por algo es uno de los hombres más ricos de Jabari.

—Evidentemente.

Darius apoyó los codos sobre sus rodillas y se distanció un poco de la mujer que tenía el poder de volverle loco.

Esta Bassette era peligrosa. Demasiado peligrosa como para conversar con ella a solas.

Sería mejor que se fuera.

—Pensé que siempre seríamos claros el uno con el otro —le recordó Larkyra—. ¿Va a contestar a mi impactante pregunta? ¿O se va a comportar como toda esa gente que se niega a contarle las verdades?

—Dijo la mujer que defiende la conveniencia de mentir cuando la situación lo requiere...

—Sí, y creo que en este momento no proceden las mentiras.

—Qué casualidad...

—Así lo creo —afirmó sonriendo.

Con un suspiro de frustración, Darius se puso en pie y se acercó al borde del balcón. Por una vez, le alegró que la lluvia fría le mojara la piel. Le sirvió para calmar su torrente de pensamientos.

—No creo que mi opinión tenga la menor importancia.

—Siendo usted miembro de esta familia, considero que sí que la tiene.

—Bueno, si usted lo cree, entonces debe tenerla.

—Sabía que era un hombre inteligente.

—De hecho, que esté aquí con usted sin ninguna supervisión demuestra que no lo soy.

—¿Acaso cree que algo nefario saldrá de aquí?

—¿Nefario?

—«Poco apropiado», si queremos usar una expresión que parece que a usted le encanta.

—No.

—¿No es una expresión que le encante?

—No saldrá de aquí nada que sea poco apropiado.

—Pues qué pena.

—¿Disculpe?

—Que qué pena —repitió la joven—. De ser así, usted tendría razón y yo estaría equivocada. Pero acaba de contradecirse en lo relativo a lo poco inteligente que dice que es por haber venido a visitarme sin supervisión. Me temo que todo lo que diga de aquí en adelante carecerá de la menor credibilidad.

—Me está provocando usted dolor de cabeza.

—Tenga —dijo Larkyra acercándole una pasta de la charola—. Debería comer algo.

—No tengo hambre.

—Ajá. Como acabamos de demostrar, es probable que sí tenga.

—Yo... —Su vista pasó de los ojos de Larkyra a la mano con que ella le ofrecía la pasta glaseada—. Me rindo.

Darius agarró el dulce, se sentó a su lado y se lo comió en dos mordiscos.

—¿Mejor? —le preguntó Larkyra.

—No.

—Me lo tomaré como un sí.

Darius soltó una carcajada contra su propia voluntad. Debería haber sabido que no se discutía con una Bassette.

La pareja se quedó en silencio, lo que Darius agradeció, ya que su mente se aferraba a lo que, en principio, había venido a hacer. Esta mujer tenía un don para distraerlo por completo.

Pero cuando el viento que rozaba el balcón levantó su abrigo hasta besarle la piel, lo recordó de repente: se le habían borrado las cicatrices.

Al mirar a Larkyra y verla sorbiendo el té se dio cuenta de que, independientemente de lo que hubiera pasado la noche anterior, ella no lo recordaba, no había salido herida o las dos cosas. No parecía una persona que se hubiera quedado callada de haber visto en todo su esplendor las marcas que le recorrían el cuerpo; ni mucho menos, una persona que no dijera nada si las hubiera visto en su proceso de desaparecer. Y no es que él pudiera levantarse y preguntarle sobre el asunto. Se imaginó abriéndose la camisa y mostrándole su pecho desnudo a aquella mujer, explicándole que antes tenía muchas cicatrices y ahora solo unas pocas. Ella pensaría que se había vuelto loco. Y quizá fuera cierto... solo que aún no lo había asumido.

Lachlan estaba cada día más débil: su tierra y su gente no

podían permitirse que Darius perdiera la cabeza. Tenía que ponerse las pilas. El misterio de cómo muchas de sus cicatrices se habían curado quizá permanecería para siempre sin esclarecer. Después de todo, Aadilor era un lugar extraño. Además, él era consciente de que el Reino de los Ladrones ofrecía posibilidades rarísimas. Quizá se había traído un poco de esa magia de vuelta a Lachlan...

Larkyra se encontraba justo a su lado. Sin pensarlo, Darius se quitó el abrigo y se lo puso a la joven sobre los hombros.

—Gracias —respondió ella, mirándolo sorprendida.

Tan de cerca, percibía perfectamente el tentador aroma a lavanda y menta de la joven. Apartó las manos de ella y volvió a tomar cierta distancia.

—No hay de qué.

La lluvia seguía cayendo contra el balcón, por lo que era imposible distinguir lo que había tras la cortina de agua. Era como si estuvieran recluidos en una isla dentro de otra isla.

Era un sitio íntimo.

—¿Puedo preguntarle algo? —dijo Darius volviéndose hacia ella.

—Siempre.

—¿Por qué le importa mi opinión sobre sobre su futuro matrimonio?

—Porque sí —respondió ella acomodándose bien el abrigo.

—Pero ¿por qué?

—Porque su voz merece ser oída.

—¿Con qué objetivo?

—Que usted sea feliz.

—¿Que yo sea feliz? —repitió en tono jocoso—. Perdóneme, Larkyra, pero no sé qué tiene que ver una cosa con la otra.

Por supuesto que lo sabía, pero ni en sus pensamientos más íntimos podría reconocer algo así.

—No me refiero solo a lo relativo a quién debería casarse con su padrastro —explicó Larkyra—. Me refiero a que cualquier habitante de Aadilor merece ser oído y que sus anhelos y deseos sean reconocidos.

—¿Y cree que a mí no se me ha dado esa oportunidad?

—¿Aquí? Desde luego que no.

Darius estudió las facciones de Larkyra: la curva delicada de su nariz, sus mejillas besadas por el viento, su estilizada postura, la manera que tenía de mirarlo como si conociera sus secretos más ocultos...

Fue entonces cuando sintió algo inesperado, algo que lo devolvió a la realidad y lo sacó de aquel mundo escondido y privado: ira. Se le despertó cierta ira por algo que había en ella. Puede que fueran las cosas que decía o el hecho de que actuara como si lo conociera; como si lo conociera en profundidad y supiera todo lo que había sufrido en silencio y soledad durante años. Aquello le despertó un conato de ira. Y quizá se debiera a lo mucho que la joven había acertado en sus observaciones; sobre todo cuando había dado a entender que él quería una vida propia, libre del asfixiante puño de un amo y del miedo a decir en voz alta lo que pensaba. Esa era una verdad que él se había forzado a olvidar hacía mucho tiempo.

—¿Y acaso cree que será usted la persona que me la va a otorgar? —le preguntó—. ¿Que será la heroína que venga a rescatarme y a darme la voz? Bueno, pues si nos seguimos rigiendo por nuestros estándares de honestidad, déjeme decirle esto: no sé de qué tipo de juegos disfruta en su casa de Jabari, ni tampoco cuáles son los pequeños proyectos en los que sus hermanas y usted emplean el tiempo en aquella mansión dorada... pero, en este mundo, ni todo es justo ni todo necesita ser salvado. Hay cosas que simplemente son como son. —Darius se levantó y se acomodó bien las mangas ignorando la cara que había puesto Larkyra—. Solo había venido a ver si estaba bien y si había tenido una buena cena, mi señora. No venía a conocer su opinión sobre mi vida, de la que, por cierto, apenas sabe nada.

Hubo un instante de silencio. Solo se oían los truenos y la lluvia.

—¿Así que hemos vuelto al «mi señora»?

—Eso parece.

Darius podía notar cómo Larkyra tenía clavados los ojos en él. Parecía estar retándolo a que la mirara después de decir algo como aquello. Pero él no lo iba a hacer, no podía hacerlo.

—Pues muy bien, «mi señor». Estoy bien. Y la cena también estuvo bien.

—Estupendo.

—Excelente.

Tras esto, Darius salió de su alcoba ignorando el hecho de que se había dejado el abrigo sobre los hombros de la única persona que, después de todos aquellos años de soledad y silencio, le había ayudado a abrirse. «Será mejor así», pensó macerando su ira. Consideró que lo mejor era apagar la llama antes de que en verdad ardiera. El destino de los que se preocupaban por Darius, de los que le querían..., estaba al otro lado del Fundido.

CAPÍTULO VEINTE

Larkyra se sentó en la biblioteca echando chispas. Y no porque los tres días anteriores Clara se hubiera negado a ir de paseo con ella, obligándola así a quedarse encerrada. «¿Acaso los avisos de granizo y de desprendimientos de lodo y roca son tan terribles?». Ni tampoco por no haber vuelto a ver a quien ahora era de nuevo lord Mekenna desde la mañana de la riña en el balcón. Parecía que el muchacho se había enclaustrado en su zona polvorienta del castillo mientras que a ella no le quedaba otra que beber té, hincharse de comer y continuar la farsa con ese maldito duque. Aunque tampoco es que quisiera que Darius estuviera presente, por supuesto. A pesar de haberse salido con la suya curando al joven lord, consideraba que lo mejor era que Darius evitara en lo posible la compañía de su padrastro.

No. Lo que de verdad había encendido su ira era la carta que agarraba entre las manos.

Kaipo la había traído aquella mañana. Sus alas plateadas centelleaban con las perlas de lluvia. La criatura había menguado su envergadura, lo que permitió a Larkyra introducirlo en sus aposentos para que se calentara al fuego mientras ella deshacía la fundita de cuero que llevaba atada en una pata. La había leído inmediatamente, por supuesto, antes de que Clara viniera para ayudarla a vestirse. Después, tras el desayuno, la había leído de nuevo. Y, más tarde, dos veces más, mientras caminaban por la biblioteca de planta redonda, donde tomó asiento en el alféizar acolchado de una ventana para poder hacer berrinche tranquila.

—Le saldrán arrugas antes de tiempo si frunce tanto el ceño, mi señora —comentó Clara sentada en un sillón cercano mientras bordaba un pañuelo—. Seguro que esas noticias no son tan malas.

—Son condenadamente malas. —Larkyra se cruzó de brazos y miró por la ventana.

Aquella carta no era muy larga en comparación con la anterior.

De hecho, su padre solo le había escrito cinco líneas.

Mi querido pajarillo:

Todo lo relativo a lord M. es bastante turbio, pero he de insistir en que te abstengas de cantar. No hagas algo así a menos que seas tú la que pueda salir herida. Paciencia. Sigue buscando. Z. y yo estamos muy cerca de averiguar algo importante. Tus hermanas y yo te echamos de menos.

Te quiere, tu padre

Era como si no hubiera escrito nada. «Abstente de cantar». Ya le valía haberle enviado una respuesta tan escueta. Estaba lejos de arrepentirse por haber usado su magia. Las terribles cicatrices de lord Mekenna aún se le aparecían en la mente cada vez que se metía en la cama e intentaba quedarse dormida; a veces, las sombras de las paredes parecían imitar aquellos cortes. ¿Los seguiría sintiendo? ¿Se despertaría cada mañana con miedo a que hubieran vuelto?

Quizá su padre tuviera razón. Tal vez no debería haber intervenido...

Pero entonces... ¿para qué estaba exactamente en ese castillo?

Volvió a echarle un vistazo a la carta.

«Sigue buscando». ¿Acaso Dolion no había leído lo poco que ella había podido averiguar durante sus pesquisas nocturnas? Además de una descripción detallada de las vainas de phorria de la alcoba de Hayzar, Larkyra solo tenía pruebas del idilio secreto entre dos criados, de que un mayordomo se propasaba con los licores y de que alguien robaba comida regularmente de la despensa provocando gruñidos del cocinero.

Mientras su padre y Zimri (y, sin duda, sus hermanas) andaban por ahí viviendo grandes aventuras y buscando a quien fuera tan valiente o tan idiota como para sacar droga del Reino de los Ladrones, ella seguía, simplemente, paseándose por el castillo de un lunático abusivo. Seguramente habría algunos pasadizos secretos, como en cualquier antigua hacienda, pero parecía que todos ellos eran usados por los criados para moverse por las entrañas del castillo y alrededor de la hacienda. Lo de que hubiera una cámara acorazada familiar era una hipótesis que seguía sin confirmarse.

Larkyra volvió a mirar por la ventana y observó la lluvia repiqueteando contra el cristal.

«Puede que no esté en esta maldita isla...».

—¡Oh! —Larkyra se incorporó de golpe.

—¿Le pasa algo, mi señora?

—¡Puede que no!

Clara hizo una mueca.

—¿«Puede que no» qué, mi señora?

Larkyra se acercó más al cristal, hasta casi aplastar la nariz contra la superficie de la ventana.

—Clara, ¿qué son esas ruinas de allí? —preguntó señalando una larga fachada de piedra que se intuía tras un leve velo de niebla. Esa edificación que se encontraba en tierra firme parecía excavada en la ladera de la montaña. El bosque había cubierto buena parte de su superficie, pero aún se erguía orgullosa sobre el pueblo y el lago. Era la misma fortificación que había visto durante la primera semana de su visita, pero entonces dio por hecho que no era más que una especie de vieja torre de vigilancia perteneciente a la historia antigua de Lachlan.

—Creo que era el hogar original de los fundadores de la familia Mekenna. Vivieron allí antes de que se construyera este castillo y se mudaran a la isla.

—¿Y actualmente vive alguien allí?

—Oh, no. Ese lugar lleva siglos abandonado.

—¿Alguna vez has estado dentro?

—De ninguna forma, no quiero irme tan pronto al Fundido —contestó Clara dando una carcajada—. Solo los tontos se aventuran a entrar a ese lugar. Esos pasillos están llenos de fantasmas.

—¿De fantasmas?

Clara recorrió de un vistazo la silenciosa librería antes de acercarse un poco hacia Larkyra.

—He oído rumores de que algunas noches puede verse una antorcha en los balcones.

—Tal vez sea algún viajero que se ha visto sorprendido por la noche y ha tenido que refugiarse allí de estas intensas lluvias.

—Tal vez, pero entonces ¿por qué nadie lo ve después en el pueblo o por los caminos? Aquí los forasteros nunca pasan desapercibidos —aseguró Clara negando con la cabeza antes de volver a concentrarse en su bordado—. Creo que ahí pasa algo más, mi señora. Puede que Lachlan ya no disfrute de lo que los dioses perdidos dejaron atrás, pero conserva sus propios misterios.

—¿Y sus propias maldiciones?

—Claro, también —añadió Clara clavando los ojos en los de Larkyra.

La joven miró por la ventana y observó aquellas antiguas ruinas.

«Sigue buscando», le había escrito su padre.

«Bueno, pues seguiré buscando», pensó Larkyra.

Larkyra se colocó bien la capa robasombras. Debajo llevaba la túnica de cuero que se le ceñía a la piel y sus pantalones negros favoritos, que le permitían desplazarse con agilidad. Eran los que les dieron a las hermanas Bassette la noche en que su padre se dispuso a enseñarles el arte de la prestidigitación. Solo los hombres podían entrar a los lugares de Jabari donde la oportunidad, la suerte y las apuestas se confundían entre sí. Aquella noche, las chicas se convirtieron en chicos e instantáneamente comprendieron lo diferente que era la vida para los varones. Larkyra sonrió al recordar lo abultados que llevaron los bolsillos aquella velada.

Un grano de arena después de la medianoche, Larkyra volvió a escaparse de sus aposentos. Puede que, por las mañanas, en el castillo la vieran como una niña mimada y perezosa, pero prefería quedar como una vaga a contar lo que la mantenía despierta por las noches.

La escalera de caracol que llevaba a la entrada lateral del castillo estaba tan húmeda como el resto de Lachlan. Al bajarla, observó el largo pasillo apenas iluminado por la tenue luz de la luna que se metía por una puerta entreabierta que había al final. Se dirigía al muelle secreto de Darius y rezó a los dioses perdidos para que allí hubiera una barca.

Al internarse en la noche, sintió en los pulmones la frialdad del aire. La lluvia era casi imperceptible. Bajó por el camino rocoso y sonrió al ver una barquita lamida por las olas que la empujaban contra el muelle.

Pum, pum, pum.

Aquel golpeteo oculta el ruido de sus pasos.

Se metió en la barca, desató la cuerda y se dispuso a remar. No era muy buena marinera y sus golpes de remo no admitían comparación con las vigorosas acometidas de lord Mekenna... pero, tras varios intentos, consiguió alcanzar un ritmo medianamente productivo.

«Si me vieran mis hermanas...».

Niya seguro que se habría quedado impresionada. Arabessa estaría orgullosa.

Al pensar en sus hermanas, se le formó un nudo en la garganta. «Por los dioses perdidos, cómo las extraño», pensó. ¡Lo único que impedía su reencuentro era no haber localizado esa maldita cámara acorazada!

Apretó fuerte los remos. La encontraría esa misma noche.

Tenía que hacerlo.

La barca chocó contra la costa y Larkyra bajó de un salto y, gruñendo, la arrastró hacia tierra firme. La luz de las antorchas que desprendía la isla del Castillo brillaba detrás de la joven como una advertencia mientras iba recorriendo la playa de guijarros. No se detuvo hasta que llegó a una zona cubierta de ramaje y zarzas. Vio rastros de madera carbonizada. Allí había impactado un rayo y el sitio estaba cargado de una energía muy particular. Era el lugar perfecto.

Larkyra emitió un chillido de halcón, y después otro. Sintió una ráfaga de viento desde arriba y abrió los brazos permitiendo que aquellas enormes garras la sujetaran y elevaran como un tornado.

—Hola, Kaipo —le dijo al ave. La neblinosa luz de la luna se reflejaba en sus grandes alas plateadas.

Él le respondió con un graznido. El viento azotaba su cara mientras observaba la tierra que se extendía bajo ellos. No estaba lejos de su destino. Kaipo giró a la izquierda y se acercó hacia Imell, un pueblo que parecía dormido.

Habría sido demasiado escandaloso que un halcón mutati se acercara hasta su balcón, ya que, para una misión así, el animal tenía que adoptar una forma gigantesca. Recorrer el bosque para llegar al risco a esa hora suponía correr demasiados riesgos, pues era una zona erizada de dificultades. Así que Larkyra había pensado que lo mejor, antes de llamar a Kaipo, era alejarse de la isla del Castillo.

De hecho, mantenerse lejos de aquel sitio parecía a todas luces la mejor decisión.

Kaipo batió sus alas enormes y rozó la copa de los árboles mientras subía muy muy alto, hasta alcanzar las cumbres montañosas. Larkyra se encontró de frente con el antiguo hogar de los Mekenna.

Aunque buena parte de aquel sitio estaba escondido tras la oscuridad y la naturaleza salvaje, Larkyra pudo percibir lo majestuosa que en su momento debió de ser aquella construcción. El mirador se componía de tres grandes ventanales y un rosetón de gran belleza. Una insignia ondeaba a lo largo del borde de baldosas rotas de la terraza. El espacio estaba salpicado de ramas y hojas. La joven buscó un sitio en el que aterrizar.

—Gracias, viejo amigo —le susurró a Kaipo cuando este la dejó en el suelo antes de reducirse hasta un tamaño que le permitiera descansar en la pieza de cuero que la joven llevaba en el hombro.

Larkyra se sacudió la capa, se quitó de la cara las gotas de lluvia y se hizo una trenza mientras observaba la oscuridad que envolvía la torre. Todas las puertas de madera se habían podrido hacía mucho tiempo, por lo que los vanos parecían portales a otra época. Desde donde estaba, ni siquiera se intuía ningún pasillo o sala del interior, por lo que Larkyra empezó a preguntarse cuán profunda sería esa construcción excavada en la montaña. ¿Cuántas entradas habría, además de aquella? ¿Y quién podría saber dónde se encontraban?

La joven se sacó del bolsillo una piedra que encajaba perfectamente en la palma de su mano y susurró una orden: «Brilla con esmero, muéstrame el sendero». Aquellas palabras provocaron que la roca emitiese un mágico e intenso resplandor de color blanco que, al cabo de unos instantes, se asentó en un suave brillo.

La alzó y respiró tranquila.

—Kaipo, recuerda que no existen los fantasmas. Solo los espíritus, y todos están en el Fundido.

El halcón graznó en señal de acuerdo y se aferró más al hombro de la joven, que echó un último vistazo para ver los mil lagos solo iluminados por una luna cubierta de nubes. Larkyra dejó atrás el Lachlan del presente para entrar en otro distinto, que estaba cubierto por la negrura de un pasado remoto.

CAPÍTULO VEINTIUNO

Larkyra dirigió el resplandor de su roca hacia delante y, mientras avanzaba, iluminó las numerosas filas de columnas lisas y gruesas que flanqueaban su camino. Aquel lugar debía de alcanzar una altura extrema, ya que la luz de la joven no lograba iluminar el techo del pasillo. El suelo estaba repleto de trozos de roca y mármol; también había muchas hojas y ramas cuyo olor a descomposición inundaba el espacio. Larkyra no pudo evitar fijarse en las ratas, escarabajos y bichos que se escapaban por los rincones a su paso. Trató de ignorar las telas de araña gigantes que colgaban entre las columnas, pues seguro que sus dueñas serían de un tamaño considerable.

También se encontró con bastantes antorchas apagadas, así que estuvo tentada de encenderlas para poder observar en su plenitud la obra maestra por donde sabía que estaba paseando.

Mientras que el castillo contaba solamente con algunos elementos esplendorosos, ese lugar estaba colmado de historia antigua. Aquí se veía el arte de un pueblo próspero que quizá ya existía antes de que los dioses perdidos se alejaran. Larkyra posó la vista sobre los arbotantes decorados que emergían de las columnas. En las paredes aún colgaban varios estandartes raídos que se balanceaban con una brisa invisible; en ellos, las insignias de la casa Mekenna apenas se intuían como una sombra bordada. La luz de la luna irrumpía en el espacio formando ángulos extraños, y Larkyra se dejaba llevar por aquel tenue resplandor. Apartó la suciedad de un fragmento del muro con su mano enguantada y de allí cayó un pedazo de barro seco que reveló que debajo había un cristal tintado por donde entraba un poco más de luz.

Eran ventanales.

Parecía que aquel lateral del pasillo estaba decorado con grandes ventanales que daban a la parte exterior de la montaña.

—Qué hermoso debió de ser este lugar —le susurró a Kaipo, que seguía posado en su hombro.

Siguió su camino.

—¿Por qué crees que aquella familia se fue de aquí? —musitó—. ¿Por qué dejarían que esta construcción acabara en ruinas?

Un eco proveniente de aquellas profundidades hizo que Larkyra apagara inmediatamente la luz y que se refugiara contra una columna.

—¿Qué habrá sido eso? —le preguntó a Kaipo—. Vuela hasta allí con cuidado y echa un vistazo, precioso.

El halcón alzó el vuelo con sigilo e inmediatamente desapareció en la oscuridad.

Larkyra se quedó esperando, acompañada por el latir de su corazón.

Aunque apenas era audible, le pareció identificar un rumor de pasos.

«¿Serán más ratas?».

Avanzó vacilante, vigilando que su piedra emitiera tan solo un levísimo resplandor, hasta alcanzar el fondo de aquel enorme pasillo. Se bifurcaba en dos caminos, pero para distinguir lo que la aguardaba en cada uno de ellos necesitaba una iluminación más intensa.

Entonces, un cálido resplandor naranja parpadeó al fondo del pasillo de la derecha. Aquello era una antorcha.

A Larkyra se le aceleró el pulso. Cerró la mano ocultando la piedra.

La llama se acercaba y empezó a distinguir la silueta que la sostenía: era una persona alta, pero una capucha le ocultaba la cara. Un instante después, desapareció del todo. Era como si hubiera atravesado alguna puerta.

«Caray».

Larkyra escrutó la oscuridad buscando alguna señal de Kaipo. Cuando daba por hecho que tendría que seguir el camino a solas, una suave brisa le acarició el rostro.

Extendió el brazo y el halcón aterrizó en la manga de su túnica de cuero. Al hacerlo, el animal posó sus ojos morados en los de Larkyra.

—¿Y bien?

Kaipo ladeó la cabeza en dirección al lugar por donde aquella antorcha se había esfumado.

—Ah, ¡no me digas! —susurró Larkyra poniendo los ojos en blanco—. Jamás se me habría ocurrido que tenía que seguir a esa persona...

El halcón agitó las alas, ajeno al sarcasmo de la chica.

Se pusieron en marcha y Larkyra volvió a activar su piedra luminosa. Mantuvo el brillo al mínimo y la sostuvo a un costado mientras, con la otra mano, rozaba la pared con la punta de los dedos para ir guiándose.

Llegó a una puerta con forma de arco y vio que la tenue luz anaranjada de la antorcha del extraño iba bajando por unas escaleras en forma de espiral. La joven lo siguió sin titubear.

En aquella zona, el aire estaba más cargado. Se iba volviendo más tibio conforme bajaba por la escalera, como si el interior de la montaña tuviera su propia fuente de calor. Al llegar al final, advirtió cómo la figura giraba en un pasillo. A Larkyra se le aceleró el corazón; se guardó la piedra en el bolsillo y, junto a Kaipo, siguió de cerca el leve resplandor. Atravesaron un largo pasillo y después otro. La llama que los guiaba era estable. Quien la portaba no parecía haber detectado la presencia de Larkyra, que se mantenía siempre a cierta distancia de seguridad.

Fuera quien fuera, parecía conocer muy bien aquel camino. Sobre todo en el momento en que dobló en un recodo y se detuvo ante un muro semicircular. Aquel era un callejón sin salida. La persona desconocida alzó su antorcha e iluminó una gran puerta redonda de cobre que se hallaba en el centro de la pared. La superficie de la misma estaba adornada con un paisaje tallado en el que se distinguía el dibujo de varios lagos. Los surcos que formaban las montañas y colinas refulgían con la luz parpadeante; en la parte superior se apreciaba un sol cegador y un cielo sin nubes. Era una visión de la antigua Lachlan.

Larkyra la observó detenidamente, oculta tras una oscura esquina en el lado opuesto de aquel pasillo.

Era difícil creer que, en otra época, Lachlan fuera un lugar tan lleno de vida.

La figura recorrió toda la longitud del muro curvo encendiendo las antorchas que allí se encontraban. Una enorme habitación circular se alzó en torno a ellos y reveló dos nuevas puertas de cobre. En ellas había grabadas escenas de olas rompientes y de docenas de barcos con las velas hinchadas por fuertes vientos.

Larkyra se encogió entre las sombras y agarró bien a Kaipo. Ahora que había más luz, podía distinguir mejor aquella silueta. Por la anchura de sus hombros y su constitución, estaba casi segura de que se trataba de un hombre... pero lo que más la inquietaba era que le resultaba familiar.

Ya había visto antes aquella máscara de cuero café, y también la capa oscura. Fue solo una vez, cuando aquella figura salió a toda prisa de las cámaras del rey en el Reino de los Ladrones.

Se le aceleró el pulso al entender lo que aquello significaba. Observó cómo el hombre se sacaba una cadena que le pendía del cuello, escondida bajo la ropa. Extrajo de ella un anillo y lo encajó en un hueco que había en el centro de la puerta. Alzó la otra mano y presionó con tres dedos en ciertos puntos del grabado.

Se desató una bocanada de aire y un montón de polvo se desprendió de las rendijas cuando se abrió la enorme losa.

El hombre penetró en aquel lugar.

Larkyra se quedó inmóvil hasta que Kaipo le mordisqueó la oreja.

—Ya voy —dijo apartando al pájaro—. Pero tú te quedas aquí. —Volvió a darle otro mordisco—. Alguien tiene que vigilar —le dijo apartándolo con un brazo para que se posara en el suelo.

Al asomarse por la puerta circular, Larkyra se quedó asombrada. Todo el espacio cuadrangular estaba lleno de baúles de cuero apilados del suelo al techo. Eran tantos que casi tapaban por completo las paredes de mármol blanco.

La antorcha del hombre reposaba sobre el suelo de piedra y proyectaba sombras que danzaban por la habitación. Se inclinó sobre un arcón en la esquina opuesta. La capa le llegaba hasta los pies mientras jugueteaba con el cierre. Larkyra aprovechó para meterse en el interior con la rapidez de una ráfaga de aire. Se agachó entre los baúles más cercanos y se dispuso a espiar por una rendija.

Aquel hombre miró hacia atrás alertado por el movimiento de Larkyra, pero cuando se aseguró de que seguía solo en aquella habitación continuó con su tarea.

A Larkyra se le erizó la piel. Estaba tensa por la emoción de la caza, por observar sin ser vista.

Se oyó un suave crujido. Sus ojos se posaron en el desconocido mientras este abría un recipiente del que emanó el brillo cegador de un montón de piezas de plata.

«Por el mar de Obasi».

A Larkyra se le hizo la boca agua.

La había encontrado. Estaba en la cámara acorazada de Lachlan.

Contando cuidadosamente las monedas, el hombre llenó una bolsita y la cerró con un nudo antes de echarla a un saco más grande que tenía junto a los pies. Se dispuso a abrir otro recipiente y a Larkyra le extrañó que de allí sacara verduras en conserva y unos saquitos en los que podía leerse TRIGO, ARROZ y CEBADA.

¿Comida? ¿También guardaban comida en la cámara acorazada de la familia?

Cuando el hombre terminó con su tarea, se irguió dando un gruñido.

Se retiró la capucha y se quitó la máscara para limpiarse el sudor. Larkyra se quedó sin aliento.

Darius.

Lord Mekenna.

Darius.

Gritó mentalmente aquellos nombres una y otra vez. Darius era el hombre enmascarado. Había estado en el Reino de los Ladrones. Había tenido una audiencia con su padre. Y ahora estaba aquí, asaltando la cámara acorazada de su familia.

Pero... ¿por qué?

El caos le invadió las venas a Larkyra mientras veía cómo Darius escudriñaba la bolsa que tenía a sus pies. Su pelo rojizo despedía un resplandor naranja bajo la luz de la antorcha.

Los baúles que había a la espalda de Larkyra rechinaron. Había chocado al desplazarse hacia atrás movida por la sorpresa.

Darius posó sus ojos verdes sobre aquella figura encapuchada y esta, con el corazón en la garganta, se levantó de un salto de su rincón y salió corriendo hacia la entrada.

—¡Eh! —le gritó el joven con la voz llena de ira.

Pero ella no se detuvo. Pasó corriendo junto a Kaipo. Mientras volaba junto a la chica, el halcón dio un chillido con un significado muy concreto: «¿Ataco?».

No fue buena señal que Larkyra tuviera que pensar la respuesta.

—No, no —dijo sin resuello.

Sacó la piedra luminosa y la levantó para que el haz de luz le permitiera abrirse camino en la oscuridad.

—¡Detente! —rugió lord Mekenna mucho más cerca de lo que a ella le hubiera gustado.

Atravesó corriendo pasillo tras pasillo hasta que derrapó y tuvo que agarrarse al marco de la puerta que daba a la escalera en espiral. Subió los escalones de dos en dos. El eco de los pasos del lord retumbaba tras ella. Entonces llegó al rellano. Le costaba respirar y se permitió acariciar un rayo de esperanza antes de continuar con su huida.

La única manera que tenía de salirse con la suya era hacer lo mismo que los dioses perdidos: esfumarse de allí.

Aceleró la marcha de camino a la sala principal. Debía tener mucho cuidado con los escombros caídos por el suelo. En el extremo opuesto de la habitación se encontraba su salvación: las puertas que daban al balcón del edificio.

Algo la golpeó bastante fuerte y la hizo gruñir al estamparla contra una imponente columna. Todo el lugar vibró con la fuerza del impacto.

Le dio una patada en la espinilla a su atacante y después

apuntó a sus zonas íntimas. Pero él parecía conocer sus planes, así que la bloqueó y le hizo dar media vuelta, presionando su mejilla contra el mármol frío.

—¿Quién eres? —le espetó—. ¿Por qué me has seguido?

La capucha de su capa le cubría media cara y su mente solo pensaba en escapar, en cómo alcanzar los afilados cuchillos que escondía...

Darius le apartó la capucha de un manotazo. Hubo un instante de silencio. Ella lo miró. Se trataba, ni más ni menos, de la dama que estaba pasando un tiempo como invitada de la familia en el castillo. Entonces la soltó, como si la chica tuviera el poder de hacerlo arder.

—¿Larkyra? —Aquella pregunta sonó como la última palabra de un moribundo. Sonó débil, como un susurro. Era como si el joven no aceptara aquel juego del destino.

Entonces Kaipo se hizo presente. Se lanzó desde las vigas y atacó a Darius.

—¡Detente, Kaipo! —le ordenó Larkyra, viendo cómo el lord maldecía y golpeaba a aquella criatura mientras esta le picoteaba y le arañaba la cabeza.

El halcón soltó su presa y se posó en el antebrazo de la muchacha.

Darius trató de recomponerse. Estaba muy despeinado y de la mejilla le goteaba sangre de un arañazo que Kaipo le había infligido con la garra. Larkyra sintió un escalofrío.

Darius la miró a la cara y después desplazó la vista hacia el pájaro posado en su brazo.

—Pero ¿qué...? —Sacudió la cabeza—. ¿Por qué está...?

—Este lugar es... hum... adorable —dijo Larkyra mirando a su alrededor—. Quedaría estupendo si quitáramos un poco el polvo.

Vaya respuesta.

Darius pasó de estar desorientado a iracundo. Se le acercó como un toro bravo. Ella retrocedió hasta volver a chocar contra la columna.

—¿Qué hace aquí?

Larkyra levantó una mano para que se detuviera.

—Alto ahí —le espetó—. Yo podría preguntarle lo mismo. De hecho, lo voy a hacer. ¿Qué hace usted aquí?

—¡Esto no es ningún juego! —Su voz resonó en aquella enorme sala—. ¿Qué está haciendo aquí? —Observó sus ropas, el halcón que tenía en el brazo.

Larkyra lanzó el pájaro hacia el aire y Darius miró cómo se alejaba hasta desaparecer en la oscuridad.

—¿Quién es usted?

—Larkyra Bassette, hija de Dolion Bassette, conde de Ra...

—Ya sé su nombre —gruñó entre dientes—. Pero... ¿quién es Larkyra Bassette?

—¿A qué se refiere?

Darius se pasó una mano por el pelo.

—Déjese de juegos —mascculló—. ¿Por qué está aquí? ¿Cómo ha entrado?

A Larkyra jamás se le habría pasado por la cabeza que Darius fuese capaz de mostrar tanta ira. Pensó que quizá estaba volviéndose loca, porque presenciar aquella rabia le había encendido una brizna incandescente en el interior del cuerpo. Tal vez le alegraba comprobar que, aunque solo lo había conocido ensimismado y enclaustrado, él podía mostrarse así de enérgico.

Aunque ahora conocía el motivo de que siempre se comportara así.

—Entré de la misma forma que sospecho que lo ha hecho usted: por la puerta.

—Si está tratando de volverme loco, lo está consiguiendo.

—No era mi intención, pero no pasa nada.

Darius soltó un gruñido al volverse a fijar en el atuendo de Larkyra.

—¿Por qué va así vestida? Parece una ladrona... —Sus ojos centellearon al toparse con los de ella—. ¿Es que... planeaba usted robarme?

—No sea ridículo.

«Esto va mal. Esto va fatal».

—Y entonces... ¿por qué me la he encontrado escondida en nuestra cámara acorazada? ¡Explíquese! Cuéntemelo todo o se arrepentirá de haber venido hasta aquí.

—Ya me he arrepentido.

Darius la agarró por los hombros y ella contuvo un grito al notar que la bloqueaba contra la piedra.

—¡Explíquese!

—Me está haciendo daño —se quejó, sintiendo cómo la magia le hervía en el vientre.

Darius no retrocedió.

Larkyra recordó los cuchillos que tenía escondidos en la parte trasera de su cuerpo; eso también habría zanjado el asunto de forma inmediata. Pero sabía que todo el plan se arruinaría igualmente tanto si usaba sus poderes como los cuchillos.

—Me intrigaba saber lo que había aquí —musitó Larkyra mirando fijamente los glaciales ojos de Darius—. No podía dormir y me picó la curiosidad. ¿Es ilegal ser curiosa?

—No puede ser solo la curiosidad lo que le ha sacado de su cálida cama en mitad de la noche.

—Al contrario, es la curiosidad lo que nos lleva a hacer un montón de...

—¡Basta! ¿Por qué me ha seguido hasta aquí?

—Yo no he hecho tal cosa. —Trató de empujarlo sin ningún resultado; aquel hombre parecía hecho de granito—. Vine por mi cuenta. No sabía que usted estaría aquí. Pensé que no habría nadie. Me habían dicho que esto estaba abandonado. No tenía ni idea de lo que me encontraría. ¡Y esa es toda la verdad! Lo juro por el alma de mi madre, que está en el Fundido.

Darius la miró a los ojos. Sintió contra su cuerpo la tibieza del de la joven. Larkyra se estremeció aliviada cuando él la soltó y se apartó un poco.

—Esto no está bien —dijo Darius acariciándose la cabeza—. Nunca tendría que haber venido aquí.

«No podría estar más de acuerdo». Larkyra buscó la salida con la mirada. Aquella pequeña puerta le quedaba lejísimos.

—¿Y ahora qué hago con usted? —musitó Darius.

—¿Acaso tiene que hacer algo conmigo? Parece que ambos guardamos secretos... de lo contrario, no iría usted por ahí enmascarado ni ocultaría su propia herencia.

Darius soltó una carcajada sorda y fría.

—Usted no tiene ni idea sobre mi herencia ni sobre lo que ha presenciado esta noche.

—Pues ilumíneme.

—¿De la misma forma en la que me ha iluminado usted? Como ya le he dicho, esto no es ningún juego. Debería regresar a Jabari mientras pueda. Vuelva a su vida decadente llena de cosas hermosas.

Larkyra se estremeció ante aquellas palabras tan cortantes.

—¿De verdad cree que eso es lo único que me importa?

—¿Acaso no lo es?

—Bueno... —susurró ella sintiendo una punzada de dolor en el pecho. «Tranquilízate», pensó—. ¿De qué sirve que le explique nada si usted ya se ha formado una opinión?

—Las acciones dicen mucho más que las palabras.

—¿Se refiere a sus acciones de esta noche? Yo me andaría con pies de plomo antes de acusar a nadie, mi señor. Usted piensa que porque yo sonría y me ría a carcajadas, que porque me envuelva en sedas, no sé lo que significa haber perdido a alguien, no sé lo que es el dolor y el sufrimiento. ¿Va a juzgarme solo por mi apariencia? Si es así, me temo que no ha aprendido nada del tiempo que hemos pasado juntos ni de lo que significa vivir en Aadilor. No todas las máscaras son tan evidentes como la que cuelga de su cuello.

Abrió la boca para responder algo, pero entonces volvió a cerrarla. Estaba claro que mantenía un debate interno sobre cómo contestar a aquello.

«¡Suéltalo todo!», quiso gritarle Larkyra. Pero se conformó con alzar el mentón.

—Ahora, si me disculpa... —continuó la joven—. Creo que le voy a sorprender aún más con mis próximas acciones, pero nada podrá evitar que las lleve a cabo.

Entonces, Larkyra recogió con la mano una gruesa capa de polvo de la columna que había tras ella y se la lanzó a Darius a los ojos. Él rugió, por supuesto, pero eso no hizo que ella volviera la vista mientras corría hacia el balcón.

Kaipo salió volando delante de la joven. Su silueta plateada refulgía y se hacía cada vez más grande conforme se acercaba a la salida. A Larkyra casi se le saltaron las lágrimas de alivio cuando sintió en la cara el frescor de la noche.

—¡Larkyra! —La voz hueca del joven le llegó desde el interior de la torre junto al eco de los pasos provocados por la carrera que dio para tratar de agarrarla.

Pero no lo consiguió.

Al menos no aquella noche... ya que, sin detenerse, Larkyra saltó la barandilla del balcón y se lanzó al vacío con los brazos abiertos.

Apenas se precipitó durante un grano de arena antes de que unas garras se aferraran a sus bíceps. Kaipo la agarró fuerte y, con unos aleteos intensos, se elevó hacia la luna que brillaba sobre los lagos de Lachlan.

CAPÍTULO VEINTIDÓS

Darius observó su imagen en el espejo y examinó el profundo arañazo rojo de su mejilla.

Más abajo, su pecho desnudo seguía liso a excepción de alguna cicatriz, y eso hacía que el nuevo corte destacara mucho más de lo que él nunca habría pensado.

La noche anterior había sido desastrosa.

Después de entregarle a Alastair el botín de la noche, volvió directo al castillo.

Remó hasta el muelle escondido y vio que faltaba el otro bote. Alzó la vista hacia el castillo. Larkyra habría sido lo bastante lista como para hacer las maletas y marcharse antes de que amaneciera. Eso iba a provocarle algún problema, por supuesto, ya que seguro que se le culparía por la precipitada e inesperada partida de la joven. Pero solo alguien extremadamente valiente se quedaría allí después de que le hubieran descubierto y de haber salido huyendo como ella había huido.

Darius ladeó la cabeza para observar el corte con más detenimiento.

«No todas las máscaras son tan evidentes».

Darius siguió pensando en los incidentes de la noche anterior. Se acordó de su mano enguantada, del relleno que decía que llevaba para disimular el trozo de dedo ausente. ¿Qué otras máscaras llevaría esa joven? ¿Cuáles serían sus mentiras y cuáles sus verdades? ¿Sería la chica con la que se encontró anoche la verdadera Larkyra?

El joven apretó los dientes y se pasó por la mejilla un paño empapado en alcohol. El ardor le provocó una mueca.

Aunque, en apariencia, estaba tranquilo y sereno, en realidad era un verdadero manojo de nervios. Hacía mucho tiempo que había perfeccionado su capacidad de disimulo.

¿Qué haría Larkyra con el descubrimiento que pensaba haber hecho? ¿Cuánto tiempo llevaba espiándolo entre aquellas ruinas? ¿Lo había seguido desde el castillo? ¿Lo habría seguido otras noches? Y esa ropa... ¿Por qué tendría prendas como aquellas la hija de un conde? ¿Para qué las usaba? De repente se acordó del halcón plateado y se le torció el gesto. Debía de ser la misma criatura que había visto cuando iban hacia Lachlan: aquella que atacó y mató al bandido. Pero era más pequeño de lo que recordaba.

Dejó caer un paño teñido de rojo en el lavamanos de su tocador. Se acarició la frente.

Aquellos días no paraba de dolerle la cabeza. Y, aunque sabía que lo siguiente que iba a hacer acrecentaría el dolor, no pudo ignorar sus obligaciones.

Se vistió rápido y sin mirarse al espejo, y se dispuso a ir a buscar a la mujer que le podía arruinar la vida. La obligaría a que se lo explicara todo, aunque los dos acabaran maltrechos.

Las sirvientas se fueron apartando del camino de Darius mientras él se acercaba hacia el salón principal, donde le habían dicho que lady Larkyra estaría. Al llegar al umbral, se encontró las puertas de madera entreabiertas. Se detuvo al oír el sonido de una risa.

Lady Larkyra estaba en pie en un pedestal que ocupaba el centro de la habitación. Una mujer mayor, de piel oscura y pelo canoso, le estaba sujetando el dobladillo agachada junto a ella. Larkyra llevaba un vestido azul marino oscuro que se le ceñía a la cintura y flotaba hasta su pecho. Las mangas largas estaban repletas de detalles. Era uno de los diseños más bonitos que Darius había visto jamás en Lachlan. Impresionado, observó cómo la mujer se ponía en pie para ir a buscar más retazos de tela oscura.

—¡Oh! Qué preciosidad, señora Everett. —Larkyra se inclinó sobre las telas y le pasó la mano por encima—. Quiero un vestido con cada una de ellas.

—Estupendo, mi señora. —La modista sonrió complacida—. Si me permite el atrevimiento —añadió mostrándole un tejido de color azul medianoche—, creo que con esta también se podría confeccionar una capa preciosa.

—Tiene toda la razón —afirmó Larkyra—. Mi querida Clara estaba en lo cierto cuando me dijo que usted era una diseñadora de gran talento. Estoy convencida de que mis hermanas querrán un vestido suyo en cuanto echen un vistazo a estas obras de arte.

—Oh, muchas gracias, mi señora —respondió la mujer haciendo una reverencia—. Es usted demasiado amable.

—Solo digo la verdad, señora Everett.

Cuando Larkyra dijo aquello, Darius, en el marco de la puerta, parpadeó y apretó los puños.

«A ver si es verdad, lady Larkyra». Estaba a punto de llamar a la puerta, pero la voz profunda de su padrastro le hizo frenar en seco.

—Estoy de acuerdo con ella, señora Everett —dijo Hayzar, que apareció junto a las dos mujeres—. Soy un gran amante de la belleza y la reconozco fácilmente cuando la tengo delante.

—Qué adulador es usted, excelencia. —Larkyra sonrió a ese hombre y Darius sintió una punzada en el pecho.

El duque vestía otro de sus excesivos trajes de tres piezas. Su pelo negro brillaba aceitoso bajo la luz del mediodía que se filtraba por los ventanales golpeados por la lluvia.

«¿Será este el tipo de vida que Larkyra desea?», se preguntó Darius. ¿Era la chica que estaba allí, cómodamente envuelta en vestidos de noche y coqueteando con su padrastro? ¿O la que le había hablado de incontables noches sin dormir y de la pérdida de su madre, y podía enfundarse unos pantalones y salir corriendo mientras jugaba sucio en mitad de una pelea?

Se le vino a la mente una palabra: «máscaras».

—Por cierto, alteza, hablando de su buen gusto... —Con sus dedos enfundados en un guante de terciopelo negro, Larkyra jugueteaba con un trozo de encaje mientras la señora Everett seguía tomándole medidas—. Me preguntaba si le gustaría que nos embarcáramos juntos en un proyecto.

—Me gustaría hacer infinidad de cosas con usted, lady Larkyra.

—¡Oh! —musitó ella sonrojándose—. Es usted un hombre demasiado peligroso.

—No lo sabe usted bien...

El duque se acercó a la joven y la señora Everett pareció querer volverse invisible.

—Se me ha ocurrido que... —continuó Larkyra—, quizá, podría ser divertido aprovechar que tenemos aquí a la señora Everett para que diseñe unos nuevos uniformes para todos los criados.

—¿Nuevos uniformes?

—Sí, he pensado que estaría bien que el personal fuera tan combinado como su señor. Además, sería una buena excusa para que yo estableciera vínculos con el personal. Lo considero esencial para poder ser la futura señora de esta casa.

Miró al duque a través de las pestañas y le lanzó una sonrisa tímida e inocente. A Darius le entraron ganas de arrancar de los goznes la puerta que tenía delante.

«¿Qué está pasando aquí?». La hacienda no podía permitirse nuevos uniformes... y tampoco necesitaba una nueva señora.

—Es un proyecto bastante grande —aseguró el duque frunciendo el ceño—. Pero sería muy bonito que estuvieran bien vestidos para nuestra fiesta de compromiso.

Darius sintió como si toda la casa se inclinara hacia el abismo cuando vio que Hayzar sujetaba la mano izquierda de Larkyra, en cuyo dedo anular enguantado se exhibía un enorme rubí. Un rubí que había pertenecido a su madre.

Lo empezó a ver todo rojo.

Darius entró enfurecido a la habitación.

—Hijo mío. —Los tres miraron al joven y el padrastro frunció los labios—. Me alegra que, por una vez, te unas a nosotros.

—Mi señor... —dijo la señora Everett haciendo una reverencia.

Larkyra no abrió la boca, pero escondió la mano detrás de sus faldas.

Por algún motivo, aquel gesto tan prudente enfureció aún más a Darius.

—Excelencia, señoras —dijo haciendo un leve gesto con la cabeza—. ¿Qué acabo de oír sobre nuevos uniformes y una fiesta de compromiso? —Posó en Larkyra su mirada iracunda.

—Parece que entre nosotros hay un fisgón... —aseguró Hayzar.

—De ninguna forma. Es solo lo que me ha parecido escuchar mientras entraba.

—Su padre me ha propuesto matrimonio esta mañana,

mi señor. —Larkyra alzó el mentón con un gesto desafiante y volvió a mostrar su anillo—. Y yo he aceptado.

Darius observó la gema que brillaba en aquel dedo del que sabía más que el resto y tuvo que contenerse para no arrancar el anillo, el guante y todo lo demás. ¿Había aceptado tan rápido Larkyra la proposición del duque por lo sucedido la noche anterior? ¿Qué creía esa joven que estaba a punto de heredar? Contuvo una risa triste. Si había aceptado por eso, se merecía el destino que le esperaba.

¿Cómo podía haberse equivocado tanto con aquella mujer?

—Por supuesto que ha aceptado —dijo el duque tomándole la otra mano.

Darius vio que a Larkyra se le congeló la sonrisa y se le entumeció la postura al sentir ese contacto.

—Enhorabuena —consiguió decir Darius—. ¿Y qué es eso de los nuevos uniformes?

—Pensé que sería adecuado invertir en nuevos uniformes de cara a la fiesta de compromiso —explicó Larkyra.

—Muy bien pensado. —Darius observó la imponente cabellera blanca y el lujoso vestido de la joven. La nueva duquesa de Lachlan. Se obligó a disimular el gesto de asco que se le vino a los labios—. Pero ¿con qué fondos se pagaría eso?

—Darius... —intervino el padrastro.

Pero él no se iba a detener ahora, tras tantos años de penurias y después de lo que había pasado la noche anterior. Ahora no. Estaba harto de todo. Estaba cansado de aquellos juegos, de ir por ahí de puntitas, de apenas ser capaz de desviar unas migajas para su gente. No se iba a callar ahora que todo iba a ser devastado por una chica ingenua.

—Lo siento, excelencia —continuó Darius—. Pero no se me ocurre cómo podría llevarse a cabo ese cambio de uniformes, especialmente ahora que tenemos que pagar una fiesta de compromiso.

—¿Acaso no quiere que sus empleados vayan bien vestidos? —preguntó Larkyra antes de que el duque pudiera decir algo—. ¿No quiere que exhiban el orgullo que les produce trabajar en este castillo?

—Un atuendo bien cosido no es motivo de orgullo. —La señora Everett chasqueó la lengua—. Discúlpeme, señora. No quería ofenderle.

—Descuide, señor.

—Simplemente, considero que ese dinero estaría mejor gastado en otros menesteres —comentó Darius en un tono más tranquilo.

—No creo que sea un gasto tan grande para una hacienda como esta.

—Ahora mismo, cualquier gasto es demasiado grande.

Larkyra arqueó las cejas e intervino:

—Si la hacienda presenta escasez de fondos, mi padre estaría más que contento de proveer al personal...

—Basta. —La orden de Hayzar hizo que la sala quedara en silencio.

Miró a Darius con tal repugnancia que este no pudo evitar sentir un pinchazo de terror recorriéndole el cuerpo. Pero se deshizo de él al instante. «¡Que caiga el telón!», gritó Darius sin articular palabra. Se había hartado de ser cauteloso; además, de repente parecía que todo se iba ya a desmoronar.

—Señora Everett —dijo el duque con sus ojos oscuros clavados en Darius—, ¿le importaría seguir tomándole medidas a lady Larkyra otro día?

—Por supuesto, alteza. —La mujer empezó a recoger sus cosas y, tras hacer una reverencia, abandonó la sala.

Su partida alteró la energía que flotaba en la habitación.

La luz se hizo más tenue. Aunque Darius trató de moverse, sintió que se había convertido en piedra.

Pero su alma seguía estando encendida, enardecida, a pesar de las consecuencias. Por primera vez le había dicho a su padrastro lo que de verdad pensaba. Quizá había sido la mujer que lo estaba mirando quien le había hecho reunir tanto valor; aquella mujer cuyo espíritu parecía un canto a la imprudencia y que tenía en el dedo un anillo que era la prueba fehaciente de que actuaba antes de pensar.

—¿Cómo te atreves a hablar de esa manera delante de extraños? —preguntó el duque acortando la distancia que lo separaba de Darius.

El joven sintió algo resbaladizo recorriéndole la piel; era una especie de caricia que le resultaba familiar y repugnante. Pero fuera lo que fuera, como siempre, permanecía invisible.

—Solo estoy velando por los intereses de esta hacienda —respondió Darius alzando la barbilla.

—¿Acaso crees que yo, el señor de estas tierras, no sé lo que le conviene? —Hayzar se acercó más a él, hasta detenerse ante el escritorio que los separaba.

—Caballeros, por favor. —Larkyra se bajó del pedestal y el crujido de sus faldas interrumpió aquel momento de tensión—. Olvidémonos de todo esto y tomémonos un té. Ya lo discutiremos en otra...

—Creo que este es el mejor momento para zanjar el tema —la cortó el duque agarrando un objeto que emitió un destello plateado.

Darius pudo advertir de reojo cómo los rasgos de Larkyra palidecían al ver aquel objeto. Pero, por algún motivo, era incapaz de apartar la vista de los ojos de su padrastro para observarlo por sí mismo.

Se sintió como arrastrado por una ola y, aunque trató de resistirse, su mente se deslizó hacia una niebla que le resultaba familiar y reconfortante. Su cuerpo parecía reconocer aquella sensación. Un sudor frío empezó a recorrerle la piel.

«Muévete, vete de aquí», le decía una voz dentro de su cabeza.

Pero no podía. Nunca podía.

Hayzar habló, pero sus palabras quedaron diluidas en la niebla. Dijo que estaba decepcionado con Darius, que lo castigaría por su insolencia. Pero dijo algo más importante aún: que después no recordaría nada de aquello.

Darius asintió.

«No hay nada que recordar».

—Qué hermosa herida tienes en la mejilla, hijo. —Las palabras de Hayzar atravesaron la neblina y su rostro, de repente, se volvió nítido. Darius sostenía algo frío en la mano—. ¿Y si añadimos alguna más?

Lo último que Darius recordaba era mirar hacia abajo y ver lo que él mismo sujetaba: un afilado abrecartas. Entonces, la habitación se llenó de sombras y de dolor.

CAPÍTULO VEINTITRÉS

Había sangre por todas partes.

Larkyra luchaba contra las lágrimas que le recorrían las mejillas mientras dejaba con cuidado a Darius en su cama. Estaba dormido, semiinconsciente o bajo el influjo del desquiciante hechizo que había permitido que su mente soportara tal tortura.

Se apartó hacia un lado y se secó el sudor de la frente impregnado del rojo que goteaba de las heridas del joven lord. Se había manchado con su sangre mientras, a grandes zancadas, recorría los pasillos envuelta en su vestido a medio coser para llevar al chico hasta su habitación.

Había estado muy cerca de perder el control mientras veía cómo Hayzar ordenaba a su hijastro que se cortara la cara.

Lo obligó a hacerlo una y otra vez.

Seguía teniendo aquel horror en mente; podía seguir viendo aquel fluido rojo inundando los ojos en blanco del joven lord y empapando el cuello blanco de su camisa.

Se había quedado paralizada por el miedo. Miedo a lo que sucedería si no hacía nada. Miedo a lo que podría suceder si intervenía. Larkyra, como siempre, había sufrido aquello como una tormenta silenciosa; se había quedado tan atrapada en su interior que apenas había tenido que fingir que se encontraba bajo el influjo del trance neblinoso del duque. Apenas respiró, pues sabía que, de haberlo hecho, habría emanado fuego.

En aquel salón había más de un monstruo.

Siempre estaba atrapada con su magia, por su magia.

Necesitaba tener éxito en su misión. No podía decepcionar a su familia.

Si hubiera intentado detener a Hayzar sintiendo aquella ira cegadora, probablemente habría matado al duque o, aún peor, a Darius. Y a cualquier otra alma que se pusiera en su camino.

A Larkyra le habría gustado gritar a todo volumen y sin ningún control, rendirse a sus poderes, que se habían agitado y estaban listos para rugir. Pero su acto reflejo había sido encerrarse en sí misma, aislarse de aquella habitación y silenciar los aullidos de dolor que emitía Darius. Se ausentó tanto que llegó a preguntarse si seguía viva.

Lo único bueno es que el suministro de magia encapsulada del duque se había esfumado y que antes de seguir infligiéndole más dolor a su hijastro tenía que parar y retirarse para poder descansar.

Larkyra se quitó los guantes sucios y hasta ella misma se sorprendió ante aquel gesto. Había llegado el momento de dejar el lloriqueo y hacer algo útil. Por los dioses perdidos, había presenciado muchas torturas en el Reino de los Ladrones. Ella misma había torturado. ¿Por qué esto le resultaba tan diferente?

Ni que decir tiene que conocía perfectamente la respuesta.

Observó detenidamente la carnicería carmesí en la que se había convertido la cara de lord Mekenna. Había cinco heridas importantes. Dos le cruzaban la frente; una le atravesaba la mejilla derecha del mismo modo en que Kaipo le había marcado la izquierda; y la última dibujaba una línea que iba de la mandíbula a la parte inferior de la oreja.

Larkyra tragó saliva mortificada por la culpabilidad de haber causado aquello.

Porque era culpa suya. Pero ¿cómo iba a negarse a la propuesta del duque? Su padre le había avisado de que las cosas podrían ponerse así, de que quizá tendrían que extremarse tanto para poder cumplir con su misión. Ni que decir tiene que no llegarían a casarse, claro. Su padre jamás le pediría algo así..., ¿verdad?

Le habría encantado poderle contar a Darius toda la verdad. Le había dolido en el alma observar la desesperación y la ira que habían teñido la cara del joven cuando ella mostró el anillo.

Y después estaba la tontería de los uniformes.

Larkyra solo había querido sentirse útil, sobre todo después de las duras palabras que Darius le había dedicado la noche anterior. Jamás se le habría pasado por la cabeza la idea de que echarle una mano al personal enfadaría aún más al lord.

«Ese dinero estaría mejor gastado en otros menesteres».

Pero aquello no encajaba con la montaña de baúles de la cámara acorazada ni con la desesperación que se intuía en la voz de Darius... Algo no cuadraba.

Ya investigaría eso en otro momento.

En ese instante debía concentrarse en curar las heridas que ella misma había causado.

Habían sido afortunados al no cruzarse con nadie en el camino de vuelta a la alcoba del joven. De hecho, desde que había llegado allí, el castillo estaba cada vez más vacío. Y eso era una suerte. Larkyra no habría tenido energías para explicarle a nadie por qué el joven lord se encontraba en ese estado.

No. Ahora mismo tenía que reservar todas sus fuerzas para Darius.

Se aseguró de que las puertas de la alcoba estuvieran cerradas con cerrojo, cerró el balcón y apagó las velas, pero no la chimenea.

Agarró algunas vendas de algodón y una vasija con agua del tocador de Darius y las llevó hasta su cama. Con mucho cuidado, limpió la sangre que brotaba de sus heridas.

Darius gimió de dolor y a ella se le encogió el corazón.

—Lo siento —murmuró—. Pronto te encontrarás mejor.

Su voz hizo que Darius abriera los ojos de par en par. La joven se quedó quieta.

—Larkyra... —murmuró él antes de que su cuerpo se hundiera más en el colchón y se le volvieran a cerrar los ojos.

La muchacha reanudó su tarea, esta vez susurrando una relajante nana.

El sonido provenía de lo más profundo de su vientre y le calentaba la garganta. Envolvió la habitación en una niebla mágica de color miel. Aquella burbuja insonorizada los mantendría seguros mientras seguía lavando al lord. Aquella canción era una de las favoritas de sus hermanas. Hablaba de los prados del Grandioso Parque que se encuentra en el extremo oriental de Jabari. Desde que eran pequeñas, sus padres las llevaban allí de pícnic bastante a menudo. Larkyra permitía que las notas salieran de su garganta cálidas y doradas como las flores que Arabessa se colocaba en el pelo mientras Niya leía versos de sus queridos poemarios. Era un recuerdo reparador que suavizaría el dolor que el muchacho pudiera estar sintiendo con cada una de las caricias con que Larkyra le estaba limpiando las heridas. Cada vez que escurría la toalla, la vasija se iba llenando de agua color rubí. Tuvo que sentarse.

Darius era hermoso incluso cubierto de cortes. Sus pómulos angulosos estaban bañados por las sombras provenientes del fuego. Tenía los turgentes labios abiertos y respiraba a un ritmo suave. Larkyra observó el resto de su cuerpo y sus ojos se posaron en su traje color carbón. La sangre le oscurecía parte de las solapas y tenía una enorme mancha roja en la camisa blanca nuclear que llevaba bajo el chaleco. Se encargaría de aquello cuando acabara con su cara.

Se le volvió a encoger el pecho cuando miró los tajos. ¿Cómo había podido sobrevivir Darius tantos años a aquel tormento? Debía de haber reunido mucho valor para irrumpir en aquella habitación diciendo lo que había dicho, debía de tener una fe ciega en sus convicciones para alzar así la voz.

—Lo siento —se descubrió diciendo Larkyra de nuevo—. No sabía que las cosas acabarían así.

Un peso le oprimió el pecho al mirar la gema roja que relucía sobre el guante de terciopelo que había dejado a un lado. Era un anillo precioso... aunque representara su compromiso con Hayzar Bruin. Estaba hecho con delicadas tiras de oro que se entrelazaban para abrazar un gran rubí. Cuando lo tomó de la mano del duque y se lo puso en el dedo, fue capaz de sentir la historia de este objeto; una historia que, seguramente, hablaba de tiempos más felices.

«Te prometo que te compensaré, tengo que hacerlo», prometió mirando a Darius.

Soltó el paño y respiró hondo. Estaba lista para empezar una nueva canción, nacida de lo más profundo de su alma, que le curara a Darius la carne y los huesos.

Pero antes de que pudiera empezar a cantar, oyó un ruido proveniente de la puerta de la alcoba de Darius.

Una llave se había deslizado por la cerradura. Larkyra ahogó un grito, agarró los guantes y se levantó del lateral de la cama para esconderse entre las sombras de las gruesas cortinas que daban al balcón.

Se dispuso a observar por un estrecho hueco de la tela y vio a un hombre delgado con la nariz aguileña que podría reconocer en cualquier sitio. Boland echó un vistazo por la alcoba del lord y, sin reparar en Larkyra, acabó observando el fuego que cimbreaba en la chimenea.

—¿Mi señor? —murmuró. Larkyra sintió cómo se le aceleraba el pulso—. Mi señor, ¿está usted despierto?

Como Darius no le contestó, relajó los hombros y cerró la puerta a su espalda. Se acercó al lord y al verlo se quedó sin habla.

Un arrebato de magia protectora hizo que Larkyra gruñera en silencio.

Boland alzó la vista como si hubiera oído algo, pero la constante lluvia del exterior hacía difícil diferenciar los truenos de la rabia ajena.

—¡Oh, mi señor! —exclamó el hombre al observar de nuevo a Darius—. ¿Y ahora qué ha hecho?

¿Cómo que «ahora»?

¿Es que aquel anciano estaba al corriente de lo que sucedía en esa prisión de piedra? Unas llamaradas furiosas chisporrotearon en el vientre de Larkyra. Entonces, Boland se cubrió la nariz y la boca con un pañuelo, y sacó un atado de ramitas. Hizo arder la punta de este ramillete y esparció el humo por encima del joven dormido. A Larkyra le llegó aquel denso aroma. Eran tallos de gaffaw, una planta narcótica. Inmediatamente, contuvo la respiración.

«Pero ¿qué estará haciendo?».

El mayordomo apagó el gaffaw en la vasija de Darius, se apartó el pañuelo y se sacó una bolsita de tela del bolsillo del saco. Con mucho cuidado, empezó a untarle a Darius una sustancia en las heridas abiertas.

—Son muy profundas, mi señor —susurró, mirándolo con los ojos llenos de tristeza—. Ojalá pudiera ser yo quien sufriese esos cortes y no usted. Su madre no soportaría ver en lo que se ha convertido su hogar. No. —Boland siguió musitando; parecía querer tranquilizar tanto a Darius como a sí mismo—. Cómo me gustaría que usted no se pareciera tanto a ella.

«¿A ella?».

A Larkyra se le vino a la mente el recuerdo de aquel retrato: el pelo cobrizo, la tez clara, los ojos verdes...

Por el mar de Obasi, ¿y si el hecho de que su hijastro se pareciera tanto a la difunta duquesa explicaba la crueldad que Hayzar le infligía?

Larkyra apretó los puños. En la garganta, su magia hirvió con ímpetu vengativo.

Sus pensamientos siguieron vagando mientras observaba a aquel mayordomo que, hasta ahora, lo único que había hecho en su presencia había sido mirarla con aire condescendiente, pero que, en ese momento, se estaba desviviendo por ayudar a Darius. Lo cuidaba cariñosamente, le ofrecía las caricias de un amigo acostumbrado a esa tarea.

«¿Qué tipo de relación tienen estos dos hombres? ¿Cuánto sabe Boland realmente de lo que pasa bajo este techo?».

Se oyó un ruido metálico proveniente de más allá de la alcoba del lord, y Larkyra y Boland miraron hacia la puerta. El anciano recogió sus cosas rápidamente y, tras lanzarle un doloroso último vistazo a su señor, salió de la habitación.

Asombrada por cuanto acababa de suceder, Larkyra sacudió la cabeza. Aún seguía escondida en la esquina cuando vio que Darius se movía levemente.

Se acercó a la cama y examinó lo que Boland había hecho. Aquellas curas eran bastante básicas: ahora, cada una de las heridas del lord estaba cubierta de aquella pegajosa sustancia café. Larkyra supuso que, si esa había sido la técnica que durante tantos años había usado para curarlo, habría sido suficiente en la mayoría de las ocasiones.

Pero, aquella noche, ella pondría algo de su parte.

Intentó deshacerse de la multitud de preguntas que le revoloteaban en la mente y retomó su tarea donde la había dejado. Inspiró con suavidad y empezó a cantar:

Arregla lo roto, calma el dolor;
cura las heridas,
haz que se sienta mejor.
Este cuerpo necesita
que le prestes ayuda,
una canción para un alma desnuda.
Que el Nunca Jamás
haga que este cuerpo
deje las lágrimas atrás.
Que borre los recuerdos,
que sane el corazón,
y que al llanto le diga adiós.
Que lo malo desaparezca,
que el viento y la arena
arrasen con la pena.
Que tenga un futuro
muy lleno de luz
y que recupere toda su salud.
Que se le aclare el destino,
y que mi luz lo ilumine
a lo largo del camino.
Que las aguas de Obasi
limpien lo pasado
hasta que él se haya olvidado.

La magia de Larkyra brotó de sus labios en forma de un resplandor dorado alrededor del cual flotaban las notas musicales. De nuevo, la magia los envolvió a los dos en una burbuja insonorizada. La joven esperó a que su hechizo cobrara la fuerza suficiente y entonces lo guio con cuidado a lo largo de cada una de las heridas del muchacho.

El poder de Larkyra vibró en el cuerpo de Darius; se metió por sus venas como una sensación tibia y agradable que hizo desaparecer la sustancia del mayordomo hasta dejarle la piel lisa y curada. Fue como si el tiempo hubiera borrado las heridas.

Como los cortes eran recientes, el hechizo funcionó rápido. Pero Larkyra sabía que no todas las cicatrices se podían apreciar a simple vista; tenía claro que lo que había pasado aquel día dejaría huellas indelebles, especialmente en su propia memoria.

Con las heridas ya curadas, Larkyra se dispuso a quitarle a Darius la camisa sucia y el saco. Hizo lo posible para no fijarse en su pecho desnudo mientras se levantaba de la cama para ir a buscar en el armario. Sacó de allí la primera parte de arriba que encontró y, con cuidado, volvió a vestir al lord inconsciente.

A pesar de las instrucciones de su padre, a Larkyra se le había acabado la paciencia.

Había llegado el momento de actuar, y lo haría según sus propias reglas. Había llegado el momento de rectificar el curso de los acontecimientos y de encontrar una manera más rápida y segura de salvar Lachlan.

Le echó a Darius una manta suave por encima y lo arropó bien. Larkyra observó el rostro del joven, que parecía tener una suave máscara recién estrenada. Entonces, se sentó en el sillón junto a la chimenea dispuesta a esperar lo que hiciera falta.

CAPÍTULO VEINTICUATRO

Darius dio un grito ahogado y se incorporó de golpe, como si le hubieran lanzado un cubo de agua helada. Sus sueños habían sido como una ola de dolor que después se convirtieron en una caricia suave, como de una pluma, antes de volver a transformarse en un gélido beso de sombras.

Las cortinas de su habitación estaban corridas, pero de entre ellas se deslizaba un hilo de luz, una señal de la mañana, un indicio del nuevo día. La habitación se llenaba con el sonido del repiqueteo de la lluvia y el rugido de la tormenta incesante que sacudía la región. El interior de sus aposentos estaba bañado por una cálida luz anaranjada, ya que el fuego de la chimenea chisporroteaba intensamente. Se echó la mano al cuello y se dio cuenta de que llevaba una camisa que no se había puesto desde que era un muchachito. Aquella tela le apretaba y le provocaba picor.

Frunció el ceño y se dispuso a desabotonar la prenda, pero un carraspeo lo hizo detenerse.

Se dio la vuelta y vio a una mujer cómodamente recostada en uno de sus sillones.

Darius se cerró la camisa y bajó de la cama de un salto.

—¿Larkyra? Pero ¿qué hace aquí?

—¿Cómo se siente, mi señor?

—¿Que c-cómo me siento? —balbuceó—. Pues, en este momento, bastante violentado, la verdad.

—Pero ¿siente algún dolor?

«Dolor».

Aquella palabra desencadenó en él una serie de recuerdos confusos. Se miró la mano con la que hacía poco había empuñado un objeto plateado y brillante.

Dio un paso atrás, se giró y se miró el pecho y los brazos. «Nada».

No había cicatrices nuevas. Entonces ¿por qué se sentía como si debiera haberlas?

—Se lo hizo en la cara.

—¿Perdón? —Se volteó hacia Larkyra, que aún seguía sentada en el sillón.

—Que le hizo los cortes en la cara.

Larkyra dijo aquello como si fuera una afirmación matutina de lo más cotidiana.

—¿Está usted loca? —le espetó, llevándose las manos a las mejillas y a la frente. Las tenía lisas—. ¿Qué hace en mis habitaciones? Debe irse inmediatamente. —Se acercó hacia la puerta—. Esto es del todo inapropiado.

Sobre todo teniendo en cuenta que, ahora, ella estaba prometida con su padrastro. Se acordó de aquello y se le formó un nudo en el estómago. Otra pesadilla que se había vuelto real. ¿Cómo iba a sobrevivir a aquello?

—¿Qué le ha hecho a la puerta? —preguntó Darius forcejeando con la manija. Estaba atrapado.

—¿De verdad no se acuerda de nada? —Larkyra se puso en pie y se acercó hacia él.

—¿A qué se refiere? —dijo dando un paso hacia atrás—. Lo recuerdo todo. Recuerdo sus buenas nuevas. Por cierto, la felicito de nuevo, mi señora —dijo haciendo una reverencia cargada de ironía—. También recuerdo la frivolidad con la que pidió cambiar todos los uniformes de la hacienda.

Larkyra apartó la mirada. Aquello la había herido.

—Mi señor, me refiero al otro incidente que tuvo lugar anoche.

El abismo de recuerdos oscuros que le nublaba la mente volvió a apoderarse de él.

«No estoy loco, no estoy loco, no estoy loco», se repitió Darius en silencio, pero invadido por el pánico. Se buscó a tientas la marca que le quedaba en el brazo. Seguía allí.

—¿Qué otro incidente? —preguntó esperando que Larkyra no hubiera notado el leve temblor de su voz.

—Extraordinario —musitó ella mirándolo de cerca—. ¿Tampoco recuerda haber sufrido ningún dolor?

Había vuelto a usar esa palabra.

—Yo... —Lo que Darius fuese a decir se le quedó en la garganta.

«Dolor».

Disimuló un escalofrío.

Él siempre sentía dolor. Especialmente ahora, en su presencia. En sus habitaciones. Tan cerca de su lecho y de sus sábanas suaves.

«Por los dioses perdidos, compórtate».

—Tenemos mucho de lo que hablar, mi señor. Le sugiero que tome asiento —le ofreció ella señalando un sillón.

En algún momento, mientras Larkyra esperaba que Darius despertara, debió de tomar algún refrigerio. Sobre una mesita baja descansaba una charola.

¿Quién más sabría que la joven se encontraba allí? ¿Habría usado alguna de sus estratagemas para no ser vista?

Larkyra se puso cómoda y, al volverla a mirar, Darius se fijó en que la joven no estaba tan arreglada como de costumbre. De la complicada trenza que le coronaba la cabeza se escapaban algunos mechones. El vestido que llevaba era la misma prenda a medio terminar que lucía el día anterior, y tenía la falda algo arrugada. No podía estar del todo seguro, pero... ¿eran de sangre aquellas manchas que se le apreciaban en el cuello?

—Puede sentarse —repitió ella mientras servía dos tazas de té—. Nadie nos molestará.

—Esto es de lo más extraño.

Algo mareado, Darius se aproximó despacio al sillón que había frente a ella. Sentía un gran cansancio en los huesos. Su cuerpo estaba tan exhausto que apenas le quedaban deseos de luchar.

Estaba harto de luchar.

—Entiendo la confusión que siente —susurró ella ofreciéndole una taza—. Yo también estoy bastante confusa... y justo por eso tenemos que hablar.

—Supongo que hablaremos sobre cosas que no suelen tener cabida en una conversación formal.

—Exacto —contestó Larkyra esbozando media sonrisa cansada.

—¿Trataremos en esta conversación sobre lo que pasó la otra noche en el hogar de mis ancestros?

—Entre otros temas.

—¿De verdad? —preguntó Darius entrecerrando los ojos.

—Mi señor —comenzó ella, acomodándose en el sillón—, lo que estoy a punto de contarle muy probablemente me exponga a ser expulsada de mi propia familia. Puede que incluso provoque mi ejecución. Si es que alguien me descubriera, claro. De modo que sí, por supuesto, todo lo que ahora le voy a contar es totalmente cierto. Se acabaron los trucos y las máscaras.

Darius examinó a Larkyra; observó desde sus brillantes ojos azules hasta los dedos firmes con que sostenía la taza.

—Estupendo, soy todo oídos —le aseguró.

—Lo más difícil es decidir por dónde empezar.

—¿Y si empieza por los sucesos más recientes?

—Ah, sí, esos sucesos... —Respiró hondo y miró hacia el fuego—. Mi compromiso con su padre, con su padrastro, es una farsa.

Fue como si le tirara a Darius un vaso de agua helada a la cara.

—¿Perdón?

—No es más que una pantomima.

—¿Acaso no son justo eso todos los matrimonios? —preguntó con una carcajada.

—Quiero decir que no tengo ninguna intención de que haya boda.

Las llamaradas que había entre ellos parecieron atenuarse, como si una gota de alivio hubiera caído en un pozo de confusión. «No tengo ninguna intención de que haya boda».

El corazón de Darius se saltó un latido. Sintió un arrebato de emociones a las que no podía ponerle un nombre concreto.

—Y entonces... ¿qué pretende hacer?

—Eso es... un poco complicado.

—Como todo lo que le rodea, mi señora.

—También sé lo de sus cicatrices.

A Darius le zumbaron los oídos.

—¿Mis cicatrices?

—Sí, las que le marcaban el pecho y los brazos.

De forma involuntaria, Darius llevó la mano a su ajustada e incómoda camisa.

—Ignoro a qué se refiere. No tengo ninguna cicatriz.

—Sí tiene, pero ya no tantas. —Darius se quedó sin aliento. Sintió un frío repentino y tuvo que soltar la taza para no derramarla—. No es nada de lo que deba preocuparse, es...

—¿Que no es nada de lo que deba preocuparme? —Casi se atraganta con su propia saliva—. Permítame no estar de acuerdo, mi señora.

—«Larkyra» —resopló la joven—. Por favor, vuelve a llamarme Larkyra. Si tengo que seguir llamándote «mi señor», que así sea... pero me parece absurdo seguir ciñéndonos ahora a esas formalidades.

—¿Ahora? ¿Te refieres a «ahora que acabas de admitir que has visto mi pecho desnudo»?

Larkyra se sonrojó.

—Entre otras cosas —respondió. Darius, sorprendido, alzó una ceja—. No hablo de «esas otras cosas» —aclaró Larkyra rápidamente.

—Eso espero.

—En cualquier caso... —musitó la joven aplanándose la falda—, vi tus cicatrices porque vine a comprobar cómo estabas después de que, durante la cena, te sintieras indispuesto.

—Indispuesto...

Recordó el frasco de medicina vacío que había visto en el suelo.

Entre las sombras, le volvió a la mente el rostro iracundo de su padrastro, el fuerte olor a curash de la sopa, el recuerdo de haber sido obligado a comer a sabiendas del dolor que eso le provocaría... ¿Por qué había hecho algo así?

«¡Hayzar, siempre Hayzar!», le gritó una voz en el interior de la cabeza.

—Estabas dormido cuando llegué. —El sonido de las palabras de Larkyra lo trajo de vuelta a la realidad—. Fue entonces cuando te vi las cicatrices y..., bueno, cuando contribuí a hacerlas desaparecer. Te curé. Hice todo lo que pude.

La habitación se quedó en silencio. El rugido de la tormenta que golpeaba las ventanas fue la única respuesta a lo que Larkyra acababa de decir.

—Veo que no me crees —continuó la joven tras un instante de silencio—. Me lo esperaba, así que te enseñaré algo.

Dejó la taza en la mesa. Se sacó un alfiler de su vestido a medio terminar. La punta brilló en aquella luz tenue mientras la joven se la clavaba en la palma de la mano y la arrastraba por la piel.

—¡Larkyra! —exclamó Darius levantándose de un salto.

La joven dejó escapar un gemido de dolor, pero tampoco parecía demasiado afectada.

—Siéntate. Me pondré bien.

—Estás loca. —Se arrodilló a su lado y le tomó las manos—. Hay que lavarte esta herida. Tengo un ungüento que...

—No. —Larkyra hizo que Darius le soltara las manos—. Debo enseñarte algo. Tienes que escucharme bien. Intentaré que la canción solo me afecte a mí para que tú puedas oírla sin ningún peligro, pero puede que llegado un momento tengas que cubrirte las orejas. Nunca he hecho un hechizo así estando presente una persona sin dones que esté despierta o que no se encuentre bien atada.

—¿De qué demonios estás...?

Aquella pregunta quedó interrumpida cuando el flujo de notas empezó a brotar de Larkyra. Era una canción envuelta en una melodía tan hermosa y tan bien entonada que Darius se quedó sin respiración y tuvo que echarse hacia atrás. Conocía esa voz. Había sonado en sus sueños y se había metido entre sus pesadillas cada noche desde la primera vez que la oyó.

Pero ¿cómo podía ser?

¿Es que acaso ella era...?

Larkyra mantenía la mirada fija en el corte ensangrentado de su mano. Aunque Darius no podía percibirlo, el aire que los rodeaba estaba cargado de energía; se estaba gestando algo importante. Algo que alteraría el ritmo del corazón del joven.

La música emergía de ella: era una canción sin palabras o, al menos, sin las palabras que Darius conocía. Pero en aquella melodía se entretejía una compleja historia de perdón, de reconstrucción de algo arrasado.

Darius jamás habría creído lo que pasó justo después si no lo hubiera visto con sus propios ojos. La piel rasgada y ensangrentada de la mano de Larkyra empezó a unirse y a fundirse hasta que volvió a su estado previo: el de una palma suave y sonrosada. Cada goterón rojo había vuelto, marcha atrás, al interior de la herida, ahora cerrada.

La voz de la joven se fue apagando hasta dejar a Darius un vacío en el alma. Aquella habitación fue invadida por el sonido de la lluvia y de los truenos que estallaban al otro lado de las ventanas.

Darius permaneció sujetándole la mano. Examinó aquella palma inmaculada y, con cuidado, pasó la yema del dedo por la zona donde había estado el corte. No encontró allí ninguna prueba de que aquella herida hubiera existido; lo único que de ella quedaba era una imagen mental que poco a poco se fue desvaneciendo.

Un cambio en el aire le hizo mirar a Larkyra a la cara. Sus rostros se acercaron y Darius bajó la vista hasta los carnosos labios de la joven, que se abrieron para tomar aire. Su aroma, a lavanda y a menta, lo envolvió; aquel olor era tan seductor como el de un baño de espuma. El joven se sentía indefenso, incapaz de dar el siguiente movimiento, ya fuera hacia delante o hacia atrás.

—¿Lo ves? —Su voz contenía ahora el sutil recordatorio del poder que había emanado de ella, de quien ella debía de ser—. Curada.

Darius parpadeó y le soltó la mano.

—Tú... —Tomó aire— posees magia.

—Sí, así es. Y lo que me he hecho en la mano también te lo hice aquí —dijo posándole con cuidado la mano en el pecho. A Darius lo recorrió un escalofrío—. Y aquí —señaló arrastrando la mano hacia su rostro.

Darius dio un salto; el eco de aquella caricia le abrasó la piel mientras se levantaba. La mente le daba vueltas mientras trataba de comprender lo que estaba pasando en aquel instante.

Volvió a mirarla a la cara y, al toparse con el rostro de ella observándolo con tranquilidad, de repente vio allí sentada a otra criatura, una cuyos rasgos estaban completamente cubiertos de perlas negras y con un lazo gigante sobre la cabeza.

Cerró los ojos con fuerza y volvió a abrirlos.

Aquella visión había desaparecido.

—Tú... ¿tú hiciste esto? —preguntó Darius llevándose la mano a la camisa, que ahora le cubría una piel suave. —Larkyra asintió—. ¡No tenías ningún derecho!

La ira se apoderó de él. Una oleada de bilis le subió por la garganta.

—¿Qué? —preguntó la joven abriendo los ojos de par en par.

—¿Tienes idea de lo que se me pasó por la cabeza cuando, después de años conociendo de memoria la geografía de mi dolor, me desperté y vi que apenas tenía ningún rasguño? Soy incapaz de recordar cómo me aparecieron esas cicatrices... y ahora tampoco sé cómo desaparecieron. Creí... creí que me había vuelto loco y que nada de lo que había sufrido era real.

El pecho le ardía con cada inspiración. Sintió como si la habitación empequeñeciera y las paredes estuvieran a punto de aplastarlo.

—Darius... —intervino Larkyra con urgencia en la voz—. Lo siento mucho. No pretendía que te sintieras así. Es que, cuando descubrí tus cicatrices, me sentí incapaz de asumir todo el dolor que habías sufrido. Habías padecido mucho, demasiado. No estás loco. Lo siento en el alma. Solo quería ayudarte. Esa sigue siendo mi única intención.

—¿Ayudarme con qué?

—Con todo lo que has pasado, Darius —murmuró Larkyra—. Tu padrastro te ha hecho mucho daño.

Un nuevo caleidoscopio de emociones se materializó en el interior de Darius al oír de otra persona lo que siempre había sospechado pero nunca había querido creer.

—Y quiero que... No. Necesito que entiendas que nada de eso ha sido culpa tuya —aseguró la joven poniéndose seria.

Darius se dejó caer en el sillón que tenía más cerca. Le habían abandonado de repente tanto la furia como las fuerzas.

«Nada de eso ha sido culpa tuya».

Los ojos se le llenaron de lágrimas y su cuerpo empezó a temblar. No sabía cuánto necesitaba oír esas palabras hasta que resonaron en su alcoba.

«Nada de eso ha sido culpa tuya».

«No tienes la culpa de la muerte de tu madre».

«No tienes la culpa de que Lachlan esté en la ruina».

«No tienes la culpa de la ira de tu padrastro».

Entonces emergieron nuevos recuerdos que llevaban mucho tiempo enterrados. Darius recordó estar sentado junto a Hayzar poco después de la muerte de su madre. Distraído, el niño acariciaba con el pulgar un broche de Johanna con el que ella le permitía juguetear antes de caer enferma. Nunca se separaba de aquel objeto. Cuando Hayzar lo vio, le preguntó que de dónde había sacado aquello. Darius se lo contó y el padrastro le dirigió una mirada letal. En aquel momento, el niño no entendió lo que había pasado, pero ahora...

«Nada de eso ha sido culpa tuya».

¿Sería posible que el motivo de la ira de su padrastro fueran los celos provenientes del amor que su esposa profesaba hacia su hijo?, pensó Darius. El joven se mareó al sentir que, a su alrededor, todo se derrumbaba.

—Darius. —La suave voz de Larkyra se infiltró entre su torbellino de pensamientos.

Ella se acercó para tomarle la mano, pero él se la apartó. La abrasadora llama de la rabia volvió a invadirlo.

—Borrarme las cicatrices no cambia cómo llegaron a mi cuerpo. Y tampoco evitará que vuelvan a aparecer —dijo el lord.

Larkyra se quedó callada un instante para que sus sentimientos se asentaran, y entonces le contestó:

—Estoy de acuerdo en lo primero, pero discrepo de lo segundo. ¿Por qué crees si no que estoy aquí mostrándote lo que soy capaz de hacer? Lo que tu padrastro te ha hecho te convierte en...

—¿Y qué importa? —gruñó él.

—Pues claro que importa.

—No importa, ya que no se puede cambiar.

—¿Y si te dijese que sí se puede?

Darius le mantuvo la mirada durante un largo instante y observó el reflejo de las llamas en el profundo azul de sus ojos.

—¿Te envía el Rey de los Ladrones?

Larkyra tuvo que fingirse sorprendida, algo que no le resultaba muy habitual.

—¿Perdón?

—Eres una de las Mousai, ¿verdad?

Larkyra se quedó de piedra.

—Es difícil olvidar una voz como la tuya —le explicó Darius.

La joven lo observó con suspicacia.

—¿Dónde la habías escuchado antes?

—Estaba allí la noche en la que las Mousai actuaron en el Reino de los Ladrones. De hecho, fue la noche de tu Eumar Journé.

Ella no dijo nada.

—Vamos —continuó Darius—, pensaba que íbamos a decirnos la verdad, Larkyra. Si es que de verdad te llamas así...

—Muy bien —dijo ella quedando paralizada—, ya que estamos, ¿cómo se llamaba el hombre que solicitó una audiencia con el Rey de los Ladrones? ¿Comparte el nombre con ese al que tanto le gusta husmear en los baúles de la cámara acorazada de su familia?

Darius ignoró aquella estocada, ya que acababa de confirmar su teoría.

—Ahora entiendo lo peculiares que son las Bassette.

—Somos como tenemos que ser —respondió ella alzando el mentón.

—¿Raras?

—Solo somos raras para los cerrados de mente.

Darius se sorprendió dando una carcajada. Todo aquello era demencial.

—Cuéntame: ¿sabe su padre por dónde se mueven ustedes tres? ¿O es que acaso tiene un buen puesto en la corte del Rey de los Ladrones? Teniendo en cuenta sus dones y sus riquezas, seguro que es así...

—Creo que lo mejor es que, de momento, nos ciñamos al asunto de tu padrastro. ¿O es que quieres que me arrepienta de todo y te vuelva loco con una simple canción?

Ahí estaba la criatura que él había visto dominando todo aquel antro lleno de bárbaros, la criatura que había conseguido crear el caos en toda una habitación con solo separar los labios. A Darius no le cabía ninguna duda de que ella ejecutaría su amenaza si tuviera que hacerlo. Puede que pareciera un ser muy delicado, pero Darius empezaba a aprender que justo esos seres eran los más temibles.

—Lo siento —dijo la joven tras un instante—. No ha estado bien amenazarte después de lo que me has contado.

—No... Pero al menos has dejado claro quién eres en realidad, cantora de las Mousai.

Larkyra respiró hondo, como si necesitara de toda su fuerza para mantener la calma.

—Tienes todo el derecho a no creerme.

—Cierto.

—Y a estar enfadado.

—Ciertísimo.

—Pero, a pesar de todos los errores que he cometido hasta ahora mientras trataba de ayudarte..., soy tu amiga, Darius. Quiero ser tu aliada.

Darius examinó a Larkyra durante un buen rato: su mirada inquebrantable, la fuerza que su pose irradiaba, la familiaridad con la que su energía lo inundaba. Y entonces, a pesar de lo enfadado que estaba, supo que ella decía la verdad. Que siempre le había sido leal. Especialmente ahora, cuando le estaba revelando su secreto y el de su familia. A Darius no le pasó desapercibido lo mucho que a Larkyra le podía costar aquello.

—De acuerdo —empezó a decir, tratando de sonar más calmado—, pero no puedes culparme por tener tantas preguntas.

—Por supuesto que no.

A Darius no le gustó la mirada compasiva de Larkyra. A pesar de lo mucho que había sufrido, no quería ser una víctima.

—¿Qué otras cosas importantes sabes sobre mi padrastro?

—Sé que es adicto a la phorria.

—¿Que es qué?

—Adicto a la phorria.

—Eso ya lo has dicho, ¿me puedes explicar de qué hablas?

—La magia es algo que solo pueden usar aquellos que poseen los dones de los dioses perdidos —explicó Larkyra—. Tu padrastro no está bendecido, pero se ha estado inyectando magia extraída de quienes sí lo están. Cuando se extrae, esta materia se agria y se vuelve venenosa; entonces se transforma en algo extraordinariamente adictivo a lo que se le llama phorria. Para el común de los mortales es como una droga: les proporciona una sensación de éxtasis y les permite desarrollar algunos poderes muy superficiales. La phorria corrompe el alma de cualquier hombre o mujer que la tome durante demasiado tiempo. Me temo que tu padrastro la consume desde hace mucho. Creo que por eso no puedes recordar cómo te hiciste las cicatrices. —Larkyra trató de dulcificar su mirada—. Darius, tu padrastro ha estado induciendo una especie de trance en todo el mundo mientras te hechizaba para...

—Basta. —Aquella orden brotó con rotundidad.

Larkyra se quedó callada mientras Darius se pasaba los dedos por el pelo y se apoyaba sobre sus rodillas. Aunque llevaba años en una constante inquietud por culpa del misterio de sus heridas, ahora que le estaban contando la verdad se sentía demasiado débil como para oírla. Aquel niño perdido de su pasado seguía demasiado presente en el adulto que era. La posibilidad de liberarlo le causaba temor.

—Phorria —se sorprendió musitando el lord—. Pero ¿por qué? ¿Por qué querría consumir algo así?

—Hay muchos motivos por los que la gente sin dones recurre a esos poderes tan superficiales, por mucho que estos sean efímeros —explicó Larkyra—. Lo que me pregunto es...

—¿Qué?

—Solo hago esta pregunta tratando de ayudar, de comprender. ¿Recuerdas exactamente cuándo tu padrastro empezó a...?

—¿A ser así de cruel?

—Sí —respondió ella con los ojos cargados de arrepentimiento.

—Todo cambió tras la muerte de mi madre. Yo cambié. También cambió el personal, esta casa, el terreno. Fue como si todo Lachlan guardara luto. Y yo lo asumí durante mucho tiempo.

—¿Qué te hizo salir de aquello?

—Aún era un muchachito. Un día tomé un bote de remos porque necesitaba salir de la isla del Castillo y acabé atracando en Imell. El estado del pueblo me dejó sin habla. Solo había pasado un año, pero cualquiera diría que había sufrido una década de adversidades. Los puestos de pescado que una vez fueron importantes habían cerrado; muchas de las casas estaban abandonadas; las calles hervían de niños más pequeños que yo muriéndose de hambre. No entendía qué podía haber diezmado en tan poco tiempo a un puerto tan próspero como Imell. Cuando volví a casa, ahora con los ojos bien abiertos, empecé a observar el estado de las cosas.

»Había zonas del castillo que parecían haber sido saqueadas a pesar de lo mucho que los criados se esforzaban en mantener las apariencias. Mi padrastro celebraba fiestas casi cada noche y sus invitados eran el tipo de personas a las que no les parecía incorrecto acabar la velada llevándose en su carruaje un tapiz, una carísima reliquia o una caja llena de objetos de plata que no les pertenecían. Nunca entendí de qué conocía mi padrastro a esa gente, pero llegaba una muchedumbre que apestaba a corrupción. El duque había empezado a beber en los últimos estertores de la enfermedad de mi madre, pero de forma discreta y de madrugada. Solo podías darte cuenta si te acercabas mucho a él y le olías el aliento. Pero tan solo un año después se había convertido en un caos etílico.

»Después de unos meses así, empecé a ser incapaz de soportar la situación. El poco dinero que nuestros arrendatarios nos daban iba destinado íntegramente a sufragar sus vicios. Me enfrenté a mi padrastro ante sus invitados. Esa fue la primera vez que recibí una bofetada.

—Oh, Darius...

—No —dijo él alzando la mano para que Larkyra no dijera nada que le hiciera sentirse digno de lástima—. Fue una lección importante. Entendí que a Hayzar ya no le importaba nada en absoluto, ni siquiera lo que yo sabía que a mi madre le afectaba más: el bienestar de la gente de Lachlan. Así que aquello hizo que me entregara a adquirir todos los conocimientos que me permitieran gobernar mis tierras de forma adecuada, por mucho que no tuviera ninguna autoridad para hacerlo. Mi padrastro desapareció durante un tiempo... y yo fantaseé con que nunca volvería. Pero volvió. Y había cambiado mucho.

—¿En qué sentido?

—De alguna forma... parecía más joven y más fuerte. Dejó de pasearse por el castillo todo desaliñado y volvió a vestirse de forma impecable. Pero lo más raro era la forma en que me miraba: la misma con que me mira ahora.

—Como si fueras una presa.

Darius miró a Larkyra a los ojos. No confirmó lo que ella había dicho, pero tampoco era necesario. Nunca había sentido tanto miedo como aquellos primeros años tras la vuelta de Hayzar.

—Y entonces empezaron las tormentas —aseguró—. Y, poco después, las heridas...

Un largo instante de silencio invadió la habitación. Él sabía que a Larkyra le habría encantado decir muchas cosas. Los ojos de la joven estaban desbordados de emociones: lástima, ira, arrepentimiento... y la promesa de una venganza. Pero se había quedado callada. Era como si supiera que lo que él acababa de contar estaba más dirigido a sí mismo que a ella. El lord por fin había podido liberar algo que llevaba mucho tiempo conteniendo en el pecho, y lo agradecía infinitamente. Darius nunca le había contado aquello a nadie. Tampoco le había confesado a Boland el miedo que le despertaba su padrastro. Pero Larkyra, esa mujer que era prácticamente una extraña, le había permitido compartir sus pensamientos más oscuros.

¿Sería esa phorria lo que convirtió a Hayzar en semejante bestia? Puede que el duque no odiara con todo su podrido corazón al hijastro que había heredado. Puede que el duque no se muriera de celos por el amor que su esposa profesaba hacia su hijo. Quizá fuera una mezcla de todo aquello. Quizá sus acciones se vieron alimentadas por la maraña de dolor que el duelo le impuso.

Pero, en realidad, ¿tenía todo aquello alguna importancia?, pensó Darius. ¿Qué importaba cuándo, cómo o por qué el duque se había convertido en el hombre que ahora era?

Todo lo que resultaba necesario hacer para arreglar las cosas se complicaría si Darius mostraba la menor empatía hacia aquel hombre. Así que dejó de hacerse preguntas y de buscar respuestas. El asunto de cómo habían aparecido sus cicatrices ya no era relevante. Lo único que a Darius le importaba era su gente y su tierra, y cómo liberarlos de la bestia que los sometía.

La determinación lo inundó como si un dique se hubiera partido. Aquello fortaleció su mente exhausta. Miró a Larkyra fijamente.

—Volviendo al tema de la phorria —dijo el joven lord—. ¿De verdad crees que todo esto —preguntó haciendo un gesto con la mano que abarcaba cuanto los rodeaba—, desde las tormentas hasta el... trato que el duque me ha dispensado, tiene que ver con una droga?

—Si tenemos en cuenta la escalada de su ira, sí. Esa es mi teoría.

—¿En qué puede ayudarme saber eso?

—Estamos tratando de encontrar a su proveedor —le explicó Larkyra—. La compraventa de phorria es ilegal fuera del Reino de los Ladrones.

—Pensaba que en ese lugar no había reglas que se pudieran romper.

—Qué tontería. Allí hay más reglas que en la mayoría de los sitios.

—De acuerdo... —caviló Darius mirando a Larkyra con atención. Observaba a la mujer que le había cambiado la vida desde el momento en que se mostró reticente a tomarla entre sus brazos para bailar con ella—. Entonces, ¿es ese el motivo por el que estás aquí? ¿Tu misión consiste solo en encontrar a quien le suministra la droga o has venido por algo más?

—Darius —respondió ella adelantándose hasta el borde de su asiento—, también estoy aquí para ayudar.

—Sí, ya, no paras de decirlo. Pero... ¿cómo?

Larkyra apartó la mirada un instante y algo en la manera en que se dispuso a sopesar sus siguientes palabras hizo que Darius lo comprendiera todo.

«El Rey de los Ladrones lo ha decidido así», pensó el lord. Notó un pinchazo en el pecho al preguntarse si Larkyra estaba diciendo todo aquello porque en realidad así lo sentía y lo deseaba o, simplemente, porque era su obligación, una tarea que le habían impuesto.

—¿Y qué pide el rey a cambio de su ayuda? ¿Sabe él que Lachlan no tiene dinero para pagar sus favores?

Aquello hizo que Larkyra frunciera el ceño.

—Sí —continuó Darius esbozando una sonrisa sarcástica—, la mayoría de los baúles que viste están vacíos o llenos de comida que, a lo largo de los meses, he ido robando de las cocinas del castillo para entregársela a nuestros arrendatarios. Por suerte, mi padrastro no sabía de la existencia de la plata de mis ancestros... y eso la ha mantenido a salvo. Es lo que he usado para ayudar a mi pueblo a pagar los impuestos que ya no pueden permitirse porque las lluvias arrasan sus granjas y destrozan sus barcos de pesca.

—¿Y qué hay de las minas? Lachlan es rica en minerales, por eso consiguió un acuerdo comercial con Jabari.

—Ese acuerdo sería magnífico si Hayzar no reclamara la totalidad de las ganancias. En la actualidad, ese acuerdo solo esclaviza más a mi gente, ya que no ven ni una moneda a cambio de su arduo trabajo. El duque ha decidido ignorar las consecuencias de sus acciones sobre estas tierras; le da igual ir en detrimento de Lachlan si eso le proporciona sus lujosos trajes y paga, al parecer, la adicción de la que me has hablado. Apenas podemos pagar a los pocos sirvientes que trabajan en el castillo. Los que conociste al llegar aquí eran gente de Imell contratada solo para esa semana.

Larkyra se quedó callada. Con el pulgar, se acariciaba la zona de la palma de la mano que se había rajado hacía un momento.

—Entonces tendremos que actuar como yo suponía.

—¿Qué quieres decir?

—Debemos deshacernos de tu padrastro.

Aquella respuesta hizo que Darius pestañeara incrédulo, entonces se echó a reír dando una carcajada profunda que hizo que se le saltaran las lágrimas.

—¿Te parece gracioso? —le inquirió Larkyra.

—La verdad es que sí.

—¿Y eso por qué?

—Porque eso es justo lo que le dije al Rey de los Ladrones... y su respuesta fue enviarte a ti.

Larkyra hizo una mueca.

—Poseo talentos en muchas áreas, mi señor. No solo soy capaz de curar heridas y de hacer enloquecer a las criaturas a mi antojo.

—No me cabe duda.

—Entonces ¿de qué te ríes?

—Porque... —contestó Darius manteniéndole la mirada azul mientras trataba de elegir sus palabras— cuando llegaste aquí pensé que serías mi ruina... Pero parece que, en realidad, vas a ser mi salvadora.

Un leve sonrojo tiñó las mejillas de Larkyra y a Darius le provocó un extraño placer haber sido capaz de dejarla sin palabras. Su pensamiento estaba inmerso en una batalla campal entre sus deseos, su deber y su dolor, pero les pidió a los dioses perdidos que le ayudaran a no perder por completo los papeles en presencia de esa mujer.

—Sí, bueno... —empezó a decir Larkyra mientras jugueteaba con la tela de su vestido—. Por muy poderosa que yo sea, mi magia tiene ciertos límites.

—Estoy seguro de que eres capaz de hacer cualquier cosa en la que pongas el corazón.

La joven alzó la vista, su mirada transmitía una gran calidez.

—Aun así —continuó ella—, no puedo hacer sola todo lo que yo creía. No podemos.

Aquello parecía bastante difícil de creer, pero Darius evitó volver a contradecirla.

—Entonces ¿qué propones que hagamos?

—Tenemos que emprender un viajecito.

—¿Un viajecito?

—Sí.

—¿Adónde?

Por primera vez desde que se había despertado, Larkyra sonrió.

—A ver a mis hermanas.

CAPÍTULO VEINTICINCO

Pasaron dos noches más hasta que Larkyra sintió que ya era seguro abandonar el castillo. Como sospechaba, al duque se le había terminado la phorria después de lo que le hizo a Darius, así que tuvo que volver a marcharse argumentando que unos asuntos en la frontera de Lachlan lo reclamaban. Su marcha no pudo llegar en mejor momento, ya que, desde el anuncio del compromiso, el duque había empezado a tomarse demasiadas confianzas con Larkyra, sobre todo en lo relativo al toqueteo.

Disimuló un escalofrío al recordar aquellas situaciones y las artimañas que había empleado para quitárselo de encima sin usar la magia. Cuanto antes acabara esta misión tan caótica, antes podría quitarse ese anillo del dedo.

Aunque ciertamente era un anillo precioso.

Salió a su balcón y caminó desde la zona techada hasta la cornisa. Tras la partida del duque, la lluvia se había suavizado, convirtiéndose en una suave niebla. Cuando las nubes y la bruma se disiparon, Larkyra se dispuso a disfrutar de las vistas de aquellos lagos recortados por grandiosas montañas. Imell destacaba como una amalgama de cafés y grises junto a la masa de agua que tenía a su derecha. Larkyra miró hacia arriba y escudriñó el pálido cielo azul.

Lanzó al viento un chillido de halcón y una estrella plateada se hizo visible.

Kaipo, que había ajustado su tamaño hasta apenas abultar lo que un gavilán colirrojo, descendió del cielo para aterrizar en la barandilla del balcón.

—¡Hola, precioso! —Larkyra le pasó una mano por las plumas sedosas y entonces le ató una fundita de cuero en la pata—. Asegúrate de que esto le llegue pronto a mi padre.

Con un chillido, Kaipo saltó desde la cornisa y emprendió su misión.

La joven observó cómo el animal desaparecía con la carta que informaba a Dolion de la partida del duque y en la que le preguntaba hasta dónde lo había perseguido Zimri en la ocasión previa. Larkyra no mencionaba nada sobre lo que haría a partir de entonces. Ya tendría tiempo de dar explicaciones, aunque con toda probabilidad su padre se enteraría de cada paso suyo antes de que ella misma fuera consciente.

Se puso la capucha de la capa robasombras y salió de sus habitaciones. Llevaba puestas las botas bajo un vestido negro, uno de los primeros diseños de la señora Everett que había llegado justo a tiempo para este viaje. Tenía unas mangas largas y teatrales que colgaban en triángulos ondulantes y le llegaban desde las muñecas hasta el cuello. Una pieza de encaje adiamantado dejaba entrever la parte superior de su pecho. Llevaba el pelo recogido y cubierto por la capucha. En el bolsito que tenía atado a la cintura le pesaba una máscara dorada cuyas facciones estaban pintadas de color negro.

Recorrió deprisa el ala de invitados y se metió por los pasadizos del servicio.

Al llegar al descanso de la planta baja, siguió las instrucciones de Darius: «En cuanto llegues a la sala llena de alfombras viejas, accede por la compuerta que está en el centro. Sube la escalera hasta la antigua mazmorra y sigue el camino de musgo hasta que huelas el aire fresco. Te esperaré más allá de la puerta de hierro que parece cerrada pero que siempre está abierta». A Larkyra le maravilló comprobar que el castillo estaba lleno de secretos.

Una casa no podía ser un hogar si no tenía entradas y salidas ocultas.

Larkyra observó las celdas vacías mientras se desplazaba por el ambiente viciado de aquella prisión subterránea solo iluminada por su piedra mágica. Se fijó en los grilletes que colgaban de la pared y en los suelos embarrados de todas las salas; no pudo evitar preguntarse qué o quién estuvo una vez aquí retenido. Hizo una mueca esperando que no fuera Darius.

La conversación que aquella mañana habían mantenido en la alcoba de Darius había dejado a Larkyra algo inquieta. Le dolió terriblemente darse cuenta de que sus ansias por ayudarlo con las cicatrices solo habían servido para herirle más. Escuchar al joven lord confesando cómo creyó que se había vuelto loco... había sido como un puñetazo en el estómago. Larkyra estaba decidida a compensarlo, a recuperar su confianza; y eso hacía que estuviera aún más desesperada por culminar con éxito su misión.

Dobló una esquina en un pasadizo de piedra y sintió el frescor del aire nocturno antes de ver la puerta al final del pasillo. Una figura la esperaba al otro lado, entre las sombras.

—¿Te han visto? —Darius abrió la puerta de hierro y el rechinido oxidado sonó como un grito en el silencio de la noche.

—Sí —dijo Larkyra guardándose la piedra—, y los he traído a todos para que se escapen conmigo.

Darius observó la oscuridad por encima del hombro de la muchacha: el pasillo estaba vacío.

—Qué graciosa —dijo él sin ninguna emoción mientras se fijaba en el vestido que se le intuía bajo la capa—. Pero ¿qué llevas puesto?

—Algo perfectamente adecuado.

—¿Es que vamos a un baile?

—Si nos sobra tiempo, no es tan mala idea. Toma —le dijo Larkyra tendiéndole una suave máscara de cuero rojo antes de sacar la suya dorada.

—Ya tengo máscara —aclaró Darius.

—¿Te refieres a esa cosa café putrefacta que te pegas en la piel?

—Nada de lo que has dicho es cierto —le aclaró devolviéndole la máscara roja.

—Estupendo, pero no me eches la culpa cuando no oigas el final.

—¿El final de qué?

—¿Cuál es la mejor manera de llegar desde aquí hasta la pérgola de piedra?

Larkyra se giró para determinar su localización exacta en el lado occidental del castillo. El bosque oscuro se extendía por la colina. La luna llena iluminaba desde el cielo todo el paisaje.

—¿La pérgola?

—Sí, la que se encuentra en mitad de los árboles de ahí abajo.

—Desde aquí, el camino es complicado.

—Mucho mejor. —Larkyra empezó a bajar la pendiente, pero la mano enguantada de Darius la agarró por el codo y la hizo retroceder. Los cuerpos de los jóvenes acabaron muy cerca el uno del otro. La silueta oscura de Darius emanaba una calidez ciertamente acogedora en comparación con la frialdad del aire nocturno. Larkyra se resistió a acercarse más a él.

—Será mejor que no avancemos de forma directa, sino que entremos por el extremo meridional de la isla.

—De acuerdo. Te sigo —dijo Larkyra.

Caminaron en silencio. Las olas rompían a lo largo del acantilado de la parte opuesta de la isla y aquel sonido marcaba el ritmo de sus pasos.

—¿Qué le has dicho finalmente a Boland para asegurarte de que no se vaya a entrometer en tus asuntos durante nuestra ausencia? —preguntó Larkyra mientras avanzaban por el bosque.

—Que quería ocupar mis habitaciones sin que nadie me molestara hasta que dijera lo contrario.

—¿Nada más? —Él asintió—. Vaya... —reflexionó ella mientras apartaba una rama de su camino—. Qué bonito poder dar una orden así de clara.

—Soy el señor. No tendría por qué explicar mis decisiones a mis criados.

Aquello hizo que Larkyra arqueara las cejas.

—Por supuesto que no, su excelencia.

—Sobre todo si tenemos en cuenta que él me vio los cortes en la cara, según dices —añadió Darius con el ceño algo fruncido—. Me aseguré de darle la orden estando de espaldas. Sabe que tengo cierta tendencia a ocultarme mientras mis heridas sanan. No es que fuera la primera vez que hacía algo así.

Esto hizo que Larkyra se quedara callada y que sintiera en el pecho una punzada de vergüenza.

—¿Qué le dijiste a Clara?

—Que estaba en pleno sangrado mensual y que, si descubría a alguien entrando en mi alcoba para atarme un corsé, le arrojaría carbones encendidos.

Darius se detuvo en seco.

—¿Perdón?

—Mi sangrado mensual —repitió Larkyra—. Ya sabes, eso que las mujeres padecemos durante buena parte de nuestras vidas desde el momento en el que...

—Sí, sí —la cortó agitando una mano—. Entiendo lo que significa... lo que pasa cuando una mujer... —Carraspeó—. Te preguntaba por lo de arrojarle a alguien carbones encendidos.

—Ah. —Larkyra reanudó la marcha. El sendero oscuro solo estaba iluminado por la luz de la luna que se filtraba por el dosel que formaban las copas de los árboles—. Es un deseo perfectamente verosímil para muchas mujeres durante ese periodo.

—¿Tú te encuentras en ese grupo de «muchas mujeres»?

—Ah, sí. De hecho, puede que sea una de las líderes de ese grupo. —Darius la miró con recelo y eso la hizo sonreír—. No te preocupes. No estoy en esos días. Me queda, al menos, una semana.

—Está bien saberlo —afirmó Darius, quien de repente concentró su atención en el suelo que pisaba.

—Entiendo que no sepas mucho de estos temas por no haber crecido rodeado de mujeres. Pero me encantará explicarte lo que necesites, si es que quieres.

—Gracias, pero creo que prefiero mantenerme al margen del asunto.

—No parece una decisión demasiado práctica. ¿Qué pasará cuando tengas una esposa?

—¿Una esposa?

—Claro. Seguro que querrás ayudarla a que sufra menos durante esos periodos.

—¿Qué sentido tendría hacer eso mientras le causo el daño irreparable de obligarla a vivir en este lugar? —preguntó señalando el bosque tenebroso que los rodeaba—. Mi futuro no está ligado al de una esposa.

Se quedaron callados y Larkyra frunció el ceño.

«Mi futuro no está ligado al de una esposa».

¿Por qué le había afectado tanto oír aquella afirmación?

—¿Y si tenemos éxito y Lachlan vuelve a su antiguo esplendor? —lo retó la joven.

—Aunque fuera capaz de soñar con que ese día llegara, dudo mucho que yo pueda volver a ser el de antes. ¿Quién querría estar con un hombre tan roto como yo?

—No estás roto, Darius —susurró Larkyra tocándole el brazo y notando cómo aquel contacto aún lo hacía encogerse.

Ella mantuvo allí la mano, pues sabía que esa respuesta de su cuerpo era uno de los motivos que llevaba a Darius a considerar que estaba roto. Pero ambos tenían cicatrices, a ambos los atenazaba el miedo a lo que podría pasar si por fin se dejaran caer. Larkyra no iba a permitir que Darius pensara que estaba solo en eso y que no recobraría su ser anterior. Si ella podía encontrar la manera de surcar sus oscuridades, él también podría.

—¿Sabes lo que veo cuando te miro? —le preguntó al lord—. Veo a un hombre valiente que se ha dejado la piel para proteger a su pueblo del peor de los monstruos: la creencia de que no son dignos de ser amados.

Esas palabras obligaron a Darius a tragar saliva.

—A pesar de las sombras que se ciernen sobre Lachlan —continuó ella—, has demostrado a tus arrendatarios que aún hay alguien que cuida de ellos. Eso no lo hace una persona rota, Darius.

Él la miró a los ojos con el rostro inundado de emociones y dio un paso hacia ella.

A Larkyra se le aceleró el pulso. No había apartado la mano de él, era como si no quisiera dejarlo marchar.

—Larkyra, yo...

—¿Sí? —le preguntó ella casi en una súplica.

Pero lo que quiera que Darius se disponía a decir o a hacer se esfumó en aquel instante y fue sustituido por la corriente de aire frío que provocó el joven al agitar la cabeza y alejarse de ella.

La mano de Larkyra se quedó suspendida en el aire.

—La pérgola está justo detrás de esas zarzas —dijo Darius mostrando una pequeña abertura entre el ramaje.

Larkyra tomó aire con dificultad y procuró calmar la magia que burbujeaba en su decepcionado pecho.

—Gracias —dijo adentrándose en el claro circular donde se alzaba la pérgola, una antigua estructura de piedra con una ornamentada cúpula de vitrales.

—¿Por qué teníamos que volver aquí? —preguntó Darius.

Larkyra giró sobre sí misma en el centro de la construcción. La pérgola necesitaba algunos arreglos y también que se limpiaran las malas hierbas que crecían en las columnas, pero su belleza era innegable.

—Siempre que es posible, lo mejor cuando se usa una herramienta portal es estar en un lugar aislado y al aire libre. Así, a la vuelta, hay más direcciones en las que salir corriendo.

—¿Crees que, cuando volvamos, necesitaremos salir corriendo?

—Es preferible tener opciones que no tenerlas —aseguró encogiéndose de hombros.

Abrió su bolsito y sacó una moneda de oro en cuyo centro brillaba un aceite en el que se reflejaban las estrellas.

—¿Esa es la herramienta portal? —preguntó Darius, a lo que ella asintió.

—Es una muy especial. Su puerta ya está marcada.

—¿Hay otro tipo de herramientas portal?

—Las hay de muchas clases. Pero solo los más poderosos las pueden crear. La mayoría de las que vas a ver han sido robadas de los bolsillos de los cadáveres. —Darius abrió los ojos de par en par—. No te preocupes, la historia de esta es diferente. Y ahora ponte la bolsa café.

—No he traído ninguna bolsa.

—Claro que sí, la tienes en la mano.

—Lo que llevo en la mano es mi máscara.

—¿Estás seguro? Juraría que he visto a los mozos de cuadra llenando de excrementos de caballo unos morrales muy parecidos...

—Como no dejes el tema, te la voy a poner a ti —zanjó Darius.

—Creo que declinaré tan atractiva oferta.

—Larkyra... —gruñó el joven lord.

—¿Qué? Ya te advertí que no oirías el final.

—Bueno, pásame ese maldito disfraz nuevo.

Larkyra le sonrió al pasarle la máscara de cuero rojo.

Darius no dijo nada al ponérsela. No admitió lo cómoda que era y lo poco que le molestaba. Ella ya sabía que la máscara era así, por eso había insistido en que la usara.

El joven se limitó a fruncir los labios y quedarse callado.

Pero a Larkyra no le importó. Disfrutando el momento, se puso su propia máscara, que refulgía en dorado. Se quitó un broche del cuello del vestido, se sacó uno de los guantes, se pinchó en la yema de uno de sus dedos y observó cómo una perfecta esfera color carmesí se formaba sobre su piel y goteaba en el centro de la moneda. Acercándosela a los labios, susurró con rapidez un secreto que hasta entonces solo había vivido en su corazón. Sonrió al ver cómo la moneda cobraba vida en un remolino de amarillos, rojos y morados.

—¿Dónde habías dicho que nos llevaría este portal? —preguntó Darius.

—No te lo había dicho aún. —Larkyra lanzó al aire la moneda. Esta giró una vez, dos veces y, entonces, se quedó suspendida en mitad de la tercera vuelta. La entrada a un oscuro túnel ondeó ante ellos como una tela—. Sígueme de cerca —le ordenó—. Y en ningún momento te quites la máscara.

Larkyra le dio la espalda al joven y se introdujo en el portal que los llevaba a otro mundo; un mundo sacudido por el caos.

«A casa».

CAPÍTULO VEINTISÉIS

El Reino de los Ladrones se extendía a sus pies y centelleaba en la oscuridad de la medianoche. Las mismas estalactitas y estalagmitas que Darius había visto en su primera visita surgían de la tierra hasta encontrarse unas con otras; las formaciones rocosas estaban iluminadas por lucecitas de miles de hogares excavados en la roca. El gigantesco castillo de ónix se alzaba orgulloso en el centro de la ciudad; sus afilados picos negros daban muestra de las punzantes intenciones que anidaban en su interior. El suelo negro de aquel mundo excavado estaba lleno de construcciones con el tejado de paja.

—Por aquí —dijo Larkyra tomando un sendero descendente que serpenteaba por el rocoso borde de la ciudad.

Para Darius no era fácil seguir la figura de Larkyra, que entraba y salía de su campo de visión. La capa de la joven parecía ocultarla cada vez que se acercaba a una zona en sombras. Otro misterio que añadir a la lista.

Darius había tenido que aprender a adaptarse rápido para asumir todos los acontecimientos vividos recientemente.

Si existía alguien experto en el arte de tomar distintas formas y roles, ese era él. Y, aunque le resultaba complicado aceptar que no tenía mucho en común con aquella mujer que se estaba abriendo paso hacia las entrañas del Reino de los Ladrones con una seguridad impresionante, era consciente de que compartían vivencias muy importantes. Ambos habían sufrido la pérdida de alguno de sus progenitores, sabían lo que era abarcar un sinfín de responsabilidades y, estaba seguro, habían aprendido a cargar con la culpa y con un montón de cicatrices invisibles desde hacía mucho tiempo.

Aunque Darius no podía evitar sentir un pinchazo de desasosiego y dolor cada vez que miraba a Larkyra, entendió que todo lo que la joven había hecho hasta entonces albergaba buenas intenciones. Además, recordó que ella había venido a ayudar a Lachlan por orden del rey.

Aunque no sabía cómo podría pagar al Rey de los Ladrones para que este le ayudara a recuperar sus tierras y a restaurar la vida de su pueblo, Darius tenía claro que aceptaría eternamente encantado cualquier deuda.

Larkyra disminuyó su paso para ponerse a la altura de Darius cuando, por fin, llegaron a la ciudad y entraron por un callejón abarrotado.

—No mires las manos de la gente que se va a acercar. Hechizan las joyas de sus muñecas para robarle a los curiosos.

La callejuela adoquinada estaba llena de cuerpos que se apoyaban contra los laterales de las casas de madera y los negocios. Multitud de escaparates oscurecidos tenían las puertas abiertas y en ellas se intuían garras afiladas, colgantes de piedras preciosas, plumas ceremoniales y otras baratijas mágicas. Una figura enmascarada esperaba junto a cada uno de los escaparates a cualquiera que se acercara en busca de una baratija que comprar.

—Este es el callejón de los Vagabundos —susurró Larkyra, envolviéndose mejor en su capa como para esconder lo que llevaba debajo—. Si buscas un amuleto, un maleficio, una maldición, un deseo... puede que aquí lo encuentres. Pero el precio nunca compensa el escaso poder de lo que compras.

Darius se forzó a mirar hacia delante mientras observaba de reojo todo lo que podía. La gente que los rodeaba vestía trajes muy elaborados, pero totalmente raídos; era como si poseyeran el antiquísimo armario de un gran señor o una gran señora. Las telas lujosas estaban cubiertas de hollín y suciedad, y muchos agujeros del material dejaban ver la piel, así como las verrugas y las costras y otras cosas que habría sido deseable ocultar. Todos llevaban máscara, algunas cosidas con la tela de sus atuendos y otras construidas con materiales más toscos.

Era una multitud espeluznante, depravada, cuajada de susurros y miradas oscuras.

Aunque Darius nunca había puesto el pie en ese lugar, tuvo claro desde el principio que allí nada pasaba desapercibido.

—¿Esta es la mejor ruta para alcanzar nuestro destino? —preguntó mientras seguía a Larkyra hasta una plaza adoquinada en cuyo centro podía verse una fuente de color negro brillante.

—Las mejores rutas no suelen ser las más rápidas. Pero tenemos que...

—¿Quieres algo bonito para ese prisionero tan guapo que llevas? —dijo un hombre que parecía un esqueleto con chistera al emerger de una esquina tenebrosa abriendo un maletín que escondía en su abrigo gris. Una gran sonrisa de dientes afilados le ocupaba toda la cara.

Darius estuvo a punto de mirar el interior del maletín, pero Larkyra se puso ante él y se lo impidió.

—Yo que tú me apartaría si no tienes sangre con la que pagar —dijo la joven como si aquella fuera la letra de una canción siniestra.

Lo que quiera que aquel montón de huesos oyera o viera bajo el influjo de la máscara dorada de Larkyra le hizo perder el poco color que le quedaba. Con una reverencia de disculpa, se esfumó por donde había venido.

—¿Qué ha sido eso? —preguntó Darius intentando alcanzar a Larkyra, que cada vez andaba más rápido.

—Un robapieles —contestó ella mientras bajaban un tramo de escalera que desembocaba en un callejón subterráneo. Unos faroles amarillos y verdes colgaban del techo bajo y cientos de polillas se arremolinaban alrededor para disfrutar de aquella luz cálida—. Si hubieras mirado el espejo del interior del maletín, él podría haber empezado a usar tu imagen cada vez que lo deseara.

—Pero si llevo puesta una máscara...

—Como la mayoría de la gente de aquí —respondió Larkyra señalando a un grupo de personas que intentaba capturar polillas—. Muy a menudo, las máscaras son más identificables que la piel o las escamas que cubren.

La joven giró su rostro dorado para mirar a una figura enmascarada que no les quitaba ojo. Al percibir el gesto de Larkyra, la criatura se alejó de allí chillando.

—Parecen tenerte mucho miedo —aseguró Darius.

—Muchas gracias —respondió ella con una amplia sonrisa bajo la máscara.

—¿Te molesta?

—¿Qué?

—La reputación que tienes aquí.

Larkyra apartó la vista y alzó la mano para agarrar una polilla brillante. El insecto revoloteaba impotente entre sus dedos.

—No pienso en ello lo suficiente como para que me pueda molestar.

—No creo que yo pudiera hacer lo que tú haces —confesó Darius. El joven lord se dio cuenta de lo desafortunado de sus palabras cuando intuyó el dolor en los ojos enmascarados de Larkyra, así que se apresuró a explicarse—. No te estoy juzgando...

—Pues se diría que sí.

—No, de ninguna forma. Es que... Tú dices que yo soy valiente, pero no hay debate posible sobre quién es más valiente de los dos.

—Así es la vida —dijo ella encogiéndose de hombros—. Todos hacemos lo que hacemos porque no nos queda otra. Hay maldades que solo emergen del dolor. Lo que importa es la intención que ese dolor despierta. Me preguntas si me pesan mis poderes: por supuesto. Las cosas que he sido capaz de hacer... —Sacudió la cabeza—. No puedo pensar demasiado en ellas, de lo contrario me volvería tan loca como la gente contra la que he usado mi magia. Pero prefiero centrarme en todo el bien que puedo hacer y he hecho... independientemente de los métodos que he tenido que usar.

Larkyra se adelantó para que Darius pudiera digerir sus palabras. La polilla de Larkyra dejó instantáneamente de moverse cuando ella pasó la mano por el humo con olor a flores que salía de una grieta. Al abrir los dedos, las alas del insecto se extendieron para mostrar un pequeño cilindro en su lomo. Sacó un papelito enrollado de su bolsito, lo deslizó en el habitáculo del insecto y lo cerró con cuidado. Apretó los párpados, musitó algo y alzó la mano, haciendo que la polilla saliera volando por un agujero del techo adoquinado del callejón por donde entraban y salían otros insectos.

—¿Qué acaba de pasar?

—Le acabo de mandar un mensaje a las personas con las que nos tenemos que reunir.

—¿Y cómo sabe el bicho quiénes son o dónde están?

Larkyra se detuvo en seco en las escaleras que conducían a la calle iluminada.

—Bueno... No estoy segura. Solo hay que decirles lo que quieres y liberarlos.

—No parece una forma muy fiable de trasladar noticias.

—Pues ninguna polilla mensajera ha fallado jamás.

Darius se repitió mentalmente esa respuesta mientras volvían a la superficie de la calle. De una zona con casas derruidas habían pasado a otra con paredes de barro, y por fin se metieron por una grieta irregular de la pared de la caverna. Larkyra hizo que atravesaran un pequeño arroyo que surcaba el suelo rocoso; giraron, subieron y acabaron bajando hasta una gruta subterránea. En mitad del techo había un punto desde el que fluía un caño de agua que desembocaba, en el suelo, en un estanque de piedra. Desde las profundidades de la poza emanaba un resplandor morado que iluminaba el espacio.

—Gusanos de agua —explicó Larkyra acomodándose bien la falda mientras se acomodaba en un banco de piedra—. Son parientes cercanos de quienes conforman el cielo del Reino de los Ladrones.

Darius apartó su mirada de la luz para observar los alrededores. Con aquella luz violeta, la gruta circular parecía un lugar tranquilo. El agua caía del techo rítmica e incesantemente en el centro del espacio. Solo había una entrada y la muchacha ocupaba el único banco disponible.

—Tú también puedes sentarte —le dijo ella haciéndole hueco y asomando su máscara dorada bajo la capucha—. Quizá tengamos que pasar aquí un buen rato.

—Pero no disponemos de mucho tiempo.

—Disponemos del tiempo que sea necesario.

Resignado, Darius se sentó junto a ella en el banco. La falda negra del vestido de Larkyra le rozaba las piernas. Trató de ignorar lo cerca que ella estaba, así como el fresco aroma de la joven, que le incendiaba la piel, alborotándolo. En los últimos días había tratado de mantener las distancias todo lo posible, y esta vez no era por ira sino por algo bien distinto... Un sentimiento que había tratado de ignorar desesperadamente y que, a pesar de su habitual buen juicio, le había hecho fantasear con cómo sería estrecharla entre sus brazos.

—Ese broche... —Darius acarició la rosa de plata que se asomaba bajo la capa de ella—. Boland tiene uno muy parecido.

—¿Ah, sí? —dijo Larkyra moviéndose para tratar de esconder el accesorio.

Darius miró el objeto de cerca y frunció el ceño.

—Es el suyo, ¿verdad?

—Era el suyo, ahora es mío —aclaró Larkyra.

—¿Te lo ha regalado?

—No exactamente.

Darius esperó una explicación, pero los granos siguieron pasando y solo se oía el sonido del agua al caer. Existían pocas dudas de lo que había pasado.

—¿Se lo robaste? —le preguntó con gran asombro.

Larkyra carraspeó.

—Sí.

—¿Por qué?

—No es nada amable conmigo —aseguró—. De hecho, creo que detesta que yo pernocte en el castillo.

—¿Y ese es un buen motivo para robarle a uno de mis criados más leales? —preguntó Darius claramente decepcionado.

Él sabía que Larkyra era una ladrona, pero aquello... era demasiado hasta para ella.

Larkyra lo miró a los ojos sin poder disimular su culpabilidad.

—Bueno, es un motivo, sea más o menos acertado.

—No, no lo es —aseguró Darius—. Sabes que mi gente apenas tiene dinero para comida, así que imagínate para adornos como este. A Boland le encanta ese broche.

—Bueno... es que en ese momento no estaba tan al día de las cuentas de Lachlan —admitió Larkyra con la voz algo tensa mientras desprendía el broche de su ropa—. Toma. Devuélveselo. Lo siento.

Darius examinó aquel pequeño objeto.

—¿Has robado alguna otra cosa?

—¿En Lachlan? No.

—¿Y en otras partes sí? —El silencio fue una respuesta más que suficiente—. ¿Por qué lo haces? Provienes de una familia rica, ¿qué necesidad tienes de robarles baratijas a los demás?

Larkyra jugueteaba con la tela del guante que le cubría la mano donde faltaba parte del dedo anular. Darius estaba al tanto de que ahí había un relleno que funcionaba como prótesis.

«Está nerviosa», pensó Darius sorprendido.

Con cariño, le acarició las manos para calmarla. Un par de enormes ojos azules lo miraron.

—Puedes contármelo —aseguró el joven lord—. Ya hemos compartido suficientes cosas, no nos andemos con rodeos.

Larkyra dejó escapar un suspiro tembloroso y le apartó la mirada.

—Mis dones han sido siempre muy difíciles de controlar, ya que están vinculados a mi voz. Cuando era pequeña, no podía comprender que eran dos entidades distintas. Si lloraba, mi magia también lloraba; si me reía, mis poderes se reían conmigo. Pero, estuviera alegre o triste, mi don siempre causaba dolor. Como veía que no paraba de hacerles daño a los demás (a mi familia, a mis amigos...) solo con abrir la boca, llegó un momento en que dejé de hablar durante bastante tiempo. Se necesitaba, y aún se necesita, una disciplina agotadora para poder controlar mi magia como es debido. A veces pienso que nunca seré del todo libre. Y..., al fin y al cabo, esto me enfada muchísimo. Siempre tengo que estar esforzándome por mantener la calma. Como nunca me puedo enfadar demasiado por miedo a lo que podría pasar si abriera la boca, supongo que robar estos objetos...

—Te permite disfrutar de ciertas libertades que no le causan daño físico a los demás —dijo Darius terminando su frase. Le dolía el pecho por lo que Larkyra acababa de contarle. Ahora sí la entendía. Sabía muy bien lo que significaba estar atrapado en sus propias ansias de control. También podía hacerse una idea de lo importante que era buscar cualquier forma de alivio.

—Sí —afirmó Larkyra. Los ojos azules le brillaban tras la máscara.

Darius le apretó la mano.

—Pero ahora tienes que convencerte de que tu magia ha ganado: la magia que has usado conmigo fue de todo menos dolorosa, ¿o es que te has olvidado ya de cómo me curaste?

—Pero te causé un dolor enorme al despertar. Yo...

—Puede que fuera así al principio —la interrumpió—. Pero ahora... ahora me has hecho recordar que no todos los roces son dolorosos.

Mientras Darius decía esto, lo invadió una conmoción absoluta que le quitó un enorme peso del corazón.

La respiración de Larkyra se aceleró tanto como los latidos de su corazón. Estaban tan cerca que sentía su calor en el costado. Darius quería quitarle la máscara, contemplar sus labios carnosos y acariciarle la mejilla.

—Lo siento —dijo Larkyra tras un instante.

—¿Qué?

—Que necesitaras un recordatorio como ese.

Larkyra se levantó y aquel gesto dejó un hueco frío al lado del joven. El eco de unos susurros entraba por la abertura de la gruta.

Darius se giró y vio dos siluetas entrando a aquella caverna: las dos llevaban capas y unas máscaras doradas idénticas a las de Larkyra. Tras aquellas dos siluetas caminaba un hombre vestido con gran elegancia y cubierto con una máscara plateada. Además, había una cuarta figura que no necesitaba ni presentación ni disfraz: Achak tuvieron que agachar su cabeza afeitada para poder meterse por la gruta. Los ojos violetas de aquella espigadísima criatura se posaron sobre Darius y el joven lord sintió que estaban analizando todos los pormenores de aquella situación. Darius se obligó a sacudirse de encima los ecos del momento que Larkyra y él acababan de compartir.

—¡Pajarillo! —La mujer más bajita corrió hacia Larkyra y la levantó de un abrazo. La negrura de las capas de ambas se fundió por un instante—. ¡Pero si estás delgadísima! —Soltó a Larkyra y entonces orientó hacia Darius su máscara carente de expresión—. Mi señor, ¿es que no hay comida en su castillo?

A Darius le sorprendió que lo reconocieran a pesar de su disfraz, pero entonces se dio cuenta de que él también conocía la identidad de cada una de aquellas personas. A excepción de la del hombre de la máscara plateada, quien, con su capucha de cuero, su cuello alto y sus manos enguantadas, no daba la menor pista de su identidad.

—Su hermana habría podido comerse todo el castillo de haberlo deseado —le aseguró Darius a Niya. O, al menos, a quien él creía que era Niya basándose en la altura de la mediana de las Bassette.

—¿En serio? —preguntó Niya girándose hacia Larkyra—. Entonces ¿por qué estás tan delgada, hermanita?

—¿Podemos dejar esta discusión sobre mi peso para otro momento? —apuntó Larkyra.

—Es la primera buena idea que tienes en mucho tiempo —dijo la otra hermana, que permanecía en pie al lado del hombre y de Achak. Sus palabras reflejaban cierta ironía.

El silencio se hizo en la gruta cuando Darius asumió que aquellas eran las mismas tres criaturas que él había visto actuar: las terroríficas y sensuales Mousai.

—Entiendo a lo que te refieres —respondió Larkyra a su hermana—. Pero tengo una buena razón para haberlo traído.

Con un gesto de la oscura mano de Achak, la entrada a la gruta se cubrió de tierra, impidiendo que nadie pudiera acceder o salir.

—Tal vez deberíamos tranquilizarnos mientras oímos las razones de Larkyra —dijeron Achak mientras hacían emerger algunos bancos alrededor.

—Gracias a los dioses perdidos... —suspiró Niya bajándose la capucha y mostrando su cabellera roja antes de quitarse la máscara y dejar al descubierto su pálido cutis—. Odio pasarme tanto tiempo tapada —aseguró mientras se quitaba la capa y dejaba ver un elaborado vestido de noche color durazno que se ajustaba a sus curvas.

Los demás hicieron lo mismo y se fueron sentando mientras se quitaban las máscaras y las capas. A Darius se le calmó la respiración al sentir en la cara el aire fresco de la gruta.

—¿Y ese vestido? —le preguntó Niya a Larkyra conteniendo un grito de emoción—. ¿Dónde lo has conseguido?

—¿Esto...? —dijo Larkyra acariciando la elaborada falda negra—. Un trapito que me cosió en un rato la señora Everett.

—Es... divino —dijo Niya con cierta aflicción.

—Me alegro de que te lo parezca. Se dice que la señora Everett es la mejor costurera de Lachlan.

—Sí —intervino Darius—, pero quizá porque es la única que...

—La única costurera que tiene semejante colección de telas —lo cortó Larkyra tocándole el brazo con la mano—. Estoy segura de que te podré concertar una cita con ella, hermanita, si alguna vez vienes a Lachlan. La señora Everett y yo nos hemos hecho íntimas y estoy segura de que haría un espacio en su intensa agenda para echarle una mano a una de mis hermanas.

—Sería maravilloso —dijo Niya, mirándole la mano a Larkyra, que aún seguía tocando a Darius.

Larkyra la apartó instantáneamente y Darius odió comprobar cómo su cuerpo se balanceó inconscientemente hacia ella.

«Por el mar de Obasi», más le valdría contenerse.

Darius carraspeó y se giró para observar al hombre que se había quitado la máscara plateada y que ahora estaba sentado sin ocultar su rostro. Sus rasgos oscuros ondulaban suavemente con el resplandor de la luz del estanque. Sus ojos avellana centelleaban con aquel reflejo.

—D'Enieu —dijo el joven lord—, por algún motivo no me sorprende encontrarlo aquí.

—Pues estamos igual, porque yo podría decir lo mismo de usted.

—¿En serio?

—Sí. —Zimri esbozó una sonrisa y señaló a las hermanas—. Las cosas siempre se desvían del rumbo previsto cuando estas tres hermanas están involucradas.

—Me has ofendido —aseguró Niya cruzándose de brazos.

—Y a mí también. —Arabessa arqueó una ceja.

—Además —continuó Larkyra—, si las cosas no van bien cuando siguen su rumbo previsto, entonces quizá lo que hay que hacer es tomar un camino alternativo.

—No entiendo esa lógica —comentó Zimri.

—Pues tiene bastante sentido —aseguraron Achak.

—¿Lo ves? —remató Larkyra irguiéndose en su asiento.

Darius iba mirando alternativamente a cada uno de los interlocutores. «Hay que ser muy listo para poder seguirle el ritmo a este grupo», pensó asombrado.

—Pero eso no explica por qué nos has hecho venir hasta aquí sin avisarnos que tenías compañía —comentó Zimri—. Estaba a punto de marcharme para seguir las indicaciones de la carta de Kaipo cuando nos llegó tu polilla mensajera.

—Esa polilla iba dirigida a mis hermanas y a Achak, no a ti.

—Entonces me alegro de que su llegada me sorprendiera estando con Arabessa.

—Qué sorpresa... —dejó caer Larkyra lanzándole a su hermana mayor una mirada cargada de intenciones.

Arabessa frunció los labios y miró a Zimri.

—Y esto me lleva al siguiente asunto... —continuó el hombre—. Lord Mekenna, doy por hecho que conoce el vínculo que los presentes mantenemos con las Mousai, así como el que las Mousai mantienen con este lugar.

—Creo que así es, sí —respondió Darius tras dudar durante un instante.

—¿Me enseña la mano? Solo quiero asegurarme.

—¿La mano? —Darius, confundido, levantó su palma enguantada y la orientó hacia D'Enieu, que estaba sentado enfrente de él.

Con cuidado, Zimri le quitó el guante y le dijo:

—Te pido perdón de antemano.

Entonces, D'Enieu clavó un delgado cilindro de plata en la yema de uno de sus dedos. A Darius le atravesó la piel un dolor agudo que se convirtió en un torrente de luz brillante que le recorrió el sistema circulatorio. Al final, este fenómeno se desvaneció con un cosquilleo.

—¡Pero... por los dioses perdidos! —exclamó Darius apartando el brazo—. ¿Qué ha sido eso? —preguntó chupándose el puntito rojo que se le había formado en la yema del dedo.

—Nada de lo que tenga que preocuparse —respondió Zimri pasándole el delgado objeto a Achak, que lo hicieron desaparecer de forma inmediata con un gesto de la mano—. Es solo una forma de asegurarnos de que, si le habla a alguien sobre las Mousai o su conexión con el Reino de los Ladrones, instantáneamente perderá usted la lengua.

Darius parpadeó y, con gesto pensativo, se llevó la mano a la boca.

—¿Perdón?

—Pero le volvería a crecer, por supuesto—aclaró Zimri.

—Sí, tarde o temprano seguro que le volvería a crecer —añadió Niya.

—No es que no confiemos en ti —aseguró Larkyra—. Es solo...

—Una forma de asegurarnos —intervino Zimri terminando la frase—. Estoy seguro de que lo entenderá.

—Parece que no me queda otra opción que entenderlo.

—Y hablando de revelar secretos... —intervino Arabessa, que estaba sentada con una postura muy rígida—. ¿A qué tipo de peligros podría enfrentarnos la presencia de lord Mekenna?

—A ningún peligro —respondió Larkyra a la defensiva—. A ninguno que vaya más allá de la misión que se me encomendó.

—Por mucho que Achak no estén de acuerdo, no sé cómo eso podría ser cierto —dijo Zimri.

—En realidad, es probable que existan muchas formas de que sea verdad —comentó Niya llevándose un dedo a los labios.

—Niña —dijeron Achak poniendo una mano sobre la rodilla de Larkyra—, resúmenos tu historia antes de que nos embarquemos en un bucle infinito de hipótesis.

—Eso es lo que llevo un rato intentando hacer —aseguró la joven, mirando con interés a sus hermanas. Entonces, empezó el largo relato de cómo Darius y ella habían acabado en aquel mundo escondido en el interior de Yamanu.

Cuando Larkyra acabó su historia, en la gruta solo se oía el sonido del agua cayendo en el estanque. Darius se dio cuenta de que había agarrado el banco de madera con tanta fuerza que algunas astillas se le clavaban a través de los guantes. No estaba preparado para oír el relato de todas las noches que Larkyra había pasado buscando la cámara acorazada de su familia, ni tampoco para descubrir la decepción que esta se llevó al descubrir lo poco productiva que era la hacienda. Tampoco le resultó fácil no decir ni una palabra mientras ella, por fin, contaba lo que su padrastro había hecho durante aquella cena y, en otra ocasión previa, en un salón; le devastó escuchar cómo Larkyra describía los cortes brutales que aquel hombre le había obligado a hacerse en la cara. Darius no estaba seguro de si Larkyra había exagerado algunos detalles para ganarse la simpatía de sus hermanas o si había omitido cosas porque eran demasiado duras. En cualquier caso, se sintió fatal; su estómago parecía albergar remolinos de espinas. Su único alivio fue confirmar que Larkyra no iba a hablarles de sus otras cicatrices. Ella parecía saber que esa historia tenía que contarla el propio Darius.

—En fin... —comenzó a decir Larkyra como para terminar su relato—, aunque aún tenemos que averiguar quién está detrás del contrabando de phorria, creo que tenemos un problema aún mayor que no podemos ignorar. Tenemos que ayudar a Lachlan: y no quedándonos con sus cosas, sino librándolos de Hayzar. Y lord Mekenna es quien mejor conoce el comportamiento del duque, así como al personal y los caminos de la isla del Castillo. Además..., no podía seguir ocultándole la verdad, sobre todo después de haberlo sanado.

—Sí, estoy de acuerdo —afirmó Niya—. Pero lo más importante de todo es que... ¡estás prometida!

—¿En serio, Niya? —dijo Arabessa frunciendo el ceño.

—¿Qué pasa? Prometerse es muy bonito, sobre todo la primera vez.

—Ninguno de tus compromisos cuenta: al primero lo hechizaste para que te lo pidiera, al segundo lo amenazaste y el tercero estaba demasiado enamorado de ti como para ser consciente de lo terrorífico que podría ser su futuro contigo.

—El verde de la envidia no es el color que mejor te sienta, Ara —le espetó Niya alisando una arruguita de su vestido—. Además, ninguno de esos compromisos duró mucho tiempo.

—Eso me da aun más la razón.

—Pues eso. ¡Déjame verlo! —exclamó Niya echándose encima de Larkyra—. ¡Quiero ver tu anillo!

Darius volvió a sentirse invadido por la amargura; le subió por la garganta cuando a Larkyra le quitaron el guante para estudiar el rubí rojo que tenía en el dedo cercenado. Aunque la joven había dejado claro que aquello no era más que una farsa, ver que aún lo llevaba puesto generó un escalofrío en él.

—Oh, es precioso —susurró Niya.

—Sí. —Parecía que a Larkyra le costaba admitirlo—. Lo es.

—¿De dónde sacó el duque una pieza así?

—Era de mi madre.

Silencio.

—Darius... —musitó Larkyra soltando su mano de la de Niya—. No lo sabía.

El joven vio cómo las otras dos hermanas Bassette se lanzaban una mirada cargada de intención cuando Larkyra lo llamó por su nombre de pila.

—¿Cómo ibas a saberlo? —dijo haciendo todo lo que estaba en su mano para actuar como si aquello no le afectara.

—Tendría que haberlo sabido.

La muchacha trató de quitarse el anillo, pero él la detuvo.

—No.

Se miraron a los ojos.

—Pero... es de tu madre. Esto no es correcto.

—Lo único que no es correcto es el hombre que te lo dio. —Aquellas palabras le salieron de la boca antes de advertir lo que en realidad le estaba diciendo.

Larkyra abrió sus ojos azules de par en par y un ligero sonrojo le coloreó las mejillas. Entonces, apartó la mirada.

Darius odió el hecho de que allí hubiera más personas, pues eso le robaba la posibilidad de tomar a Larkyra del mentón para hacer que volviera a mirarlo y, después, rozarle las mejillas con los dedos para comprobar si aquel sonrojo había modificado solo el color de su rostro o, también, la temperatura.

—Bueno... —La voz de Arabessa rompió el silencio que se había originado—. Parece que han pasado muchas cosas desde que llegaste a Lachlan. —Sus ojos inteligentes alternaban entre el rostro de Darius y el de Larkyra—. Y estoy de acuerdo en que, debido a todo el asunto de la phorria, la única forma de arreglar la situación es apartar a Hayzar de su puesto como duque. La verdad es que no entiendo cómo consiguió mantener su título tras la muerte de su madre. Mi señor, debido a la consanguineidad, el sucesor natural de su madre era usted.

—Sí —contestó Darius acometiendo la difícil tarea de separarse un poco de Larkyra—. Yo también lo creía, pero parece ser que mi madre fue muy clara a la hora de redactar su testamento. Este dice que su título pasaría a mi padrastro y, después, a cualquiera de sus hijos, antes de recaer en mí. —El pecho le ardía mientras contaba aquello. Aquellas palabras sonaban tan terribles ahora que él las pronunciaba como cuando su padrastro se las dijo hace años.

—Qué extraño. —Achak se acariciaban las pulseras de plata que decoraban su antebrazo—. ¿Es que no te llevabas bien con Josephine?

Darius dio un salto al oír el nombre de su madre. Sentía aquella palabra como algo demasiado íntimo. Pero supuso que Achak, una criatura que parecía ver mucho más allá de lo que este mundo revelaba, lo sabían perfectamente.

—Empleó su último aliento en decir que me amaba —respondió Darius a la defensiva. El joven lord recordó lo débil que estaba su madre en sus últimos instantes. Se le vino también a la mente cómo el ligerísimo roce de la mano de Josephine se mantuvo sobre la suya hasta que ella dejó de existir—. Así que para mí también fue muy impactante descubrir aquello. Cuando tuve la edad suficiente como para recibir el título y mi padrastro declaró que él seguiría siendo el duque, acudí al albacea y le exigí que me mostrara el testamento de mi madre. Entonces pude comprobar que, efectivamente, eso es lo que allí estaba escrito. No sé qué hice que la llevó a pensar que no sería capaz de ostentar ese título.

—No creo que hicieras nada malo —lo animó Larkyra poniéndole una mano en el hombro justo antes de darse cuenta de que no era muy buena idea tocarlo delante de tanta gente—. Hay muchas cosas en tu hacienda que huelen mal.

—¿A qué te refieres?

—A que parece que muchas cosas empezaron a cambiar justo cuando Hayzar Bruin empezó a consumir phorria.

Darius sintió cierta intranquilidad en el estómago.

—¿Me estás diciendo que crees que mi padrastro tiene algo que ver con lo que ponía en aquel testamento?

Larkyra se toqueteó el anillo con dedos nerviosos.

—Creo que habría sido muy propio de él obligar a otras personas a hacer cosas contra su voluntad.

Darius sintió como si una tormenta de terror le asolara el alma y como si un afilado cuchillo le rozara la garganta. ¿Y si era cierto? ¿Y si el testamento de su madre hubiera sido alterado? ¿Cómo podía no habérsele pasado nunca por la cabeza algo así? ¿Por qué no se le había ocurrido?

Porque entonces no era más que un niño ahogándose en un mar de duelo. Y, desde aquel día, no había vuelto a pensar con claridad.

A Darius le invadieron la mente una serie de recuerdos inoportunos. Estos lo llevaron hasta una época en la que se pasaba las noches en vela al lado de la cama de su madre, en una habitación que olía a hierbas amargas que los doctores quemaban porque, supuestamente, la ayudaban a respirar. El duque también estaba allí. De hecho, Hayzar se había negado a abandonar su puesto durante aquellas semanas finales. El hombre tenía los ojos hinchados y enrojecidos, lo que mostraba las muchas lágrimas que había derramado en privado. Allí nadie hablaba, pero tampoco hacía falta. Todos los pensamientos estaban dedicados a la mujer que tenían ante ellos. Por aquella habitación pasaron doctores, curanderos y sanadores que Hayzar había hecho acudir de todos los rincones de Aadilor. Pero era en vano. Todos ellos volvían a marcharse sin haberla curado.

¿Cómo un hombre como aquel —que había buscado sin descanso la manera de curar a su esposa, que le había mostrado tal devoción a su madre— se convirtió en lo que ahora era? Un ser egoísta y salvaje. Un monstruo despiadado que había destrozado a Darius aún más, cuando este creía que no podía haber nada peor que ver a su madre morir.

—Por los dioses perdidos... —El muchacho se inclinó hacia delante y se sujetó la cabeza con las manos.

Se sentía un idiota.

—Lo siento. —La voz de Larkyra le ofrecía una calidez reconfortante; además, ella volvió a ponerle la mano en el hombro... y, en esta ocasión, lo hizo sin dudar—. Puede que no sea cierto y que simplemente...

—¿Cómo nos libramos de él? —preguntó Darius alzando la vista, con la voz teñida por un sentimiento de venganza—. Díganme lo que hay que hacer y lo haré.

Los demás lo miraron fijamente. Examinaban las llamas de sus ojos verdes preguntándose hasta dónde sería capaz de llegar para cumplir sus deseos.

«Lo que haga falta —quería gritarles—. Haré lo que haga falta». Parecía dispuesto, incluso, a convertirse en la bestia que Hayzar había ido gestando en él durante tanto tiempo. Puede que, en un principio, Darius se hubiera involucrado en aquella misión para liberar a su pueblo... Pero ¿ahora? Ahora tenía claro que debía quitarse de encima a Hayzar para liberarse a sí mismo.

—Creo que sé cómo podríamos arreglarlo —dijeron Achak. La hermana se convirtió en el hermano de repente, por lo que la voz se les volvió más grave—. Pero requerirá un esfuerzo importante. —Achak se acomodaron en el banco junto a Zimri. La camisa roja se les ajustaba al pecho musculoso—. Tan importante que... será necesario que uno de ustedes entre al Fundido.

—¿Al Fundido? —preguntó Darius frunciendo el ceño—. Pero si ahí es donde van los muertos...

—Exacto, muchacho. —Achak posaron sobre él sus ojos violetas—. Así es.

CAPÍTULO VEINTISIETE

Larkyra observó con ansiedad la abertura al Fundido, que se encontraba en el extremo opuesto del puente de la Degradación. La niebla se arremolinaba en el arco de piedra. La joven extendió el brazo y vio cómo el color de su piel se iba destiñendo en distintos tonos de gris conforme se acercaba a la puerta.

El plan que Achak habían trazado era, efectivamente, complicado. De hecho, necesitaban un permiso del Rey de los Ladrones antes de poder perfilar todos los detalles del mismo. Así que Zimri y Achak se marcharon de la gruta para reunirse con él, mientras que Larkyra, sus hermanas y Darius emprendían el camino hacia el arco para esperar allí las siguientes instrucciones.

—¿Ahí viven Achak? —le preguntó Darius a Niya alzando la vista hacia la isla flotante.

—Hasta donde nosotras sabemos, sí.

—Pues en tal caso...

—¿Te parece pequeña? —preguntó Niya.

—Bueno, es linda —respondió Darius.

—Pues no les digas eso a Achak —dijo Niya riéndose—. Estoy segurísima de que, cuando se creó, era un sitio moderno y sofisticado.

A Larkyra le resultaba extraño ver a Darius con sus hermanas y comprobar lo cómodo que se encontraba con ellas. Sonreía más en presencia de las chicas, sobre todo a ella; la joven trataba de ignorar el sentimiento tan cálido que aquello le despertaba en el corazón. La curiosidad del joven lord, su locuacidad y lo tranquilizador de su presencia encajaban a la perfección con su familia. Larkyra no podía ignorar lo deseable que estos atributos le parecían de cara a formar parte de los suyos.

La joven se mordió el labio inferior y observó la puerta del Fundido. «No, es mejor no ser sincera con respecto a ese asunto», pensó. ¿Qué podrían depararle esos sentimientos? Su vida era un caos de complicaciones y decepciones, y lo que Darius necesitaba era calma y verdad.

Además, ahora tenían cosas más importantes de las que encargarse que de sus amoríos.

—Lark, ¿es verdad lo que dice lord Mekenna de cuando le lanzaste polvo a la cara? —la interrumpió Niya.

—Pues claro.

—¡Qué increíble! ¿Te enfadaste mucho? —le preguntó a Darius.

—Me enfadé muchísimo —contestó mirando a Larkyra de reojo y conteniendo una sonrisa.

Larkyra trató de ignorar la palpitación que aquella mirada provocó en su pecho.

—Ahí vienen —anunció Arabessa, que miraba cómo Zimri y Achak dejaban atrás el camino del bosque y se disponían a cruzar el puente—. ¿Y bien? —les preguntó cuando se acercaron lo suficiente—. ¿Qué os ha dicho?

—El Rey de los Ladrones da su bendición a las Mousai para que ayuden a lord Darius —anunció Zimri.

—¿En serio? —preguntó Larkyra más que sorprendida. Estaba segura de que iba a negarse. Había pensado, incluso, que impondría su destierro, como el rey solía hacer con quienes lo desobedecían. Y estaba claro que lo de alterar el curso de su misión y lo de permitir que Darius descubriera las identidades de sus hermanas habían resultado actos de rebeldía más que evidentes.

—¿Y qué precio tiene esa ayuda? —intervino Darius.

—Nada que usted no pueda pagar —respondió Zimri—. Si esto sale bien, también estará ayudando al rey.

—¿Ah, sí?

—Sí —asintió Zimri—. El rey considera que si Hayzar deja de comprar phorria, el traficante acabará yendo en busca de su ilustre cliente.

—Entonces ¿qué pasa con nuestro plan de actuar en la fiesta de compromiso? —inquirió Arabessa.

—Sigue en pie —aseguró Zimri—. Pero el rey dice que antes tenemos que encontrar una solución para que puedan actuar ante personas que no tienen el don, lo que constituirá el grueso de la audiencia. Su concierto tendrá que llevarse a cabo sin magia alguna para que la locura de Hayzar resalte cuando le lancen el hechizo.

—¿Las personas sin don se verían afectadas aunque ustedes concentraran su espectáculo solo en él? —le preguntó Darius al trío.

—Yo concentré mi canto cuando me curé la mano —recordó Larkyra—. Y mis hermanas no estaban. ¿Te afectó cuando lo hice?

Darius tragó saliva y preguntó.

—¿Qué propones que hagamos?

—Eso es lo que descubriremos aquí. —Achak señalaron al Fundido—. Johanna era una hechicera poderosa y tendrá las respuestas que buscamos.

Las Bassette miraron ese arco grisáceo envuelto en neblina tras el que podrían encontrar a su madre.

Pero... ¿a qué precio?

—¿Saben lo que sería muchísimo más fácil? —intervino Niya girándose hacia Darius—. Asesinar a Hayzar.

—¡Niya! —le regañó Arabessa.

—¿Qué? Sabes que es verdad.

—Sí, pero no es una decisión que podamos tomar nosotras.

A Larkyra también le había parecido raro que Darius no quisiera ver muerto a Hayzar después de todo lo que le había hecho sufrir. Pero, al parecer, el joven lord era incapaz de rebajarse al nivel de su padrastro por mucho que odiara a aquel hombre.

La habilidad que Darius tenía para alzarse de entre las sombras había provocado que Larkyra quisiera tratar de ser una mejor versión de sí misma.

—Sé que les puede resultar extraño —admitió Darius—, pero preferiría que su espíritu no me persiguiera para siempre. Solo quiero que mis tierras sean de nuevo prósperas y que mi pueblo vuelva a ser tan feliz como recuerdo que lo era cuando mi madre aún vivía. La muerte me parece una forma demasiado sencilla de acabar con mi padrastro. Si estoy en lo cierto acerca de cómo una de sus presentaciones puede volver loco a alguien si es que así lo desean, creo que con esta recibirá su merecido durante el tiempo que pueda soportarlo.

«Quizá, después de todo, sí es un poquito vengativo», pensó Larkyra levemente complacida.

—Si reacciona como tantos otros han reaccionado ante sus invitados en el Reino de los Ladrones, lo meterán directamente en un manicomio —afirmó Arabessa—. El dolor allí recolectado sería inabarcable.

Una chispa iluminó la mirada de Darius, pero se quedó callado.

No existía ninguna cantidad de phorria comparable al poder unificado de las Mousai, por lo que el plan de Achak para que las hermanas hechizaran a Hayzar hasta la locura justo en la fiesta de compromiso de Larkyra era una absoluta genialidad. Necesitaban muchas cosas para que el duque fuera legalmente declarado como incapaz para gobernar Lachlan, y los testigos eran una de ellas. ¿La otra? La certeza de que nunca se pudiera culpar de ello ni a Darius ni a Larkyra.

Lo difícil de aquel plan era, claro está, su ejecución.

—Muy bien —apuntó Larkyra enderezándose—. No hay más que hablar. Como esta era mi misión, seré yo quien entre al Fundido.

—No —intervino Darius inmediatamente—. Es mi obligación y seré yo quien...

—Es mi madre —lo interrumpió la joven.

—Y también la nuestra —recordó Arabessa con un gesto amable.

—Sí —reconoció Larkyra con una punzada de culpabilidad eterna en el estómago—, pero estamos aquí por mi culpa.

—Larkyra... —dijeron Niya y Arabessa a la vez.

—Ni se te ocurra pensar eso —susurró la mayor de las tres extendiéndole la mano.

—Pues es lo que pienso —respondió Larkyra atenazada por el habitual sentimiento de culpa que le atravesaba el pecho como una daga—. Y no me quedaré tranquila hasta que pueda disculparme.

—Hermanita, no teníamos ni idea de que te sentías así —aseguró Niya dándole un abrazo.

Arabessa se sumó al abrazo echándoles a ambas los brazos por encima y apretándolas bien fuerte.

—Nadie te culpa por lo que pasó.

—Yo sí me culpo. —Larkyra se separó de sus hermanas y trató de contener las lágrimas que escapaban de sus ojos—. Fue mi primer grito lo que se la llevó por delante. Mi nacimiento. ¿Verdad que no pueden negar que eso fue lo que sucedió?

Ninguna de las hermanas pudo responderle. La tristeza les descomponía la expresión.

—Así que está claro. —Tragó saliva, miró al grupo; posó la vista sobre Darius y los ojos de este le dijeron que aquel caballero entendía perfectamente lo que ella había sufrido—. Soy yo la que debe hacer esto.

Sin decir ni una palabra más, Larkyra avanzó hacia la puerta escalofriante que suponía la última frontera para cualquier criatura viva.

Dudó a la hora de abrirla; se preguntaba si alguien trataría de volver detenerla y, en cierto modo, deseó que esto sucediera.

Pero nadie la detuvo.

Aquello le dolió y, a la vez, la alivió.

Pero entonces sintió una presencia a su lado.

—Déjame que te ayude en tu tarea, pajarillo. —La voz de su padre la envolvió.

Larkyra alzó la vista y se encontró a su lado a un hombre grande que se estaba guardando en el bolsillo una herramienta portal.

—¡Oh, padre! —exclamó lanzándose a sus brazos, incapaz ya de seguir conteniendo el llanto. Él la envolvió en un abrazo—. Lo siento mucho —susurró con la boca pegada contra su pecho, lo que le trajo el aroma de madreselvas bajo el sol tan propio de su hogar—. Te he fallado. He...

—Calla —la cortó él acariciándole la espalda—. No le has fallado a nadie.

Larkyra levantó la vista y se refugió en la calidez de sus ojos.

—Pero le he revelado lo de las Mousai a lord Mekenna.

—Según tengo entendido —respondió Dolion limpiándole una lágrima de la mejilla— era la única opción que tenías si querías ayudar a quienes lo necesitaban. Y el lord y su pueblo necesitan nuestra ayuda con urgencia.

—Así es.

—Pues démosela. —La agarró con cariño por los hombros—. Nuestros secretos están a salvo gracias al sellasecretos, así que no hay de qué preocuparse.

—¿Y qué pasa con...?

—Cariño —la interrumpió Dolion con delicadeza—, estoy extremadamente orgulloso de ti.

Larkyra se mordió el labio inferior para detener el llanto. Se repitió las palabras de su padre; le habían parecido tan irreales que necesitaba volver a oírlas.

«Estoy extremadamente orgulloso de ti».

La preocupación que había sentido desde el principio de su misión y la presión que se había autoimpuesto para estar a la altura de las expectativas de su familia... se relajaron de forma instantánea.

—Tu madre y yo conocíamos cuál podría ser nuestro destino desde antes de que nacieras y, aunque la echo de menos a cada grano de arena que cae, tú eres uno de los mejores regalos que los dioses perdidos nos concedieron.

—Padre... —gimoteó Larkyra mientras él le daba un beso en la frente.

—La culpa que sientes no debe influir en tu decisión.

Larkyra echó la vista atrás, al centro del puente, donde sus hermanas, Darius, Zimri y Achak los miraban.

—Incluso así... —dijo apartándose un poco de su padre y limpiándose las lágrimas—, tengo que ir. Es mi destino.

Dolion la observó detenidamente. Por su cabeza parecieron pasar mil pensamientos... que se concretaron en uno que le hizo sonreír.

—Eres igualita a ella.

Larkyra contuvo la respiración. Se le ensanchó el corazón. Era la primera vez que oía a su padre decir en voz alta lo que ella siempre había dado por hecho.

—Se alegrará mucho de verte. —Se sacó algo de entre las ropas y se lo ofreció a su hija—. Las favoritas de tu madre. Te ayudarán a encontrarla.

Larkyra tomó el ramillete de flores silvestres que le ofrecía su padre. Las motitas amarillas de los pétalos parecían resistirse a la atracción grisácea del Fundido.

—¿Cómo sabré adónde ir?

—Solo tienes que seguir andando hasta que ella aparezca —comentó Dolion acomodándose un mechón de pelo tras la oreja—. Pajarillo, recuerda que debes ser rápida. En el Fundido, el tiempo no transcurre de forma lineal. Si no estás atenta, se te arrebatarán muchos más años de los que crees.

Larkyra asintió. Miró por última vez a su familia, a su padre y, por fin, a Darius.

Los ojos del lord resplandecían como dos brasas. Parecía que tuviera demasiadas cosas que decirle. Antes de ceder a su urgencia de correr a los brazos de Darius, Larkyra se dio media vuelta y, con un último aliento, se adentró en la niebla del Fundido.

Allí no había nada.

Absolutamente nada.

Larkyra ni siquiera tenía la certeza de estar pisando el suelo. Lo que sí sabía era que sus pies se estaban moviendo.

No había luz ni oscuridad, solo una nube incolora que lo envolvía todo. Los oídos le zumbaban por la intensidad del silencio. No sabía si continuaba respirando; en aquel lugar carecía de importancia la circulación del aire en los pulmones.

Apretó las flores contra el pecho, el amarillo se tornaba cada vez más pálido. Intentaba ser consciente del paso de los granos de arena, pero no tenía ni idea de cuánto tiempo llevaba caminando por allí.

Sentía, a la vez, como si acabara de atravesar el arco de piedra y como si ya hubiera pasado una eternidad desde aquello.

La joven decidió que no le gustaba el Fundido.

Echó un vistazo a su alrededor tratando de distinguir cuánto había avanzado, pero la niebla que envolvía ese mundo hacía imposible calcular ninguna distancia. ¿Cómo encontraría el camino de vuelta?

—Caray —musitó.

«Larkyra».

Giró la cabeza hacia la izquierda.

Más niebla.

«Larkyra».

Percibía aquella voz cada vez más cerca y, aunque no estaba segura de que le siguiera latiendo el corazón, sí sabía que, de hacerlo, estaría bombeando a toda velocidad.

—¿Hola? —Su voz sonó amortiguada.

Nada.

Hasta que...

La niebla se espesó ante ella como si tuviera la intención de crear una forma.

Era una mujer de cuerpo indiscernible: solo la idea de un hombro, un brazo desnudo, quizá una pierna... que emergían y volvían a sumergirse en la niebla. No llevaba ropa. En el rostro, mirando a Larkyra, se distinguían unos pómulos altos, unos labios carnosos y una larga cabellera incolora que flotaba en ondas.

—Pajarillo... —dijo la mujer con una sonrisa tierna.

Una sonrisa que se parecía mucho a la de Larkyra.

—¿M-madre...? —Larkyra tuvo que hacer fuerza para que no le fallaran las piernas, pues el cuerpo le pedía caer al suelo de rodillas.

La mujer asintió y, entonces, relucieron aquellos ojos desteñidos que habían sido verdes, como Larkyra sabía.

Las dos se miraron fijamente: el espíritu de la madre iba cambiando de forma mientras que Larkyra, con su vestido largo y su capa, seguía siendo una presencia sólida.

«Esto es real, ella es real», pensó emocionada.

—Eres muy alta —dijo su madre, por fin, con una voz tan espesa como el musgo de un árbol a la sombra.

—Igual que tú. —Aquellas palabras escaparon de su boca antes de poder detenerlas.

Otra amplia sonrisa.

—Sí, a tu padre no le faltaba razón. Tenemos mucho en común.

—Yo... —La frase se le quedó clavada en la garganta.

Ahora que Larkyra estaba ante la mujer a la que siempre había querido conocer, por la que siempre se había sentido tan culpable, por la que tanto había llorado... no sabía muy bien cómo sentirse o qué decir. Solo tenía claro que nunca en su vida se había sentido tan sobrepasada como en ese momento.

—Toma —le dijo pasándole las flores—. Padre me dijo que eran tus favoritas.

La mujer bajó la mirada y su sonrisa se volvió más cálida aún.

—Son preciosas. Ese hombre no se cansa de ser encantador.

Larkyra frunció el ceño al darse cuenta de que Johanna no hacía ningún movimiento para agarrar el ramo.

—¿No las quieres?

—En el Fundido no puede entrar nada que no haya sido traído por la muerte —explicó—. Si intentara tocarlas, mi mano las atravesaría.

—Oh... —suspiró Larkyra apartando el ramo—. Eso quiere decir que...

—Que no podré abrazarte. Así es, pajarillo —aseguró la madre inundada de tristeza.

Larkyra se tragó la decepción. Qué doloroso debía de ser para su padre visitar a la mujer que amaba y no poder tocarla.

—Pero alegrémonos de poder vernos y celebremos este pequeño consuelo que nos permitieron los dioses perdidos. —Era como si Johanna le estuviera leyendo la mente a su hija—. En muchos mundos, los vivos nunca pueden visitar a sus muertos.

Cuando su madre le recordó cuál era su estado, Larkyra perdió las pocas fuerzas que la mantenían serena. Dejó caer el ramo y las flores desaparecieron en la niebla. Se cubrió la cara con las manos y se echó a llorar.

—Cariño... —La silueta de la madre se acercó a ella; fue como si la nube que la contenía tratara de envolverla.

—Lo siento mucho... —lloriqueó Larkyra; el hilo de voz se filtró entre los dedos que le cubrían la cara—. Siento haberte enviado a este sitio.

—Para. —Las palabras de Johanna sonaron rotundas y Larkyra parpadeó—. Lo único que has hecho ha sido vivir la vida que yo te di.

—Pero mi grito...

—Eso no fue lo que me mató.

Larkyra dio un paso hacia atrás.

—¿Cómo?

—Hija mía, yo ya estaba enferma cuando te tuve.

—¿Enferma?

—Había ido a visitar a unos amigos del norte, allí donde el clima es terriblemente frío, y contraje unas fiebres muy agudas. Al volver a casa, estaba tan mal que lo más probable era que te hubiera perdido. Achak me ayudaron a elaborar un tónico que aceleró tu llegada, aunque sabíamos perfectamente que eso me ponía en riesgo. Parir es algo muy difícil, Larkyra. Y, aunque tus primeros gritos estaban saturados de una magia muy salvaje, cuando te tomé en brazos no fueron otra cosa que una ayuda para que cesara mi dolor y para que el Fundido, por fin, me reclamara.

Larkyra se quedó atónita, pues aquello no tenía nada que ver con lo que siempre había pensado que sucedió. Aunque nadie le había dicho nunca directamente que fue su primer llanto lo que mató a su madre, lo había dado por hecho desde pequeña. Sobre todo cuando, recién salida de la guardería, empezó a sentir los murmullos de su interior y la magia destructiva que le hervía en las entrañas.

—Tu padre no se enteró de todo aquello hasta después... y se pasó bastante tiempo enfadado con todo el mundo. No me hizo su primera visita hasta que cumpliste diez años. Pero yo jamás me arrepentí de mi decisión. Era la única manera de que mis hijas se convirtieran en quienes estaban destinadas a ser.

—¿Quiénes estamos destinadas a ser? —preguntó Larkyra, lo que hizo que su madre sonriera.

—Habrá que ver qué les tiene preparado el destino. Y ahora, cariño, sécate los ojos, por favor, y dime a qué has venido. Nos queda poco tiempo antes de que pierdas otro año.

Larkyra se armó de valor y trató de apartar la montaña de preguntas que tenía para su madre; entonces, le contó todo lo que había pasado y lo que había visto.

Cuando terminó de hablar, el rostro de Johanna mostraba preocupación y su mirada se había vuelto pensativa.

—Necesitas encontrar orenda. Es una planta muy rara que solo crece en una de las islas más pequeñas al sur de Esrom.

—¿El reino submarino escondido?

—Pero me temo que esa no es la parte más complicada de la tarea —aseguró Johanna—. Las tahopka protegen la flor porque también puede ser usada para hacer que las personas sean inmunes a la magia durante un tiempo.

—Pensé que habían sido exterminadas hacía mucho tiempo —comentó, lívida, la joven.

—En Esrom se pueden encontrar muchas cosas que se creían extintas.

—Las tahopka... —volvió a susurrar Larkyra.

Parte mujer, parte pájaro, parte serpiente... La tahopka era una criatura maligna y tremendamente territorial. La leyenda contaba que la reina de esa especie diezmó toda una ciudad y a la mitad de su propia familia cuando su amante, que era una princesa de un territorio vecino, fue descubierta observando con ojos demasiado cariñosos a la más joven de sus hermanas.

—Entonces es imposible... —concluyó Larkyra hundiendo los hombros.

—No. —Las manos de Johanna se alzaron y eso hizo que su hija levantara el mentón—. El camino hacia cualquier cosa que merezca mucho la pena suele ser bastante empinado, pero piensa en las vistas que tendrás desde allí.

Larkyra observó la mirada resplandeciente de su madre. Incluso muerta, seguía emanando poder.

—Te quiero. —Aquellas palabras surgieron libres y verdaderas.

La sonrisa con la que le respondió Johanna parecía iluminar el mundo de ambas.

—Te quiero.

Aunque no podían abrazarse, la intención de hacerlo flotaba entre las dos. Podía sentirse la calidez de una madre y una hija que no habían necesitado de una vida juntas para saber que su vínculo era real.

—Y para terminar el elixir —continuó Johanna—, diles a Achak que necesitarán recolectar perihierba, azahar y pastoumbrío de su jardín. Y también un pedazo machacado de su uña del pie. La receta exacta tiene que estar en uno de sus libros de conjuros de Shajara.

—¿Cómo es que no se les ha ocurrido esto antes?

—Puede que Achak sean muy sabios —respondió, pesarosa, Johanna—, pero siempre han sido muy vagos. Lo de compartir un solo cuerpo les hace ser demasiado dispersos. Dependían muchísimo de mí para los detalles.

—Estoy segura de que les encantaría saber que los consideras vagos y dispersos —aseguró Larkyra sonriendo.

—Oh, ¡cuéntaselo! —La madre soltó una carcajada y a Larkyra aquella risa le sonó muy parecida a la suya—. ¡Sácalo a relucir muy a menudo! Pero ahora tienes que irte, hija mía. —Johanna dijo algo que las dos sabían—: Empieza a caminar con la intención de irte y el arco de piedra acabará apareciendo. Cuando salgas, por favor, dales a tus hermanas y a tu padre un beso de mi parte.

—Lo haré —aseguró Larkyra—. Gracias.

—Encantada de haberte ayudado, cariño.

Larkyra se dispuso a dejar atrás a la madre que acababa de conocer, pero un leve roce en el hombro la detuvo.

—Y en cuanto a ese lord Mekenna... —dijo Johanna con un guiño—. Recuerda lo valiente que eres, pajarillo. No le tengas miedo a lo que puedas sentir.

Lo que su madre acababa de decir le provocó una leve incomodidad a Larkyra. La confusión le hizo fruncir el ceño, pero, antes de poder preguntarle nada al respecto, Johanna se disipó y pasó de nuevo a formar parte de aquella niebla impenetrable.

—Bien jugado, madre —mascullo irónica Larkyra antes de ponerse en marcha para buscar una salida que la sacara de allí.

Al volver al puente de la Degradación, parpadeó un par de veces para acostumbrarse a aquella luz. Aunque, principalmente, estaba rodeada por un abismo negro, la isla flotante de Achak, el puente y el bosque que se intuía en la distancia le parecieron gigantescos e intrusivos después de haber pasado tanto tiempo en un espacio lleno de nada.

—Larkyra. —Darius fue el primero en acercarse a ella. Dejó atrás al grupo para agarrarla por los hombros y mirarla a los ojos—. Has vuelto. —Un instante después la abrazó, envolviéndola con su cuerpo protector—. Gracias a los dioses perdidos.

Al principio, Larkyra se paralizó. Pero poco después se dejó mecer por su fuerte agarre. Pensó que le encantaría quedarse así por toda la eternidad.

—Pero si acaba de irse... —La voz de Niya los sacó de su burbuja y se soltaron.

Darius se aclaró la garganta.

—Sí, b-bueno... Eh...

—¿La has visto? —preguntó Arabessa interrumpiendo el balbuceo del lord.

—Sí —dijo Larkyra observando al grupo—. Pero antes que nada... Padre, te lo tengo que preguntar: ¿por qué nunca me dijiste que no fue mi magia lo que mató a mi madre?

Aquellas palabras parecieron perturbar a Dolion.

—¿Eso era lo que creías que causó su muerte?

Larkyra asintió y tragó saliva. La magia se le arremolinaba en el vientre; estaba claro que no le gustaba que la culparan de nada.

—Oh, pajarillo. —Dolion atrajo a Larkyra hasta sus brazos—. Me temo que te he fallado... y que ha sido por estar ensimismado en mi propio duelo. Nunca te hablé de la causa de su muerte justamente porque no quería que creyeras que tuviste algún papel en ella. Tus dones nunca podrían herir a tu madre. Tu magia y todos tus poderes provienen de ella. —Miró a sus otras dos hijas—. No fue culpa tuya. No tuviste nada que ver. Siento que hayas creído eso durante tanto tiempo.

Larkyra se derrumbó sobre su padre. Toda la tensión, la culpa y la dureza con las que se había tratado a sí misma durante sus diecinueve años estallaron de golpe en su corazón. No sabía si reír o llorar o hacer ambas cosas a la vez.

—Fuiste el último gran acto mágico de Johanna. —Dolion apartó un poco a su hija para poder mirarla a la cara—. Nunca lo dudes.

Larkyra solo podía asentir. Era incapaz de hablar por lo mucho que la sobrepasaba lo brillante que de repente se había vuelto todo: el color de las ropas de su padre, el aire mismo que los rodeaba, la presencia de su propia magia. ¿Cómo era posible que el simple acto de pronunciar unas palabras pudiera cambiar el alma de alguien? Esa era la única forma que Larkyra encontraba para describir lo que acababa de pasar en su interior. Su alma había cambiado, se había expandido hasta convertirse en algo nuevo, esperanzado y ajeno al dolor.

—Gracias, padre —se obligó, por fin, a decir.

—Te quiero, pajarillo. —La abrazó de nuevo—. Y tu madre también.

—Los quiero —susurró Arabessa al sumarse al abrazo.

—¡Y yo! —Niya se unió con rapidez—. A pesar de lo insoportable que eres. ¡Ay! Padre, ¡Arabessa me ha pellizcado!

—Bien, así no tendré que pellizcarte yo.

Desde el interior de aquel intenso abrazo, Larkyra se rio. Zimri fue el último en unirse y Dolion lo acogió en aquel círculo familiar.

—Ni se te ocurra. —La voz de Achak hizo que Niya se contuviera de sumarlos al abrazo.

Darius se quedó aparte. Observaba al grupo con curiosidad y anhelo. Larkyra sintió una punzada en el corazón: si alguien merecía el amor de una familia, ese era él.

«Quizá podría dársela yo», susurró una vocecita en su interior.

Larkyra parpadeó sorprendida por aquel pensamiento. Lo apartó con rapidez y trató de enterrarlo muy profundo. Todavía quedaba mucho por hacer. No era momento de ponerse sentimental.

—¿Y qué ha dicho madre? —preguntó Niya, llamando de nuevo su atención—. ¿Se le ha ocurrido alguna solución al problema?

—Sí —dijo Larkyra—. Pero me temo que, precisamente a ti, no te va a gustar demasiado.

—¿A mí? —preguntó Niya frunciendo el ceño—. ¿Y eso por qué?

—Porque necesitaremos la ayuda de cierto Señor de los Piratas de Esrom.

CAPÍTULO VEINTIOCHO

Las olas rompías rítmicamente contra la pequeña embarcación; al atardecer, el mar de Obasi refulgía en un cálido tono anaranjado. Una bandada de gaviotas atravesó el cielo surcado de unas franjas delgadas de nubes algodonosas. Larkyra se sentó con sus hermanas y con Darius, que no se podía creer lo afortunados que eran de tener al Rey de los Ladrones de su parte..., sobre todo ahora que estaban inmersos en la búsqueda del hombre que se enorgullecía de ser el capitán de barco más escurridizo de todos los mares.

—Sigo sin comprender por qué esto es necesario —refunfuñó Niya poniéndose la máscara dorada y estirando bien su capa oscura.

Darius se apartó para darle más espacio en el banco donde estaban sentados.

—Te lo hemos explicado docenas de veces, no puedo creer que no lo comprendas —dijo Arabessa, que estaba sentada junto a Larkyra; ambas llevaban ya puesto su atuendo de Mousai.

—Estoy segura de que debe de haber más gente de Esrom a la que le podríamos pedir que nos llevara hasta allí.

—Seguro —concedió Arabessa—, pero ¿conoces a alguna de esas personas?

—¡Michel! —sugirió Niya.

—Murió en una pelea.

—¡Nätasha!

—La metieron en la cárcel la semana pasada.

—¿Haphris?

—Lo han metido en la cárcel esta semana.

—La gente de Esrom debería sentar cabeza... —Niya resopló.

—O ser más inteligentes, como el hombre al que estamos a punto de ver.

—Me cuesta bastante trabajo vincularlo con la palabra «inteligente»...

—¿Y cómo se supone que vamos a encontrar a este pirata? —preguntó Darius; su nueva máscara de piel roja brillaba bajo la capucha de su capa cuando la luz del atardecer se reflejaba contra ella.

—De la misma forma en que hemos llegado tan rápido hasta aquí —explicó Larkyra.

—Sí, bueno, teniendo en cuenta que sigo sin entender eso del todo bien...

—Niya y tú son un par de preguntones. —Arabessa sacó una moneda del bolsillo de la capa. El exterior de aquella herramienta portal era de un dorado parecido al de la que había usado Larkyra, pero en el centro presentaba una especie de remolino blancuzco—. Teniendo esto, es difícil que no lo encontremos.

Con un pinchazo, un poco de sangre y un susurro secreto (que Larkyra y Niya se inclinaron para intentar descifrar), Arabessa lanzó la moneda al aire. Se detuvo justo antes de perderse entre las olas y abrió un portal enorme a otra zona del mar en la que era de noche y donde la luz de la luna y las estrellas iluminaba la impresionante silueta de un barco gigantesco.

—Toma los remos y ponte a remar —ordenó Arabessa agarrando el que tenía justo al lado—. Es mejor que nos capturen cuanto antes.

Del *Reina llorona* se decía que era uno de los barcos más espectaculares de todo Aadilor. Poseía tres mástiles para velas cuadradas que le daban una gran potencia, un casco estrecho y largo que le proporcionaba maniobrabilidad, y espacio para cargar dieciséis cañones. Era un barco codiciado tanto por un montón de piratas como por gobernantes de varios reinos. Si nadie lo había capturado aún era debido a su capitán y a su espeluznante tripulación.

Larkyra empezó a dudar de su plan justo en el momento en que su barquito fue interceptado con redes. La tripulación subió al grupo hasta cubierta, les ataron las manos y los empujaron al camarote del Señor de los Piratas.

Alōs Ezra estaba sentado tras un gran escritorio de caoba. A su espalda, relucían dos lámparas de pie. Unos ventanales con celosías se alzaban sobre las aguas mansas y dejaban entrar la luz de la luna. La ropa negra del pirata parecía atrapar las sombras que lo rodeaban. Sus facciones oscuras y atractivas, y también sus ojos turquesa, desafiaban a la noche. Se inclinó sobre su silla y la tela del abrigo se le tensó contra los músculos.

—Y yo que pensaba que íbamos a tener una velada tranquila...

La gravedad de su voz, que invadía toda la habitación, todo el barco, le llegó a Larkyra en una oleada y se mezcló con su propia magia. Sus poderes parecían decir: «Mío, todo esto es mío... y pronto tú también lo serás». La joven sintió un escalofrío y Alōs clavó la mirada sobre Niya, que estaba justo en medio del grupo.

La diferencia de altura entre las tres siempre dejaba claro que ella era la Mousai que hacía bailar su magia.

—Hemos intentado quitarles las máscaras, capitán —dijo uno de los hombres que los había arrastrado hasta allí. Era una criatura desgarbada de cuya cabeza colgaban cuatro, exactamente cuatro, mechones de pelo—. Pero querían dejársela puesta, es como si las tuvieran pegadas a la cara. Parece imposible arrancárselas.

—No pasa nada, Prik —dijo Alōs—. No necesito verles las caras para saber quiénes son. Bueno, a usted no le reconozco —aseguró mirando a Darius, que estaba al lado de Larkyra—. A menos, claro, que sea ese hombre que siempre acompaña al trío. —El Señor de los Piratas cerró los ojos y respiró profundo—. No, usted no tiene el don.

Larkyra podía sentir la tensión de Darius. Tenía claro que su acompañante estaba haciendo un gran esfuerzo para cumplir su promesa de mantenerse en silencio pasara lo que pasara. Lord Ezra era una víbora muy inteligente: cada cosa que decía albergaba revelaciones y un montón de capas de significado.

—Me gustaría pedirles a sus hombres que nos dieran un poco de privacidad —solicitó Arabessa.

—¿Ah, sí? —respondió Alōs entrecruzando los dedos—. ¿Y eso por qué, mayor de las Mousai?

Larkyra tragó saliva al descubrir que él sabía aquello. Llevaban muchos años cruzándose con este hombre infame, pero, al menos que ella supiera, nunca habían tenido un vínculo demasiado cercano. Al decir aquello, Alōs demostró que guardaba muchos ases bajo la manga.

«Cuidado con lo que cuentan, muchachitas: sé mucho más de lo que creen».

—Si lo quiere descubrir —lo retó Arabessa—, haga que se vayan. Y que no se le ocurra ordenar que nos escuchen a través de las cerraduras.

El Señor de los Piratas permaneció en silencio y pensativo, entonces hizo un gesto con la mano.

Sin protestar, su tripulación abandonó el camarote. La puerta se cerró sola.

Alōs los miró como esperando que cumplieran su parte del trato.

—Necesitamos ir a Esrom sin encontrarnos ningún obstáculo y sin que nos detecten. Y tiene que ser esta misma noche —detalló Arabessa.

El pirata alzó su ceja oscura.

—Todas esas cosas son, además de una tarea casi imposible, delitos por los que podrían terminar en la horca.

—Pero para usted sería solo una noche cualquiera.

—¿Es eso un piropo, mi bailarina ardiente?

—Si le ha parecido tal cosa, le aseguro que no se volverá a repetir.

—No haga tantos esfuerzos por mí.

—¿Lo hará o no? —preguntó Arabessa devolviendo la conversación a su cauce.

—Puede que lo haga, pero solo si me cuentan qué es lo que tiene tan desesperadas a las Mousai.

—Necesitamos algo que solo puede encontrarse en Esrom.

—Hay muchas cosas que solo pueden encontrarse en Esrom. Necesitaré más detalles si quieren mi ayuda.

—Necesitamos un poco de orenda —confesó Larkyra dando un paso adelante. La joven podía sentir claramente el enfado de su hermana mayor, pero no le importó. Estaba harta del estira y afloja verbal que siempre había que mantener con este hombre.

—Orenda... —musitó Alōs—. ¿Para qué necesitan algo así?

—Para nada que sea de su incumbencia —sentenció Niya.

—Puede que no, pero... ¿cómo es que este viaje requiere la presencia de las tres? Estoy seguro de que con una de ustedes, preferiblemente la pelirroja, sería más que suficiente.

—Trató de contener una sonrisa mientras miraba a Niya de reojo.

Larkyra percibió que, cuantas más cosas decía el pirata, más se arremolinaba la magia de su hermana.

—O vamos todos o no va nadie —aclaró Arabessa—. Tome rápido su decisión, lord Ezra, o recurriremos a nuestro siguiente candidato.

—¿De verdad le agrada acompañar a un trío tan exigente? —le preguntó a Darius—. ¿O es que le han cortado la lengua para que no se queje?

—Gracias por su tiempo —zanjó Arabessa dando media vuelta y haciéndole un gesto a los demás para que se dispusieran a salir de allí, aunque aún llevaran las manos atadas.

—De acuerdo —dijo Alōs para evitar que se marcharan—. Pero esto tendrá un precio. Ni me dedico a la caridad, ni mi barco es de pasajeros. Esto hará que mi tripulación y yo nos desviemos de la ruta que teníamos prevista.

—El Rey de los Ladrones le pagará lo que pida.

—¿Ah, sí? Qué interesante. ¿Y a qué está dispuesto a renunciar? —preguntó el pirata posando sus ojos sobre Niya.

—Oh, vamos... —espetó Niya en tono jocoso—. No sabrías ni por dónde empezar con una mujer como yo.

—Al contrario. —La mirada brillante de Alōs se volvió más oscura—. Se me ocurren muchas cosas que hacer con alguien como usted, mi bailarina ardiente. Y seguro que a mi tripulación también.

Con una rapidez inusitada, la temperatura de la habitación subió vertiginosamente.

—Para que me hicieran cualquier cosa, antes tendrían que seguir teniendo un barco. —Unos destellos naranjas chisporrotearon entre los dedos atados de Niya, lo que provocó que el pirata soltara una siniestra carcajada de satisfacción.

«Muéstrame tu peor cara», parecía querer decir aquel hombre.

Pero antes de que todo, literalmente, estallara en llamas, una pesada bolsa cayó sobre el escritorio de Alōs y de ella escapó una gran variedad de monedas brillantes.

De alguna manera, Darius se había librado de sus ataduras para sacar aquella fortuna que llevaba escondida bajo la capa. Sorprendidos, todos se voltearon hacia él; Larkyra fue quien lo miró durante más tiempo.

Darius, simplemente, se encogió de hombros.

Alōs hurgó entre el botín y se detuvo al palpar cuatro herramientas portal. El pirata hizo un gesto con la mano y las cuatro monedas desaparecieron.

—Prepárense —ordenó mientras caían al suelo las ataduras de las Mousai—. Partimos en un grano de arena.

CAPÍTULO VEINTINUEVE

Los sentaron en la bodega con los ojos vendados. El balanceo del barco sobre las olas hizo que Darius empezara a sentirse mal del estómago. Aquella noche no descubrirían cuál era el truco que el Señor de los Piratas usaba para acceder a su hogar, que se encontraba a mucha profundidad bajo el nivel de las olas. A Darius no le importó demasiado no enterarse de cómo funcionaba aquello: ya había descubierto suficientes cosas en el último par de días. Los misterios de Aadilor eran mucho más grandes de lo que él podría haber imaginado. Tenía la cabeza a punto de estallar.

«Uf», ahora sí que se sentía mal de verdad.

—El capitán les comunica que ya casi hemos llegado —dijo, desde la compuerta superior, la voz malhumorada de uno de los esbirros de Alōs.

Darius suspiró aliviado justo antes de volver a tensarse al sentir que le habían puesto una mano en el muslo para que se tranquilizara. Larkyra estaba sentada a su lado y, aunque su cercanía resultaba de lo más relajante, también le provocaba una gran inquietud.

Cada vez le era más difícil ignorar el sentimiento que le había brotado en el corazón; un corazón que, durante mucho tiempo, estuvo cerrado por completo. A pesar de la lista de razones que le decía que era mejor mantener las distancias o, incluso, estar enfadado con ella, el joven lord no podía ignorar lo mucho que Larkyra lo había ayudado. Además, contra todo pronóstico, gracias a ella estaba más cerca de lo que jamás habría soñado de poder salvar a la gente de Lachlan. Aunque el motivo original de Larkyra para ir a sus tierras hubiera resultado ser una gran mentira, había sido la primera persona en mostrarse sincera con él en todos los demás aspectos. Había permitido a Darius soltarse en muchos ámbitos, así como compartir pensamientos que, de otra forma, le habrían seguido atormentando en solitario. Ella vio sus cicatrices y, aunque muchas de las acciones de la joven habían sido absolutamente caóticas, no lo había reducido a lo que estas representaban sino que había intuido lo mucho que sus heridas le hicieron crecer.

«Veo a un hombre valiente».

Lo que le había dicho cuando llegaron a la pérgola le resonó en la mente. Aquellas palabras le templaron el pecho tanto como entonces.

Haber visto a Larkyra caminando hacia el Fundido le había hecho rozar la locura. ¿Y si nunca volvía? El pánico se había apoderado de él al ver partir a otra persona que le importaba.

Con muy malas formas, una mano se posó sobre el hombro de Darius y lo hizo levantarse. Él y el resto del grupo fueron conducidos de nuevo hacia cubierta.

—Yo no bajaría más esa mano —le dijo Niya, con un tono glacial, a uno de los miembros de la tripulación— si quieres mantenerla unida al brazo.

Se oyeron unas carcajadas.

—Yo le haría caso, Kindra. La he visto ejecutar esa amenaza más de una vez.

Les quitaron las vendas de los ojos. Darius parpadeó y vio que lord Ezra estaba delante del grupo exhibiendo ante ellos una sonrisa retorcida.

El pirata era una criatura formidable; incluso Darius, que había vivido mucho tiempo con otro ser muy llamativo, era capaz de identificarlo. Tras haber pasado algo de tiempo con personas bendecidas por los dones de los dioses, el joven lord no tuvo la menor duda de que el pirata rebosaba magia por los cuatro costados de su corpulenta figura. Su piel morena parecía irradiarla. Aquello le hizo confiar aún más en el poder colectivo de las Mousai: si las hermanas podían estar tan tranquilas en su presencia, es que eran realmente poderosas. Niya parecía adicta a provocar al pirata. Y viceversa.

A Darius le picó la curiosidad por saber la historia que compartirían aquellos dos.

—Bienvenidos a Esrom —dijo Alōs señalando a su alrededor antes de alejarse para dar unas instrucciones a su tripulación.

Darius abrió los ojos de par en par para absorber todo lo que veía a su alrededor.

El agua estaba cuajada de estrellas; formaba una brillante extensión de azules y verdes oscuros que reflejaban el cielo nocturno. Los peces saltaban desde las olas y, con facilidad, pasaban a nadar por el aire de medianoche mezclándose con las lánguidas medusas rosas. Tres islas enormes sobresalían orgullosamente a cierta distancia, por cuyos lados fluían cascadas centelleantes, y otras islas más pequeñas flotaban por encima entre nubes de bruma que se desprendían de la tierra o del mar. Unos puentes brillantes colgaban conectando las islas y confiriéndole a Esrom una apariencia de red mágica. Un majestuoso palacio de plata donde se reflejaba la luz de las estrellas destacaba entre una densa jungla que cubría la isla central. Estaba decorado con esbeltas torres y hiedra azul.

—Es hermoso —le susurró Larkyra a Darius.

—Nunca había visto algo así.

—Ni nosotras tampoco —dijo Arabessa observándolo todo.

—No está mal. —Niya se cruzó de brazos y se alejó de allí.

El barco surcó las aguas hasta rodear la isla más pequeña, que estaba a la izquierda. Darius cerró los ojos un instante para saborear la sal suspendida en el aire mientras las olas le salpicaban en la cara. Durante un grano de arena, fue como estar de vuelta en su hogar de Lachlan; pero aquí reinaba la calma y la armonía y, lo más importante, se sentía a salvo.

Aunque Darius era perfectamente consciente de que Esrom guardaba muchas cosas peligrosas, le dio la sensación de que allí nadie estaba en pie de guerra. Parecía un santuario para aquellos que buscaban la paz; como si en esa tierra se pudiera vivir tranquilo e incluso, quizá, caer en el olvido mientras los demás seguían con sus vidas.

Entendía la importancia de que existiera un sitio como aquel.

El barco navegó bajo las islas flotantes y Darius alzó la vista para examinar las partes de abajo, que estaban cubiertas de una densa vegetación de algas.

—Dicen que suben y bajan conforme avanza el día —explicó Larkyra mientras la sombra de aquellos terrenos flotantes cubría sus máscaras de oscuridad.

Cuando llegaron a la península de la isla más meridional, se sorprendieron por la visión de una docena de islas más pequeñas situadas a poca distancia.

Al contrario del resto de Esrom, que parecía sepultado por los árboles y la jungla, estas islas pequeñas estaban cubiertas de roca y musgo. Al irse acercando, Darius pudo comprobar que en ellas la naturaleza también emergía indómita y salvaje.

Unas rocas gigantescas con ángulos afilados cortaban el agua e impedían que los grandes barcos se pudieran acercar a la costa a menos que quisieran acabar hundidos.

—Hasta aquí puedo llegar —dijo Alōs desde atrás, lo que provocó que el grupo se volteara—. Vayan en el bote hasta aquella ensenada —les instruyó señalando un pequeño hueco entre dos de las islas rocosas—. Encontrarán su preciada flor en la cueva del fondo. Allí también se toparán con ciertas criaturas que, muy probablemente, tratarán de matarlos. Solo esperaré dos granos de arena antes de volver a zarpar. No son ustedes los únicos que no quieren ser vistos aquí.

Dicho esto, el pirata se retiró a su camarote. Darius vio que Niya no le quitó el ojo a aquel hombretón hasta que desapareció de su vista.

—Bueno... —comentó Arabessa observando la ensenada que tenían más adelante—. Al menos podremos decir que hemos visto Esrom antes de que el Fundido nos reclame.

—Sí, esperemos que antes de que llegue ese momento podamos contar lo que pasó aquí —dijo Larkyra ajustándose la capa.

—Aún estamos a tiempo de dar marcha atrás —recordó Darius. Le pesaba mucho la gravedad de lo que estaban haciendo por él. Este problema era solo suyo. Estaba resignado a arriesgar la vida por su pueblo. Por muy desesperado que estuviera por librarse de su padrastro antes de que abrieran las minas, odiaba la idea de arrastrar a tanta gente con él si las cosas no salían bien.

—No digas tonterías. —La máscara dorada de Larkyra lo miró desde debajo de la capucha—. Para nosotras, esta es solo una noche cualquiera.

Aquella confianza era contagiosa y provocó que algo se encendiera en Darius. Estaba a la vez orgulloso de Larkyra y asustado por lo que pudiera pasarle.

—Además —intervino Niya mientras le pasaba a Arabessa un estuche de violín de cuero que estaba guardado en una de sus bolsas de viaje—, ¿es que no quieres ver cuánto se puede enfadar una tahopka?

—La verdad es que no —admitió Darius.

—Yo tampoco —aseguró ella—. Así que crucemos los dedos para que quieran un poco de entretenimiento.

Impulsado por los remos del bote, el grupo esquivó rocas afiladas que despuntaban bajo las olas hasta que por fin llegaron al espacio tranquilo que separaba las islas.

A ambos lados se extendían unos acantilados gigantescos. La entrada de la cueva era muy oscura, ya que la única luz procedía de las estrellas que brillaban en el cielo y de la piedra refulgente que Larkyra llevaba en la mano. De la enmarañada vegetación que los rodeaba llegaban zumbidos de insectos y sonidos de diferentes animales; sin poder evitarlo, Darius pensó que aquellos ruidos eran una especie de advertencia para que dieran media vuelta.

—Antes de comenzar nuestra función, ponte esto en los oídos —le dijo Arabessa pasándole dos bolas de cera—. Tienes que asegurarte de que no oirás nada. De lo contrario, no podremos hacernos responsables de tu seguridad.

Darius asintió y agarró aquellos tapones. Un escalofrío nervioso le recorrió la columna vertebral.

—Todo saldrá bien —aseguró, a su lado, Larkyra.

—¿Y si no?

—Pues, entonces, nada —sentenció Niya.

—Pero no hay duda de que saldrá bien —insistió Larkyra dedicándole a sus hermanas una larga mirada a través de los agujeritos para los ojos de la máscara.

Darius no pudo evitarlo: le agarró a Larkyra la mano enguantada.

Se cruzaron la mirada y ella le dio un pequeño apretón.

Si las otras dos hermanas percibieron este pequeño intercambio, no dijeron nada. Entraron remando a la cueva. Aquella abertura estaba decorada con plumas y colas de serpiente talladas en la roca.

El aire se enfrió y el sonido de las olas al romper fue sustituido por el eco de un goteo (ploc, ploc, ploc) y por los silbidos producidos por el viento al entrar por los huecos del alto techo. La suave luz de las estrellas se filtraba por las grietas e iluminaba una caverna enorme y húmeda. El musgo cubría las paredes. Los cangrejos salían huyendo al paso del grupo haciendo que la tierra se removiera y que algunas piedrecitas cayeran al agua con un sonido que reverberaba por la gruta. Una maraña de raíces colgaba desde el techo como si quisiera alcanzarlos. Los murciélagos salían y entraban a toda velocidad de sus escondrijos; Darius tuvo que apartarse más de una vez para que no se le engancharan en la capa.

Siguieron una de las curvas del río de la cueva, soltaron los remos y llegaron a un tramo de playa en el que una escalera de piedra ascendía hasta una enorme puerta tallada. Cuatro columnas estriadas, talladas en la pared a medio relieve, se alzaban a cada lado de la entrada. En cada una de ellas había antorchas gigantes encendidas. En el centro podía distinguirse un símbolo: un sol ardiente con una serpiente enroscada.

El grupo permaneció en silencio mientras dejaban el bote en la orilla. Pisaron tierra con todos los sentidos en alerta por las legendarias criaturas que vivían allí, según contaban.

Subieron las escaleras y se sintieron diminutos ante aquella gigantesca abertura tallada que daba paso a una oscuridad impenetrable. Mientras entraban por aquel túnel, un leve chasquido de Larkyra provocó que la luz de su piedra se tornara mucho más intensa.

El corazón de Darius empezó a acelerarse al advertir que, con cada paso que daban, el aire se volvía más fragante. El manto de flores que cubría las paredes pareció despertarse y sus pétalos empezaron a brillar. Aquellas plantas parecían balancearse en la dirección en que ellos se movían, envolviéndolos en una neblina verdosa y azulada.

Larkyra extinguió su piedra.

—Orquídeas de medianoche —susurró Arabessa—. Alumbrarán nuestro camino, pero también avisarán de nuestra llegada.

—Y ya casi hemos llegado. —Larkyra señaló una rendija de luz que se intuía al final.

Se detuvieron de golpe. Un sonido de cuerpos deslizándose y de alas batiendo se dirigía hacia ellos.

«Tahopka».

A Darius se le aceleró el pulso cuando Larkyra los miró fijamente, uno por uno.

«Prepárense», parecía querer decir la joven.

Las hermanas se quitaron las máscaras. Arabessa, con mucho cuidado, sacó su violín. Niya hizo una serie de movimientos para estirar el cuello. Larkyra sonrió a Darius mientras este se colocaba los tapones.

Todo quedó en absoluto silencio. Darius solo podía oír el sonido de su respiración agitada y de su corazón desbocado.

Las Mousai lo esperaron.

«Estoy listo», quiso decirles al asentir con la cabeza.

«Con cuidado», articuló, sin voz, Arabessa.

Levantó su instrumento y deslizó el arco sobre las cuerdas con un movimiento suave. Fueran cuales fueran las notas que aquello provocó, Darius se alegraba de no poder oírlas. El aire que rodeaba al grupo pareció crisparse. Las orquídeas de medianoche se volvieron más brillantes; como si fueran una sola criatura, se giraron hacia la luz proveniente de aquel pasaje.

Darius era el último de la fila y Niya la primera. El cuerpo de esta se movía como si hubiera adoptado forma de serpiente. La capa se deslizaba alrededor de su cuerpo y el joven lord tuvo que forzarse a apartar la vista. Incluso sin música, el contoneo de su cuerpo albergaba un inmenso poder.

Larkyra iba un paso por detrás de Arabessa. Parecía imitar con la boca el sonido que su hermana mayor estuviera produciendo. De repente, Darius se empezó a morir de ganas de escuchar lo que ella estuviera cantando. La voz de Larkyra era como una droga para su alma.

«No».

Sacudió la cabeza para procurar deshacerse de aquella tentación.

Por el mar de Obasi, estas hermanas eran algo verdaderamente temible.

Se detuvieron al borde de la abertura. Las Mousai continuaron con su presentación mientras observaban la enorme cámara en la que desembocaba el túnel.

Toda la caverna estaba iluminada con una reverberante luz de color azul verdoso procedente de unos cristales que surgían del suelo y las paredes. Unas alfombras de hilos plateados conducían a unos senderos cubiertos de musgo que llevaban a unas pozas poco profundas y resplandecientes. Unas florecillas de color lavanda y turquesa emergían por los rincones y su polen flotaba libremente por el aire. Había hamacas de seda por todas partes; aquel espacio parecía concebido para pasar el tiempo y reunirse, como en una casa de baños. Pero en mitad de todo destacaba un elemento que provocó un intenso escalofrío en el corazón de Darius.

Un árbol grande y robusto crecía en la parte superior de una pendiente. El tronco ascendía y ascendía y ascendía hasta la copa, donde una enorme masa de flores se balanceaba emanando un brillante resplandor blanco y azul. Aquella era la principal fuente de luz de la cueva... y era justamente lo que habían venido a recolectar.

Lo que Darius tenía que recoger.

Orenda.

«Solo hace falta una flor», habían dicho Achak.

Aunque la escena era pacífica y tranquila en apariencia, todo estaba lleno de amenazas.

Una docena, o puede que más, de tahopka los miraban fijamente. Se habían quedado como congeladas en mitad de lo que estaban haciendo: bañándose en las pozas, volando, deslizándose o girándose.

Un escalofrío paralizó a Darius, dejándole la piel helada y el rostro lívido.

Era absolutamente terrorífico.

Nunca había visto a unas criaturas así. Del vientre hacia arriba eran mujeres; tenían una piel verdosa que parecía suave y flexible, y lo llevaban todo al aire. En la parte inferior, eran serpientes; la cola de cada una de ellas estaba cubierta de escamas de distintos tonos verdosos. Tenían las alas palmeadas, como las de los murciélagos, pero de los bordes colgaban unas gruesas plumas. Su cabellera era oscura y la llevaban recogida en trenzas.

Darius se habría quedado mirándolas para siempre si las Mousai no hubieran seguido avanzando hacia el interior de la caverna. En fila, bajaron por la escalera que llevaba a la guarida de las criaturas.

Larkyra le echó un rápido vistazo. Su boca cantaba algo muy distinto a lo que decían sus ojos.

«Corre».

Darius se tragó sus miedos y todos los horrores que su mente concebía. Por fin, bajó a la cueva de las serpientes.

No percibieron al hombre que andaba entre ellas y que se desplazaba con mucho cuidado esquivando las colas e intentando alcanzar el centro de la sala. Toda la caverna de cristal parecía estar extasiada con aquellas tres mujeres. Niya mostraba sus mejores pasos mientras se movía entre sus dos hermanas, que seguían tocando y cantando. Todo en aquel lugar parecía estar dirigido hacia ellas, como si una energía invisible se alimentara de aquella presentación.

Cuando Darius subió la pequeña pendiente de musgo, se permitió respirar profundo y echar un vistazo hacia atrás.

Larkyra no le quitaba los ojos de encima. Le lanzó un pequeño asentimiento y volvió a girarse para seguir con su tarea.

Despacio, Darius subió el retorcido tronco hasta llegar a la copa cuajada de oscilantes orenda. Enganchó las piernas a una rama y se fue acercando hacia las flores que, tan de cerca, desprendían un brillo casi cegador.

Abrió el morral que llevaba colgado y agarró un tallo largo. Los pétalos parecían suaves y esponjosos, eran como unas brasas mágicas.

Lo cortó con un chasquido silencioso y permaneció inmóvil.

Como no hubo consecuencias, suspiró de alivio. Pero entonces todas las flores del árbol dieron un salto, como si temieran ser arrancadas. Y se cerraron todas a la vez.

La caverna se sumió en una densa oscuridad solo rota por el resplandor de las pozas y de los cristales que las rodeaban.

Un silbido agudo sacudió las paredes de la cueva y el cerebro de Darius.

El hechizo en el que estaban sumidas las tahopka había

sido interrumpido y todas se giraron para ver quién era el intruso que las había dejado a oscuras.

Darius.

—«¿Qué bestia avariciosa ha invadido nuestro santuario?» —susurró una voz en el interior de su cabeza.

Darius se tambaleó en su rama cuando la más grande de todas aquellas criaturas se deslizó en su dirección con los ojos amarillos centelleando.

—«Un hombre —pareció decir aquel ser—. Ha llegado la hora de la cena para mis hermanas y para mí».

—Eh... pero no traigo nada de comer —dijo refugiándose contra la rama.

—«La comida eres tú, criatura nauseabunda».

—Y si tan nauseabundo soy... —improvisó Darius, desesperado por ganar tiempo—, ¿por qué querrían comerme?

Su respuesta fue otro siseo que le sonó en el interior de la cabeza mientras la criatura continuaba arrastrándose hacia él.

—¡Caray! —exclamó Darius deslizándose por el tronco retorcido para alejarse de la reina y salir huyendo hacia la salida.

—«No vivirás para volver a robar» —le hizo saber la voz de otra tahopka que se encontraba más cerca mientras le daba un golpe con su gruesa cola. Darius dio un salto y aterrizó rodando en el suelo. Aquel ser le propinó otro latigazo, obligando al muchacho a sumergirse en una de las pozas iluminadas.

Cuando se sumergió en el agua, notó que estaba tibia y abrió los ojos. En el fondo de la poza se agitaban miles de seres resplandecientes y sinuosos; estos gusanos de agua, como los había llamado Larkyra, le proporcionaban a esta caverna submarina buena parte de su luz. Giró sobre sí mismo aguantando la respiración. Todas estas pozas estaban conectadas entre sí y sus circunferencias se reflejaban en el techo de la cueva.

«Benditos sean los dioses perdidos».

Agitando con todas sus fuerzas los pies y las piernas, Darius nadó hacia una de las aberturas que se intuían en la distancia, la que le pareció que estaba más cerca de la salida.

Una ola de agua lo empujó hacia delante. Miró por encima del hombro y vio que tres tahopka nadaban hacia él con las alas replegadas, propulsándose con la cola.

«Malditos sean los dioses perdidos».

Con su último aliento, Darius se impulsó hacia arriba por la poza más cercana. Apoyó los brazos en el borde para poder salir.

Un vistazo rápido le hizo comprobar que la mayoría de las criaturas volaban o se deslizaban hacia el último sitio donde él había estado, y aquello le dio un poco de tiempo para correr hacia las escaleras.

Oía su propia respiración como un zumbido frenético y entonces vio a las Mousai retrocediendo hacia la salida del túnel por donde habían llegado.

A pesar de los vigorosos movimientos que Arabessa hacía mientras tocaba su instrumento, estas criaturas ancestrales parecían ajenas a cualquier hechizo. Apartó el arco de las cuerdas y gritó algo mientras Larkyra corría hacia Darius.

—¡Corre! —gritó él—. ¡Sal de aquí!

Larkyra le contestó algo, pero, con los oídos tapados, Darius no pudo descifrarlo.

Sintió un corte profundo en el hombro. Unas garras se le clavaron en la piel y lo levantaron del suelo.

—«No escaparás de nosotras». —El iracundo susurro de la tahopka que lo había atrapado llenó su cabeza. Dio un fuerte golpe con sus alas y los dos echaron a volar.

Una ola de viento y energía sopló desde abajo. Larkyra tenía la boca abierta y estaba gritando algún tipo de orden mientras los miraba con los ojos echando chispas. Un instante después, Darius se precipitaba desde las alturas: la serpiente había tenido que soltarlo cuando unas estalactitas rotas cayeron del techo y la golpearon.

Darius chocó contra el suelo y el golpe le sacó todo el aire de los pulmones. Al volver a respirar se dio cuenta de que estaba en la entrada de la cueva y de que las Mousai se encontraban a apenas unos pasos del túnel.

Arabessa y Niya gesticulaban desesperadas hacia aquella abertura mientras Larkyra se acercaba corriendo hacia él. Lo agarró de su empapada ropa obligándolo a que se pusiera en pie, pero justo entonces un chillido de las tahopka le taladró el cerebro. Darius sentía como si la cabeza le estuviera a punto de estallar; se hundió las manos entre el pelo para tratar de aliviar aquella presión.

No supo muy bien cómo dio los siguientes pasos, pero entonces algo lo agarró con fuerza y lo metió en el túnel oscuro. Este se iluminó cuando los cuatro entraron; las orquídeas nocturnas despertaron para iluminar su vía de escape.

Lo empujaron desde atrás y tropezó al girarse para ver a Larkyra abriendo la boca de nuevo y agitando los brazos para lanzarle un hechizo sordo a aquellos monstruos que los perseguían. Las tahopka salieron despedidas hacia atrás, y volvieron rodando a su casa de baños mientras se desataba una lluvia de piedras que selló el túnel e imposibilitó que se pudiera volver a entrar allí.

Larkyra estaba a su lado y parecía ordenarle que corriera. Con la cabeza libre de la voz de aquellas criaturas, eso fue justo lo que el joven lord hizo.

Darius corrió, corrió y corrió. El túnel fue colapsando progresivamente tras ellos.

Atravesaron a toda velocidad la entrada de las columnas y llegaron a la pequeña playa de la primera cueva donde los esperaba el bote de remos. Darius cayó de rodillas. La nube de polvo que habían levantado las rocas desprendidas los rodeaba. Tosió y jadeó tratando de sobreponerse al dolor que le encogía los pulmones.

Pero el pecho le seguía quemando.

Una mano fresca le acarició la mejilla. Se sobresaltó, pero al toparse de frente con aquellos familiares ojos azules, por fin se relajó.

«Larkyra».

La joven se agachó ante él. Algunos mechones de su cabello blancuzco se le habían escapado de la trenza. El polvo y la suciedad le cubrían el vestido negro. Tenía las mejillas encendidas y el sudor le goteaba por las sienes. La expresión de su cara dejaba claro que estaba exhausta.

A pesar de todo ello, en aquel momento Darius solo podía pensar en lo valiente que era aquella mujer.

Larkyra levantó despacio una mano y le quitó los tapones de los oídos.

Él volvió a escuchar el sonido de aquel mundo cavernoso.

—¿Darius? —preguntó ella con las cejas contraídas por la preocupación—. ¿Estás bien?

«¿Estoy bien?».

La muchacha posó sus ojos en el hombro del joven lord. La capa, empapada, estaba completamente rasgada y cubierta de lo que sin duda era sangre.

Darius movió el brazo con cuidado. Sintió una intensa punzada de dolor, pero la herida no parecía demasiado grave.

—Sí —contestó por fin.

—Tenemos que volver al barco antes de que parta. —Larkyra miró hacia atrás; Niya y Arabessa los esperaban en el bote.

—Me has salvado la vida —aseguró Darius.

—La vida te la has salvado tú mismo —dijo ella volviendo a mirarlo.

—No —respondió negando con la cabeza y con la piel aún erizada—. Si no hubieras usado tus poderes contra esa tahopka... y si no hubieras hecho que el túnel se derrumbara... me habrían...

—Tenemos que irnos —lo interrumpió ella—. Ya hablaremos sobre todo el tema logístico cuando lleguemos al barco. O, aún mejor, cuando volvamos a Lachlan y hayamos impedido que las minas abran tras la fiesta de compromiso. Lo más importante ahora mismo es que estamos a salvo; que estás a...

Darius la interrumpió con un beso. Un beso que llevaba demasiado tiempo resistiéndose a darle.

Al principio, los labios de Larkyra estaban algo rígidos y su cuerpo bastante tenso... pero entonces pareció derretirse al contacto de los dedos de Darius. La joven relajó los músculos y se entregó a él.

El joven lord le rodeó la delgada cintura con sus brazos fuertes y se la acercó al cuerpo. Quería más de ella. Necesitaba más. El cuerpo de la muchacha era tibio y sus besos sabían como el amanecer. Abrazarla era como sentir bajo los pies desnudos la más suave de las hierbas. Deseaba quedarse así para siempre, quería envolverla con su cuerpo por toda la eternidad.

La vida de Darius había estado siempre rodeada de sombras, pero la cercanía de Larkyra, sus caricias, disipaban esa oscuridad.

Larkyra dio un suspiro, un gemido suave que atravesó la piel del joven e hizo que enloqueciera aún más. Aquella sensación se multiplicó cuando la muchacha le acarició el pelo todavía húmedo. Puede que fuera una expresión de alivio porque los dos siguieran con vida, pero a Darius le invadió el sentimiento desesperado de no querer desperdiciar otro grano de arena lejos de aquella mujer.

¿Por qué había esperado tanto para hacer aquello?

Un sonoro carraspeo interrumpió aquel momento.

Larkyra se apartó de él. Tenía los ojos cargados y brillantes por la emoción.

Darius se moría por volver a abrazarla.

«Más». Oía esa palabra en su interior. «Me haces sentir más, quiero más, quiero seguir soñando». Aquellos eran unos senderos peligrosos que le encantaría transitar con ella.

—¿A qué ha venido eso? —susurró ella.

—No quiero ser yo la que interrumpa este momento —dijo Niya interrumpiendo aquel momento—, pero tenemos que irnos ya para que nos dé tiempo a llegar al *Reina llorona* antes de que se vayan sin nosotros.

A regañadientes, Darius se puso en pie y ayudó a Larkyra a levantarse.

—Cuando volvamos a Lachlan —prometió él.

Aunque en realidad no sabía lo que estaba prometiendo.

Se subieron al bote y las hermanas los estudiaron, centrándose en él especialmente. Lo examinaban con ojo experto, con la mirada clínica de un cirujano que observa algo que le preocupa. Tenían que decidir si ese hombre suponía un riesgo.

Remaron hacia la salida de la cueva. Niya rompió el silencio.

—Bueno... no es que no me haya divertido, pero ¿y ahora qué hacemos? ¿Tendremos que sacrificar otro año de alguna de nosotras para que madre nos dé una solución alternativa? De ser así, creo que debería ser usted, lord Mekenna, quien entre en esta ocasión en el Fundido.

—Lo haría encantado —respondió Darius—, pero no sé por qué necesitaríamos una solución alternativa.

—¿Quizá porque hemos fallado en nuestra misión de conseguir una flor «de lo más especial, única en el mundo, que solo crece en lugares terroríficos habitados por mujeres mitad pájaro mitad serpiente que odian a los hombres»?

—¿Se refiere a esta flor? —preguntó Darius abriendo el morral que le colgaba del pecho.

Darius disimuló una sonrisa cuando los ojos de las tres Bassette reflejaron el resplandor blanquiazul de la planta.

—¡La tienes! —exclamó Larkyra orgullosa.

—La tengo.

—Parece que no es lo único que te llevas de esta cueva... ¡Ay! ¡Oye! —exclamó Niya frotándose la pierna—. ¿A qué ha venido eso?

—Perdona, me ha dado un calambre.

La mediana no pareció creérselo.

—Bien hecho, lord Mekenna —dijo Arabessa—. Y ahora, hagamos lo necesario para que todo esto sirva de algo.

Mientras remaban para salir de la cueva en dirección al barco que los esperaba en la distancia, los ojos de Darius se posaron en la criatura rubia que tenía frente a él. Aquella chica había entrado en su vida como un vendaval y lo había puesto todo patas arriba.

Cada vez que veía los ojos azules de Larkyra, sentía como si su vida entera se expandiera.

Darius se dio cuenta de que esta mujer le permitía soñar con tener un futuro.

CAPÍTULO TREINTA

Larkyra corrió detrás de Darius mientras entraban al castillo por la rechinante puerta de la mazmorra. Avanzaba la tarde y sus hermanas habían salido por el otro lado del espacio abierto por la herramienta portal para llevarle la orenda a Achak. Aunque el cielo estaba nublado, cualquiera que estuviera observando el paisaje podría haberlos visto a ella y a Darius saliendo del bosque. Larkyra rezó a los dioses perdidos para que ese día no hubiera cerca ningún «cualquiera».

—Tenemos que separarnos a partir de aquí —dijo Darius mientras la ayudaba a subir por la escalera polvorienta que daba al almacén—. ¿Recuerdas el camino a tu ala?

—Sí.

Ninguno de los dos se movió. Larkyra vio que Darius no le había soltado la mano aún. La joven sintió que el corazón le daba un vuelco y le temblaron los labios al recordar lo que había pasado la última vez que habían estado justo así. Larkyra deseaba desesperadamente que aquello volviera a suceder... aunque, a la vez, le daba pánico.

Ella sabía que, cuando todo aquello terminara, se iría. Así tenía que ser, era necesario. A pesar de su interés en ayudarlo, Larkyra sabía perfectamente que era demasiado peligrosa para Darius... y no solo por sus poderes. El joven lord había rozado la muerte estando bajo su cuidado en Esrom. La tahopka casi acaba con él. La vida de aquel chico había estado llena de incertidumbre y dolor; no podía complicársela aún más. Un pinchazo de pesar le atravesó el corazón.

—Larkyra, quiero que sepas que... —le dijo Darius.

—No —lo cortó ella—. No hagamos esto.

Darius levantó una ceja inquisitiva.

—¿Y qué es lo que estamos haciendo?

—No podemos ponernos sentimentales ahora mismo. Tenemos mucho que hacer, que preparar, que planear. —Larkyra se alejó de él—. Estamos aún muy lejos de terminar lo que hemos empezado, Darius.

—Lo sé —respondió él observándola.

—Estupendo.

—Larkyra, ¿qué está pasando?

—Nada.

—Ya sabes que odio las mentiras —susurró acercándose a ella—. Cuéntamelo.

—Como te acabo de decir, no está pasando nada. —La chica se quedó mirando al suelo—. Bueno, quizá sí pasa algo... Pero yo no me voy a ir todavía.

—No. —Darius le elevó el mentón para poder mirarla a los ojos—. Por supuesto que no.

A Larkyra se le agitó la respiración, la impaciencia la consumía. Tenían los labios tan cerca. Estaban tan cerca...

Por el pasillo se acercaron unas voces que los hicieron separarse.

Unos criados cruzaron la puerta cuchicheando. Larkyra se quedó muy quieta, pegada a la pared; tenía a Darius enfrente.

Se quedaron callados mirándose a los ojos.

—Tenemos que irnos —susurró ella.

—Sí —respondió él, aunque no pareció gustarle mucho tener que decir aquello—. ¿Terminaremos esta conversación en otro momento?

—En otro momento —le concedió Larkyra antes de que ambos se alejaran en direcciones opuestas.

Pero Larkyra y Darius no encontraron otro momento.

Aquella noche, Hayzar volvió a Lachlan. Un torrente de lluvia y una tormenta arrasaron aquel territorio. Cada vez faltaba menos para la fiesta, lo que significaba que el plan del duque para abrir las minas estaba a punto de culminar. «Un regalo para mi futura esposa», así había definido su proyecto. Pero Larkyra sabía que aquello no sería ningún regalo para la gente de aquella región, sino, más bien, el último clavo de su ataúd. Tenían que detenerlo antes que de aquello sucediera. Les vino muy bien que, al parecer, el duque no recordara que había forzado a su hijastro a cortarse la cara.

Estaba tan encantado con su nuevo suministro de phorria que parecía haber olvidado por completo aquella tarde en particular. Cuando, a la mañana siguiente, Darius apareció en el desayuno, nadie reparó en el estado de su rostro; de hecho, Hayzar apenas lo miró. Solo se dirigió a él para decirle que el modo en que se había anudado la corbata estaba tan pasado de moda que le resultaba una aberración. Larkyra, consternada, presenció cómo el duque ordenó a Darius que se retirara sin permitirle probar apenas el desayuno.

Aunque puede que Hayzar no se diera cuenta de la rápida recuperación de Darius, Larkyra descubrió a Boland en más de una ocasión examinando al lord. Pero, fueran cuales fueran las dudas que lo asaltaban, cumplió su papel de buen mayordomo y no dijo nada al respecto.

«Puede que, en el fondo, quiera creer que su cataplasma es mucho más poderosa de lo que él imaginaba», pensó Larkyra.

En las jornadas sucesivas, la chica se vio forzada a interpretar el papel de la alegre prometida mientras organizaba la fiesta de compromiso. Se dedicó a los arreglos florales, las catas del menú, las pruebas del vestido... y a elaborar una infinita lista de invitados en la que no conocía a la mitad de los nombres. Fue espeluznante. Larkyra llegó a preguntarse si alguna novia disfrutaba realmente con los preparativos de un evento como ese.

El único alivio para Larkyra consistía en que, aunque ella y Darius no podían encontrar ningún momento en el que estar realmente a solas, tampoco paraban de buscarse: un leve roce del dedo en la mano al cruzarse por los pasillos, una mirada intensa a través de la mesa del comedor, una sonrisa discreta... Aquello ocupaba cada grano de arena del día y transformaba los momentos más simples en excitantes tesoros para guardar en la memoria.

A Larkyra se le encogía el pecho cuando pensaba que tendría que irse. Pese a ello, decidió disfrutar los pocos días que le quedaban en Lachlan y los escasos granos de arena que podía compartir con Darius.

El recuerdo que más deseaba vivir de nuevo, fueran cuales fueran las consecuencias, era aquel que aún le hacía hormiguear los labios, pero nunca volvió a suceder, e ignoraba el motivo. Se pasaba las noches en vela oyendo cómo, más allá de su ventana, rugían las tormentas y preguntándose si alguno de aquellos truenos estaría disimulando el ruido de los pasos de Darius mientras este se dirigía hacia su alcoba.

Sin embargo, cada noche volvía a dormirse sin que nadie llamara a su puerta y por la mañana volvía a despertarse preguntándose si el lord se habría arrepentido de sus actos.

Aunque sabía perfectamente que no estaban destinados a acabar juntos, ella, desde luego, no se arrepentía de aquel beso.

Así que se armó de valor y se decidió a meterse en las habitaciones de Darius para descubrir de una vez por todas por qué razón la había besado.

Pero entonces llegaron sus hermanas.

Y, después de todo, si alguien quiere pasar un momento a solas con otra persona, lo mejor es que no invite a más de una Bassette a la vez, ya que eso hará que nunca tenga un rato de tranquilidad.

Ni, muchísimo menos, algo de intimidad.

CAPÍTULO TREINTA Y UNO

Las habitaciones de Larkyra eran un desastre total y Niya era la única culpable, pues al parecer se había traído a Lachlan la mitad de su guardarropa.

—Este es precioso —dijo Larkyra sentada en el sillón junto a la chimenea con los pies recogidos bajo el cuerpo.

—Pero ¿dice algo así como «Puede que mi hermana casi sea duquesa, pero yo soy tanto o más merecedora de semejante título»? —preguntó Niya girándose hacia la menor y envuelta en un ostentoso vestido verde esmeralda.

—Es justo lo que dice —respondió Arabessa, sentada en el sillón de enfrente—. Y, además, también dice «persona delirante» en mayúsculas... Así que, entre unas cosas y otras, te describe a la perfección.

Niya se miró al espejo con el ceño fruncido.

—Sí, me parece que la falda no es lo bastante ostentosa.

—¡Pero si tiene seis crinolinas! —exclamó Arabessa.

—Creo que es mejor que sean ocho.

Larkyra y Arabessa se lanzaron una mirada cargada de intenciones.

—Eres consciente de que esta no es una verdadera fiesta de compromiso, ¿no? —le dijo Arabessa.

—¿Hay invitados? —preguntó Niya.

—Por supuesto.

—¿Hay comida para impresionarlos?

—Eh..., sí.

—¿Hay una orquesta para que bailen?

—De acuerdo, ya veo por dónde vas.

—¿Hay regalos para la novia y el novio?

—Niya...

—Que después no haya boda no significa que la fiesta de compromiso no sea real —sentenció Niya quitándose el vestido verde y tomando otro mientras el fuego de la chimenea se reflejaba en su lencería blanca—. De hecho, creo que la hace aún más auténtica.

—No tienes ni idea de lo «auténticos» que han sido estos últimos días —comentó Larkyra en tono cortante—. No necesito que me lo recuerdes.

—¿Tan terrible ha sido el comportamiento del duque? —preguntó Arabessa.

—Podría enseñarte algunos vestidos que aún conservan las huellas de sus manos pegajosas. En estos días, su magia putrefacta ha sido insoportable.

—Nos dimos cuenta cuando llegamos... —recordó Arabessa con la preocupación transformándole los rasgos.

—¡Se acabó la charla sobre temas deprimentes! —exclamó Niya—. Lo único que yo quiero saber es si tu vestido estará listo para mañana.

—La señora Everett lo está cosiendo en este instante.

—Ojalá tuviésemos más tiempo para que la señora Everett pudiera confeccionarme alguna prenda —lloriqueó Niya mientras se quitaba el décimo vestido—. Es que no tengo nada que ponerme.

—Puedes ponerte uno de los míos —le ofreció Arabessa.

—¿Acaso te has dado un golpe en la cabeza, Ara? —le preguntó Niya, incrédula.

—No, ¿por qué?

—Porque si crees que todo esto —contestó Niya palpándose orgullosa las curvas— podría caber en un vestido cosido para eso otro —dijo señalando la delgada silueta de Arabessa—, supongo que es debido a que has sufrido una importante conmoción cerebral.

—Solo quería ser simpática —respondió Arabessa antes de darle un sorbito a su taza de té—. Estoy segura de que la señora Everett podría arreglárselas para que alguno de mis vestidos te quedara bien. Lo que no alcanzo a imaginar es cómo podrías metértelo por esa cabezota que tienes...

—Qué graciosa eres —dijo Niya malhumorada—, sobre todo si tenemos en cuenta que es a ti a quien nunca le caben los tocados.

—Quizá se debe a que a «alguien» le encanta comer miel y galletitas justo encima de ellos.

—¿Te has planteado alguna vez que eres tú la que tiene la costumbre de poner los tocados justo donde a mí me gusta comer miel y galletitas?

—Esa es la idea más...

Unos golpecitos hicieron que las chicas giraran la cabeza hacia la puerta.

—¿Han tocado a la puerta? —preguntó Niya.

—Eso creo —dijo Larkyra.

—Han sido unos golpecitos muy tímidos...

—A lo mejor se han equivocado —sugirió Arabessa.

Aquellos golpes suaves volvieron a oírse.

—Apuesto una moneda de plata a que es un niño o un gato —comentó Niya.

—En este castillo no hay ninguna de esas dos cosas —recordó Larkyra.

—¿Y eso qué tiene que ver? —Niya se puso una bata y abrió la puerta—. Oh, maldita sea, es usted.

—Yo también me alegro de verla, lady Niya.

Lord Mekenna estaba ante la puerta. A Larkyra le dio un brinco el corazón. Llevaba puesto uno de sus abrigos azules perfectamente confeccionados, a juego con el chaleco y los pantalones grises. Su pelo rojizo refulgía por el reflejo de la antorcha prendida que tenía detrás.

—Me ha costado usted una fortuna —le espetó Niya cruzándose de brazos—. ¿A qué viene eso de tocar a las puertas con tanto cuidado? Le he visto las manos. Las tiene fuertes. Debería echar las puertas abajo, no acariciarlas.

—¿Perdón?

—¿Qué podemos hacer por usted, mi señor? —le preguntó Arabessa levantándose de su asiento a la vez que Larkyra.

Darius examinó el estado de la habitación y vio que las chicas llevaban puestos vestidos de gala. Se sonrojó.

—Me gustaría tener un momento para poder hablar con lady Larkyra antes de mañana, pero quizá no haya sido muy oportuno...

—Me encantaría poder charlar con usted, mi señor —se apresuró a decir Larkyra mientras esquivaba una mesita que se interponía en su camino para acercarse a él—. De hecho, mis hermanas ya se estaban preparando para irse a la cama. ¿Verdad, chicas? Sí, tienen que asegurarse de dormir lo suficiente como para estar guapas mañana. Sobre todo tú, Niya.

—Pero ¿qué...?

—Un poco de ungüento bajo los ojos te vendría muy bien —dijo Larkyra agarrando todos los vestidos que pudo y echándoselos a Niya en los brazos—. Ponte el vestido color durazno. Es el que mejor te sienta. Y despiértame por la mañana si yo no te he despertado antes. Buenas noches.

Con un leve empujoncito en la espalda de Arabessa y un esbozo de sonrisa en respuesta a la expresión de asombro de Niya, Larkyra hizo que sus hermanas salieran de su alcoba y, cuando estuvieron en el pasillo, cerró la puerta de golpe.

—Lark —dijo la voz amortiguada de Arabessa a través de la puerta—. No puedes estar a solas con un hombre sin la presencia de una acompañante...

—¡Le perdonaré a Niya la moneda de plata! —le respondió Larkyra sin quitarle a Darius los ojos de encima.

—¡Pues mañana nos vemos! —dijo cantando Niya justo antes de que se empezaran a oír los gruñidos de Arabessa mientras su hermana la alejaba de la puerta en contra de su voluntad.

Tras un instante, el pasillo se quedó en completo silencio.

—Hola —dijo Larkyra.

—Hola —respondió Darius con una sonrisa.

Aquel pequeño gesto hizo que el cuerpo de la joven entrara en calor.

No entendía cómo podía enfrentarse a cualquier criatura horrible de Aadilor sin ningún problema, pero que le temblaran las piernas ante ese hombre. Tal vez fuera porque, al fin, estaban a solas, en su alcoba, donde el aire parecía haberse calentado por encima de las posibilidades de la chimenea.

—¿De qué querías que habláramos?

La mirada verdosa de Darius recorrió el vestido de noche y su rostro se volvió más serio.

—Quería... —empezó a decir—. Quería decirte, por fin, lo que no he podido confesarte en la última quincena. Si es que esta vez me lo permites, claro.

—Ah, sí. Eso, claro. —Larkyra pudo notar cómo se sonrojó—. Te pido disculpas por haber sido tan desagradable. Es que... bueno. Sí, por favor..., cuéntame.

Darius tuvo que contener una risita al ver que a la muchacha no le salían las palabras.

—Quería darte las gracias.

—¿Las gracias? —le preguntó ella con las cejas arqueadas.

—Sí.

—¿Por qué?

—Por todo. —El lord dio un paso adelante—. Por mañana. Por ayer. Por los días que hubo antes de ayer. Por ayudarme, Larkyra.

—Tú habrías hecho lo mismo.

—Puede que sí, pero nunca se me ha dado bien dejar que la gente me ayude.

—¿Ah, no?

—Siempre me ha parecido que dejarme ayudar era la forma perfecta de que alguien me decepcionara. Confiar en otras personas significa perder parte del control, y yo... —Darius bajó la vista hasta la mullida alfombra que los separaba—. Yo ni siquiera tengo el suficiente control sobre mi propia vida.

—Darius...

—Pero contigo —siguió diciendo él, como si tuviera que sacarlo todo de golpe por miedo a no encontrar otra ocasión para hacerlo— no me quedó alternativa. Quería que traspasaras mi coraza, mis muros. Me haces sentir fuerte incluso con la puerta abierta de par en par.

Con aquellas palabras, Larkyra sintió una punzada en el pecho.

—Pero, al principio, te mentí.

—Entiendo las razones.

—Y he hecho cosas muy egoístas y absurdas.

—¿Y quién no?

—Y es muy probable que las siga haciendo.

—Yo también.

—Lo dudo —musitó Larkyra.

Darius sonrió. Sus ojos verdes se llenaron de ternura.

—Por mucho que te cueste creerlo, no soy perfecto.

—Pero eres un hombre honorable, y esa es una forma de perfección.

—Larkyra. —Darius extendió una mano y ella apenas se atrevió a respirar mientras le acariciaba el brazo. La tibieza de sus dedos traspasaba la tela del vestido. Siguió subiendo hasta llegar a su mejilla.

La joven no hizo ningún movimiento.

—Déjame que te dé las gracias —continuó el lord—. Acepta lo que te estoy diciendo porque quiero que sepas que, independientemente de lo que pase mañana, funcione o no tu plan, valoro muchísimo lo que tu familia y tú han hecho por mí.

La mirada de Darius era intensa, penetrante. Larkyra no sabía qué decir.

—De acuerdo —susurró.

Él apartó la mano y la sensación de perder aquel contacto le resultó devastadora.

—¿Ves como no era tan difícil?

—No —reconoció Larkyra—. Pero esto puede que sí lo sea. —Darius arqueó la ceja—. Tengo que pedirte algo.

—Lo que quieras.

—¿Puedes besarme de nuevo?

Darius abrió mucho los ojos justo antes de que una sonrisa se le dibujara en la cara.

—Puedo —contestó.

Entonces la pegó contra su pecho y se inclinó para unir su boca a la de Larkyra.

Tras los párpados de Larkyra se desató una lluvia de estrellas mientras recibía el beso de Darius. La magia de su interior se retorcía de alegría en vez de luchar contra el dolor. Su cuerpo emitió un ronroneo y, entonces, el beso que había empezado como un suave roce se convirtió en una lucha desesperada, carnal. Larkyra gimió y se pegó aún más al cuerpo del lord. Darius le abrió los labios y rozó su lengua con la de ella. Mientras, él la agarraba con fuerza de la cintura y ella seguía de puntitas para alcanzar bien la boca del lord. Su aroma, a clavo y a ropa limpia, la embriagó. Su tibieza la envolvía en una sensación que oscilaba entre la seguridad y el deseo, una mezcla poderosa que la joven nunca había experimentado.

Darius recorrió con los dedos su columna vertebral y ella sintió un escalofrío que le alcanzó los dedos de los pies. Larkyra le echó los brazos por el cuello mientras él la arrinconaba contra uno de los postes de la cama. La joven sintió la dureza de la madera contra su espalda, pero, en lugar de incomodarla, incrementó las ganas de devorar a aquel hombre. La inevitable cercanía de sus sábanas, de su cama, y de lo que estas prometían, la hicieron temblar de deseo.

—¿Larkyra? —Darius se había apartado un poco y la miraba fijamente con los ojos enfebrecidos—. ¿Estás bien? Si quieres... podemos parar.

—No —respondió ella apretándose más fuerte contra él—. Hagas lo que hagas, no pares.

—Gracias a los dioses perdidos... —susurró él antes de volver a sumergirse en la boca de la chica.

Darius le acarició la cintura y siguió bajando por la parte trasera hasta que un gruñido le recorrió la garganta al dar un suave apretón en aquella carne. Ella sintió que podría salirse de su propia piel y, justo después, le pareció que se iba a derretir, que la sangre de sus venas iba a entrar en ebullición. Su magia se expandió con ella; se convirtió en un resplandeciente manto de consentimiento que conectaba con los sentimientos de Larkyra. «Seguras, aquí estamos seguras», parecía susurrar. Y lo estaban. La joven empujó su pecho contra el sólido cuerpo del lord, cuyos músculos parecían impenetrables bajo aquel traje tan bien confeccionado. Larkyra se moría por arrancar aquellas ropas que los separaban, por rozar su piel con la suya, por compartir el calor.

—Darius... —susurró mientras él le besaba la garganta desnuda—. Darius, te deseo.

—Ya me tienes.

—Sí, pero...

—Dime.

—Me da miedo hacerte daño.

Él se apartó ligeramente.

—¿Hacerme daño?

—Con mis poderes —explicó ella—. Aunque los tengo muy dominados, me da miedo perder el control si me... excito demasiado.

—¿Sientes ahora mismo que estás perdiendo el control?

Ella evaluó sus dones en aquel preciso instante: la magia le zumbaba excitada por toda la piel, pero parecía estar bajo control. «Qué interesante», pensó.

—No.

—Confío en ti, Larkyra. —La rozó con sus labios—. No vas a hacerme daño.

La seguridad de su voz, su confianza en ella... era algo que Larkyra nunca pensó que podría encontrar fuera de su familia. El corazón, eufórico, se le hinchó en el pecho.

—Iremos despacio —prometió él—. No tenemos ninguna prisa.

Larkyra sacudió la cabeza.

—¿No te gusta la idea? —le preguntó Darius en tono burlón.

—Me quiero acostar contigo.

Él se quedó de piedra.

La joven, de repente, se sintió ridícula. Sabía mucho sobre muchas cosas, pero muy poco sobre ese tema. Era consciente de los rudimentos de aquel acto, pero...

—Nunca lo he hecho —se apresuró a confesar—. Así que tú serías...

—Tu primera vez.

Ella asintió y tragó saliva.

—Larkyra...

—¿Voy a ser yo tu primera vez?

No sabía por qué había preguntado eso. Pero ya estaba dicho, no podía borrar aquellas palabras.

Darius frunció el ceño y apartó la vista. Aquella respuesta fue suficiente.

—Oh... —susurró ella con un nudo en el estómago.

El lord la agarró por las mejillas y la obligó a mirarlo a los ojos.

—Pero has sido mi primera en muchas otras cosas.

—¿En qué?

—Has sido la primera que me obsesiona cada mañana desde el día en que te vi en aquel camino, bajo la lluvia, caminando como una deidad resucitada —respondió él con la pasión aflorándole por los poros—. Has sido la primera en enseñarme la hermosa magia que aún vive en nuestro mundo. Has sido la primera en darme algo de esperanza desde que mis padres murieron. Querida mía, has sido la primera en hacer que mi corazón vuelva a latir. —Darius secó una lágrima que le cayó a Larkyra—. No llores.

—No estoy llorando.

—De acuerdo —concedió él con una sonrisa tierna.

—¿Darius?

—¿Sí?

—Bésame.

Él la obedeció. Unió su boca con la suya, con suavidad, con mucho respeto.

Mientras se besaban, Larkyra intentó desabotonar los botones del chaleco del lord.

Y él la dejó.

Le permitió deshacerle el nudo de la corbata. No dejó

de mirarla a la cara cuando ella se apartó un poco para quitarle prendas hasta dejarlo desnudo de cintura para arriba.

Su piel refulgía dorada por la luz de las velas, aunque con menor intensidad en las pocas cicatrices que aún tenía. Larkyra levantó un dedo para detenerlo.

—Darius... —empezó a decir.

—¿Sí?

—¿Puedo...? Si no te importa, claro. ¿Sería posible...?

Él le agarró la mano y se la puso sobre la piel. Ella sintió que los músculos del abdomen se le contrajeron.

—No me haces daño, Larkyra. Puedes tocarme donde quieras.

Aquellas palabras le demostraron tanta confianza que la joven empezó a ver borroso. Con extremo cuidado, le rozó con la yema de los dedos las líneas de sus cicatrices y siguió bajando hasta la frontera de los pantalones.

—Me alegro de que me queden algunas... —dijo Darius en un susurro con la mirada encendida al ver cómo ella exploraba su cuerpo.

—Eres hermoso —musitó Larkyra. Y aquella afirmación era cierta. Siempre lo había sido, incluso cuando las cicatrices estaban frescas y ocupaban buena parte de su cuerpo.

—Eres hermosa. —Sus palabras repitieron las de ella y provocaron que Larkyra lo mirara a los ojos.

Darius seguía de pie ante ella, aún sin mover ni un músculo. Tenía los puños cerrados a ambos lados de su cuerpo, apenas podía contener el deseo que se traslucía en su mirada.

—¿Puedo tocarte? —le preguntó a Larkyra. Su voz sonaba con un rugido amortiguado.

Ella asintió. Las llamas le devoraban el vientre.

Con una lentitud casi dolorosa, le desabotonó el vestido dejando al aire sus clavículas. Entonces, deslizó la tela por los hombros de la chica. Todo el vestido le cayó a los pies.

—Por las estrellas y los mares... —musitó.

Entonces la tomó en brazos y la colocó sobre las suaves sábanas. La cubrió con su cuerpo cálido y unió sus labios con los de ella.

Notar su piel contra la de Darius provocó en Larkyra deliciosas sensaciones pecaminosas.

Este hombre significaba muchas cosas para ella y cada vez tenía una mayor presencia en su vida. Aquella idea le resultaba terrorífica y emocionante, y eran justamente las sensaciones que más le gustaban. Larkyra se negó a pensar en el día siguiente o en todos los que vendrían después.

Solo existía el ahora.

Todo era el ahora.

Con un movimiento ágil, Darius se quitó las botas y los pantalones. Ella observó la grandeza de su virilidad y se mordió el labio inferior. Darius sonrió con un gesto casi lascivo. Le pasó a ella la mano por el vientre y siguió bajando hacia la zona más sensible.

Detuvo el primer gemido de ella con un beso profundo y en ningún momento dejó de usar sus dedos.

Ella se abrió ante él disfrutando del momento y le permitió explorar. Su magia se agitó en su interior y formó una serie de nubes doradas que emergieron con un largo y lujurioso gemido.

Ojalá él hubiera visto lo que le había hecho. Qué hermosura.

La boca de Darius alcanzó uno de sus pechos, abarcando el pezón con calidez.

Larkyra lo agarró por los hombros.

—A ti —jadeó—. Te necesito a ti.

—Cada parte de mí es tuya. —La voz de Darius sonaba como el rugido de la tormenta tras la ventana. La miró y el verdor de sus ojos recordaba al del musgo húmedo.

—Hagámoslo, Darius —dijo ella—. Por favor.

Él obedeció. Subió besándola por el pecho y el cuello, y se tumbó sobre ella.

Larkyra abrió más las piernas, permitiéndole así acomodarse. La muchacha respiraba de forma entrecortada; el pulso se le había sincronizado con el estruendo de los truenos.

—Larkyra... —dijo Darius. La miraba como si quisiera explorar el interior de su corazón para ver todo lo que ella era y sería. Las sombras suavizaban los rasgos angulosos de él, y su pelo rojizo era una maraña entre los dedos de ella—. Lo haré con cuidado —le prometió.

—Confío en ti —repitió Larkyra.

Darius la besó en la boca mientras se deslizaba en su interior.

Una punzada de dolor recorrió el cuerpo de Larkyra y tuvo que contener un grito para que su magia no se defendiera de forma instintiva. Darius se quedó quieto; los pechos de ambos se hinchaban y se vaciaban mientras Larkyra se iba acostumbrando a la envergadura del lord. Él seguía mirándola a los ojos cuando empezó a mover las caderas. Con cada envite, el dolor se fue convirtiendo en placer.

Larkyra suspiró y Darius gimió.

Sentir cuánto la deseaba animó a Larkyra a ser más atrevida: empezó a responder a cada una de sus embestidas con un movimiento de caderas.

Darius reprimió una maldición, se arrodilló, la agarró por las caderas y levantó a pulso el cuerpo de la joven.

Ella observó, hipnotizada, cómo los músculos de él se contraían dibujando una red de líneas por todo su cuerpo.

Darius la atrajo hacia sí una y otra y otra vez, a un ritmo endiablado.

Era la perfección más absoluta.

—Eres la luz que me guía —dijo Darius, mirándola a los ojos con una expresión indescifrable.

Entonces volvió a levantarla y, de nuevo, tomó posesión de su boca.

Ella se acomodó en su regazo mientras lo agarraba fuerte. Esta posición hizo que él pudiera llegar a lugares más profundos, haciendo que Larkyra gritara de placer, entregada por completo. La magia de Larkyra se filtró en sus gemidos convertida en una lluvia de diamantes que bailaba en el aire que los rodeaba y que les caía sobre la piel con suavidad.

Conforme fueron pasando los granos de arena, Larkyra decidió saborear a Darius. Disfrutó de la forma en que la lengua de él la recorría, del cuidado con el que sus manos fuertes le acariciaban los senos. La joven recorrió con los dedos la espalda de su amante y siguió bajando por la columna, desesperada por sentirlo todo, por memorizarlo, por explorar cada rincón de su cuerpo. Los gemidos de ambos se trenzaron en la canción más hermosa que ella nunca hubiera escuchado. Y entonces Larkyra sintió como si se echara a volar muy alto y por todos lados. Las caderas de Darius bombearon justo como debían, una y otra vez, hasta que ella se deshizo en mil fragmentos de luz brillante.

Darius celebró con un gruñido su propia euforia saliendo de ella y derramándose sobre las sábanas.

Con cuidado, volvió a dejarla sobre la cama y, mientras recuperaban el aliento, posó la cabeza sobre el vientre de la chica.

La habitación quedó en silencio, solo se oía la tormenta que los rodeaba.

Una delicada película de sudor los cubría a ambos; Larkyra observó cómo Darius le limpiaba una gota de la cadera. Sus ojos verdes vibraron al posarse en los de ella; era como observar un prado veraniego, salvaje y exuberante, pacífico.

Larkyra nunca había visto tanta paz en la mirada de Darius, ni tampoco tanta felicidad. Aquella visión le reconfortó el corazón.

—Ven aquí. —Ella lo atrajo hacia sí y, con una sonrisa, él la obedeció y la envolvió con los brazos atrayéndola a su vez.

—Larkyra...

—Calla. —La joven impidió que el lord pudiera decir nada que los distrajera de aquello, que los sacara de allí. Ladeó la cabeza para besarlo—. Quedémonos así un ratito más.

Larkyra nunca en su vida se había sentido a la vez tan a salvo y tan vulnerable. Estaba ahí desnuda, acostada con un hombre al que le había entregado su cuerpo, su placer y su corazón.

La invadió una sensación extraña que era a la vez cálida y fría. Sentía que su magia... ahora era diferente. Era como si ya no la tuviera tan controlada, como si un nudo se hubiera deshecho para siempre sin que ello causara ningún tipo de destrucción.

«Tu ira abre heridas, pero tu amor las cierra».

Las palabras de Achak irrumpieron en su mente.

«Amor».

Larkyra dejó de respirar, como si con eso pudiera impedir que aquella idea siguiera creciendo.

¿Y su magia? Sus dones seguían fluyendo alegres y confiados por sus pulmones, pues tenían claro que el hombre con el que estaba no le haría ningún daño.

Un deseo desesperado la atravesó. Un ansia que probablemente nunca podría satisfacer.

Pero Larkyra hizo todo lo posible para no abrir esa puerta.

De momento, estaba decidida a quedarse allí, en el ahora, felizmente enredada en los brazos de Darius.

A la joven se le acabaron cerrando los ojos mientras el fuego se convertía en brasas y el ruido de la tormenta que golpeaba las ventanas se transformaba en una melodía acogedora.

Cuando despertó, su cama estaba vacía. Pero en la mesita de noche había una nota manuscrita con la letra de Darius.

Eres la primera cosa bella que he visto esta mañana.

Deseo que seas lo último que vea cada noche.

Larkyra apretó el papelito contra el pecho y se quedó mirando el dosel de la cama, recordando lo que había sentido al yacer con Darius, al sentir sus brazos protectores. Resultaba irónico que siempre hubiera sentido que era ella quien lo protegía a él.

Darius le había calado hondo en el corazón. Se había convertido en su corazón.

Y ahora entendía por qué se había aferrado tan desesperadamente al ahora.

Le daba pavor lo que sucedería después.

CAPÍTULO TREINTA Y DOS

La isla del Castillo estaba a rebosar de carruajes que habían entrado por la puerta principal. Los invitados recorrían aquellos terrenos de Lachlan susurrando entre ellos y exclamando sorprendidos ante todo lo que veían. Los sirvientes llevaban puestos los nuevos uniformes tan primorosamente confeccionados; el padre de Larkyra había corrido con aquel gasto, insistiendo en que se trataba de un regalo de boda. Lucían orgullosos las nuevas prendas mientras guiaban a los invitados hacia el gran salón de baile. Habían llevado al castillo todas las velas y las flores del pueblo y de las aldeas vecinas; estos elementos ayudaban a iluminar la oscuridad del edificio y a darle un poco de calidez, de luz y de alegría. Mientras la pequeña orquesta tocaba, casi podían olvidarse de la tormenta continua que azotaba el exterior. Aquella noche resultaba fácil creer que el castillo era el hogar de una familia tremendamente rica.

Pero aquello era una máscara.

De pie junto a la entrada del salón de baile, Larkyra se estaba tomando un descanso tras haber dado la bienvenida a muchos invitados curiosos. Sus hermanas y Zimri le sirvieron de escudo para que tuviera un momento a solas. Llevaba un inmaculado vestido turquesa que iba a juego con sus ojos y que le combinaba a la perfección con la cabellera clara y la piel pálida. Aunque no tuviera poderes, la señora Everett debía de estar bendecida por los dioses perdidos para haber podido terminar a tiempo aquel vestido de Larkyra tan lleno de detalles. Tenía unas perlitas cosidas en el encaje que le cubría el corpiño y las mangas; además, una seda color marfil le decoraba los bordes y se arremolinaba en la parte inferior de su falda. A pesar de lo que iba a suceder aquella noche, Larkyra se veía radiante con aquel vestido. Se sentía realmente como una futura novia, especialmente al advertir cómo Niya la contemplaba, admirando sin disimulo su engalanado atuendo. La menor decidió que hablaría con la señora Everett para hacerle un regalo de cumpleaños adelantado a su hermana pelirroja.

—No es habitual que padre se retrase —comentó Arabessa mirando la multitud de invitados que hervía tras ellas.

—Tenía que ocuparse de algo antes de venir. —Zimri se ajustó el gemelo. Con aquel esmoquin negro, lucía más guapo que nunca. Su piel oscura estaba iluminada por la luz suave del ambiente.

Más de un invitado curioso trató de acercarse al grupo, pero Arabessa los miraba con cara de pocos amigos y se daban la media vuelta algo sobresaltados.

Larkyra contuvo una sonrisa al ver que Niya ponía los ojos en blanco.

—¿Y qué podría ser más importante que estar aquí esta noche? —preguntó la mayor con el ceño fruncido.

—Podemos preguntárselo —sugirió Niya—. Ahí lo tenemos.

El conde de Raveet, de la segunda casa de Jabari, avanzó entre la multitud deteniéndose solamente para aceptar un vaso de ponche que le ofreció un camarero que llevaba una charola. Más de un invitado se apartó de su camino justo antes de girarse para murmurarle algo a las personas de su alrededor. Dolion Bassette siempre había sabido cómo hacer una entrada triunfal: simplemente tenía que abrirse paso como si nada. Su tamaño, lo ambarino de su pelo y su barba y sus impresionantes atuendos hacían el resto.

Era toda una hazaña no quedarse mirando a ese hombre.

—Hijas mías. —Dolion sonrió a las tres chicas cuando se acercó a ellas y les dio un beso en cada una de sus cabezas—. D'Enieu. —Le estrechó la mano a Zimri—. Están todos espléndidos.

—Gracias, padre —dijeron a la vez las tres hermanas.

La tensión que recorría los hombros de Larkyra quedó atenuada cuando Dolion apareció.

—Cuánta gente —observó recorriendo la sala con la mirada.

—A pesar de la tormenta, casi nadie ha rechazado la oportunidad de echarle un vistazo a este misterioso castillo —comentó Larkyra.

—Eso parece.

—¿Y bien? —preguntó Niya cruzándose de brazos—. ¿Qué tenías que hacer antes de venir?

Dolion miró al hombre que era su mano derecha y este, simplemente, se encogió de hombros.

—Les he tenido que dar alguna respuesta para que me dejaran en paz.

—Ya veo —respondió Dolion arqueando una ceja—. Hay nuevos datos acerca de quién podría ser el traficante.

—¡¿Quién?! —preguntó Niya conteniendo un gritito y mirando a los invitados que tenían cerca. Arabessa le chistó—. Perdón.

Dolion se rascó la barba para mantenerlas en vilo. Zimri parecía bastante preocupado por lo que fuera a responder.

—No está probado aún, de momento son solo rumores.

—Pero rumores con fundamento —añadió D'Enieu.

—Sí —confirmó Dolion—. Sus últimos movimientos me llevan a pensar que es culpable.

—Padre, por favor —le rogó Larkyra jalándole la manga—. Cuéntanoslo.

—Como saben, hijas, además de vigilar las excursiones del duque, desde que se descubrió que había algún tipo de contrabando también pusimos ojos en todos los establecimientos existentes en el reino: antros, puertos comerciales, casas de apuestas, callejones...

—Lo entendemos —lo cortó Niya—. «En todos los establecimientos».

—Bueno —continuó el padre—, por fin encontramos algo basándonos en la descripción que Larkyra nos hizo de esas vainas. Pudimos seguirles la pista hasta el antro Sueños Plateados. Allí venden sus pedidos más grandes en esferas como las que tú nos describiste —dijo haciéndole un gesto a Larkyra—. La cosa habría terminado ahí, ya que no pudimos probar que el dueño del antro tuviera ningún tipo de trato ilegal con sus clientes. Pero, entonces, notamos que había un patrón.

Las chicas se acercaron más a su padre para escucharlo mejor.

—Lord Ezra.

—¿Alōs Ezra? —preguntó la menor boquiabierta.

—El que viste y calza. —Dolion no parecía muy complacido.

—Pero... —Niya parpadeó. Abrió la boca y volvió a cerrarla—. Pero... ¿cómo?

—Alguien de su tripulación —explicó Zimri— fue visto entrando y saliendo de aquel establecimiento de forma regular. Pero nunca se drogaba, solo tomaba grandes cantidades de *whisky*. Lo seguí hasta una de sus licorerías favoritas y ahí lo oí balbucear sobre cómo su capitán estaba enriqueciendo a toda su tripulación. Aseguró que el capitán le había encargado que hiciera una serie de compras al por mayor en Sueños Plateados..., todas completamente legales, por supuesto. Lo sospechoso es lo que hacen después con las vainas de phorria. Según él, los contenedores de magia adulterada se venden mucho más caros fuera que dentro del reino. Así que lo capturamos para interrogarlo.

—¿Y descubrieron si todo eso era verdad? —preguntó Arabessa—. Puede que solo se tratara de un pirata borracho y amargado que difunde falsos rumores sobre su capitán. Todos sabemos que lord Ezra es bastante hostil en sus formas, pero hasta un rufián como él es consciente de lo severamente que se castiga a quienes se saltan las reglas del reino.

—Además —añadió Larkyra—, sus hombres nunca se han caracterizado por ir comentando aquí y allá sus asuntos.

—Eso se debe a que los que lo hacen dejan pronto de ser parte de su tripulación. —Dolion agitó su vaso—. Llegan al Fundido antes de que se les escape el siguiente secreto.

—¿Y cómo es que ese hombre está vivo todavía?

—No lo está —respondió Dolion olisqueando su bebida.

—¿Que no lo está? —preguntó Zimri mirando fijamente a Dolion.

—No.

Dolion inclinó su vaso hacia el grupo como preguntando: «¿Le han echado el elixir?».

—Aún no —dijo Larkyra respondiendo a aquella pregunta muda.

Dolion asintió y bebió un sorbo.

—Y eso es lo que me ha impedido llegar a tiempo.

—¿Qué ha pasado? —preguntó Larkyra.

—El pirata ha sido encontrado muerto en su celda.

—¿Lo ha hecho él mismo?

—Que lo hayan encontrado con la lengua cortada y la garganta desgarrada sugiere lo contrario.

—P-por el mar de Obasi... —balbuceó un invitado que alcanzó a oír la última frase de Dolion.

—La maldición de los chismosos es oír cosas terribles —le dijo Arabessa al hombre.

—¡Yo jamás haría eso!

—¿Era necesario, cancioncita? —preguntó el padre mientras el invitado se escapaba entre la multitud.

—Probablemente no, pero casi todas las cosas divertidas son innecesarias.

—¿Cómo han podido asesinarlo? —preguntó Larkyra en voz baja, tratando de reconducir la conversación—. Esas prisiones son impenetrables.

—Ustedes se metieron allí.

—Sí, claro, pero nosotras somos especiales —aseguró Larkyra.

—Demasiado especiales... —farfulló Zimri.

—Tú también podrías ser especial si no fueras tan ordinario —respondió Arabessa.

—Qué comentario tan bonito... —dijo él mirándola con los ojos entrecerrados.

—Entonces, ¿qué se va a hacer? —Larkyra miró a su padre—. ¿Vas a preguntarle a lord Ezra?

—Lo haría... si no se hubiera esfumado.

—¿Qué quieres decir con «esfumado»? —preguntó Niya.

—Justo lo que he dicho. Ha desaparecido del mapa.

—Es imposible —aseguró Niya—. El rey puede encontrar a cualquiera.

A Dolion se le escapó una sonrisita ante semejante piropo.

—Eso vuelve aún más llamativo lo que ha pasado con Alōs.

—Y también lo hace parecer más culpable —añadió Zimri.

—¿Y qué ocurriría si las acusaciones fuesen ciertas? —preguntó Niya con el ceño fruncido.

Dolion se miró las manos.

—Destierro. O puede que muerte.

El grupo se quedó en silencio digiriendo las noticias; mientras, la fiesta continuaba a su alrededor. Larkyra observó a Niya, que estaba absolutamente deslumbrante con aquel vestido color durazno. Esbozó una sonrisa.

—¿Y qué planes tenemos para esta fiesta? —preguntó Larkyra rompiendo el silencio que se había formado.

—Seguir adelante —respondió su padre, mirándola—. Decidimos ayudarlos y lo haremos.

El nudo que se le había formado a Larkyra en el estómago durante aquella conversación volvió a desanudarse gracias a aquella respuesta.

—¡Ahí está mi prometida! —La voz glacial del duque recorrió la nuca desnuda de la pequeña de la familia—. Llevo un buen rato buscándola. Veo que he tenido el honor de encontrarla con el resto de su familia. Conde Bassette, espero que se la pase usted muy bien esta noche. —Hayzar le hizo una inclinación de cabeza a Dolion; su traje turquesa brillante con cola resplandecía bajo aquella luz.

—Así será, su excelencia —respondió el padre asintiendo—. Me alegra mucho estar aquí celebrando los días felices que nos aguardan.

«Qué bien ha elegido las palabras», pensó Larkyra.

—Mi unión con su hija traerá mucha alegría en el futuro, sobre todo cuando tengamos uno o dos herederos correteando por estos pasillos —aseguró mientras le guiñaba un ojo a Larkyra y la magia le rebosaba por entre los dientes.

—Así es. —Aquella fue la única respuesta que Dolion alcanzó a musitar.

Larkyra pudo intuir a Darius por encima del hombro de Arabessa. Se le encendió la piel al recordar lo último que habían hecho juntos.

La noche anterior le volvió a la mente: el roce de la piel suave de Darius resbalando por la suya, la forma en la que sus manos fuertes le habían agarrado la cintura...

A la joven se le encendieron las mejillas y fue incapaz de contener una sonrisa. Se arrepintió al instante al ver que el duque la detectaba y se giraba hacia el destinatario de aquella reacción. Una mueca amarga se le dibujó en los labios.

—¡Muchacho! —gritó, atrayendo la atención de los invitados de alrededor que detuvieron sus conversaciones cuando vieron que el anfitrión estaba hablando—. ¡Muchacho! —repitió—. Deja de comportarte como un ratoncito tímido. Ven aquí y saluda a tu futura familia política.

A Darius le tembló el semblante por pura vergüenza, pero mantuvo la cabeza alta y se acercó al grupo. Estaba elegantísimo con aquel frac negro y el pelo rojizo peinado hacia atrás. Posó los ojos sobre los de Larkyra y a ella le conmovió su intensidad. Entonces se dispuso a saludar a la familia.

—Soy un hombre afortunado, ¿verdad? —dijo Hayzar dándole a Darius una palmada demasiado fuerte en la espalda—. ¿Has visto lo hermosa que es mi prometida?

—Sí, señor.

—Oh, vamos. Si ni siquiera la has mirado. ¡Mírala! —exclamó señalando a Larkyra—. ¿Verdad que está radiante?

Los ojos verdes de Darius volvieron a posarse en ella. A Larkyra se le aceleró el corazón al comprobar que la mirada se le volvía cálida y suave cuando se fijaba en ella.

—Así es, su excelencia.

El duque sonrió como un chacal.

—Espero que no estés celoso de este viejo por capturar un pajarillo tan hermoso —insistió—. Observa a tu alrededor, quizá aún puedas elegir a alguna de sus hermanas para casarte con ella.

«Por los dioses perdidos. —Larkyra contuvo una mueca—. ¿Estará borracho?». La maldad de Hayzar era evidente, pero nunca lo había visto hacer el ridículo en público hasta ese punto. El subidón de phorria no parecía estar haciendo un buen efecto.

—Si hubiera sabido que esta noche iban a subastarnos, habría ordenado que nos cosieran un número en el pecho —le espetó Niya con tono glacial.

—¡Habría sido una idea espléndida! —respondió el duque con una carcajada mientras Dolion le ponía una mano en la espalda para desviar así su mirada.

—Su excelencia, dejemos que los jóvenes charlen un rato. Me encantaría que diéramos un breve paseo por su estudio. A los hombres nos encanta presumir nuestras guaridas, ¿no es así?

A Hayzar le complació sobremanera recibir tanta atención de aquel hombre tan importante, por lo que la expresión le cambió inmediatamente.

—Por supuesto, conde —dijo antes de girarse para tomar la mano de Larkyra y llenarle de babas el guante blanco. La joven hizo un gesto que albergaba más asco que alegría—. Cuando volvamos, quizá usted y sus hermanas podrían dar comienzo a la fiesta con la función que nos habían prometido, ¿verdad? De haber sabido que se le daba bien cantar, le habría pedido la mano mucho antes.

—Es usted muy amable —respondió ella con una sonrisa tensa.

Mientras Dolion se llevaba al duque, lanzó al grupo una mirada que quería decir algo como: hagan lo que tengan que hacer.

—No sé cómo has tenido estómago para aguantar a ese

hombre durante tanto tiempo —comentó Niya con cara de asco.

—No me ha resultado nada fácil...

—Dame ahora mismo tu guante —dijo Arabessa extendiendo la mano para agarrar esa prenda sucia que cubría la mano de Larkyra—. Aunque solo podamos verlo nosotras, no puedes llevar eso puesto. Apesta. De hecho, dame los dos guantes.

—No puedo —aseguró Larkyra deteniendo a su hermana mayor—. Mi dedo...

—Por el mar y las estrellas, ¿a quién le importa eso a estas alturas? Tienes unas manos preciosas.

—Lo sé, pero...

—Toma. —Niya se quitó sus propios guantes—. Ponte los míos. No nos preocupemos por eso justo ahora.

—Por cierto... —dijo Darius interrumpiendo a las hermanas—. Tenemos un problema.

—¿Qué clase de problema? —preguntó Niya.

—El elixir de los invitados —respondió Darius mirando nervioso a su alrededor—. Ha desaparecido.

CAPÍTULO TREINTA Y TRES

Darius vio cómo la expresión de los miembros del grupo se congelaba por lo que acababa de decir. Aquellas palabras salieron de su boca como un ácido corrosivo.

—¿Qué significa que ha «desaparecido»? —preguntó Niya—. Te lo dimos esta mañana.

—Sí, y yo lo dejé en un lugar seguro en mis aposentos.

—Pues parece que no era un lugar tan seguro...

—Darius —lo llamó Larkyra—, ¿tienes la certeza de que no está allí?

Asintió, tratando de disimular una decepción que pronto invadiría su mirada. Deseaba volver a estar con Larkyra en su alcoba, volver al momento en el que todo era perfecto.

—Me dispuse a darle al personal las instrucciones de las que habíamos hablado: que el duque había insistido en beber solo del mejor *brandy* de su bodega, que no quería ni el ponche que se serviría a los invitados ni el champán que se usaría para el brindis.

—¿Y qué pasó entonces? —preguntó Larkyra.

—Volví a mis aposentos para vestirme. Y, cuando me quedé solo, fui a desencajar la piedra suelta que hay junto a la chimenea para recuperar el elixir, pero en aquel hueco ya no había nada.

—¿Alguien te vio guardarlo allí? —preguntó Zimri.

—Yo no vi a nadie, pero... —Darius frunció el ceño.

—Pero ¿qué?

—Estamos en la isla del Castillo. Hay ojos invisibles por todas partes.

—Eso no ayuda mucho... —reflexionó Arabessa en voz alta—. Dispersémonos y echemos un vistazo. No tenemos tiempo que perder discutiendo. El elixir no va a aparecer solo.

Al salir del salón de baile, Darius fue ignorando las manos de todos los invitados que trataban de felicitarlo. Aunque sabía que eso implicaba un escándalo social, era consciente de que tenía asuntos más urgentes que atender.

Llegaron a una sala más tranquila: una galería en la que las pinturas de los ancestros de Darius los miraban desde arriba. Atravesaron un pasillo a toda velocidad.

—¿Adónde acudimos? —preguntó Arabessa.

—No podemos buscar en todos sitios —apuntó Niya—. Eso nos llevaría, al menos, una semana.

—Mucho más —musitó Larkyra.

—Puedo volver a mi ala a seguir buscando —propuso Darius—. Ustedes vayan a la zona de los sirvientes. Quizá alguno pensó que era un licor especial y lo robó.

—Espera... —Larkyra detuvo a Darius agarrándole el brazo con la mano—. Los sirvientes.

—¿Qué pasa con ellos?

—¿Boland no es tu mayordomo?

—Claro... —Darius parpadeó confundido.

—¿Ese hombre tan estirado? —preguntó Niya.

—Él también es mi...

—¿Estaba allí cuando les diste las órdenes a los criados? —lo interrumpió Larkyra.

—No puedo asegurarlo, pero...

—¿Te ayudó a vestirte? ¿Ha podido ver el elixir en tu alcoba?

—Me ayudó a vestirme, sí, pero no creo que Boland fuera capaz de...

—¿Dónde puede estar ahora?

—No tengo ni idea.

—Tenemos que encontrarlo. —Larkyra comenzó a caminar a paso rápido.

—¿Por qué? —preguntó Darius.

—Tengo una corazonada.

—Ah, bueno, si es una corazonada... juguémonoslo todo a esa carta —comentó Niya.

—Querida, creo que eres un poquito ludópata... —le espetó Arabessa mientras giraban en una esquina y llegaban a otra sala en la que un montón de esculturas de bestias se alineaban contra la pared.

Darius siempre había odiado aquella zona de la casa, pero mientras atravesaban la habitación a toda velocidad se dio cuenta de que cada criatura tenía un ramo de flores entre las zarpas o llevaba una corona vegetal sobre la cabeza.

Aquello transformaba una escena espeluznante en otra bastante absurda. A pesar de lo preocupado que estaba, se descubrió esbozando una sonrisa. No tenía la menor duda de que aquello era obra de la mujer rubia que tenía a su lado.

—¡Esperen! —exclamó Larkyra—. ¡Creo que está ahí!

Una figura delgada vestida de negro y con la nariz prominente apareció justo al final del pasillo y se metió a una de las bibliotecas pequeñas.

—¡Rápido! —dijo Larkyra echando a correr.

—¿Se ha olvidado de que llevamos puesto un corsé?

—Padre nos hizo entrenar con corsé —respondió Arabessa en plena carrera—. No debería ser tan diferente a correr con pantalones.

—No debería... —jadeó Niya—, pero... parece... que... lo... es...

—¡Señor Boland! —gritó Larkyra al entrar en la biblioteca y ver al hombre al otro lado de la sala en penumbra.

Aunque la hacienda tenía varias bibliotecas impresionantes, esta era bastante modesta: solo había dos pisos de libros. A Darius le habían contado que aquella era la colección original antes de que empezara a expandirse y que ya no cupiera en aquella habitación. Casi nadie usaba esta habitación, pero se mantenía limpia y ordenada. Las mesas de lectura estaban preparadas y junto a la ventana había un carrito con el mejor *brandy*.

Entonces el mayordomo se dio media vuelta y los miró.

—¿Boland? Pero ¿qué haces? —preguntó Darius mirando la mano izquierda del hombre, en la que sostenía un vaso con líquido ambarino. Entonces le miró la derecha, y en esta llevaba la delgada botellita de plata llena de elixir.

El hombre tenía los ojos abiertos de par en par. Observó a todo el grupo antes de posar la vista sobre Darius. Tenía la mandíbula muy tensa.

—Sé perfectamente lo que está pasando.

—No creo que lo sepas —le contestó Darius, pero el mayordomo simplemente sacudió la cabeza.

—No puedo permitir que esta carga caiga sobre sus hombros, mi señor.

«¿Qué carga?».

A Darius se le aceleró el pulso.

—Boland, ¿de dónde has sacado esta botellita? Es mía. Si me la devuelves, nos olvidaremos de este asunto.

—Siempre supe que podría acabar así —siguió explicando el mayordomo, como si su señor no le hubiera dicho nada—.

Pero no puedo permitir que cargue con este pecado. Tenía que haberle puesto fin a este asunto hace mucho tiempo.

—Pero ¿de qué hablas?

—Maldita sea... —musitó Larkyra a su lado, lo que provocó que Darius frunciera el ceño.

—¿Tú entiendes de lo que está hablando?

—Tengo una corazonada.

—Creo que deberías eliminar esa palabra de tu vocabulario —comentó Niya desde atrás.

—Señor Boland —dijo Arabessa con calma dando un paso hacia aquel hombre—. No me cabe ninguna duda de que sus intenciones son nobles, pero creemos que no sabe usted lo que tiene en la mano...

—¡No se me acerque! —exclamó el mayordomo, lo que hizo que Arabessa se detuviera inmediatamente—. Son ustedes quienes no entienden lo que mi señor ha sufrido —dijo haciendo un movimiento con la mano y mostrándoles el elixir—. Puede que yo no posea los dones de los dioses perdidos, pero eso no me impide ser consciente del mal que entró a esta casa hace mucho tiempo. Él lleva demasiado tiempo enarbolando su crueldad sin ninguna consecuencia. Puede que, como mi pobre señor, no recuerde todos los incidentes... pero sé que tuvieron lugar. He unido las piezas del rompecaebezas... y todo lo que he hecho al respecto ha sido ir detrás limpiando los destrozos y cubriendo a ese monstruo. ¿Me entienden? ¡Pero se acabó! Mi señor, llevo años siendo testigo de su sufrimiento; ahora le voy a vengar.

—¡Boland! —Darius trató de llamar la atención del mayordomo—. Has sido leal a mí y a mi familia desde antes de que yo naciera. Y aprecio toda la ayuda que crees estar prestándome, pero...

—Justo por eso lo tengo que hacer —dijo el hombre con

la voz rota—. Por usted y por sus padres. Lo voy a hacer. Hay que pararle. —Vertió todo el elixir en el *brandy*.

—¡Boland!

—¡No!

—¡Detente!

Las protestas resonaron por toda la habitación.

Pero era demasiado tarde. El contenido del vaso se volvió brillante antes de recuperar su oscuro tono ambarino.

—¡Maldita rata! ¡No tienes ni idea de lo que has hecho! —gruñó Niya.

Pero Boland parecía inmune a lo que los demás dijeran. Corrió hacia una esquina, presionó un botón oculto y se metió por la puerta de servicio que había escondida tras un estante.

—¿Y ahora adónde va? —preguntó D'Enieu mientras salían corriendo tras él por el estrecho pasadizo.

—Esto se está volviendo una pesadilla —protestó Niya.

Tenían que ir en fila india; Darius los guiaba por aquel estrecho pasadizo. Cuando pasaron junto a unas antorchas que iluminaban el espacio, alcanzó a ver la cola del frac del mayordomo deslizándose por una esquina.

—¡Boland! ¿Puedes parar, por favor? —le pidió Darius.

—Sí, seguro que una petición formal surte efecto —observó Niya.

—¿Te puedes callar, por favor? —le gruñó Larkyra

Mientras, atravesaron un pasillo y entraron en un pequeño almacén lleno de sábanas, sillas viejas y estantes llenos de candelabros antiguos. Darius se fijó en una franja de luz que parecía provenir de la parte trasera de un lienzo situado al fondo de la habitación. Una puerta secreta que se había quedado entreabierta. Aquella era la única salida, lo que significaba que Boland había tenido que salir por allí.

La empujó para abrirla y se encontró de vuelta en el abarrotado salón de baile.

Varios invitados voltearon sorprendidos porque el joven lord hubiera entrado a la sala sin aliento y a través de una pintura. Como había frenado en seco, el resto del grupo se chocó contra él.

—Con lo bien que me había peinado... —dijo Niya retirándose un mechón de la cara.

—Me encanta su abanico —le comentó Arabessa a una señora que los miraba con mala cara.

La mujer resopló y les dio la espalda.

—Hay gente que no sabe aceptar un cumplido... —afirmó Larkyra mientras volvían a ponerse en marcha.

Darius observó a la multitud con un gesto desesperado. Rezó a los dioses perdidos para encontrarse por casualidad con aquella nariz ganchuda.

—Ahí está. —D'Enieu señaló la pared opuesta de la sala. Boland se estaba acercando tranquilamente al duque con el *brandy* posado sobre una charola de plata. El padrastro de Darius estaba obsequiando a un grupo de invitados con una anécdota que le hacía mover los brazos de forma teatral.

—¿Qué crees que está haciendo? —preguntó Larkyra.

—No estoy segura.

Darius observó cómo el mayordomo esperaba pacientemente y con la espalda completamente recta a que el duque tomara la bebida. Era el epítome del perfecto sirviente.

Boland miró a lo lejos a Darius y asintió levemente. El lord le respondió negando con mucho énfasis y articulando un «no» con la boca.

Boland apartó la vista y extendió la mano para que Hayzar agarrara el vaso.

—Esto es horrible —aseguró Larkyra.

—Lo ha arruinado todo —añadió Arabessa.

—Deberíamos irnos —comentó Niya.

—¿Qué estamos mirando? —preguntó Dolion, que acababa de acercarse al grupo.

—Al mayordomo. —D'Enieu señaló a aquel hombre mientras el duque le daba un sorbo a su brandy.

—¿Y qué pasa con él? —insistió Dolion.

—Ha vertido todo el elixir en el vaso que se está bebiendo mi padrastro.

—¿Y por qué ha hecho eso?

—Creo que él pensaba que era un veneno —explicó Larkyra.

—Baja la voz —regañó Arabessa a su hermana dándole un codazo mientras le lanzaba una sonrisa falsa a algunas personas que los miraban con curiosidad.

—Creo que él pensaba que era un veneno... —repitió Larkyra en un susurro.

—¿Por qué creería eso Boland? —preguntó Darius con el ceño fruncido.

—«Lleva demasiado tiempo enarbolando su crueldad sin ninguna consecuencia» —dijo Larkyra citando a Boland—. Es probable que sepa que era tu padrastro quien te infligía esas heridas. Ha visto cómo tus cicatrices se iban multiplicando a lo largo del tiempo, ¿no es cierto?

Darius lo entendió de repente. Recordó todos los años en los que Boland lo había vestido. Sus ojos veían aquel terrible tapiz de cortes y la boca se le contraía del espanto. Siempre estuvo a su lado, en silencio, mientras Hayzar le escupía insultos terribles a diario.

«He estado a su lado viendo cómo sufría, mi señor. Ahora lo voy a vengar».

Boland siempre había sido un consuelo para Darius. Aunque nunca pudiera detener la aparición de cortes, siempre había ayudado al lord a que se mantuviera fuerte; había sido una compañía constante y silenciosa a lo largo de su solitaria vida. De repente le dolió el pecho al pensar en la pena tan grande que había debido de padecer aquel hombre al presenciar el daño que le habían infligido a él. Ser un testigo mudo de aquella tortura a lo largo de los años lo había obligado a dar aquel paso adelante.

—Qué leal es ese idiota... —musitó Darius volviendo a mirar al mayordomo.

—Bueno... —Dolion se acarició la barba—. Parece que, como de costumbre, han pasado muchas cosas en el medio grano de arena que los he dejado solos.

—Debió de verte escondiendo el elixir en tu alcoba —concluyó Larkyra mientras se acercaba un poco más al lord.

—Sí.

—Y después de que te oyera darle aquellas órdenes al personal, seguro pensó que...

—Sí.

—Lo siento —susurró Larkyra rozándole la mano a Darius.

Él apartó la mano, pues no se sentía merecedor de aquel roce. Había metido la pata hasta el fondo. Con todo lo que habían tenido que hacer hasta llegar allí... Con todo lo que Larkyra y su familia habían hecho por él...

—¿Darius? —La joven lo miró con expresión dolida.

Aquello fue otro cuchillo en el pecho del lord.

—Deberían hacerle caso a Niya e irse de aquí mientras aún puedan —dijo Darius—. Yo cargaré con las culpas de lo ocurrido esta noche. Ya averiguaré qué...

—Esto lo vamos a terminar juntos —aseguró Larkyra con tono decidido—. No nos vamos a ningún sitio.

—Pero ahora no podrán actuar. Hayzar es inmune y el resto de la gente no lo es. El plan se ha arruinado.

—Se puede llegar a un mismo destino por muchos caminos diferentes —le dijo Dolion a Darius.

Por el mar de Obasi, ¿es que esa familia nunca se daba por vencida? Si en el mundo había una causa perdida, esa era la de Darius y el monstruo con el que vivía.

—¿No lo entienden? —preguntó Darius sacudiendo la cabeza—. No hay...

Un aullido de dolor hizo que el ruido de la fiesta cesara de repente. Darius se giró a la vez que el resto de los invitados del salón de baile y se encontró al duque doblado sobre sí mismo. Su vaso estaba hecho añicos en el suelo. Gemía, se agarraba primero la cabeza y después el vientre; se rodeó con sus propios brazos como si un malhechor invisible lo estuviera aniquilando.

—¿Su excelencia? —Boland, tan leal como siempre, se le acercó preocupado—. ¿Está usted...?

—¡¡¡Apártate de mí!!! —El duque empujó al hombre y este cayó de espaldas contra el suelo de mármol.

Los invitados contuvieron un grito. Algunas mujeres empezaron a chillar.

—¡¡¡Fuera de aquí!!! —El duque cayó de rodillas.

—¿Qué está pasando? —preguntó Larkyra.

—Qué interesante —musitó Dolion.

—¿Sabes qué está pasando? —Arabessa se acercó a su padre y sus hermanas la siguieron.

—Ha bebido un elixir, lo que se supone que le haría totalmente inmune a la magia.

—¿Y?

—Pues... —Dolion no apartaba su ojo experto del duque, que seguía gimiendo en el lado opuesto del salón— si te vuelves tan inmune..., ¿no te estarías deshaciendo también de tu propia magia?

Las hermanas contuvieron un grito al darse cuenta de lo que estaba pasando. Volvieron a posar su vista en la escena: Hayzar se estaba desgarrando la ropa y se arañaba el rostro.

—¡No me dejes! —aulló el duque.

—Y se lo ha bebido entero —aseguró Larkyra.

«Por los dioses perdidos, ¿será esto real?», se preguntó Darius.

A su padrastro le estaba abandonando toda su magia adulterada, y lo hacía a un ritmo enfebrecido. Su plan estaba funcionando, pero al revés; cualquier persona que sufre de una adicción y se le elimina el acceso a esa sustancia, especialmente si se hace de repente, actuaría como si se estuviera volviendo loco. Y alguien con una dependencia tan grande como la del duque, aún más.

Todo el salón observaba boquiabierto cómo aquel hombre sufría un repentino y gravísimo síndrome de abstinencia. Muy a su pesar, Darius se sintió culpable. Aunque llevaba tiempo planeando aquello, y aunque su padrastro había sido su peor pesadilla desde la muerte de su madre, aquella escena era terrible. De repente, se dio cuenta de que no podía quedarse de brazos cruzados. Era incapaz de permitir que alguien sufriera, incluso alguien tan malvado como Hayzar.

—¿Adónde vas? —Larkyra lo agarró por la manga cuando dio un paso adelante.

—Tengo que hacer algo.

—No puedes revertir...

—Tengo que hacer algo —repitió antes de alejarse de ella.

Se abrió paso entre la multitud y llegó al círculo de gente que se había formado alrededor del duque. El lord se puso de rodillas junto a él.

—Padre... —Darius se forzó a llamarlo de esa forma, aunque mucho tiempo atrás se había jurado no hacerlo—. Déjame sacarte de aquí. No te encuentras bien.

—¡¡¡No me toques!!! —exclamó el duque dándole un empujón en el hombro.

—Te pondrás mejor. Solo tienes...

—Chiquillo engreído... —le espetó Hayzar con la baba goteándole entre los labios; tenía despeinado el pelo oscuro después de habérselo jalado en un arrebato—. Nunca me has hecho caso... —susurró levantando el brazo como si quisiera darle un golpe.

Darius se apartó y la multitud ahogó otro grito.

—Por favor, les ruego que nos disculpen —anunció Darius dirigiéndose a la multitud—. Parece que el duque no se encuentra bien. Les pido a todos que...

—¡Aquí mando yo! —gritó Hayzar mientras se ponía en pie con dificultad.

Los invitados se fueron apartando de su camino conforme el duque trastabillaba hacia unas puertas que daban al balcón. Las abrió empujándolas con violencia. Una delgada lluvia gélida irrumpió en el salón, apagó las velas y provocó varios gritos.

—¡Mira lo que has hecho! —El duque posó sus ojos sobre los de Darius mientras la tormenta lo empapaba; tenía el rostro deformado por el odio y la ira—. ¡Maldito egoísta! ¡Siempre echas a perder todo lo que me importa!

Aquellas palabras provocaron, por fin, un chasquido en el interior del lord. Todos los años de morderse la lengua, de trabajar para satisfacer a un hombre al que nada le parecía suficiente... acabaron saliendo a la superficie.

—¡Siempre he hecho lo que me has pedido que hiciera! —le espetó Darius.

Aquellas palabras provocaron una carcajada al duque, pero entonces se dobló sobre sí mismo con un alarido de dolor. Empezó a dar zarpazos en el aire, como si algo lo estuviera atacando o abandonando su cuerpo. Entonces miró fijamente hacia su izquierda y se quedó completamente quieto. Su piel se volvió de un tono de blanco que no parecía natural.

—¿Excelencia? —Darius se acercó a aquel hombre mientras la lluvia helada le aguijoneaba la cara.

—Teníamos que haber sido felices... —jadeó Hayzar palpando el vacío—. Tú y yo, pero me dejaste. Te amaba, pero me abandonaste. ¿Por qué te fuiste? ¿Por qué me dejaste solo, Josephine?

Darius se sobresaltó al oír el nombre de su madre.

—Josephine... —repitió el duque, como si ella estuviera justo a su lado. El inocente de Darius escrutó el aire en la dirección en la que su padrastro miraba. Pero allí solo había oscuridad. Aquello no era más que un balcón golpeado por la lluvia—. ¿Cómo... cómo iba a seguir adelante después de haberte visto morir?

Aquello fue como si un gigante le desgarrara el pecho a Darius para sacarle el corazón. No se esperaba oír en boca de su padrastro los mismos pensamientos que le habían atormentado desde aquella noche horrible.

«Cómo iba a seguir adelante después de haberte visto morir».

—Hayzar... —Darius intentó acercarse de nuevo a su padrastro.

El duque lo miró como si hubiera olvidado dónde estaba. La multitud no le quitaba los ojos de encima, la lluvia le empapaba el rostro. Un trueno hizo que sus ojos pasaran, instantáneamente, de estar vidriosos a mostrar una ira lúcida.

—¡¡¡Apártate de mí!!! —El duque se tambaleó hacia Darius y usó sus escasas fuerzas para darle un empujón—. ¿Es que no lo ves? ¡Ojalá nunca hubieras nacido! Tu madre desperdició en ti su último aliento. ¡En ti! Mientras yo, el hombre que le había prometido dárselo todo, el hombre que había cuidado de ella... estaba ahí, de pie, como un necio. Me dio de lado para centrarse en ti. Fue tu mano, la de su «niño bonito», la que tomó antes de pronunciar sus últimas palabras. —Hayzar pronunció con burla aquella última frase que Darius recordaría por siempre, hasta que se reuniera con ella en el Fundido—. Y tú simplemente rompiste a llorar. Nunca entendiste del todo la suerte que tenías de gozar del amor de una madre como aquella. Y entonces se fue. Y me dejó contigo. Contigo, una persona que me provocaba con su mera existencia; una persona con sus mismos ojos e idéntico cabello.

—¿Así que me castigaste por algo que no fue culpa mía? —Darius estaba temblando, aunque era difícil saber si era de rabia o de frío—. ¡Tú eras lo único parecido a una familia que me quedaba!

—¡Pues cortemos ese vínculo! —le espetó Hayzar con una mueca—. ¡Déjame llorarla en paz! ¡Aléjate de mí de una vez por todas!

A decir verdad, aquellas palabras le dolieron. Hirieron al niño desvalido y solitario que seguía habitando en el interior del corazón de Darius; y también supusieron un desgarro en el pecho del hombre en el que se había convertido. Por fin estaba claro que el odio de Hayzar se enraizaba en los celos que sintió en la noche en la que murió Josephine. Lo había elegido a él, a su hijo, para posar sus ojos por última vez. Y aunque Darius podía entender que eso fuera doloroso para cualquiera, también tenía claro que no era culpa suya. El duelo había envenenado a su padrastro... pero muchas otras personas habían sufrido destinos bastante peores y no se habían convertido en monstruos. Darius sabía que, en aquel asunto, la phorria era lo de menos. Había padecido demasiado en manos de aquella criatura. Y su gente también.

—¡Encantado de concederte ese deseo! —le gritó Darius apretando los puños contra los costados.

Hayzar parecía haber dejado de oírlo: se le habían nublado los ojos y volvió a contraerse en un latigazo de dolor.

—¡No! —gimió—. ¡No me dejes! Por favor, por favor, por

favor. Sin ti no soy nada. —Hayzar se tambaleó hacia el balcón. Trató de aferrarse a la lluvia como si quisiera ser atravesado por ella—. ¡Sin ti no soy nada!

Mientras sollozaba, la piel del duque comenzó a arrugarse. El resplandor de un relámpago iluminó sus facciones, que envejecían con rapidez. Se le habían ennegrecido los dientes.

«Por los dioses perdidos...».

Había dejado de ser un hombre para convertirse por fin en la cosa que habitaba en su interior, en el ser que había enturbiado su alma con cada dosis de phorria.

La multitud que se agrupaba tras Darius lanzó exclamaciones de sorpresa y gritos de terror.

—¡Vuelve! —masculló Hayzar alzando su rostro decrépito hacia las nubes enfurecidas—. ¡¡¡No puedes dejarme!!!

Volvió a estallar otro relámpago. Era como si aquella tierra maldita estuviera respondiendo a su señor. Entonces, los truenos sacudieron el castillo. Hayzar dio un salto, se desplazó a tropezones y chocó contra el barandal.

Instintivamente, Darius avanzó hacia él. Pero una mano lo agarró fuerte del brazo.

Larkyra estaba en pie a su lado.

«No», parecían rogarle, en silencio, sus ojos.

—¡Querida mía! —El duque trató de aferrarse desesperadamente al aire oscuro que lo rodeaba. Su cuerpo se inclinó sobre el borde del balcón.

Pero Hayzar llegó demasiado lejos. Con la siguiente ráfaga de viento, dejó escapar un gemido que sonó al lamento de un alma perdida. Su cuerpo se tambaleó por encima del barandal y cayó al vacío.

Se oyeron algunos gritos de los invitados, pero todos se ahogaron cuando Darius se soltó del agarre de Larkyra y salió corriendo hacia el borde del balcón. Al llegar allí, se dispuso a observar el vacío que se abría bajo aquella estructura.

La tormenta le azotaba el rostro mientras observaba el lago que se extendía a los pies del castillo. Mucho más abajo, las olas negras rompían contras las rocas. Dondequiera que hubiera aterrizado su padrastro, las olas se lo habían tragado con rapidez.

Ya no estaba.

Ya no estaba.

Ya no estaba.

Darius se dio cuenta de lo que acababa de pasar mientras aún tenía las manos aferradas al pasamanos de mármol. Aún no sabía cómo sentirse por lo que acababa de suceder. Se había ido, todo había terminado.

Darius miró su ropa empapada, apenas sentía las voces de su alrededor ni las manos que lo agarraban. Estaba exhausto. Ni siquiera podía girarse para ver a la persona que le estaba murmurando su nombre al oído con fervor, la persona que había hecho que su corazón volviera a bombear después de tantos años de vivir en mitad de una tormenta silenciosa.

Ella.

—Darius.

Volvió a sentir el mundo que lo rodeaba.

—Darius, vuelve conmigo. Mírame.

Poco a poco, consiguió hacerlo.

El cuerpo empapado de Larkyra se apretaba contra el suyo mientras las gotas de lluvia le surcaban las mejillas y los labios amoratados le temblaban de frío.

—Ya no está —fue todo lo que el lord pudo decir.

—Exacto. Se acabó.

«Se acabó».

—Pero tú sí estás aquí.

—Por supuesto —le contestó ella rodeándolo con los brazos.

—Gracias. —Se inclinó sobre Larkyra—. Gracias.

—Estoy aquí —respondió la joven apretándose aún más para sostenerlo en parte.

Parecía que él solo era capaz de seguir musitando «Gracias».

«Gracias por existir. Gracias por meterte en mi corazón. Gracias por alumbrarme el camino y espantar a mis demonios». Aquellas palabras le atravesaron la mente y la piel mientras se abrazaban. Darius parecía no querer soltarla nunca... ni siquiera en ese momento, cuando las lluvias eternas empezaron a detenerse.

CAPÍTULO TREINTA Y CUATRO

Larkyra miraba fijamente las dobles puertas cerradas. Estaba más que dispuesta a seguir estudiando los dibujos de la madera oscura durante otro grano de arena. Pero sabía que el motivo de que estuvieran allí no era mirar puertas fijamente.

—No tenemos que hacer esto hoy —le dijo a Darius, que estaba de pie a su lado.

Él llevaba tanto tiempo apretando la llave que abría las habitaciones de Hayzar que parte de la mano se le había puesto de un inquietante color alabastro.

Darius pestañeó como si aquellas palabras lo hubieran sacado de un trance. Respiró profundo para tranquilizarse.

—Sí, tenemos que hacerlo —le contestó a Larkyra—. Lleva demasiado tiempo cautiva.

Su voz le provocó a Larkyra una punzada de dolor en el pecho. Los incidentes del salón de baile habían tenido lugar la noche anterior. Darius había ido a buscarla pidiéndole ayuda en cuanto amaneció.

Ella no había preguntado nada. Simplemente, se levantó de la cama y lo siguió hasta allí.

—Liberémosla —dijo la joven poniéndole a Darius una mano en la espalda para infundirle seguridad.

Él asintió decidido, introdujo la llave y entró de golpe en las habitaciones de su padrastro.

Sintieron de repente un aroma agrio y penetrante que hizo que Larkyra arrugara la nariz. «Phorria», pensó. Pero, igualmente, penetró en aquella habitación en penumbras para mostrarle a Darius que nada podría hacerles daño. Ahora ya no.

—Ventilemos esto un poco —dijo Larkyra abriendo las cortinas para dejar entrar el gris de la mañana. Entonces, desatrancó las ventanas y una brisa fresca inundó el cuarto. «Eso bastará para eliminar este olor nauseabundo», pensó. Volteó y vio que el lord aún seguía de pie bajo el marco de la puerta—. ¿Darius?

—Todo está bastante normal, ¿no? —preguntó él mirándola con sus ojos verdes.

Larkyra echó un vistazo a la habitación.

—Sí —concedió—. Puede que fuese un monstruo, pero parece que también era tan aburrido como cualquier otro hombre. Es decir, mira este papel pintado. ¿No fue capaz de elegir otro un poco más interesante?

A Darius se le escapó una risita. Los hombros se le relajaron de repente.

«Estupendo», pensó Larkyra mientras esbozaba una sonrisa.

—¿Quieres ayudarme a abrir las demás ventanas?

Darius entró por fin a la habitación y, con ciertas dudas, recorrió el espacio que lo separaba de ella.

—Gracias —dijo, dándole un beso leve en los labios. Iba en bata y zapatillas, igual que ella. Aquella intimidad despertó en Larkyra cierta calidez interior. Se le vino a la mente el recuerdo de la noche que pasaron juntos, cuando estaban mucho menos vestidos. A pesar del lugar en el que estaban y del motivo que los había llevado hasta allí, a Larkyra se le encendieron las ganas de seguir besándolo.

Pero, obviamente, aquella mañana Darius tenía la mente en otro sitio, así que se dio media vuelta y se dispuso a no dejar ninguna ventana sin abrir. El aire limpio y la luz bañaban ahora toda la habitación.

Aquello iluminó el espacio, pero también dejó entrever a lo que Darius se refería al decir que su madre llevaba demasiado tiempo cautiva.

Aunque la mayoría de las parejas de alta alcurnia vivían en alas independientes, al parecer la difunta duquesa había compartido el espacio con Hayzar hasta que le llegó la hora. Los padres de Larkyra, de hecho, habían hecho lo mismo; pero mientras que, en su hogar de Jabari, las pertenencias de Johanna se repartían por toda la casa, allí, sobre todo en aquella alcoba, parecían acumularse todos los artefactos que Josephine y Hayzar habían compartido.

—Me preguntaba qué habría sido de sus vestidos —dijo Darius mientras acariciaba algunas prendas elegantes. El armario estaba abierto, por lo que Larkyra se preguntó cuán a menudo tocaba Hayzar aquellas telas justo como Darius las estaba tocando en ese momento tan cargado de solemnidad—. Este era su favorito —aseguró sacando del armario un vestido largo de seda verde.

—Es precioso —dijo ella acercándose—. Lo lleva puesto en el retrato que hay abajo.

—Sí —respondió él acariciando la tela con los dedos y desplazándose hacia las joyas—. Aquí está todo —musitó mientras acariciaba las cerdas de un cepillo. Encontró un cabello rojizo y jugueteó con él—. Aquí está ella.

A Larkyra se le cerró la garganta al reconocer el dolor en su voz. Era como ver a un niño que ha encontrado algo muy querido, perdido hacía mucho tiempo.

—¿Qué quieres hacer con todo esto? —preguntó la joven.

—No lo sé —contestó Darius con una mueca triste—.

Puede que done alguno de sus vestidos a la señora Everett, para que los reparta entre la gente del pueblo que no tiene nada. Las joyas las meteré en la nueva cámara acorazada. Tendré que reconstruirla antes, claro. Dejé que Cook usara la antigua como despensa cuando Hayzar acabó con todo.

—Fue un gesto muy bonito por tu parte.

—Fue idea de Cook —reconoció Darius con una sonrisa triste.

—¿Y qué hay de esto? —preguntó Larkyra mirando el retrato que colgaba de la pared.

Darius siguió la dirección de los ojos de Larkyra y, al encontrarse de frente con la imagen de su madre, se quedó en silencio.

En aquel retrato, Josephine estaba sentada sobre la hierba. El sol hacía que su cabellera rojiza centelleara como la superficie de los lagos que tenía detrás. Sonreía mientras observaba algo fuera del cuadro, como si aquello que estuviera mirando fuera su mayor fuente de alegría.

—Me acuerdo de aquel día —dijo Darius muy bajito—. Yo era muy pequeño, pero la recuerdo diciéndome que mi padre había encargado que la retrataran. Hasta ahora creía que... creía que aquello no era un recuerdo sino un sueño.

A Larkyra se le hizo un nudo en el estómago.

—¿Qué está mirando?

—Me está mirando a mí.

«Oh, Darius...». Quería estrecharlo entre sus brazos para aliviar sus emociones. Pero no lo hizo. Permaneció a su lado sin mostrar lo que sentía.

—Ahora es tuyo, Darius. Ella es tuya.

El lord sacudió la cabeza.

—Ella no le pertenece a nadie.

—Sí —reconoció Larkyra—. Tienes razón.

—Cualquiera debería poder disfrutar de este lienzo.

—Podrías colgarlo en el salón principal —sugirió—. Cuelga sus dos retratos donde todo el mundo pueda verla al pasar.

Una leve sonrisa iluminó el rostro de Darius mientras seguía mirando a su madre.

—Sí —concedió—. A ella le encantaría. Siempre fue el alma de este castillo.

—Y volverá a serlo —aseguró Larkyra.

—Sí —dijo Darius entrelazando sus dedos con los de Larkyra. Sus brillantes ojos verdes se posaron sobre los de la joven—. Así será.

CAPÍTULO TREINTA Y CINCO

La fresca mañana se despertaba con un tibio bostezo verde, los grillos cantaban al sol y los campos de flores silvestres se extendían ante ella. El paisaje estaba lleno de jugosos capullos amarillos, arbustos de lavanda y florecillas blancas. Por culpa de las lluvias eternas, Larkyra jamás había pensado que Lachlan pudiera tener un aspecto como aquel. Era asombroso. Después de haber estado meses, años, recibiendo agua, ahora aquel lugar estaba lleno de vida. Desde que la esperanza se abriera paso en la región, las plantas habían germinado tras atravesar la tierra y romper el suelo. Caminó en círculos tratando de asumir aquel cambio radical mientras se llenaba los pulmones de aire fresco. Vainilla, hierba y calidez: ese era el ramo que le ofrecía la naturaleza. Casi resultaba sobrecogedor, quizá incluso más hermoso que los viñedos que rodeaban Jabari. A Larkyra le dolió en el alma pensar que todo eso hubiera estado tanto tiempo cubierto por las nubes.

Había pasado una semana desde la muerte del duque. Y, en esa semana, la maldición que Hayzar había llevado a Lachlan parecía disiparse con cada amanecer. Larkyra sonrió mientras algunos mechones de su trenza ondeaban en la brisa tibia. Miraba el paisaje desde la pérgola que se encontraba en la cima de una colina de la vertiente occidental de la isla del Castillo. La muchacha se empapaba de la imagen de los centelleantes lagos y de las praderas verdes que relucían a sus pies. Allí abajo, las aguas azules rompían rítmicamente contra el borde del acantilado. Los campos ascendían hasta donde ella se encontraba. Lachlan era una tierra bastante virgen, una región que se estaba recuperando a toda velocidad. Ahora, bajo la luz del sol, parecía esconder aún más secretos y rincones dignos de explorar. Larkyra se dio cuenta de que amaba cada rincón de aquel paisaje.

—Me había olvidado de que podía ser así de bonita —dijo Clara, que estaba a su lado, con las mejillas sonrojadas y los ojos brillantes ante el renovado esplendor de su región.

—Es preciosa —aseguró Larkyra posando la vista sobre el pueblecito que se extendía sobre tierra firme. Las velas blancas de los veleros partían del puerto y salpicaban las aguas. Parecía que todo había vuelto a nacer; aquella tierra estaba recuperando su esplendor después de haber pasado mucho tiempo maltratada.

La gente había empezado a referirse a los sucesos de la fiesta de compromiso como: «La caída fatal del duque loco». Quizá fuese un nombre demasiado llamativo y ligero, si se tenía en cuenta lo que en realidad había sucedido, pero a Larkyra y a Darius les hacía muy feliz la historia que se estaba extendiendo por todo Aadilor. Sobre todo porque, en la versión que parecía haberse convertido en oficial, nadie los culpaba a ellos o a sus empleados de lo sucedido. La reacción de Darius, lo afligido que se mostró mientras ella lo abrazaba bajo la lluvia, despertó una gran simpatía generalizada por el hijastro. Aunque, por supuesto, no había sido un gesto de cara a la galería; de hecho, ni siquiera la propia Larkyra estaba del todo segura de lo que había sentido aquella noche. Simplemente fue incapaz de dejar solo a Darius sufriendo aquel dolor y aquella tristeza.

Puede que el día más importante desde la muerte de Hayzar fuera cuando Darius se dispuso a comunicarse con su pueblo. Las noticias se habían recibido con un silencio tenso e incrédulo; Larkyra sospechaba que muchos esperaron a llegar a su casa para celebrar las buenas nuevas. Se tardaría mucho tiempo en arreglar todos los asuntos pendientes y en aliviar los problemas financieros de la gente de Lachlan... pero, por fin, lucía un rayo de esperanza; se pudo sentir en la cálida brisa suave que lo acariciaba todo, se pudo sentir en la voz del nuevo duque y señor que se presentó ante su pueblo exponiendo todas las cosas que prometía solucionar.

—Siento su pérdida de todo corazón —dijo Clara, trayendo de vuelta a Larkyra a la cima de aquella colina bañada por el sol.

—Ya me has dado el pésame, Clara. No hace falta que me lo repitas.

—Sí, pero es que me parece tristísimo que perdiera a su prometido en la propia fiesta de compromiso.

—Pero tú sabes que la boda entre el antiguo duque y yo no iba a ser por amor, ¿verdad?

Aquella confesión provocó que Clara, en su candor, se sonrojara. Entrelazó las manos sobre su vestimenta café.

—Ya, pero aun así...

—¿Crees que debería estar más triste? —la interrumpió Larkyra—. La verdad es que estoy lejos de sentir tristeza. ¿Me hace eso una persona horrible?

—Oh, no —la tranquilizó Clara—. Usted puede ser muchas cosas, mi señora, pero, en mi opinión, ninguna de ellas es negativa.

Aquello le provocó una carcajada a la joven, que volvió a fijarse en el paisaje que tenían ante ellas.

—Gracias, Clara.

Respiró hondo y se sintió invadida por la paz. Una paz

que nunca antes había experimentado. Las turbulencias en esa tierra acabaron amainando, y eso era exactamente lo que había pasado en su interior. La culpa constante que siempre le arañaba las entrañas en relación con su madre y sus poderes apenas se había manifestado en los últimos días. Y, con cada nuevo grano de arena, se alejaba más y más. Por fin había alcanzado un acuerdo con sus propios dones; un acuerdo que nacía del amor y el perdón. Dejó de sentir el dolor que la magia había causado en su familia y esa aceptación hizo que, por fin, pudiera sentirse en paz con sus dones. Su corazón y su mente volvieron a conectarse, y aquello le permitió librarse del peso con el que cargaba y poder respirar tranquila por primera vez en sus diecinueve años.

—Ahí estás.

Larkyra volteó ante el sonido de aquella voz ronca que siempre le provocaba un leve temblor de anticipación en la piel. Darius apartó unas enredaderas que colgaban de la pérgola y se acercó a la joven.

—Su excelencia... —dijo Clara, algo asombrada, mientras hacía una reverencia para darle la bienvenida a su señor.

«Conozco esa sensación», pensó Larkyra.

—Hola, duque.

—Qué raro suena, ¿verdad? —Darius se puso a su lado y Larkyra entrecerró los ojos para observarlo bajo aquella luz. El sol le daba a su cabello un brillo anaranjado y volvía sus ojos aún más verdes.

—Por eso tenemos que repetirlo tanto como nos sea posible. Nada se vuelve tan ordinario como una palabra que se repite sin cesar.

—Tengo una excepción para eso.

—¿Cuál?

—Tu nombre.

Ahora le tocó a Larkyra sonrojarse mientras el nuevo duque sonreía con aire juguetón.

—Oh, miren ese macizo de lavanda —dijo Clara señalando con entusiasmo un lecho de flores bajo aquella colina—. Estoy segura de que quedarían estupendamente en su alcoba, mi señora. Discúlpeme mientras me acerco a recoger unas cuantas. Siento también si tardo un buen rato en elaborar un bonito ramo.

Los jóvenes observaron alejarse a la criada.

—Me temo que solo son brotes de alguna mala hierba —dijo él.

—Así es —confirmó Larkyra—. Parece ser que mi doncella ha empezado a suavizar su visión sobre el decoro.

—No puedo decir que no me alegre.

—¿No? —La joven ladeó la cabeza para observar a Darius. El cuerpo del duque, enfundado en una camisa blanca y un abrigo azul claro, irradiaba salud.

—No —respondió él, acercándose a Larkyra y acomodándole un mechón de pelo suelto tras la oreja.

Ella se estremeció con aquel contacto, que coincidió con el roce de una brisa suave sobre su hombro.

Larkyra llevaba puesta una de las prendas que se había traído de Jabari; un vestido de color malva tan ligero y volátil como el día que tenían por delante.

—Entonces, ¿ya es oficial? —le preguntó a Darius.

—Los funcionarios acaban de firmar los documentos.

—¿Cómo te sientes tras haber recuperado tus tierras y haberte convertido en duque?

—Me siento... —Darius observó las aguas tranquilas que centelleaban a lo lejos, y también los barcos y el pueblo que brillaba bajo los rayos del sol—. Grande.

—¿Grande?

—Hay mucho que hacer —dijo tras asentir.

—Tendremos que mejorar este asunto —aseguró ella con una sonrisa.

—¿Qué asunto?

—El de que aprendas a disfrutar del momento antes de saltar inmediatamente a la siguiente tarea.

—Soy capaz de disfrutar del momento.

—Demuéstramelo.

Sin mediar palabra, Darius apretó a Larkyra contra su cuerpo y la besó.

Ella soltó un gritito de sorpresa antes de dejarse llevar por el calor de sus brazos.

Aquel beso fue diferente a los demás. Fue muy lento, como una siesta bajo la sombra de un árbol mientras el verano aún se asoma en el horizonte. Darius abrió la boca para hacer que su lengua se deslizara por la de Larkyra. Ella dio un suspiro y le pasó las manos por el cuello y por el pelo. Puede que él no tuviera prisa, pero ella se sentía como si estuviera a punto de arder. Quería abalanzarse sobre Darius, rodar con él por la colina y reírse juntos como si fueran niños. Quería nadar con él en el lago y disfrutar de la tranquilidad mientras se acostaban al sol para secarse. No quería que aquella conexión se rompiera nunca. Quería estar con él para siempre.

Y ese fue justo el pensamiento que la hizo apartarse de él como si le hubieran dado una puñalada en el pecho.

Darius no podía ser suyo para siempre.

De hecho, tendría que dejarlo justo aquel día para volver a Jabari.

—Mis hermanas están empaquetando mis cosas —dijo Larkyra a sabiendas de que era bastante raro decir aquello justo después de lo que acababan de compartir.

Darius la observó detenidamente.

—Lo sé, fueron ellas las que me dijeron dónde podría encontrarte.

—Vine aquí para echar un último vistazo. Seguro que se estaban quejando de que les había dejado todo el trabajo duro. No dudo de que Niya se quedará con algunas de mis cosas a modo de pago.

—¿Y si se quedan aquí?

—¿Mis hermanas?

—Supongo que ellas también podrían quedarse, claro —dijo Darius conteniendo una sonrisa—. Pero me refería a tus cosas.

—¿Y por qué iba a dejar mis cosas aquí? —preguntó Larkyra frunciendo el ceño—. Jamás me negaría a cambiar de guardarropa, claro, pero teniendo en cuenta que le acabo de encargar unos vestidos a la señora Everett no creo que...

—Te quiero, Larkyra.

Todo se detuvo. El viento. El canto de los pájaros. Las mareas.

—¿Perdón?

Darius se acercó a ella. Le agarró las manos y, quitándole el guante, le besó delicadamente los dedos.

—Te quiero —repitió—. Te quiero con locura, incluso con desesperación. No quiero que te vayas. De hecho, puede que te secuestre si lo intentas.

Sus ojos esmeralda la hipnotizaban. La joven parecía flotar, la magia de su interior se volvía más tibia.

—Yo-yo... —balbuceó—. No sé qué decir.

—¿He dejado sin palabras a una Bassette? ¡Esto debería escribirse en los libros de historia de Lachlan!

—No va con usted ser tan arrogante, su excelencia.

—Darius —la corrigió—. Entonces ¿qué? —insistió impaciente, puede que incluso temeroso—. ¿Soy el único que se siente así?

Quedarse callada un instante fue la pequeña venganza

que Larkyra se cobró por haberse reído de ella. Lo torturó brevemente, pero entonces esbozó una sonrisa.

—Por supuesto que yo también te quiero, tontito enamorado.

Se lanzó a los brazos de Darius y lo besó con toda la urgencia que habitaba en su interior. Él pareció más que satisfecho. La levantó en brazos sin separar su boca de la suya, respirando el mismo aire. Larkyra no se cansaba de sentir aquellos suaves labios sobre los suyos, ni tampoco de la actitud protectora con que él la apretaba contra su cuerpo.

¿Que si lo amaba? Por los dioses perdidos, qué pregunta tan absurda.

Larkyra soltó una risita y siguió besándolo. No había hecho falta que Darius casi muriera en Esrom, ni verlo cortarse la piel por mandato de un loco, ni tampoco descubrirlo ayudando a su pueblo en secreto... para que aquel sentimiento floreciera en ella. No. Larkyra sabía desde mucho antes que su corazón ya no le pertenecía, aunque no lo hubiera podido admitir hasta aquel momento. Había reconocido la bondad de Darius incluso antes de que este la viera a ella sucia y envuelta en harapos por los caminos de los arrabales de Jabari.

—Contigo me siento infinita —musitó.

—Eso es porque lo eres. —Darius volvió a posarla con cuidado en el suelo antes de entrelazar sus dedos con los suyos—. Sigo sin encontrarle sentido a cómo me siento cuando te miro, a cómo me haces sentir cuando estoy contigo. ¿Cómo puede contenerse en tu cuerpo todas las cosas que eres? —Le soltó una mano para poder acariciarle la mejilla—. Mirarte es como observar al sol arropado por una manta... y sentir la caricia de su fuego.

—Darius. —Larkyra cerró los ojos un instante. Su magia y su corazón adoptaron el mismo ritmo en su pecho.

—Ahora que hemos aclarado este asunto, tengo que preguntarte algo —dijo conteniendo una sonrisa—. Y espero que digas que sí.

«Por el mar de Obasi». ¿De verdad estaba sucediendo aquello?

—Espera —dijo apartándose un poco—. Antes de que sigas, tengo que contarte algo.

Él permaneció a la espera.

—Tiene que ver con el día en que estuviste en Jabari.

—¿Sí? —dijo Darius ladeando la cabeza con curiosidad.

—Estabas en los bajos fondos rodeado de hombres que querían robarte, pero una chica intervino. Una vagabunda. ¿Te acuerdas?

Su mirada se desenfocó como si estuviera tratando de recordar aquello.

—Me acuerdo —respondió lentamente—. Pero ¿cómo sabes tú...?

—Yo era esa vagabunda. —Darius parpadeó—. Yo era la chica que te sacó de los arrabales; esa chica que tenía la mano izquierda herida y a la que le dijiste que le debías un favor. —La joven levantó la mano y movió el medio dedo que le quedaba como si extrañara la venda que una vez lo envolvió—. A pesar de mi aspecto, y supongo que de mi olor, me hablaste como a una igual. Fuiste amable conmigo.

Darius se quedó en silencio un instante. Miró el horizonte, hacia aquella tierra que acababa de renacer, y entonces soltó una carcajada.

Se rio y se rio hasta las lágrimas. Se las secó.

—Por supuesto que eras tú —dijo tras recomponerse un instante.

—¿No estás enfadado?

—¿Por qué habría de estarlo?

—¿Es que no quieres saber por qué iba vestida de aquella manera?

—Eres una Bassette. Supongo que eso tendría algo que ver.

Larkyra frunció el ceño por aquella respuesta tan acertada.

—¿Y no te produce curiosidad?

—Lo de la curiosidad te lo dejo a ti, mi amor. Tú tienes suficiente curiosidad como para meternos en problemas a ambos.

—No estoy segura de que eso sea un piropo.

—Mientras lo piensas... —dijo Darius tomándole otra vez las manos—, ¿puedo hacerte ya esa pregunta?

Larkyra tragó saliva.

—Si tienes que hacerlo...

—Oh, no se me ocurre obligación más importante.

—Empiezas a hablar como yo.

—Yo sí lo voy a tomar como un cumplido —dijo hincando una rodilla en el suelo.

Larkyra abrió los ojos de par en par. El pulso se le aceleró tanto que sonaba como el zumbido de las abejas cercanas.

—Larkyra Bassette —empezó a decir Darius—, cantora de las Mousai; vagabunda de Jabari; mujer de muchas caras, a todas las cuales amo. Haces cosas que ni siquiera sé que necesito y superas las expectativas de cuanto puedo soñar. Igual que te sientes infinita conmigo, yo me siento infinito contigo. Me haces soñar con cosas más grandes que este mundo, que solo quiero seguir explorando a tu lado. ¿Me harías el honor de convertirte en mi esposa? —Darius se sacó del bolsillo un anillo con una piedra celeste—. Este es el anillo que mi padre le dio a mi madre.

—Oh, Darius —dijo la joven llevándose una mano a la boca—. Es precioso.

—No sé cómo, pero Boland lo ha tenido escondido todos estos años.

—Siempre supe que era un buen hombre.

A Darius se le dibujó una sonrisa deslumbrante mientras colocaba aquel anillo en el medio dedo de Larkyra. Entonces, ella agitó la mano para que la piedra centelleara bajo la luz del sol.

—Hace juego con tus ojos —dijo el nuevo duque.

Y era verdad. Aquellos ojos se cubrieron de lágrimas.

—¿Estás seguro de esto? —le preguntó ella—. Que sepas que todo lo que viste del Reino de los Ladrones, la conexión que crees que tenemos con aquel lugar, es solo una parte mínima de toda la realidad. Y... tengo muchas máscaras. De hecho, estoy segura de que me quedan muchas por descubrir.

—Estoy deseando conocerlas todas. Solo espero que, al margen de la que lleves, me sigas amando.

El pecho se le llenó de gozo. Su magia y su alegría bailaban al mismo son. Pero aún tenía que asegurarse de algo.

—No solo te vas a casar conmigo...

—¿Ah, no? —preguntó Darius mirando a su alrededor—. Pensaba que solo tenía una mujer ante mí.

—Ya sabes a lo que me refiero: a mi familia —aclaró ella—. Vienen como accesorio, aunque los dioses perdidos saben bien que llevo años tratando de zafarme de ella.

—Sé a lo que me estoy comprometiendo, Larkyra —aseguró Darius con una sonrisa—. Siempre he querido ser parte de una gran familia.

—Es más grande de lo que crees, y mi padre...

—Me ha dado su bendición. —Aquello hizo que Larkyra se tragara lo siguiente que iba a decir—. Sí, le he pedido permiso antes de pedirte matrimonio. Soy más listo de lo que parezco.

—Darius... —Se atragantó al decir su nombre. Aquello significaba para Larkyra mucho más que cualquier otro gesto romántico que Darius hubiera podido tener.

—Y ahora ¿podrías darme una respuesta? —le preguntó mirándola a los ojos—. El suelo de piedra se me está empezando a clavar en la rodilla.

La joven se rio y lo hizo levantarse.

—¡Sí! —exclamó por fin—. En cada mundo y habitación escondida de Yamanu, ¡sí!

—Esos son muchos síes —musitó él sonriendo.

—¿Retiro alguno?

—¡De eso nada! —Entonces Darius la besó para impedirlo.

Y Larkyra estuvo más que conforme con aquel gesto.

De hecho, decidió concebir más formas de obligar a Darius a que aplicara esa técnica. De momento, estaba feliz disfrutando del ahora bajo el sol resplandeciente de su nuevo hogar, envuelta en los brazos de un hombre que había visto y aceptado todo de ella, incluso los rasgos que no se habían manifestado aún.

En aquel momento, Larkyra no temía lo que pudiera venir después. Los planes de futuro se volatilizaron en la nube de polvo dorado que levantó su risa. Ahora estaba como su magia: presente, poderosa y deliciosamente viva.

NOTA DE LA AUTORA

Vengo de una familia de artistas. Mis abuelos eran artistas y mis padres son artistas. Desde pequeña se me enseñó la importancia de ser abierta de mente, de observar y escuchar en busca de esa inspiración que, a menudo, surge de los lugares más insólitos. La saga de las Mousai no es una excepción. Empezó con dos elementos: el eco de los golpes de un bastón que oí en un pasillo mientras estaba trabajando fuera de mi horario y un cuadro de mi padre titulado *Musas* que recreaba la *Primavera* de Botticelli inspirándose en mis hermanas y en mí. Igual que esta maraña de inspiraciones acabó germinando en un mundo épico, muchos de los nombres y lugares de mis libros reciben una influencia directa de nombres y lugares de nuestro mundo. Cada uno fue elegido por una razón: el sentimiento que me provoca, el significado de la palabra o ambas cosas. En la saga de las Mousai, el nombre de cada sitio y personaje está ideado con mucho cariño. Nos encontramos ante la celebración de un mundo diverso. A continuación podrán encontrar un apéndice con pinceladas de la etimología de algunos de los nombres que aparecen en estos libros.

Mousai: un neologismo inspirado en el plural de la palabra «musas».

Bassette: es el apellido de Dolion Bassette. Proviene de una palabra del francés antiguo, *bassett*, que significa «persona de origen humilde».

Dolion Bassette (conde de Raveet, de la segunda casa de Jabari y, también, Rey de los Ladrones): padre de Arabessa, Niya y Larkyra. Marido de Johanna. Rey de los Ladrones y miembro del Consejo de Jabari. Dolion es un neologismo que proviene del verbo griego *dolioo*, que significa «atraer, engañar». Lo elegí por las muchas máscaras que tiene que llevar y por los distintos roles que desempeña: en Jabari, en el Reino de los Ladrones y, el más importante, en su casa, como padre. Raveet tiene que ver con el nombre Ravneet: aunque este tiene varios orígenes, yo elegí el relativo al sánscrito de la India que significa «tan moral como el sol».

Johanna Bassette: esposa de Dolion y madre de las Mousai. Estaba dotada de una magia muy poderosa y antigua. El nombre Johanna se encuentra en muchos idiomas: alemán, sueco, danés y hebreo, por nombrar algunos. Se dice que, originalmente, significaba «regalo de Dios» y «agraciada», lo que tiene mucho que ver con el personaje de Johanna.

Mousai + hermanas Bassette: busqué de forma deliberada nombres que tuvieran su propio ritmo y cierta lírica. Quería que estuvieran conectados con sus dones mágicos: el canto, el baile y la música.

Arabessa Bassette: la hermana mayor. Arabessa es un neologismo creado a partir del nombre Bessa, que en algunos sitios se dice que tiene origen albanés y que significa «lealtad».

Niya Bassette: la hermana mediana. Su nombre está inspirado en el nombre Nia (que tiene orígenes en la cultura celta y el suajili). Significa «propósito», «resplandor», «brillo» y «belleza».

Larkyra Bassette: la hermana menor. Larkyra es un neologismo que nace de la palabra *lark*, que significa «canto de pájaro». También tiene que ver con el verbo *lark*, que significa «comportarse de modo travieso» o «divertirse».

Zimri D'Enieu: Zimri es un nombre hebreo que significa «mi alabanza» o «mi canto». D'Enieu es un neologismo que inventé inspirándome en apellidos franceses.

Achak: es un nombre nativo americano que significa «espíritu». Cuando descubrí este término y su significado, me enamoré instantáneamente de él y supe que encarnaba a la perfección todo lo que Achak representan: desde la historia de este personaje hasta cómo su espíritu ha vivido en muchas formas y reinos.

Charlotte: doncella y leal cuidadora de las hermanas Bassette. Quise elegir para ella un nombre que empezara por C para que tuviera una conexión con mi madre, Cynthia.

Kaipo (halcón mutati): Kaipo es un nombre hawaiano que significa «cariño». Me encantó cuando lo descubrí y sentí que encajaba a la perfección con el acompañante y amigo de Larkyra. En la mitología de Aadilor, los animales mutati pueden cambiar de tamaño, de muy pequeños a gigantescos. Mutati es un neologismo que he creado inspirándome en la raíz de la palabra «mutar».

Hayzar Bruin: está inspirado en el nombre turco «Hazar». *Bruin* es una forma inglesa de referirse a los osos, pero yo elegí esa palabra porque suena parecida a «bruto». Si mezclamos la referencia a «oso» y a «bruto», nos sale algo así como «muy bruto», que es la manera en la que yo describiría a Hayzar.

Darius Mekenna: del nombre persa Dariush, que significa «rico y regio» y «el que se empeña en ser bueno»; ambas son características muy propias de Darius. Mekenna es una variación de un apellido irlandés y escocés; quería que Darius se llamara así por su vinculación con Lachlan.

Aadilor: el reino donde sucede todo lo aquí narrado. Es un neologismo inspirado por la palabra *lore*, que significa «el conjunto de conocimientos y tradiciones que se pasan de persona a persona gracias al boca a boca».

Mar de Obasi: el único mar de Aadilor. Tiene origen en el idioma igbo y significa «en honor a un dios supremo» o «por la gloria de Dios». Me encanta este significado y la manera en la que esta palabra se desliza por la lengua como el agua. Me imaginé que este mar se bautizó así en honor al hermoso regalo navegable que los dioses perdidos le hicieron a su pueblo.

Jabari: capital de Aadilor. Es un nombre suajili que significa «(el) valiente». Deriva del término árabe *jabbār*, que significa «gobernante».

Esrom: un reino sagrado submarino que solo puede ser localizado por quienes nacieron allí. El nombre puede rastrearse hasta los textos bíblicos; en algunos de ellos significa algo parecido a «dardo de alegría».

Lachlan: el lugar de nacimiento de Darius. Tiene origen escocés y significa «tierra de lagos», así que era el nombre perfecto para una región en la que los lagos se pierden en el horizonte.

Imell: la localidad principal de Lachlan. Es un neologismo que tiene escondido un pequeño guiño a mi padre, que se llama Emil.

Yamanu: es un reino en el que se encuentra todo lo que quiere seguir estando escondido. Deriva de Amon, un término del egipcio antiguo que significa «el escondido».

AGRADECIMIENTOS

Me parece surrealista alcanzar esta parte de *Canción de la lluvia eterna*. Ha llegado el momento de ponerle punto final. Que esté escribiendo estas líneas adicionales significa que se han terminado los años de trabajo duro, obsesión y cambio. Esta historia y estos personajes llevan tanto tiempo instalados en mi cerebro que me resulta difícil recordar una época en la que no estuvieran dentro de mí. Y puede que esa sea la cuestión: llevo viviendo en esta fantasía desde que nací. No es ningún secreto que mi familia ha supuesto una gran inspiración para esta saga... Así que, quizá, debería empezar esta sección dando las gracias a mis padres y mis hermanas. Mamá, papá, Alexandra, Phoenix y Kelsey, fueron mis grandes apoyos mientras crecía. No solo eran mis padres y mis hermanas, también eran mi tribu, mis almas gemelas. Mamá, papá, su apoyo inquebrantable y lo mucho que nos han animado a seguir los caminos más locos a los que nos llevaban nuestras pasiones nos han convertido en unas personas poderosas y compasivas. Hermanas, me enseñaron el poder de la amistad femenina y la fuerza imparable del amor incondicional. Son mis musas y su esencia está delicadamente entrelazada con la de cada una de las Bassette. Nunca dejen que se apague su espíritu, su luz, su risa. Las quiero con toda mi alma y para siempre.

A mi marido, Christopher. A menudo bromeo diciendo que manifesté tu existencia al crear al pelirrojo de Darius... y lo mantengo. Me conociste hace cuatro años, cuando esta historia apenas tenía unos capítulos, y desde entonces me has apoyado en cada segundo. Gracias por escuchar mis monólogos, tan a menudo abrumadores, sobre estos personajes. Gracias por leer los toscos y vergonzosos primeros borradores y por asegurar que soy muy buena escritora. Gracias por tu paciencia infinita (y por ayudarme a recordar que necesito descansar de vez en cuando). Gracias por hacerme creer que soy merecedora de mis sueños y que puedo ser la heroína de mi propia historia. Eres mi mayor tesoro.

Con respecto a Aimee Ashcraft, mi agente en Brower Literary... ¿Por dónde empiezo? Eres la manta reconfortante bajo la que soluciono todas mis dudas como escritora. Has trabajado sin descanso a lo largo de todo el proceso de edición (¡y ha sido muy largo!) para llevar esta historia al lugar que otros creían que podía alcanzar. Gracias por ser siempre una especie de caja de resonancia para mí y por renunciar a tantas preciadas horas de tus fines de semana para contestar el teléfono y escucharme.

A Lauren Plude, mi editora de adquisiciones, a la que le gustó tanto este libro que quiso convertirse también en mi editora de contenido. Si necesitaba una prueba de que existe el amor a primera escucha, la obtuve el día en que salté para tomar tu llamada y oí por primera vez tu voz dulce y tus amables palabras. Has hecho que mis habilidades alcancen nuevos niveles y estoy increíblemente emocionada por todo lo que pueda venir a continuación.

A todo el equipo de Montlake: no miento ni un ápice si digo que todo esto no habría salido adelante sin ustedes.

Desde el primer día solo han mostrado emoción y adoración por estas hermanas. Habría sido incapaz de poner a las Bassette en manos de cualquier otra editorial.

Natasha Miñoso, amante de los libros y preciosa compañera de gran corazón. Has estado ahí vibrando de emoción y dándome apoyo en cada uno de mis libros. Te adoro con toda el alma. Nunca me cansaré de nuestras pijamadas con atuendos combinados.

Staci Hart, ven ahora mismo a darme un abrazo. Vaya amiga fiel. Me has ayudado a recomponerme después de cada golpe, tanto en la escritura como en la vida. Me impresiona tu brillantez. Soy muy afortunada de tenerte cerca.

A todas mis amistades de la ciudad de Nueva York, Colorado y de mi localidad de origen en Delaware: han estado conmigo en muchos aspectos de este camino tan imprevisible. Han comprendido las muchas veces que me he tenido que esfumar de la vida real para ceñirme a los plazos de entrega. Hacer una lista de nombres ocuparía medio libro. Pero quienes están leyendo esto saben quiénes son. Gracias por apoyar mis sueños.

A la gente de Bookstagram: son una comunidad enorme y preciosa, una verdadera fuerza de la naturaleza. Nunca podría haber encontrado mi rumbo sin ustedes.

A mi Mellow Mob y a mis Mellow Misfits: han sido la gente más paciente del mundo mientras esperaban que este libro saliera a la luz. Gracias por seguir conmigo durante todos esos años en los que les prometía que algún día tendrían esta historia entre las manos. ¡He cumplido aquella promesa!

Y por fin a ti, mi público lector: todo esto ha sido creado solo para ti. Muchísima gente tiene que trabajar en equipo para que un libro pueda hacerse, pero solo se necesita un lector para que este libro encuentre un hogar. Espero que esta historia ocupe ahora un hueco en tu corazón porque puedo asegurarte que, mientras la escribía, yo te tenía en el mío.

Continúa la aventura con
un avance del segundo libro
de la saga de las Mousai,
Danza del mar en llamas,
que llegará próximamente
a las librerías.

PRÓLOGO

Un pirata observaba cómo un hombre moría.

Dada su profesión, no era algo que le resultara poco habitual. Pero, en esta ocasión, él no tenía nada que ver con el asunto.

Cualquiera podría preguntarse qué tipo de corte macabra hace que sus invitados observen a alguien mientras es torturado. La respuesta resulta bien simple: la del Reino de los Ladrones. La multitud que rodeaba al pirata se arremolinó para verlo todo mejor. Sus elaborados atuendos se rozaban con el raído abrigo de piel del pirata. Nadie quería perderse ningún detalle de la locura que se desataba en el centro de la habitación. El olor a cuerpos demasiado perfumados, sudor y desesperación ocupaba todo el interior de su máscara y le invadía las fosas nasales. Aquella pestilencia le había recordado varias veces dónde se encontraba aquella noche: en el reino más despiadado y envilecido de todo Aadilor, donde las leyes indulgentes atraían a las grandes fortunas y a los grandes idiotas. Allí se intercambiaban secretos y riquezas por veladas de locura y pecado.

Aquella noche, el pirata había acudido no solo por curiosidad sino también por ambición. Había luchado muy duro por construirse una nueva vida tras abandonar la que antes tenía. En su nueva forma de vivir quedaban pocos ecos de la que dejaba atrás, así que había cumplido su objetivo. Ahora era él quien tomaba todas las decisiones, ya no se sentía atado por su historia o por las expectativas.

Al menos era eso lo que se decía.

Aunque no había sido él quien había decidido convertirse en pirata, tampoco creía que hubiera ninguna necesidad de luchar contra la reputación de delincuente que las personas de su pasado le atribuían.

Después de todo, nunca había sido un hombre al que le gustara hacer las cosas a medias.

Así que requisó un barco y reclutó una tripulación para que estuviera a su servicio. «Y ahora, a lo que sigue», pensó ante la oportunidad de convertirse en el primer pirata de la corte del Rey de los Ladrones.

Su ambición era una bestia hambrienta que le arañaba el pecho por dentro. Tenía claro que haría cualquier cosa a su alcance solo para asegurarse el puesto. Incluso aunque una pequeña parte de él se arrepintiera de haber entrado en aquel opulento palacio negro.

Dejó de prestar atención a aquellas figuras cubiertas con máscaras y capas para volver a centrarse en lo que estaba pasando.

El pirata había visto morir a mucha gente, pero nunca de una forma tan hermosa.

En el centro del salón de ónix estaban actuando tres mujeres: una cantante, una bailarina y una violinista.

Una canción arrebatadora y de ritmo embriagador emanaba de ellas con los colores del arcoíris. Aquellos hilos de poder golpeaban de forma incesante a un prisionero encadenado en el centro. Latigazos de notas musicales le herían la piel... pero, en lugar de gritos de dolor, el hombre gemía de placer.

Eran como diosas de carne y hueso venidas desde el mismísimo Fundido para llevar a los vivos a la muerte. Sus poderes provenían de una magia antigua, de una época en la que los dioses aún no se habían perdido, de cuando Aadilor rebosaba de sus dones.

Iban vestidas de manera muy lujosa: telas teñidas, cuentas ensartadas en seda, plumas y encajes. La identidad de las componentes del trío se escondía bajo máscaras con cuernos. Aunque aquella función no iba dirigida a él, el pirata estaba igualmente cubierto por el gélido rocío de la desesperación debido a la fuerte atracción que le provocaba aquella magia.

Lo agarraba.

Lo incitaba.

Lo tentaba.

Lo devoraba.

Aquella oleada de poder estaba destinaba a hechizar la mente y doblegar el cuerpo. Se trataba de un conjuro de enloquecimiento. Aquel prisionero no era más que una marioneta.

Ese pobre desgraciado aulló con un éxtasis agonizante; con una mano trató de alcanzar a la bailarina que se le había acercado para provocarlo. Sus cadenas rechinaron en sus ataduras y no le dejaron alcanzarla. El hombre cayó de golpe contra el suelo de mármol negro consumido por la angustia, retorciéndose y arañándose la cara. Sus uñas le provocaban surcos en la nariz y en las orejas de los que fluían chorros de sangre que acababan mezclándose con el charco de orina que tenía a los pies.

El pirata lo observaba todo.

Nunca había presenciado algo tan hermosamente retorcido; empezaba a darse cuenta de que, en aquel mundo, las cosas más hermosas solían ser fatales.

Y aquellas tres mujeres resplandecían sobre todas las demás.

Cualquiera que tuviera la Visión podía contemplar aquellos poderes que lo consumían todo. Solo quienes poseían magia podían detectar la magia que albergaban los demás.

Si el pirata usara sus dones, su magia resplandecería en verde.

Las verdugas estaban envueltas en una cautivadora mezcla cromática que se expandía desde el centro de la sala en la que estaban actuando.

—Las Mousai... —había susurrado una mujer cuando él entró a la corte.

Las musas letales del rey.

«Y tan letales», pensó el pirata.

El rostro le sudaba tras su máscara plateada y la mente le daba vueltas con aquella abrumadora melodía que inundaba la sala. La bailarina movía las caderas siguiendo el ritmo y aquel movimiento lanzaba al aire unas ráfagas de fuego. Aquella imagen fue como una palmada que lo sacó de un trance. El cuerpo le temblaba de deseo.

La voz de la cantante se dividió en tres, cuatro, cinco voces distintas. Un timbre soprano de hilos dorados fluía de sus labios y seguía los acordes violetas que brotaban del violín.

El pirata nunca había sentido tantos deseos. Aunque no sabía decir exactamente de qué. Solo sentía eso, deseo. Ansia. Desesperación. Y, debajo de todo aquello, un dolor sordo. Un vacío doloroso nacido del hecho de que nunca podría tener lo que su alma anhelaba.

Los poderes de aquellas mujeres.

«Míííos... —susurró su magia haciéndole extender la mano—. Queremos que sean míííos».

«Silencio —le ordenó él a su magia sin decir palabra—. En ti mando yo, no ellas».

El pirata apretó los puños y trató de serenarse para mantener la lucidez. Podía oír perfectamente los gemidos de los miembros de la corte carentes de dones que, detrás de él, estaban encadenados como si fueran también prisioneros. Se preguntó qué hacían allí una serie de mortales normales y corrientes. ¿Sabían a lo que se arriesgaban presenciando aquello a pesar de tener una sangre extremadamente manipulable? Supuso que aquella sería una de las ventajas de la corte del Reino de los Ladrones: poder estar tan cerca de un poder como aquel, experimentar una euforia absolutamente letal y, aun así, conservar la vida. Aquello era una anécdota de la que presumir más adelante: «No sabes lo listo que tuve que ser para sobrevivir».

Le echó un vistazo a la multitud de rostros enmascarados preguntándose quién más tendría potencial para convertirse en candidato a la corte, cuál de ellos conseguiría tener acceso al palacio, a quiénes invitarían a participar del desenfreno más decadente y a ser parte de los secretos y las conexiones inherentes a aquel privilegio. El pirata era consciente de que se enfrentaba a una prueba cada noche en que lo invitaban a presenciar lo que sin duda no era más que una brizna del poder del rey. En aquel mundo, todo era una prueba.

Ya había perdido en una ocasión.

Pero, esta vez, ganaría.

Un sofoco le recorrió el cuerpo al examinar cómo la bailarina se contorsionaba al pasar cerca de él dejando a su paso un excitante aroma a madreselva.

No llevaba al descubierto ni un solo rincón de su piel o su cabello. Tenía el rostro escondido tras sedas y abalorios. Incluso llevaba cubiertas las piernas y los pies, pero se movía como si estuviera desnuda. Contemplar aquellas curvas voluptuosas era una experiencia lasciva. Y, sin embargo, su identidad permanecía completamente oculta.

Igual que la de sus acompañantes.

Tenían mucho cuidado en permanecer ocultas mientras se exponían públicamente.

«Igual que los demás que estamos aquí», pensó el pirata. Todos menos el prisionero, claro.

Le habían arrancado la máscara cuando lo arrastraron hasta el centro de la habitación. Ese fue el último clavo de su ataúd. Había dado un alarido cuando eso sucedió. Se cubrió el rostro arrugado con las manos y trató de ocultar sus canas a los ojos de la multitud. Incluso cuando alguien se enfrentaba a una pena de muerte inminente, deseaba que no se supieran los pecados que había cometido en el Reino de los Ladrones para que estos no lo persiguieran hasta el Fundido.

El ritmo se aceleró porque la violinista empezó a rasgar las cuerdas con el arco a una velocidad vertiginosa. La voz de la cantante elevó el tono hasta que las lámparas de araña empezaron a temblar. La bailarina se retorció una y otra y otra vez alrededor del prisionero.

El poder de las tres giraba en espiral provocando una corriente de aire por toda la sala.

De rodillas, el cautivo echó hacia atrás la cabeza mientras luchaba con sus cadenas. La magia de las Mousai se arremolinaba sobre él. El hombre dio un último grito a modo de súplica mientras el hechizo morado, dorado y rojo rodeaba su cuerpo a un ritmo frenético. Entonces, aquella magia se introdujo por completo en él. El prisionero brilló como una estrella mientras el clac, clac, clac de sus huesos rompiéndose retumbaba en las paredes de la habitación.

La luz que brillaba bajo su piel se extinguió en el instante en que se oyó el chasquido sordo de su columna vertebral.

El cuerpo del prisionero se derrumbó en el suelo.

Sin vida.

Su alma había sido enviada al Fundido.

Un silencio atronador se apoderó de la sala cuando el poder de las Mousai se acalló.

Los que no tenían dones dejaron escapar un gemido.

Y entonces...

Toda la sala estalló en ovaciones.

Las Mousai hicieron una reverencia con gracia aristocrática; como si no acabaran de derretir a un hombre de dentro hacia afuera. El pirata sintió que en la sala reinaba cierta tensión cargada de lujuria.

Se dio cuenta de que incluso él mismo estaba jadeando.

Al percatarse, agudizó los sentidos y trató de despejar la niebla que le nublaba la mente.

No era un hombre propenso a dejarse llevar por su lado más salvaje. El hecho de, prácticamente, haberse olvidado de sí mismo, le provocó una intensa sensación de inquietud.

Se abrieron las puertas del fondo del vestíbulo y una multitud las atravesó para sumarse a la fiesta posterior a la función. Pero el pirata se quedó en el sitio y no apartó la vista del cadáver olvidado del prisionero. Examinó sus rasgos en la distancia y le parecieron los de un hombre de alta alcurnia. Entonces, unos guardias sin rostro vinieron a llevarse de allí aquellos restos mortales.

Se sabía que el prisionero había sido miembro de la corte. Al parecer, su rango no le había ayudado a salvarse. Era evidente que el Rey de los Ladrones solo aceptaba a gente que robaba para él, pero no a gente que le robara.

La buena noticia es que aquella noche se había quedado un puesto vacante en la corte.

Pero ¿quería el pirata realmente formar parte de un mundo como aquel?

«Sí», le susurró su magia.

«Sí», reconoció él.

Entonces la pregunta era: ¿cómo podía obtener el poder necesario para moverse con soltura en ese mundo?

El pirata deambuló entre la gente enmascarada que lo rodeaba. Se fijó en sus pieles pintadas y en la ropa que los cubría. Lo necesario que era ocultar la identidad en aquel lugar acababa convirtiéndose en una verdadera carga. Había muchos secretos ocultos en ese palacio, en ese reino; el aire estaba cargado de vicios que no encajaban con los oídos delicados y las personas respetables. Pero que hubiera tantos secretos le ofrecía al pirata la oportunidad de aprovecharse; y no la iba a dejar pasar. Había muchas formas de acabar llegando a aquel tesoro de valor incalculable.

Un reflejo le llamó la atención. La bailarina se abría paso entre la gente balanceando las caderas cargadas de cuentas de ónix. Observó su contundente silueta y la ardiente bruma mágica que irradiaban sus movimientos; aquella imagen hizo que, como una serpiente desenroscándose, se le empezara a formar un plan en el cerebro.

Como si hubiera detectado la presencia de un depredador, la bailarina se dio media vuelta. Los cuernos de su tocado resaltaban entre la multitud. Aunque sus facciones estaban cubiertas, el pirata supo el momento exacto en que los ojos de ambos se encontraron, ya que sintió como si una corriente cálida lo golpeara de repente.

Pero, entonces, ella siguió su camino y desapareció entre las sombras de la corte.

Fue tras ella y, mientras caminaba, los nervios le zumbaban de anticipación al no saber qué haría después.

«Sííí —siseó su magia por lo atrevido de sus pensamientos—. No somos cobardes».

«Efectivamente, no lo somos», confirmó él.

La calidez de aquella habitación acarició una piel que ya

estaba tibia. Respiró hondo y saboreó la libertad en sus papilas gustativas. Quienes pasaron cerca de él se quedaron mirándolo y, sorprendidos, empezaron a murmurar sobre su aspecto. Puede que fuera el primero de su categoría en revelarse.

Los ignoró con toda la intención.

Su identidad no implicaría aquí ninguna debilidad. No le pasaría como a los otros, que escondían tras disfraces su falsa seguridad.

«Que sepan quién soy», pensó.

«Que mis pecados me persigan».

Ya le habían dicho que era un monstruo, ¿por qué no iba a hacer honor a aquel calificativo?

Después de todo, los monstruos eran necesarios para que pudiera haber héroes.

Alōs Ezra se convertiría en el tipo de monstruo que convierte a todos en héroes.